Louis-Ferdinand Céline

D'un château
l'autre

Gallimard

Louis-Ferdinand Destouches est né à Courbevoie le 27 mai 1894, de Fernand Destouches, employé d'assurances originaire du Havre, et de Marguerite Guillou, commerçante. Son grand-père Auguste Destouches avait été professeur agrégé au lycée du Havre.

Son enfance se passe à Paris, passage Choiseul. Il fréquente les écoles communales du square Louvois et de la rue d'Argenteuil, ainsi que l'école Saint-Joseph des Tuileries. Nanti de son certificat d'études, il effectue des séjours en Allemagne et en Angleterre, avant d'entreprendre son apprentissage chez plusieurs bijoutiers à Paris et à Nice. Il s'engage en 1912 au 12ᵉ régiment de Cuirassiers en garnison à Rambouillet. Une blessure dans les Flandres, en 1914, lui vaut la médaille militaire et une invalidité à 70 %.

Après un séjour à Londres, il est engagé comme agent commercial dans l'ancienne colonie allemande du Cameroun en 1916.

Atteint de paludisme, il rentre en France en 1917, passe son baccalauréat en 1919, puis fait ses études de médecine à Rennes et à Paris et soutient sa thèse en 1924.

De 1924 à 1928 il travaille à la Société des Nations, qui l'envoie aux États-Unis et en Afrique de l'Ouest.

À partir de 1927, il est médecin dans un dispensaire à Clichy. En 1932 il publie *Voyage au bout de la nuit* sous le pseudonyme de Céline et reçoit le prix Théophraste-Renaudot.

En 1936 paraît son deuxième roman, *Mort à crédit*. Après un voyage en U.R.S.S. il publie *Mea culpa*, puis en 1937 et 1938 *Bagatelles pour un massacre* et *L'École des cadavres*. La déclaration de guerre le trouve établi à Saint-Germain-en-Laye. Il part comme médecin à bord du *Chella*, qui fait le service entre Marseille et Casablanca. Le *Chella* heurte un patrouilleur anglais, qui coule devant Gibraltar. Céline regagne Paris et remplace le médecin de Sartrouville alors mobilisé.

Il fait l'exode de 1940 en ambulance avec des malades, il revient ensuite à Paris et s'occupe du dispensaire de Bezons. Il publie en 1941 *Les Beaux Draps* et en 1944 *Guignol's Band*.

De 1944 à 1951, Céline, exilé, vit en Allemagne et au Danemark, où il est emprisonné à la fin de la guerre. Revenu en France, il s'installe à Meudon, où il poursuit son œuvre *(Féerie pour une autre fois, D'un château l'autre, Nord, Rigodon)*. Il meurt le 1ᵉʳ juillet 1961.

D'un château l'autre pourrait s'intituler : *Le bout de la nuit*. Les châteaux dont parle le titre sont en effet douloureux, agités de spectres qui se nomment la guerre, la haine, la misère. Céline s'y montre trois fois châtelain : à Sigmaringen, en compagnie de Pétain et de ses ministres ; au Danemark où il demeure dix-huit mois dans un cachot, puis quelques années dans une ferme délabrée ; enfin à Meudon, où sa clientèle de médecin se réduit à quelques pauvres, aussi miséreux que lui.

Il s'agit pourtant d'un roman autant que d'une confession. C'est que Céline n'est pas fait pour l'objectivité. Sigmaringen, sous sa plume, devient un conte de fées et de sorcières (peu de fées, beaucoup de sorcières). Avec un comique somptueux, il décrit les Allemands affolés, l'Europe entière leur retombant sur la tête ; les ministres de Vichy sans ministère ; et Pétain, à la veille de la Haute Cour.

D'un château l'autre doit être considéré, avec le *Voyage au bout de la nuit* et *Mort à crédit*, comme un des grands livres de Céline.

Pour parler franc, là entre nous, je finis encore plus mal que j'ai commencé... Oh! j'ai pas très bien commencé... je suis né, je le répète, à Courbevoie, Seine... je le répète pour la millième fois... après bien des aller et retour je termine vraiment au plus mal... y a l'âge, vous me direz... y a l'âge!... c'est entendu!... à 63 ans et mèche, il devient extrêmement ardu de se refaire une situation... de se relancer en clientèle... ci ou là!... je vous oubliais!... je suis médecin... la clientèle médicale, de vous à moi, confidentiellement, est pas seulement affaire de science et de conscience... mais avant tout, par-dessus tout, de charme personnel... le charme personnel passé 60 ans?... vous pouvez faire encore mannequin, potiche au musée... peut-être?... intéresser quelques maniaques, chercheurs d'énigmes?... mais les dames? le barbon tiré quatre épingles, parfumé, peinturé, laqué?... épouvantail! clientèle, pas clientèle, médecine, pas médecine, il écœurera!... s'il est tout cousu d'or?... encore!... toléré? hmm! hmm!... mais le chenu pauvre?... à la niche! Écoutez un peu les clientes, au gré des trottoirs, des boutiques... il est question d'un jeune confrère... «oh! vous savez, madame!... Madame!... quels yeux! quels yeux, ce docteur !... il a compris tout de suite mon cas !... il m'a donné de ces gouttes à prendre ! midi et soir !... quelles gouttes !... ce jeune docteur est merveilleux !... » Mais attendez un peu pour vous... qu'on parle de vous !... « Grincheux, édenté, ignorant, crachoteux, bossu... » votre compte est réglé !... le babil des dames est souverain !... les hommes torchent les lois, les dames s'occupent que du sérieux : l'Opinion !... une clientèle médicale est faite par les dames !... vous les avez pas pour vous ?... sautez vous noyer !... vos dames sont débiles mentales, idiotes à bramer ?... d'autant mieux ! plus elles seront bornées, butées, très rédhibitoirement connes, plus souveraines elles sont !... rengainez votre blouse, et le reste !... le reste ?... on m'a tout volé à Montmartre !... tout !... rue Girardon !... je le répète... je le répéterai jamais assez !... on fait semblant de ne pas m'entendre... juste les choses qu'il faut entendre !... je mets pourtant les points sur les i... tout !... des gens, libérateurs vengeurs, sont entrés chez moi, par effraction, et ils ont tout emmené aux Puces !... tout fourgué !... j'exagère pas, j'ai les preuves, les témoins, les noms... tous mes livres et mes instruments, mes meubles et mes manuscrits !... tout le bazar !... j'ai rien retrouvé !... pas un mouchoir, pas une chaise !... vendu même les murs !... le logement, tout !... soldés !... « Pochetée » ! tout est dit ! votre réflexion ! je vous entends !... bien naturelle ! oh ! que ça vous arrivera pas ! rien de semblable vous arrivera ! que vos précautions sont bien prises !... aussi communiste que le premier milliardaire venu, aussi poujadiste que Poujade, aussi russe que toutes les salades, plus américain que Buffalo !... parfaitement en cheville avec tout ce qui compte, Loge, Cellule, Sacristie, Parquet !... nouveau *Vrounzais* comme personne !... le sens de l'Histoire vous passe par le mi des fesses !...

frère d'honneur ?... sûr !... valet de bourreau ? on verra !... lécheur de couperet ?... hé ! hé !

En attendant j'ai plus de « Pachon »... je me suis fait prêter un Pachon pour liquider les ennuyeux, pas mieux !... vous les faites asseoir, vous leur prenez leur « tension »... comme ils bouffent trop, boivent trop, fument trop, c'est rare qu'ils se tapent pas leur 22... 23... *maxima*... la vie pour eux c'est un pneu... que de leur *maxima* qu'ils ont peur... l'éclatement ! la mort !... 25 !... là, ils s'arrêtent d'être loustics ! sceptiques ! vous leur annoncez leur 23 !... vous les revoyez plus ! ce regard qu'ils vous jettent en partant ! la haine !... le sadique assassin que vous êtes ! « au revoir ! au revoir !... »

Bon !... moi toujours avec mon Pachon je prends soin des amis... ils venaient pour se marrer de ma misère... 22 !... 23 !... je les revois plus !... mais tout résumé, sans broderie, je voudrais bien ne plus pratiquer... cependant, durer je dois ! *diabolicum* ! jusqu'à la retraite ! enfin, peut-être ?... pas « peut-être », les économies ! en tout ! tout de suite ! et sur tout !... d'abord le chauffage !... jamais plus de +5° tout l'hiver dernier ! nous sommes certes très habitués !... entraînés ! je veux !... l'entraînement nordique !... nous avons tenu là-haut pendant quatre hivers... presque cinq... par 25 au-dessous... dans une sorte de décembre d'étable... sans feu, sans feu absolument, où les cochons moureraient de froid... je dis !... or donc, entraînés nous sommes !... tout le chaume s'envolait... la neige, le vent dansaient là-dedans !... cinq ans, cinq mois à la glace !... Lili, malade opérée... et allez pas croire que cette glacière était gratuite ! pas du tout !... confondez rien !... j'ai tout payé ! les notes sont là, et signées par mon avocat... certifiées par le Consulat... ce qui vous explique que je suis si raide !... pas seulement du fait des pirates de la Butte Montmartre... les pirates de Baltique aussi !... les pirates de la Butte Montmartre voulaient me saigner que mes tripes dégoulinent la rue Lepic... les pirates baltiques eux voulaient m'avoir au scorbut... que je laisse mes os en leur prison la « Venstre »... c'était presque... deux ans en fosse, trois mètres sur trois !... ils ont alors pensé au froid... aux tourbillons du grand Belt... on a tenu ! cinq ans et payés !... en payant ! j'insiste ! vous pensez, mes économies !... tous mes droits d'auteur !... partis petits ! aux tourbillons !... plus les saisies du Tribunal !... la rigolade que ce fut ! oh ! j'avais un petit peu prévu !... une petite lueur !... mon complet, l'unique, je le garde, est de l'année 34 ! mon pressentiment !... je suis pas le genre Poujade, je découvre pas les catastrophes 25 ans après, que tout est fini, rasibus, momies !... je vous raconte pour la rigolade cette prémonition 34 !... que nous allions vers des temps qui seraient durs pour la coquetterie... j'avais un tailleur avenue de l'Opéra... « faites-moi un complet, attention ! spécial sérieux !... Poincaré ! supergabardine !... le genre Poincaré ! »

Poincaré venait de lancer sa mode ! sa vareuse ! une coupe vraiment très spéciale... je fus servi !... le complet, je l'ai là... toujours inusable !... la preuve !!... il a tenu à travers l'Allemagne... l'Allemagne 44... sous les bombardements ! et quels ! et à travers les quatre années... de ces bouillabaisses de bonshommes, incendies, tanks, bombes ! de ces myriatonnes de décombres ! il a un peu décoloré... c'est tout ! et puis ensuite toutes les prisons !... et les cinq années de Baltique... ah, et puis d'abord, j'oubliais ! toute la sauvette Bezons-la-Rochelle... et le naufrage de Gibraltar ! je l'avais déjà !... ils se vantent maintenant de complets « nylon », d'ensembles « Grévin », de kimonos atomiques... je demande à voir !... le

mien est là! élimé certes! entendu! à la trame!...
quatorze années d'avatars!... nous aussi on est à la
trame!

Il n'est pas dans mes habitudes de rechercher
le pittoresque, de m'habiller pour tirer l'œil... genre
peintre... Van Dyck... Rembrandt... Vlaminck...
non!... bien inaperçu, bien quelconque... puisque je
suis médecin... blouse blanche... simili-nylon... très
correct... chez moi donc je suis très convenable...
c'est dehors que ça va moins bien, avec mon complet Poincaré... je pourrais me payer un complet
neuf... certes!... en pressurant encore plus... sur
tout... j'hésite... je suis tout à fait comme ma mère...
économe! économie! mais tout de même certaines
faiblesses... ma mère est morte par syncope,
du cœur, sur un banc, et de faim aussi, de se pri-
ver, j'étais en prison à la «Vesterfangsel», Danemark... j'étais pas là quand elle est morte, j'étais
aux «condamnés à mort», Pavillon K... j'y ai tiré
18 mois... il n'est pires sourds que ceux qui ne veulent pas entendre, ayez pas peur de ressasser...

Je vous parle de ma mère, malgré sa maladie de
cœur, l'épuisement, la faim, tout, elle est morte bien
persuadée que c'était qu'un mauvais moment, mais
qu'avec courage, privations, on verrait la fin, que
tout redeviendrait comme avant, que le petit sou
revaudrait un sou, le quart de beurre vingt-cinq centimes... je suis d'avant 14, entendu... j'ai l'horreur de
la folle dépense... quand je regarde les prix!... le prix
d'un complet par exemple!... je me tais... je dis : y a
qu'un Président, un «Commissar», un Picasso, un
Gallimard, qui peuvent s'habiller!... le prix d'un
complet de «Commissar», en calories, j'aurais de
quoi moi subsister, œuvrer, regarder la Seine, aller
dans deux ou trois musées, payer le téléphone, pendant mettons au moins un an!... c'est que des fous

maintenant qui s'habillent !... pommes de terre, carottes, entendu !... nouilles, carottes... je vais pas me plaindre !... on a connu pire !... bien pire !... et en payant !... confondez pas !... tous mes « droits d'auteur » ! tout le « Voyage » !... pas que mes meubles et mes manuscrits !... tout m'a été secoué !... vive force !... pas qu'à Montmartre et Saint-Malo !... midi !... nord !... est !... ouest !... pirates partout !... Côte d'Azur ou Scandinavie !... la même espèce !... vous grattez pas de leur trouver ci... de leur trouver ça... tout ce qu'ils vous cherchent, eux, c'est l'article 75 au cul ! le grand Permis de vous étriper, vous voler tout, et de vous débiter en gibelotte !

À mes petites affaires !... je vous parlais de menus... moi, moins je mange mieux ça vaut... bon !... mais Lili c'est une autre affaire !... Lili doit manger... je me préoccupe... son métier avec nos menus !... certes nous avons un certain luxe : les chiens... nos chiens... ils aboient !... un individu à la grille ?... quelque emmerdeur ou assassin ?... vous lâchez la meute ! *ouah ! ouah !* plus personne !...

« Mais où demeurez-vous ?... demanderez-vous... fier Artaban ? »

À Bellevue, monsieur !... à mi-côte ! paroisse de Bellevue !... vous voyez ?... la vallée de la Seine... juste au-dessus de cette usine dans l'île, je suis né pas loin... je me répète... on répète jamais assez pour les durs têtus !... Courbevoie, Seine, Rampe du Pont, y en a que ça emmerde qu'il y a des gens de Courbevoie... l'âge aussi, je répète mon âge... 1894 !... je rabâche ?... je gâtouille ?... j'ai le droit !... tous les gens qui sont de l'autre siècle ont le droit de rabâcher !... et Dieu ! de se plaindre !... de trouver tout tocard et con ! entre autres, je le dirai, toute cette populace, bâfreuse, soiffeuse, qu'a de la Bastille plein la gueule et de la Place du Tertre que-veux-tu m'outre !... tous ces gens sont du diable Vauvert !... Périgord ! Balkans ! la Corse !... pas d'ici... vous vîtes la débinette comme moi... où qu'ils cavalaient, sauve-qui-peut ? par millions ils retournaient chez eux ! pardi ! et l'Armée avec !... trous de taupes et pâtures !... ma nourrice à moi, à Puteaux, Sentier des Bergères... je devrais peut-être pas en parler ?... passons !

Je reviens à Bellevue... à notre régime d'extrême rigueur... moi, ça irait... moi, c'est la tête... moins je mange mieux ça vaut... je titube, certes... on peut dire : voilà ! il est soûl !... on le dit... arrangez-vous toujours pour être réputé ivrogne, bon à rien, fainéant, en plus de gâteux... un peu « repris de justice » !... vous êtes méprisé ? faites-y-vous !... question moi vieillard, je l'ai dit, moins je mange mieux ça vaut !... mais Lili est pas vieillarde, elle ! elle a ses leçons de danse à donner ! pas très lucratif ses leçons de danse !... pas le chauffage !... elle fait ce qu'elle peut... moi aussi je fais tout mon possible... eh bien, sans aller aux larmes, ça va pas du tout !... tout cru, tout net, bien honnête... on a la vie beaucoup plus âpre que le dernier ouvrier d'en face, d'en bas, de chez Dreyfus... je pense ce qu'ils ont !... *securit !* Madame !... assurances, vacances... un mois de vacances !... je ferais un Poznan devant chez Dreyfus ?... que je suis le brimé ? que j'ai pas même le salaire-balai ? ils comprendraient pas !... balai chez Dreyfus ! securit ! vacances ! assurances ! je m'appellerais du bagne Dreyfus j'aurais du respect !... que je dis que je suis du bagne Gaston je fais marrer !... je suis privilégié qu'une chose !... de m'être croisé pour les Vrounzais, j'ai droit des affiches plein les murs, que je suis le traître fini, dépeceur de juifs, fourgueur de la Ligne Maginot, et de l'Indochine et de la Sicile... Oh ! je me fais aucune illusion !... ils croient

15

pas un mot de ces horreurs, mais une chose que je suis sûr, bel bien, c'est qu'ils m'harcèleront à la mort!... tête de Turc des racistes d'en face! matière première à propagande...

Aux choses sérieuses!... je vous parlais de l'hiver à Bellevue... du froid... plaisanterie!... j'entends des personnes qui se plaignent... je voudrais les voir un petit peu dans les conditions scandinaves... bord de Baltique et les bourrasques, sous le chaume à trous qui part au vent!... et −25° et pas pendant un week-end... cinq ans madame! sortant de cellule!... je verrais la tétère à Loukoum cassant la glace de cette mer, prise!... et l'Achille donc! et sa smala!... oh, mais l'essentiel!... d'abord ces jésus deux ans de gniouf, à la Venstre, et l'Article 75 au pouët! je verrais leurs mines!... ce bien que ça leur ferait!... enfin... enfin... ils seraient regardables!... on pourrait leur serrer la main... ils seraient enfin sortis des mots...

Je vous parlais d'en bas, de l'île... il faut dire les choses, des choses qu'intéressent les vieillards... ils ont pas beaucoup de mutilés 75 %, ni d'engagés de la classe 12!... ainsi va la vie! c'est pas un reproche!... j'aurais été un peu ivrogne, dès mes débuts, mettons dès l'École Communale, je me serais aperçu de rien, je serais maintenant balai chez Dreyfus... avec avantages, securit, respect...

Parlons médecine... il me vient encore quelques malades... certes!... jamais vous pouvez vous vanter d'être absolument sans malades!... non! un de temps à autre... bon!... je les examine... pas plus mal que les autres médecins... pas mieux... aimable, je suis! oh! très aimable! et très scrupuleux!... jamais un diagnostic de chic!... jamais un traitement fantaisiste!... depuis trente et cinq années, jamais une prescription drôlette!... trente-cinq années, malgré

16

tout, c'est la mort du cheval!... pas que je me tienne pas au courant!... que si! que si!... je lis à fond tous les prospectus... deux, trois kilos par semaine!... au feu! au feu le tout! c'est pas moi qui serai inquiété pour « prescription à la légère » !... si vous sortez du vieux Codex... bigre! bougre!... où que vous allez? Assises?... 10ᵉ Chambre?... Buchenwald? Sibérie?... Merci!... cabaliste, alchimiste dangereux! Rien à me reprocher! seulement un petit truc... que je demande jamais d'argent; je peux pas tendre la main!... même pour les A. S... même les A.M.G... je démordrai pas!... idiot d'orgueil! l'épicier lui?... les nouilles?... le paquet de biscottes?... et le carbi! et même l'eau du robinet? je me suis fait plus de tort jamais prendre un rond aux malades que Petiot de les faire cuire au four!... grand seigneur je suis, voilà!... grand seigneur de la Rampe du Pont!... M. Schweitzer, l'abbé Pierre, Juanovici, Latzareff, eux peuvent se permettre des grands gestes... mais moi je fais que braque et louche!... surtout sorti de tôle, on ne sait comme!

Les malades dont je vous parlais, les derniers qui me viennent, me racontent leurs états de santé, les maux dont ils sont accablés... je les écoute... encore!... encore!... les détails... les circonstances... à côté de ce que moi Lili on a dégusté depuis vingt ans... ma doué! pucelets!... et comment qu'on en est sortis!... tendres roses!... du tiers! du dixième... ils seraient à ramper sous les meubles!... tous les meubles! beuglant l'horreur!... ce qu'il leur reste de vie!... à les entendre jérémiader je peux pas m'empêcher de me dire « damné foutu corniaud idiot où tu t'es mis? tel pétrin?... quelle lubie? » ma langue au chat!... à la Thomine chatte, là, qui brrrt! brrrt! sur mon papier... que ça lui est si fort égal toutes mes salades! brrt! brrt! le monde entier indifférent!

animaux! hommes! l'idéal gras!... pardi!... gras
comme Churchill, Claudel, Picasso, Boulganine
ensemble! postères! postéras! et brrt! brrt! vous en
serez aussi!... communisses-capitalisses Champions
tous élevages gras double! Commissars rentiers!
parfaits revenants 1900, très améliorés!... parlez-
leur voir mes clients qu'ils pourraient peut-être
essayer... pour leur bien! tout pour leur bien! peut-
être manger un peu moins de viande!... pour leur
digestion! vous verrez la haine!... vous avez effleuré
les Dieux!... Barbaque et Bibine! pas une passion
politique qui se puisse comparer!... dévotion, ferveur!... athée du bistek! hostile à wisky? rayé des
vivants!

Pour ce qui me concerne, je vous disais que la vie,
même ascétique, coûte encore extrêmement cher...
entendons, aidés par personne! secourus de nulle
part!... ni par la mairie, ni par les A.S., ni par les
Partis, ni par la Police... au contraire! dirons... au
contraire!... tous les gens que je vois sont aidés... ils
maquerotent tous... couci... couça... un peu... beaucoup... une grosse enveloppe... un coin de couloir!
comme l'abbé Pierre... comme Boileau... compagnons de ceci... cela... du Roi ou de l'Armée du
Salut!... comme Schweitzer, Racine, Loukoum...
quelque râtelier!... *Picotin brothers!*... petit sou, s'il
vous plaît!

Ce serait juste risible, et c'est tout... je râlerais pas
si à propos du racisme on m'avait pas tout gaulé! dix
ans, je dis!... pendant dix ans! tout de vacheries pas
croire! ils râlent pour leur Canal de Suez?... s'ils
l'avaient creusé à la poigne... ils auraient un petit peu
à se plaindre je dis! moi c'est tout travail à la main
ce qu'ils m'ont volé rue Girardon!... ils l'emporteront
au Paradis?... peut-être!... dix ans de vacheries, dont
deux de cellule... eux là, eux autres, Racine, Lou-

koum, Tartre, Schweitzer, faisaient la quête de-ci...
de-là... ramassaient les ronds et Nobel !... magots
énormes ! pâmés, bouffis, comme Gœring, Churchill, Bouddha !... Commissars pléthores super-
pâmés ! Dix ans je dis ! ça me revient !... dont deux de
recluse... l'article 75 au trouf ! qui s'aligne ? écrivains
de mes deux ! personne tique, j'ai beau rabâcher,
c'est comme si j'étais monté là-haut en « Cellule-
party » ! comme si j'avais fait exprès de donner tout
aux alcooliques de la Butte !... pas demain qu'ils me
mettront une plaque, avec garde champêtre et mairie libre « ici fut dévalisé... ». Je connais le monde,
tout ce qui les touche pas, eux, leurs boyasses, existe
pas ! tout beau !... j'oublie rien !... ni les petits vols, ni
les gros... les noms non plus... tous ! rien !... comme
tous les un peu imbéciles je me rattrape par la
mémoire... la drôlerie que ce fut !... qu'on a profité
que j'étais en cellule, l'article 75 au pouët, pour
m'emporter tout ! j'ai des nouvelles de mes pillards,
je me tiens au courant, ils se portent à merveille ! le
crime leur a bien profité !... l'agent Tartre, donc !...
à mes genoux pendant les fritz, passé idole de la
Jeunesse, Grand Sâr blablateux !... pâmé, menton,
cul mou, rillettes, lunettes, odeurs, tout ! métis de
Mauriac et morbac !... chouïa de Claudel Gnome et
Rhône ! fragiles hybrides !... bourriques et la Peste !
le crime paye !...

Puisque nous sommes dans les Belles-Lettres je
vous parlerai de Denoël... de Denoël l'assassiné... oh !
qu'il avait d'odieux penchants !... s'il le fallait il vous
fourguait, bien sûr, bel et bien ! le moment venu,
les circonstances... vous étiez ligoté, vendu !... quitte
à se reprendre, s'excuser, comme tel... tel... (cent
noms !) cependant un côté le sauvait... il était passionné des Lettres... il reconnaissait vraiment le travail, il respectait les auteurs... tout à fait autre chose

que Brottin!... Brottin Achille, lui, c'est l'achevé sordide épicier, implacable bas de plafond con... il peut penser que son pèze! plus de pèze! encore plus! le vrai total milliardaire! et toujours plus de larbins autour!... langues hors et bien déculottés...

Denoël l'assassiné lisait tout... Brottin lui est comme Claudel, il regarde que la page des « valeurs »... la lectavure, c'est le « Pin-brain-Trust » : Norbert Loukoum, président!... ah!... pensez si ça fume, se lave les pieds et joue de la trompette, en fait de lectavures! et si ça se décide pile ou face! ça fera qu'un auteur de plus!... des mille et des mille, plein la cave! ils fouteraient le tout à la poubelle?... les boueux les liraient pas!... je me moque... poubelle! j'ai bonne mine!... vidage des ordures? moi qu'ai deux poubelles qui m'attendent!... si j'y vais pas, qui qui ira?... pas Brottin!... à moi la tasse!... hardi! petit! pas Loukoum! plutôt mourir!... ça va faire soixante et quatre ans que je fais du « hardi, petit! » bonne mine!... pourtant c'est encore le moment... la poubelle et « hardi! petit! »... de chez moi à la route c'est bien deux cents mètres... je dois dire, en descente!... je la porte à la nuit qu'on me voie pas... je la laisse à la route... mais on me les fauche!... c'est bien dix poubelles qu'on me barbote... ah, y a pas que les Épurations... c'est tout le temps la fauche, sur tout... et partout! en plus je me fais un tort énorme de porter moi-même les ordures... la preuve on m'appelle plus « Docteur »... seulement « Monsieur »... bientôt ils m'appelleront vieille cloche! je m'attends... un médecin sans bonne, sans femme de ménage, sans auto, et qui porte lui-même ses ordures... et qui écrit des livres, en plus!... et qu'a été en prison... vous pouvez un peu réfléchir!...

En attendant, réfléchissant, si vous m'achetiez un livre ou deux vous m'aideriez...

N'en parlons plus !... mais le fait qui me pousse à la haine... hors de moi... précisément sur cette route ! les autos !... elles arrêtent pas ! là, vous pouvez voir la folie !... la trombe vers Versailles ! Cette charge des autos !... semaine ! dimanche ! comme si l'essence était pour rien... autos à une... trois... six personnes !... goinfrées pansues, rien à foutre !... où qu'ils vont tous ?... pinter, bâfrer, pire ! parbleu !... plus ! plus !... déjeuner d'affouaîres !... ouaîres !... ouaîres !... voyouages d'affouaîres !... ouaîres !... ouaîres !... rots d'affouaîres !... rrrôâ ! que c'est pitié, moi qu'on a volé trois poubelles ! y a des milliardaires en colère que leur moteur éclate pas ! ils m'éclaboussent... et mes poubelles !... tout rotant de canards aux navets ! ploutocrates, poujades, communisses, rotant pétant plein l'autoroute ! l'union des canards aux navets ! 130 à l'heure ! plus pétant rotant pour la paix du monde que tous les gens qui vont à pied ! canards historiques !... « Relais » historique ! menu historique !... vous sortez de table de façon tellement enivrante (*Château Trompette 1900*) que c'est pur miracle ! pichenette ! que vous défonciez pas le remblai, l'érable, le peuplier avec ! et votre direction et le volant !... vlan !... deux mille peupliers ! autopunitif en diable !... que diable ! freins puants ! freins flambants !... toute l'autoroute et le tunnel ! joyeux drilles ivres ! doublant, triplant, s'engouffrant ! le délire, la ferveur que c'est !... ah ! *Château-Trompette 1900 !*... la plusss vie que ça donne !... l'abîme ! canard aux navets !... mille trois cents voitures roues dans roues ! palsambleu Dieu, zut ! viandes si plein de sang, prêtes à roustir ! un coup de champignon ! le four ouvre ! la Messe est là ! pas à l'eau bénite !... au sang chaud ! sang, tripes, plein le tunnel !... le rare de rare qui réchappera pourra jamais vraiment se vanter s'il a tué tous les autres ou non ? Croisade ! croisons ! pèlerins bolides ! pleins la minute et le peuplier ! pétants, rotants, colères, fin ivres ! *Château Trompette !* canard maison ! les C.R.S. regardent... marmonnent... agitent... gesticulent... brassent le vent !... trente bornes à la ronde les fidèles sont venus... tout voir ! tout voir ! plein les deux remblais les voyeurs !... mémères, pépères, tantines, bébés ! sadiques pécores ! le gouffre à 130 à l'heure, et les bolides, et les C.R.S. en pantaine... brassant le vent... tunnel fumant ! *Château Trompette !* l'asphalte brûle !...

Oh ! si j'étais riche, je vous le dis, ou même « assuré social », ce que je regarderais tout ce désordre, toute cette dilapiderie d'azote, carbure, lipides, caoutchouc, toute cette croisaderie à l'essence, canard et super soûlerie avec le calme Napoléon ! mémères, pépères, bagnoles au gouffre !... bien sûr ! bravo !... mais le hic !... on n'a pas ce qu'il faut !... non !... tout dire ! on manque... le ressentiment vous poigne, l'aigreur, la haine... que tous ces porcs vous éclaboussent !... qu'ils flambent chaque Relais, chaque Yquem, chaque tour de roue, pour nous bien de quoi vivre un mois !... et pour même pas se raplatir ! déraciner un troène !... leur truc masochiste me bluffe pas !... je dis ! ni la corseterie du Loukoum ! ni les bourriqueries du Tartre... ni l'œil merlan frit d'Achille... l'autre non plus le dénommé Vaillant ! vaillant de quoi ? qu'il voulait m'assassiner !... oui ! qu'il est monté là-haut exprès ! qu'il le dit partout ! qu'il l'a écrit !... eh merde ! je suis là ! il est pas trop tard ! qu'il vienne je l'attends !... je suis toujours là, je m'absente jamais, je reste exprès pour les retardataires... un printemps... deux... trois... je serai plus là... il sera trop tard... je serai mort naturel...

L'eau potable ?... ouai !... ouai !... goûtez-y !... que
vous dites de l'eau de Javel ?... possible avec plein de
vin peut-être ?... mais pure ?... méchante rigolade
cette soi-disant eau potable saturée Javel ! imbu-
vable, je dis !... oh ! d'autres raisons de lamenter...
certes !... ma situation tout pour tout !... et que j'ennuie le monde avec mes soupirs !... culot !... Achille
Brottin me l'a dit l'autre soir : « Faites rire ! vous
saviez, vous savez plus ?... » il était surpris ! « tout le
monde a ses petits ennuis ! vous n'êtes pas le seul !...
j'ai les miens, allez !... si vous aviez perdu comme
moi cent treize millions sur la de Beers ! si vous aviez
"avancé" deux cents millions à vos auteurs ! vous
auriez un peu d'autres soucis ! tout le monde a les
siens ! cent treize millions sur la de Beers !... qua-
rante-sept millions sur le Suez ! et écoutez !... en
deux séances ! et quatorze millions sur les "Croix" !...
qu'il a fallu que je porte moi-même ! à mon âge !
à Genève ! les « croix » à l'acheteur !... heureusement que mon fils m'aidait !... quatorze millions en
"20 francs suisses !"... vous vous rendez compte ? » Je
réfléchissais pour me rendre compte... Norbert aussi
se rendait compte... il était là, il assistait à l'entretien... Norbert Loukoum, le Président de son « Pin-

23

brain-Trust »... il opinait que c'était affreux !... les larmes lui venaient !... Achille, cher vieillard, trimbaler quatorze millions de « croix » !... conclusion : Céline vous n'existez plus !... vous nous devez des sommes énormes et vous n'avez plus aucune verve !... avez-vous honte ? quand Loukoum dit verve vous entendez une drôle de chose... tellement il a la bouche lourde grasse... l'âge ! et aussi que les mots lui sortent comme moulés... la diction « cloaque »... qu'ils lui sortent par sorte d'à-coups mous... vous parlez si il jubile par à-coups mous Loukoum Norbert... que personne lise plus mes livres !... lui, le Président du « Pin-Brain-Trust » ! le triomphe des Nuls ! Bon !... je suis fixé !... ils me haïssent... aucune surprise !... mais les amis ?... navrés soi-disant que je me rattrape pas en médecine... comme praticien... me rétablisse !... que je devrais !... patati !... dévoués impeccable ! mes couilles ! mon intuition ! mes cures merveilleuses ! patata !... ils attendent surtout que je crève, les vieux amis ! le fond du fond !... ils ont recueilli les uns les autres, tous, un peu de manuscrits, de papiers, des bouts, au moment de la grande saccagerie... dans les escaliers... les poubelles... bien assurés, prévoyant qu'au moment où je crèverais, fatal, tout ça prendrait de la valeur !... mais que je crève nom de Dieu tout de suite !...

Je sais tout ce qu'on m'a secoué, j'ai l'inventaire dans la tronche... « Casse-Pipe »... la « Volonté du Roi Krogold »... plus encore deux... trois brouillons !... pas perdus du tout pour tout le monde ! certes ! je sais aussi ! je dis rien... j'écoute les amis... ouai ! ouai ! moi aussi diable j'attends qu'ils crèvent ! eux ! eux, d'abord ! ils bouffent tous beaucoup plus que moi ! qu'une petite artériole leur pète ! espoir ! espoir !... que je les retrouve tous chez Caron, ennemis, amis, toutes leurs boyasses autour du cou !...

Caron leur défonçant la gueule!... bien!... ah! sadique Norbert! servi chaud!... une brutalité que lui, Achille, seront ouverts d'une oreille à l'autre!... j'affirme! que pour leurs narquoises remarques ils auront une sorte d'haut-parleur! chacun! *vrang!* et *brrrang!* comme ça, Caron!... tout est prévu! ah! il pensera plus à ses Suez, Achille! ni à ses de Beers! ni ses croix!... plein la goulette! *vrrang!* ils seront mimis dans la barque! et tout le «Brain Trust» bien sûr avec! tronches toutes ouvertes et yeux pendants! le régime des passagers Caron!... je pense la cocasserie que ça sera!... bien plus drôle que Renault à Fresnes!... quand ils viennent un peu m'observer, les vieux amis, si je vais bientôt casser ma pipe, je me dis, je rigole, je les vois au Styx, comment Caron les caressera! *braoum!...* *vrang!* leur friponnerie! minois! oh! les futés!... déjà le Loukoum, sa bouche en corolle y prête!... sa molle tortueuse... telle qu'il émet plus que des *vuâââ!* *wâââ!...* cloaque profus de bouche!... il sera chouette d'une oreille à l'autre! marrant Norbert!... et l'Achille! son œil merlan frit lubrique lui pendant derrière l'oreille!... je vois!... je le vois!... ou après sa montre?... ou en sautoir? coquine breloque!...

Je vous le dis en toute confidence, les amis se doutent pas du tout! bon!... bon!... ils s'amusent du cas Renault... à leur aise! et le cas Caron?... zut!... ils voient rien!... ils nient, ils fument, ils rotent, ils sont tout goguenards satisfaits, à peu près certains de vivre cent ans grâce à de ces petites pilules! Madame!... et ces super-gouttes *Mirador!...* au moins moi une chose, corniaud entendu! mais radar!... je sais par où Caron les piquera!... l'allure qu'ils auront sur sa barque!... je dis fendus! *vrang!* et *brang!* d'une oreille l'autre!... en attendant ils me font lierchem, ils me baratent, ils pérorent, ils se grisent... si sûrs d'eux!... leurs armoires, quinze étagères, pleines de suppositoires et gouttes!... en plus, hein! apéros! quels choix!... sucrés et amers! l'optimisme total!... ah! ah!... un coup de foie gras, une cigarette, deux flûtes de Mumm, vous me direz des nouvelles! le «Relais» chez soi!... l'autoroute chez soi!... qu'ils vous trouvent pâle mine et à bout, si déprimé, neurasthénique! c'est eux qui vous donnent des conseils!... que vos régimes ne valent rien! d'abord! d'abord! la preuve! la preuve! leurs femmes leur disent bien de plus vous voir! que vous détraquez les estomacs, les foies, les rates!... que vous éteinderiez vous tout seul tous les 14 juillet du monde!... par votre propre cafarderie! qu'on devrait vous défendre d'exercer!... puisque vous étiez en prison que ça serait béni qu'on vous y refourre!... d'une façon elles ont raison!... mais moi j'ai pas tort!... baveux, croulant, certes!... mais passionné ardent terrible qu'ils crèvent avant moi! tous! qu'ils s'y roulent bien dans les bifteks! qu'ils fassent ce qu'il faut! qu'ils se fassent éclater!... et à la sauce!... toutes les sauces!

Je pense... j'anticipe... les deux autres continuent à me parler... Achille, Loukoum... je les écoutais plus... ils se répètent! «que vous étiez drôle autrefois!» je conviens j'étais assez espiègle, je le redeviendrais peut-être... avec un petit peu de «compte en banque»... comme Achille, tiens!... comme Achille, exact!... même son «centième» en banque! alleluia! ou comme son grand châtreur Loukoum!... bons à lape, s'il fut, tous les deux!... mais placés, grand Ciel!... où ça tombe! où tout tombe!... honneurs! dividendes! *securit*!... «Famille, Travail, Patrie»? merde!... ils ont bien fait de le buter!... Verdun, patati!... je l'ai connu avec ses seize «cartes» à Siegmaringen, je sais ce que je cause.

26

Mais un fait est là... mes livres se vendent plus... qu'ils disent !... ou presque plus... que je suis démodé, que je radote ! entourloupes ! salades !... coup monté !... ils veulent racheter tout à ma veuve ! un morceau de pain !... pardi ! j'ai l'âge, c'est entendu ! mais le Norbert donc ! il se voit pas ? l'Achille quand vous ouvrez la porte, faut le retenir, le souffle l'emporterait ! et tout son « Pin brain Trust » avec ! c'est tout si fort comme radoterie que plus rien n'existe à côté, qu'ils comprennent plus rien, que leur façon de faire des *mmm ! pfouah ! vlac !* sous eux ! foiarer !... moi je pourrais aussi faire *pfouâ ! pflac !* tenez Christian IV à propos foiarait pareil énormément ! Christian IV, roi du Danemark ! toute sa vie !... en tout pour tout !... comme Brottin !... il a tout tenté, tout loupé... comme Brottin... Brottin lui dans l'édition, Christian IV dans les royaumes... ses malices l'ont enseveli !... comme Brottin !... moi je suis monté là-haut me rendre compte... en son Royaume... j'ai été tâter de ses prisons... c'était plus lui, c'était son archidescendant Christian X, méchant faux derge, abruti boche... plus tard sortant de gniouf on a demeuré en face chez lui, une soupente : Kronprinzessgade !... essayez voir, le courage, un nom de rue pareil !... vous dire qu'on en connaît un bout !... Château Rosenborg... je vous raconterai... mais en attendant, je reviens à mon actualité ! pas flambante ! à encore d'autres jours difficiles... surtout à cause de Brottin ! Brottin le maniaque gâcheur ! le philatéliste souillon ! Brottin plein de « Goncourt » plein sa cave !... plein de romans nuls, comme s'il les chiait !... *vlaf ! vloof !*... si vous le trouvez plus pénard l'œil encore plus merlan que coutume c'est qu'il est en train de réfléchir, cogiter, chier, son dix mille et treizième auteur, le Roi de l'Édition ça s'appelle !

Caron le sortira de réflexions! et à l'aviron, belle madame!... *vrrang!... brang!*

Je m'excuse de parler tant de moi-même... je m'appesantis... des déboires?... vous avez les vôtres!... ces gens de lettres sont terribles! si affligés de moi-moiisme!... mais les médecins donc! un beurre!... et les plombiers?... et les coiffeurs? tout kif, allez!... pas un seul bonhomme modeste!... et les ministres!... et l'abbé Pierre, film en personne?... je pense à Caron la façon qu'il leur fera passer leur moimoiisme! tous! à la sacrée rame plein le museau! *vrrang!* d'une oreille l'autre!... vous voyez ça! leur décolle presque toute la tronche! oui, leurs yeux pendent!... l'embarquement pour l'outre-là!... ce gringue aux touristes! *vrang! brang!*... d'une oreille à l'autre! quantités de personnes très cossues avec tas de ramassis de cloches pêle-mêle!... sous-sous petits retraités!... dames aux camélias très languides, magistrats à barbe, sportsmans olympiens, tout ça à la ratatouille, en train de se faire bien fendre la face! *vrang!* si je racontais ces guignolades au lieu de mes petits mièvres avatars?... ça remonterait peut-être mes tirages?... Kramp est d'avis... Kramp qui fait les paquets chez Hirsch... Kramp question flair intelligence est un petit peu moins con qu'Achille... pas voué, aussi voué à tout rater... lui au moins il a un métier... il livre!... c'est rare quelqu'un qui fait quelque chose...

Faut dire... je serais d'une Cellule, d'une Synagogue, d'une Loge, d'un Parti, d'un Bénitier, d'une Police... n'importe laquelle!... je sortirais des plis de n'importe quel « Rideau de fer »... tout s'arrangerait! sûr! dur! pur!... d'un Cirque quelconque!... comme ça que tiennent Maurois, Mauriac, Thorez, Tartre, Claudel!... et la suite!... l'abbé Pierre... Schweitzer... Barnum!... aucune honte!... et pas d'âge! Nobel et

Grand-Croix garantis ! Même croulants, fondants, urineux, « honoraires », « Emblèmes des Partis » ! Juanovicistes ! ça va !... tout va ! n'importe quoi vous est permis sitôt que vous êtes bien reconnu clown ! que vous êtes certainement d'un Cirque !... vous êtes pas ? malheur ! pas de Chapiteau ? billot ! la hache !... Quand je pense le « chapiteau » que j'avais ! qu'Altman qui me traite à présent de sous-chiure, de lubrique vendu monstre, honte la France, Montmartre, Colonies et Soviets, se rendait malade à bout de transes, l'enthousiasme, l'état où le mettait le « Voyage » !... pas « in petto » ! non ! du tout ! dans le « Monde » de Barbusse !... aux temps où Mme Triolette et son gastritique Larengon traduisaient cette belle œuvre en russe... ce qui m'a permis d'y aller voir en cette Russie ! *à mes frais !* pas du tout aux frais de la princesse, comme Gide et Malraux, et tutti quanti, députés !... vous voyez si j'étais placé ! je vous mets les points sur les i !... un petit peu mieux que l'agent Tartre ! crypto mon cul ! miraux morbac ! à la retraite rien qu'à le regarder ! je remplaçais Barbusse ! d'autor ! les Palais, Crimée, Securit ! l'U.R.S.S. m'ouvrait les bras ! j'ai de quoi me la mordre !... ce qui est fait est fait, bien sûr !... l'Histoire repasse pas les plats !... ils se sont rabattus sur ce qu'ils ont pu, ce qu'ils ont trouvé !... sous-sousdélavures de Zola !... déchets de Bourget !... la drouille ! tout drouille ! plein les caves d'Achille !... demain Latzareff !... Madame !... Tintin !... demain ! leurs domestiques !... le tout quiconque colleur d'affiches... a son idée !

La façon que Caron va les prendre ?... *the question ?*... vrrang ! brang ! je suis sûr !

Mais que je revienne à mon affaire !... de temps en temps quelque entêté arrive tout de même à me découvrir, dans un tré-tréfonds de hangar sous une pyramide d'invendus... oh, je me ferais très bien une raison... d'être le tartineur qu'on lit plus... que la pure Vrounze épurée rejette ! le médecin plus damné que Petiot ! plus criminel que Bougrat ! oh ! que je serais même bien content !... mais y a la nouille ! nouille si hostile aux dialectiques ! que du *cash* ! Loukoum, Achille et leur smala sont garantis côté des nouilles ! eux ! d'où leurs petits airs philosophes... ôtez-leur les nouilles vous écouterez ces putois ! pas de sursis avec la nouille ! « Et votre autre corde à votre arc ? » je vous entends... « la médecine ? » les malades me fuient ! voilà ! j'avoue !... démodé ?... certes !... je veux !... je connais pas les nouveaux remèdes ? oh ! quel mensonge ! je les reçois tous les nouveaux remèdes ! je lis à fond tous les prospectus... que savent-ils de plus mes confrères ? Rien ! que lisent-ils de plus ? Rien ! l'instinct guérisseur si je l'ai ! j'en suis perclus !... tel traversé d'ondes et de fluides !... avec le quart de ce que je reçois « remèdes nouveaux »... le dixième ! j'aurais de quoi empoisonner tout Billancourt, Issy, et le reste !... et Vaugirard ! Landru me fait rire, le mal qu'il se donnait !... question « faire du bien », rien m'échappe ! les plus bouleversants progrès !... je serais pas comme tous les confrères qu'ont laissé la pénicilline sécher, moisir cinquante ans ! autre chose comme magnifique connerie que le Suez ! oh ! moi, vigile ! je peux vous rajeunir en cinq sec !... vingt... trente ans de moins ! n'importe quel nonagénaire !... j'ai le sérum là ! sur ma table !... quel rebouteux qui s'aligne ? sérieux, garanti, timbré, remboursé par les A.S. ! une ampoule avant chaque repas !... vous passez Roméo de choc ! la « Relativité » en ampoules !... je vous la donne ! vous vous rebuvez le Temps, ainsi dire !... les rides !... les mélancolies... les aigreurs ! les bouffées de chaleur... qu'est-ce que je peux faire ?... la Comé-

die-Française, gamine ! Arnolphe saute à la corde !...
reboumé ! Madeleine Renaud, Minou, Achille
au Luxembourg ! à Guignol ! et l'Académie !... Mauriac, enfin, enfin, enfant de chœur !... nous emmer-
dant plus !... tous ses refoulements exposés !... une
ampoule avant chaque repas ! garanti par les Assurances !...

Je serais guérisseur, ça irait... ça serait une façon...
et pas bête !... je ferais de mon cabinet mi-Bellevue
un lieu de « refrétillement » des blèches !... Lourdes
« new-look », le Lisieux-sur-Seine !... vous voyez ?...
mais le hic ! je suis que le petit médecin tout simple...
je serais empirique ? je pourrais me permettre... je
peux pas !... ou « chiropracte » ?... non ! non plus !

J'ai le temps de méditer... repenser le pour,
contre... de réfléchir ce qui me fait le plus de tort ?...
mon complet peut-être ? mes grolles ?... toujours en
chaussons ?... mes cheveux ? je crois, le plus surtout
de pas avoir de domestique... ah, et aussi le pire du
pire : « il écrit des livres »... ils les lisent pas, mais ils
savent...

Je vais chercher les malades moi-mêmes (les rares),
je les ramène moi-même à la grille, je les guide qu'ils
glissent pas (ils me feraient un procès), la glaise, la
gadoue !... les chardons aussi... je vais moi-même
aux « commissions »... voilà qui vous discrédite !...
je vais aussi porter les ordures ! moi-même ! la poubelle jusqu'à la route !... vous pensez ! comment je
serais pris au sérieux ? « Docteur ? Docteur ? pour la
petite !... dites-moi ! savez-vous ? l'intrait sec de fibre
de cœur de morue ?... une révolution il paraît ? vous
savez ? et l'hibernation ? ce que vous dites ? pour les
yeux de maman ? »

Oh ! que je réponde ceci ! cela ! kif !... c'est pas moi
qu'ils iront croire ! défiance totale !...

Tout ça est pas grave ! vous me direz... des millions sont morts, qu'étaient pas plus coupables que vous !... bien sûr !... j'y réfléchissais croyez bien pendant les promenades à travers la ville... promenades «très accompagnées»... pas une fois ! vingt, trente fois ! tout Copenhague d'Est en Ouest... en autobus très grillagé, bien bourré de flics à mitraillettes... pas causeurs du tout... touristes «droit commun», «politiques», bien sages, en menottes... de la prison à leur Parquet... et retour, un petit ruban !... oh ! je connaissais très bien la ville déjà, mais là, en autocar de flics vous voyez la foule autrement... c'est ça qui manque à Brottin, Norbert aussi... pourtant l'ont-ils l'air «droit commun» !... «homo deliquensis» comme pas... Lombrosos crachés !... le vrai *sightseeing* menottes ! leur ferait un de ces bien énorme !... ils verraient enfin les têtes de toutes les personnes des cocktails !... leurs vraies natures ! pas seulement celles de l'autocar... la foule !... la chaussée !... leurs vrais calots... leurs horribles complexes ! bouilles perruches et chacals... *Politiigaard*, leur Parquet ! vous grattez pas ! *politii* : police !... *gaard* : Cour !... tout vient du français !... ce qu'ils voulaient savoir... si j'avais vraiment vendu la ligne Maginot ?... les fortins d'Enghien ?... la rade de Toulon ? les Danois qui m'ont eu en cage, pas huit jours, six ans ! voulaient absolument savoir pourquoi ? mais pourquoi ? les Français, la France entière, voulaient me voir écartelé ? si c'était pour ceci ?... pour cela ?... les Danois voulaient bien ! certes !... mais ils voulaient comprendre un peu... ils torturent pas à l'aveuglette, « à la française » !... non !... ils raisonnent... pendant qu'ils raisonnent, réfléchissent, vous avez qu'attendre, ils sont lents... ils torturent pas à la légère... mais gaffe ! y a du contre ! pendant qu'ils enquêtent, pondérés, sérieux, ils vous laissent très bien à pourrir dans leurs fonds de cellules... faut y avoir été !... je répète l'adresse, Vesterfangsel, Pavillon K, Copenhague... quartier des condamnés à mort... touristes, le petit tour !... l'Hôtel d'Angleterre est pas tout !... ni la « petite sirène ».

Pendant qu'ils méditent, s'ils vont vous livrer ou vous livrent pas, vous vous touillez vous-même un peu ! vos problèmes !... vous les gênez pas à fond de trou !... Tartuffes, ils sont ! dix fois comme les nôtres !... Tartuffes protestants, chapeau ! que vous creviez pendant qu'ils méditent ? ils veulent bien... puritains !... ils resteront à réfléchir vingt ans !... le temps que vous ayez plus du tout de corps... qu'il vous reste plus que des peaux pourries... des plaques... lichen... pellagre... et aveugle !... vous me direz, je veux, bien sûr, comme dans toutes les prisons du monde !... le cas Renault est pas unique... qu'ils viennent tout de même vous finir !... bien sûr ! assez pesé le pour du contre... crrac ! craac ! la nuit... la grosse lourde !... quatre hercules en blouse ! Emmenez l'objet ! *Komm !* vous entendez l'égorgement ! « pip-cell » là-bas ! *11 ! 12 !* je sais ce que je cause... Tartuffe du Nord c'est quelqu'un ! Tartuffe Molière est qu'un enfant !... je l'ai assez entendu

Hjelp ! Hjelp ! le lendemain, mort ! vous le voyez plus !...

Ça se passe à Fresnes ?... il va de soi !... partout !... Renault ? Demain, Cocteau !... demain Armide... l'abbé Maous est pas exempt !... monsieur le docteur Clyster !... même le Mauriac en bikini !... « express », qu'il dit !... on le rattrapera ! on rattrape tout, minuit au gniouf !

Hjelp ! c'est au secours !... vous avez compris ! vous débarquez à Copenhague... « taxi ! »... pas du tout « Hôtel d'Angleterre ! » ...non !...» Vesterfangsel » !... démordrez pas ! vous insistez ! vous voulez voir !... voulez y aller ! pas la petite sirène ! vous voulez entendre ! *Komm ! Hjelp !*... c'est tout !...

Quand je pense aux personnes que j'entends parler politique je les vois déjà en autobus... en vrai autobus! grillagé, sérieux, tout bourré de criminels comme vous!... pas criminels à la Charlot! criminels bel bien en menottes et camisoles!... sous garde de douze mitraillettes!... jugez! l'effet! les passants flanchent, oscillent, se raccrochent aux devantures... que ça pourrait leur arriver!... leurs consciences flageolent! trouille! mille fois trouille!... souvenirs! c'est rare qu'ils ont pas un petit avortement par-ci... un petit vol par-là... pas de honte! la honte c'est d'être pauvre... la seule honte!... tenez moi, pas d'auto, médecin à pied! de quoi j'ai l'air?... l'utilité d'un médecin, même très imbécile, un coup de téléphone, il arrive!... l'ambulance fait souvent défaut... quant aux taxis, y en a jamais... au moins le plus idiot médecin, sa voiture!... même la réputation affreuse que j'ai, vieux gibier de bagne, j'aurais une voiture qu'on me trouverait pas si toc, si vieux... voitures et voitures! je m'amuse! celle, là-haut, était pas à moi!... ici non plus, aucune! j'attends celle d'Achille! s'il veut me montrer ses affreux comptes!... que je lui dois des sommes et des sommes, qu'il dit! *homo deliquensis*, j'ai dit!... l'autobus tout entier pour lui ! et bordel ! tout son Trust avec !... Norbert à cavaler derrière ! menottes et corset ! comme ça que je vois les choses !

Arrivés à leur Préfecture c'était le moment encore d'attendre au moins cinq, six heures... qu'on vienne nous chercher... cinq six heures debout chacun en cercueil vertical, fermé à clef... j'ai fait dans ma vie je peux dire des heures et des heures de garde, faction, comme planton, poireau, en guerre comme en paix... mais là dans ces boîtes verticales du *Politiigaard* Copenhague, je me suis jamais senti si con... attendant d'être interrogé... de qui ? de quoi ? j'avais le temps un peu de réfléchir... ça y était ! ils ouvraient ma boîte !... ils m'aidaient à monter là-haut... il fallait !... deux flics... l'effet du béribéri et aussi d'attendre vertical... le bureau était au « quatrième »... les flics m'aidaient bien gentiment... jamais aucune brutalité ! je dois dire aussi que j'ai tout tenté pour me guérir des vertiges, pour plus fléchir en marchant... pour plus crouler... Salut !... je croule !... les séquelles de cette pellagre... vous lisez dans tous les « Traités » que c'est rien de guérir le scorbut, qu'avec quelques tranches de citron... à la bonne vôtre !... que je suis tordu pour toujours !... qu'on m'enterrera tel tordu, carabosse !... bon ! j'ai beau être tel, gâteux fini, c'est pas raison de vous perdre en route ! je vous racontais l'escalier... nous voici au « quatrième »... une petite remarque amusante à propos de leur *Politiigaard*... comme il est foutu... couloirs en couloirs si tarabiscotés, épingles à cheveux et tire-bouchons, que supposant que vous vous sauviez, n'importe où, n'importe quel moment, vous vous retrouvez pris dans une cour où les « dérouilleurs » vous attendent... des flics spéciaux... vous êtes massé ! et à l'hostau ! c'est pas essayer de se sauver ! moi pas question !... centenaire que j'étais déjà !... tous les

« Traités » y changeront rien ! ce qui est fait... est fait !... la prison nordique !... elle est faite pour ! tenez maintenant ceux qui s'exposent à Budapest et Varsovie y en a qu'iront bien sûr en tôle !... fatal !... vous leur demanderez dans vingt ans ce qu'ils pensent du tout ?... le touriste voit rien, j'ai dit, il suit le guide... « l'Hôtel d'Angleterre », *Nyehavn*, les petits tatoués, la « grosse Tour »... « sirène »... son esprit est satisfait, il rentre chez lui, il peut parler, il a vu !... deux, trois chevaux de *Karlsberg*, la brasserie, qui portent leurs petits chapeaux l'été !... du tourisme ou je m'y connais pas !

Que je retourne à mon étage ! hissé par un flic à chaque bras... nous voilà ! ils m'assoient ! trois *Kriminalassistents* vont m'interroger... à tour de rôle... oh ! sans brutalité aucune !... mais si invariables fastidieux !... « *Reconnaissez-vous avoir livré à l'Allemagne les plans de la Ligne Maginot ?...* » toujours aussi moi invariable ! « *No !* » et je signais ! aussi sérieux qu'eux ! tout ça se passait en anglais... là vous pouvez apprécier le déclin de notre langue... ç'aurait été sous Louis XIV ou mettons seulement sous Fallières jamais ils auraient osé... « *Do you admit ?... do you admit ?...* » mon cul ! *no !* non ! signé !... sans commentaire ! une fois moi bien *no ! no !* signés, on me repassait les menottes et ils me redescendaient au car... et en avant encore... toute la ville ! Est-Ouest !

Ça a été ainsi des mois et puis un moment j'ai plus du tout pu bouger... c'est eux alors qui sont venus me voir les trois *Kriminalassistents*... au creux de mon trou... me reposer la même question... je spécifie trou ! vous irez voir, trois mètres sur trois, six mètres de fond... un puits... pour verdir, béribéri, lichen, pas mieux ! moi qu'ai vécu Passage Choiseul, dix-huit ans, je m'y connais un peu en sombres séjours... mais la *Venstre*, l'idéal ! une petite idée que j'y crève ? bien sûr !... sans scandale... sans brutalités... «il a pas tenu !» regardez, je vous cherche un exemple : Renault... la façon qu'ils s'y sont pris !... enfantins précipités ! deux ans à fond de puits, ils l'avaient ! ils étaient tranquilles !... moi, cinq, six mois !... je posais ma chique !... je devais !... mutilé 75 % !... bernique !... j'ai tenu ! *flutazof !*

Maintenant là, dix ans plus tard, à Meudon-Bellevue, on me demande plus rien... on me taquine un peu... mais à peine... je m'occupe pas des gens ! non plus !... d'autres soucis !... le gaz... l'électricité... le charbon ! et les carottes !... les pirates qui m'ont tout secoué, tout fourgué aux Puces, ont pas à souffrir de la faim, eux !... ni de rien !... le crime paye !... des «Olympiques» pour le culot ! brassards, galons... dix !... douze cartes ! ils me coupaient la tête au canif, ils étaient sur l'Arc de Triomphe ! la gloire ! pas «en inconnus» !... au néon !

Mais j'ai peut-être tort de me plaindre... la preuve, je vis encore... et je perds des ennemis tous les jours !... de cancer, d'apoplexie, de goinfrerie... c'est un plaisir ce qu'il en défile !... j'insiste pas... un nom !... un autre ! y a des plaisirs dans la nature...

Oh ! mais je vous parlais de Thomine... Thomine, ma chatte !... je vous oubliais ! le gâtisme excuse pas tout !... je vous parlais aussi de mes malades !... mes rares, mes derniers... vu ma gentillesse, ma patience, et le fait qu'ils sont tous très vieux, et que je refuse d'être honoré ! oh, absolument !... ces rares très très vieux me viennent encore...

Pour les mœurs je date du «second Empire»... je me vois «profession libérale» !... quand j'ai payé mon «forfait», ma patente, l'Ordre, un peu de chauffage, et mon assurance-décès, j'en suis de ma poche !... la réalité !... raide ! j'ai bonne mine : méde-

cin libéral !... vous me direz : « Saignez votre Achille !
il a qu'à vendre un peu vos livres !... » mais foutre
qu'il s'en garde !... il gueule simplement que je le
ruine !... putois ! qu'il m'a avancé de ces sommes !...
mauvaise foi d'Achille !... un monde !... il fait tout ce
qu'il peut, doubles jeux, triples ! pactes d'Apocalypse ! pour qu'on m'achète pas !... il me garde dans
sa cave, il m'enterre... je serai réédité dans mille
ans... mais là à Bellevue, l'heure actuelle il me reste
à crever... « Ah oui, Céline !... il est dans notre cave !...
il en sortira dans mille ans !... » personne parlera plus
français dans mille ans ! eh, con d'Achille ! tenez
c'est comme la dentelle !... j'ai vu mourir la dentelle...
moi, qui vous cause !... la preuve ma mère au Père-
Lachaise a même pas son nom sur sa tombe... je
vous raconterai... Marguerite Céline... cause de moi,
la honte... que les passants pourraient cracher...

Sans jouer les Saint Vincent de Paul ou les Münthe, il m'est souvent reproché de faire trop de place aux animaux... C'est un fait !... oui ! oui !... biscottes, lard, chènevis, mouron, « haché », tout y passe !... chiens, chats, mésanges, piafs, rouges-gorges, hérissons, nous mènent la vie dure ! et les mouettes des toits Renault !... l'hiver... de l'usine en bas... de l'île... nous nous rendons ridicules, soit !... surtout que les uns amènent les autres... hérissons, rouges-gorges, mésanges... surtout l'hiver !... du haut-Meudon... sans nous ça irait plutôt mal, l'hiver... je dis : haut-Meudon... plus loin ! d'Yveline !... on est le bout de la forêt d'Yveline, nous... l'extrême pointe... après nous c'est le bois de Boulogne, Billancourt...

Bon ! nos bêtes coûtent trop cher... j'admets... le moment de faire gafe ! nous faisons gafe dix fois par semaine ! dix autres oiseaux nous arrivent !

Le plus déjeté de mes assistés est un gâté si je me compare... et tout travaillant plus que lui !... énormément plus !... et qu'il en voit rien l'assisté ! le travail de la tête se voit pas... je finis en totale faillite... j'ai honte !... je vous prends un exemple... l'autre dimanche, une dame de Clichy, une de mes très anciennes malades, une dame tout à fait distinguée, instruite, fine, au courant des choses, vient me voir... elle avait fait le tour de Paris, en métro, en autobus... quelle témérité !... je la félicite... nullement essoufflée !... elle vient me voir pour un petit conseil... je l'ai soignée et toute sa famille... mon tour, je lui demande ce que sont devenus ceux-ci... ceux-là... des gens que j'ai parfaitement connus... des nouvelles aussi des endroits... la Porte Pouchet, Square de Lorraine, Rue Fanny... ce qu'ils ont fait de la maison Roguet ?... elle sait... elle sait tout... certains se souviennent encore de moi... ils sont devenus vieux... ils m'envoient toutes leurs amitiés, leurs meilleurs vœux... ils savent tout ce qu'il m'est arrivé... ils trouvent tout joliment injuste ! de me jeter moi en tôle !... nonobstant je serais resté à Clichy, ils m'auraient sûr écartelé !... Parlons d'autre chose !... d'hôpitaux... de l'énorme Bichat... et puis de la Mairie... et des adjoints... cocos et antis... de Naile qui s'est suicidé... il était Parisien comme moi... c'est rare en banlieue parisienne un adjoint qu'est pas des Basses-Alpes ou du Hainaut... vous vous sentez pas à votre aise en toute cette banlieue parisienne si vous êtes pas des Drôme, Cornouailles, Périgord... par exemple à la Mairie... « où êtes-vous né ? » Courbevoie, Seine... la demoiselle renfrogne... vous avez commis un impair...

Toujours est-il qu'à propos de Naile nous venons à parler d'Auffray, l'ancien maire... et puis d'Ichok... le faux docteur Ichok qui s'est suicidé, lui aussi... c'est extraordinaire, on ne sait pas, tout ce qui s'ourdit, fricote, trame, dans les couloirs d'une mairie ! triples portes capitonnées, « permanences », personne jamais là !... plus du tout les sacristies où s'affilent les dagues ! où s'achètent les « acides prussiques » ! non ! le mystère a déménagé !... vous en trouverez des épaisseurs dans les bureaux de Bienfaisance... la plus énigmatique histoire que je

savais de Clichy, l'histoire de Roudière, l'employé
du bureau d'Hygiène... nous en parlerons... de la fin
de ce monsieur Roudière... d'un cancer! oui! mais
attention! la politique en était!... la preuve comme
je l'ai vu!... matraqué, comme!... étendu! son ulcère
a saigné six mois!... je le ferai pas revivre le malheureux!... il a pas « une rue » comme tant d'autres...
s'il avait matraqué les autres c'est lui qu'aurait
la « rue Roudière »... cette bonne blague! Raconter
comme ça... choses et d'autres... me remet en
mémoire l'assassinat de « la Maison Verte... » le mac-
cabe esquivé!... banal! un meurtre au bistrot, au
zinc... le mystère piquant, qu'on a jamais retrouvé le
cadavre! on l'a pourtant vu! le mec s'effondrer! deux
couteaux dans le dos!... servi le pote! le temps qu'on
avertisse les flics, qu'ils viennent, qu'ils voient le
mort... qu'ils aillent chercher une civière... le mac-
cabe était envolé!... pas tout seul, bien sûr... ils arrêtent tout le monde!... le tôlier, les témoins, la bonne,
tout! une heure après les flics rallègent! micmac! le
cadavre était là, revenu!... bien le même! trois couteaux dans le dos!... ça va plus!... ils retournent
au Quart, alertent Paris!... mais le temps qu'ils
retournent eux au bistrot, le cadavre encore refoutu
le camp! positif! cache-cache!... finalement ils
ont renoncé! souvenirs en souvenirs... « Maison
Verte »... Porte Pouchet, bon!... je viens à parler de
Saint-Vincent-de-Paul...

« Et Saint-Vincent-de-Paul? »

La célèbre maison de retraite... là aussi j'ai soigné
du monde... des alités et des bonnes sœurs...

« Combien c'est maintenant à Saint-Vincent-de-
Paul? »

Le souci de tous les vieillards, leur hantise, le prix
des pensions « en maison de retraite »... ma mère,
mon père collectionnaient les prospectus des condi-

tions à la « *Fondation Bonnaviat* », la « *Fondation Garigari* », celle des « *Petits-Ménages* » d'Euques-sur-Ourque... moi, je dois dire, dans mon état, je serais plutôt Saint-Vincent-de-Paul...

« Vous savez combien ils demandent ?

— Oh ! autrefois c'était pas cher !... autrefois ! mais maintenant !... maintenant Docteur 1 200 francs par jour !

— Par jour ?

— Oui !... oui !... par jour !

— Vous croyez ?... vous croyez madame ?... »

Là vraiment, le comble !... 1 200 francs à Saint-Vincent-de-Paul !... autant l'abbé Pierre ! même fifi !... je le dis, là je songe... plus fort que de jouer au bouchon !... 1 200 francs par jour !... je songe, moi Lili, je pensais à nos propres moyens ! on était loin des 1 200 balles !... ce que la vie a pu devenir !... un chef-d'œuvre de pas crever !... pour Brottin bien sûr 1 200 francs ?... rire ! lui ses deux mille auteurs en cave, deux mille effrénés travailleurs ! pardi !... ses Titans de la Série beige, à la manivelle !... polycopie ! plagiacopes !... tout ! ils y feraient dix millions de pension ! comme la Banque de France Achille ! ses auteurs en cave ! la manivelle !... et hop ! et hop ! lui, la rotative ! toute sa clique et sa famille... tout ça des coffres qu'ils les comptent plus... en trente-six banques ! tout en cave ! auteurs et les coffres !... y a qu'à regarder les pyramides, l'imposant extérieur est rien ! ce qui compte : ce qu'est dessous ! dans les archi-cryptes profondeurs ! là, cesig momie, et ses fortes devises ! et ses deux mille auteurs esclaves ! et le Loukoum pleurard !... son Loukoum ! avec !... avec !... son châtreur-maison ! goulu, le monstre ! bouche de limace, féroce à la merde, laisse rien ! la merde est dans un salon ? soit ! hop ! il fonce, visque !

à table !... le gros flot de bave !... lui vient ! lui sort !
il ravale tout !... comment qu'il est !

Oui ! mais en attendant, ma malade, ma vieille
amie, m'avait asséné un rude coup ! je restais pan-
tois... 1 200 francs à Saint-Vincent-de-Paul ! je nous
voyais mal, moi, Lili... notre avenir...

Oh ! que vous me direz... le gaz voyons ! vous vous
plaignez du gaz ?... mais passez-vous vous-même au
gaz !... hardi ! lisez votre « journal habituel »... les
gens qui ne peuvent plus se passent au gaz !... la belle
affaire ! pensez que j'en connais un petit bout, trente-
cinq ans de pratique !... ils réussissent pas tous les
coups, de loin ! de loin ! on les ranime !... plus grave :
meurent pas mais souffrent énormément !... et pour
partir et pour revenir !... mille morts, mille re-vies ! et
l'odeur !... les voisins accourent !... ils foutent le bordel dans votre case ! s'ils ont trop volé... hop ! le feu !...
le feu aux rideaux !... vous voilà encore à souffrir en
plus d'asphyxie des brûlures !... un comble !... non ! le
gaz est pas une bonne affaire !... le plus sûr moyen
croyez-moi, j'ai été consulté cent fois : le fusil de
chasse dans la bouche ! enfoncé, profond !... et
pfanng !... vous vous éclatez le cinéma !... un inconvénient : ces éclaboussures !... les meubles, le plafond ! cervelle et caillots... j'ai, je peux le dire, une
belle expérience des suicides... suicides réussis et
ratés... la prison peut vous aider ! vous biffer aussi
l'existence !... certes ! forteresse à supprimer le
Temps !... suicide petit à petit... mais tout le monde
peut pas prisonner dans l'existence ordinaire...
disons Bezons, Sartrouville, Clichy... ah, et aussi
Siegmaringen !... là, y avait urgence un peu !... tous
l'Article 75 au derge !... urgence, je répète ! ils avaient
de quoi, tous ! aussi bien nababs du Château, que crevards des soupentes !... épreuve générale des nerfs !...
toute la Planète à la haine !... qu'ils étaient monstres

44

et pire que ça !... que pas un supplice suffirait... mille et mille ! et plus ! plus !... des siècles !... même mes malades du « Fidelis » qu'étaient presque déjà des morts, dégoulinants de pus, tout labourés de gale, crachant pancréas et boyaux, me demandaient aussi la façon de finir comme un rêve... Salut !... je vous dis les ministres au Château qu'étaient encore les plus nerveux !... le moyen ? si je la connaissais la façon ?... revolver ? cyanure ?... pendaison ?... Laval bien sûr avait son truc !... Laval, l'orgueil même ! il hésitait à me demander... et regardez comme il a fini !... au cyanure humide !... il était plus malin que tout le monde ! comment de Gaulle finira ? et Thorez ?... Mollet ?... ils savent pas !... ils causent !... j'irai moi, me finir dans le jardin... là !... il est grand... plutôt dans la cave ?... la cave aussi est bien propice... la chatte va y faire ses petits... régulièrement... Lili l'aide, la masse... moi, personne m'aidera... Lili aura pas d'ennuis... tout se sera passé régulièrement... le Parquet viendra constater... cause du suicide ?... neurasthénie... je laisserai une lettre au Procureur et une petite somme à Lili... demi-tour par principe !... Rompez !... Lili aura pas grand-chose... tout de même de quoi vivre deux, trois ans... vous parlez d'ouragans, tornades, hordes en fureur, pillards de tous les horizons ! et « mandats d'arrêt » et menottes ! qu'il nous reste encore un petit sou ?... miracle ! le monde entier en Corrida !... Je voudrais voir l'Achille, à ce sport ! lui ! sa clique ! son grand « Pin Brain Trust » déculotté !

Lili contre tous ?... je vois mal !... Lili généreuse comme personne... total généreuse ! comme une fée !... elle donnera tout !... tant pis ! j'aurai fait tout mon possible... ah ! les « Cinq sous de Lavarède » !... plaisanterie facile ! quel plat, madame ! qu'il passait d'un pays l'autre à travers mille un avatars ? terribles ! oh là là... qu'il aurait dit, nous... zut !... à travers quatre furieuses armées ! tonnantes !... du ciel et des rails ! foudroyantes tout ! roustissant tout ! hommes, trains blindés, bébés, belles-mères !... vous parlez de forteresses volantes !... escadres sur escadres ! ah, notre barda ! et la petite somme, et nous avec !... qu'est-ce qu'on a pris ! déluges sur déluges !... autre chose que le Châtelet, je vous assure !... flammes, bombes nous, réelles ! je vous jure ! Göttingen, Cassel, Osnabrück ! volcans éteints, ranimés, rephosphorés, rerémouladés !... *bing !* et *brroum !*... les faubourgs dans les cathédrales !... locomotives dans les clochers !... perchées ! Satanbamboula ! faut avoir vu !...

Je reviens humblement à mon cas... Göttingen, Cassel, Osnabrück ? si tout le monde s'en fout !... autant que de Trébizonde ou de Nantes !... villes qu'auraient très bien pu brûler deux cents ans de plus !... et Bayeux ! et Bakou !... donc !... et Naples ? parlez !... pots au feu ! et leurs branquignols ! barbaque ! tripes ! légumes !... discours, trémolos, et statues ! blablablas !... fermez le ban ! soucis, la crotte ! nous n'en sortirons jamais !... on s'achèterait jamais rien !... les impôts, alors ?... morose crapule !... les affaires c'est l'Optimisse !... défaitiste frappe ! soucis ?... soucis ?... n'avons que trop ! que j'irais m'occuper d'Hanovre, Cassel, Göttingen ? ce que leurs habitants sont devenus !... pourquoi pas des gens de Billancourt ?... Montmartre ? de la famille Poirier, Rue Duhesme ? allons ! modestie ! pudeur !... s'il vous plaît !... Lili suffit !... Lili, je vous disais a pas du tout le sens de l'épargne... moi fini, avec la petite somme aura-t-elle de quoi vivre deux ans ?... seulement... oh, pas plus ; les leçons de danse rapportent rien ! tout le temps « en tournées » les danseuses !... ou en vacances, ou enceintes... elle aura pas de quoi tenir deux ans... j'aurai tout fait, tout mon possible... rien

46

à me reprocher !... vieux et fatigué mutilé : je m'en vais !... tout se sera passé impeccable !... rien à redire !... au fusil de chasse ?... arme en vente libre !... mon souci, séquelle de *14*... jamais «hors la loi» !... j'ai su ce que c'est d'être «hors la loi», bien par la folle vacherie de mes frères ! tous traîtres larbins !... pardagon ! y a que les plus pires débiles mentaux *minus* acharnés, j'en ai fréquenté beaucoup, ou l'autre côté, des genres Achille, terribles vicieux cochons pleins de fric, et de Cartes de tous les Partis, plein les poches qui viennent braconner «hors la loi» !... salut, fallacieux ! «à vos bauges !» je sais ce que je cause ! j'entends des potes soi-disant bien affranchis marles prendre le Code à la légère... oh ! là !... d'où ça sort ?... quel bureau ?... quelles enveloppes en poche ? brassard ?... empreintes ? j'attends de voir le marle idéal ! l'affranchi comme pas, comme Carco se les imagine, venir s'en payer une bonne tranche aux dépens du Gerbe !... j'attends !... aux Assises, tenez ! traiter le Président de sous-sous-nave ! en boîte !... le Procureur de bégayeur ! tous rivés ! leurs clous ! farfouillant le dictionnaire d'argot !... endroit ! envers ! demandant pardon ! le Président blotti sous son Code !... recroquevillé ! blême !...

Mais la vérité est pas ça ! hélas !... tout autre !... la Magistrature tient le bon bout... où que ce soit ! Ouganda ! Soviets !... douzième Chambre ! le premier Quart venu !... foi d'anar !... cédera jamais !... entendra jamais le marle de marle !... pas besoin de «huis clos» !... les marles de marles restent dehors ! mondains de Neuilly, barbeaux de la Villette !... salons Louis XV ou zinc Zola... Kif ! farauds la bouclent ! ils savent plus rien à la «dixième» !... peut-être autour des gibets ?... non plus !... non plus !... à la guillotine ?... au poteau ?... plutôt des mots historiques... regardez Laval... «Vive la France !»

Oh ! oui !... j'en conviens !... « Suicide ?... votre sui‑
cide ?... la barbe !... suicidez-vous !... bavardez
plus !... jocrisse !... vous nous assommez ! » j'avoue !...
je déconne encore pire que tout le monde... de cette
panique d'être hors la loi... conformisse merdeux,
paniqueux !... cette bon dieu de trouille me fige le
bic ! j'hésite... bravachon, je flanche !... je confuse...
et je dis pas tout... oh ! là !... de loin !

Quand je considère ce que j'ai loupé !... tout ce
qu'ils m'avaient préparé !... le régal !... ah ! cocotte !...
tristesse !... qu'ils sont venus finir ma moto ! que
j'étais parti !... à ma place !... dépit !... plein les
rayons !... et *vlang !...* et *vrang !...* cadre ! lampadaire !
réservoir ! *vache ! vrrang !...* ivres de vengeance !...
sacrés coups de bottes !... comme si c'était mon
propre crâne !... ce que j'ai loupé !... comme si c'était
moi l'Algérie !... que je la fourgue ! et la Plaine Mon‑
ceau !... les gens s'embarrassent jamais de savoir le
quoi du quès !... ils demandent que la bête soit là !...
c'est tout ! reste là !... en Arènes !... qu'elle soit foutue
le camp ?... ah ! pas à croire !... frustrés d'hallali ? de
mise à mort ? ils tournent net dingues !... les cris,
l'émeute, Rue Girardon !... rue Lepic !... ah ! fumier !
fini escroc ! que mon pal était prêt ! fin prêt ! que sa

moto prenne! au moins! un commando? quarante talons!... quarante qu'étaient pas sur la Meuse arrêter les tanks teutons! salut! ma moto bécane IHP voilà la machine infernale!... quarante talons!... à défoncer, concasser, miettes! que ça me serait arrivé bel bien si j'étais resté! plein pif! *vrang! brang!* comme Renault Louis... Renault lui, c'était l'usine, et 50 milliards... moi, pour le plaisir, simplement!... quand l'armée fout le camp, chiasse aux chausses, vous pouvez vous attendre à tout... sept millions de déserteurs, pleins de pive, vous pouvez vous dire : ça va! l'Apocalypse!... monde à l'envers!... mensonges partout!... de ces coups de grâce plein les nuques et dans les motos! de ces représailles contre les objets et les culs-de-jatte! de ces papouilles aux agoniques!... que j'ai bien fait de quitter la Butte!... tambours ni trompettes!... sûr, y aura d'autres Épurations!... bavelles!... canifs et petits lards! toutes les raisons sont excellentes! comme pour de baiser à vingt ans!... ça regarde pas!... divines raisons d'assassiner!... mais je voudrais être un peu public à mon tour! quelques instants avant de partir... «Encore une minute s'il vous plaît, monsieur le Bourreau!» que je voie bien venir les autres!... d'abord! d'abord! où il voudra!... Place de la Concorde! ou le Champ-de-Mars!... voyeur total! ma place aux gradins!... j'ai payé... mutilo 75 %! j'attends!... le laminoir qu'ils préparent?... soit!... moi, fils du peuple comme personne! on ne peut plus méritant boulot, je suis paré!... communisse?... oh! là! là! ma chère!... cent fois comme Boucard, Thorez, Picasso!... pas eux qui feront leur ménage... américain?... plus que Dulles!... l'accent et tout!... sachez à qui vous adressez! tête de *pin*!... je regarderai le laminoir gagnant! s'il est *atomisé*? bath!... bath!... dans le sens de l'Histoire? parfait!... Mauriac, ça sera rien lui en feuille !... platitude, petits cris girondins ! il passera comme à la poste !... je l'encouragerai... « Vas-y ! vas-y ! huile ! huile ! François ! » mais je me ravise... je me grise peut-être ?... je verrai peut-être rien... trop vieux ! tout de même autour de moi ça vient ! petits hors-d'œuvre !... prostates, fibromes, néos des bronches... la langue !... et de ces myocardites !... pépères !... joye ! joye !... cocos, bourgeois, épurateurs, kif aux micelles !... plus petite gourrance de sous-atome, ils existent plus ! leur néo les croche à la glotte ?... ils hurlent !... parlent plus !... si féroces à la Tribune, ils redescendent à genoux !... et au trou !... gamins !... loques à sphacèles ! ah ! du martyre ?... merdes !... grogneugneu !

Je me contente de peu... je veux !... philosophe !... à la porte à Loukoum alors !... pas de corset, pas de nylon qui vaille !... Achille non plus, et ses milliards !... *toc ! toc !* je vous prie !... pas de Résistance !... ah, broyer si bien ma moto !... joujou !... ma moto de Bezons... j'ai jamais consulté qu'à l'œil... un peu autre chose que l'abbé Frime !...

Un coup, une idée !... ils me donneraient moi un prix Nobel ?... Ça m'aiderait drôlement pour le gaz, les contributions, les carottes !... mais les enculés de là-haut vont pas me le donner ! ni leur Roy ! à tous les empaffés possibles !... Oui ! les plus vaselinés de la Planète !... certes ! les jeux sont faits !... vous avez qu'avoir vu Mauriac, en habit, s'incliner, charnière, tout prêt, ravi, consentant, sur sa petite plateforme... il se gênait en rien !... jusqu'à la glotte !... « oh ! qu'il est beau, gros, votre Nobel ! »... je le disais hier à quelqu'un... ce quelqu'un se rebiffait ! « voyons ! mais Nimier vous propose !... ingrat !... vous avez pas lu ? simplement un peu de courage !... écrivez-nous un autre *Voyage* ! » les gens arrangent tout !... je peux bien avoir mon petit avis... moi !

moi !... je trouve pas le *Voyage* tellement drôle...
Altman non plus le trouvait pas drôle... ni Daudet...
alors que ce qu'on demande actuellement c'est
du cocasse irrésistible !... raconter le tabassage
Renault ? oui !... assez bon... le défonçage de ma
moto ?... assez mièvres histoires !... le grand brasero
de mes manuscrits ? banal incident !... mais que
les gens se l'attrapent ! brament !... ah ! ah ! chiche ?
là, voilà, je me relis... mes presque 150 premières
pages... ça y est pas du tout !... ça mijote... le respect
des lois m'handicape ! j'ai attrapé la gravité... bonne
mine avec ma gravité !

Une autre histoire !... le directeur des Éditions Bérengères me fait des « atteintes » ! oui !...
« atteintes » le terme de cavalerie !... il me recherche,
dirais-je... il me recherche pour que je vienne chez
eux, que je passe moi mes ours, armes, bagages à ses
« Bérengères » ! vous voyez ça ?... moi mes chefs-
d'œuvre ! évidemment, il hait l'Achille !... et pas
d'hier !... depuis toujours ! une haine rancie ! ce qu'il
donnerait pour le voir saisi, failli, bradé !... et tout
son sanfrusquin aux Puces ! et qu'on lui rouvre ses
dossiers, ses affaires honteuses... épongées comme
ceci... cela... qu'on lui reépluche le tout !... épongées ?... chantées plutôt !... des millions par mois ? il
paraît... mais encore sensibles !... de ces secrets qui
courent les rues !... Gertrut s'amuse ! suppute ! sa
tronche si je taille ! la hure d'Achille !... oh ! mais
d'abord que moi je dise oui !... hop !... j'arrive !... moi
mes ours !... mes livres immortels aux Éditions
Bérengères ! oh ! pas qu'Achille en crève tout de
suite ! non ! qu'ait le temps d'abord de voir tout son
bazar crouler ! catastrophe ! *formid !... formid !...* que
moi j'ouvre la brèche !... que ses 2 000 esclaves profitent ! s'échappent ! alors en avant les Dossiers !... le
Parquet !... pardon !... ces jouissances sensââ !... quel-

qu'un Gertrut ! De Morny !... je le soupçonne un petit
peu dans le coin d'être un petit peu anti-sémite... ça
serait un peu l'Affaire Dreyfus ?... qui les ferait s'haïr
autant ?... peut-être ?... ils me diront jamais... ils se
connaissent on dirait d'un siècle, tellement ils en
savent l'un sur l'autre... mille ans, on dirait, de
vacheries !... Achille me prend plus au sérieux...
« Vous vous plaignez ?... diable ! y en a d'autres ! et
qui se plaignent pas ! vous auriez pu être fusillé !...
non ? » Gertrut sait bien mieux s'y prendre, il me
plaint... il me rappelle mes risques, mes épreuves...
« Vos meubles ! vos manuscrits ! vos quatre sous ! ils
vous ont mis sur la paille !... » il s'apitoye, presque...
Brottin lui c'est l'insensible !... que j'aie pas été fusillé
et que je vienne me plaindre ! ah ! le culot !... les bras
lui tombent... si je pouvais lui dire ce que je pense !...
que ce qui m'intéresse c'est qu'ils se battent, s'écor-
chent, au *finish* !... qu'ils se dépiautent les carotides !... si je me retiens pas d'y dire tout... c'est pour
les chiens, les oiseaux... que je le ménage ! pour
nous aussi !... on parle toujours trop... la nouille !...
nouille, d'abord ! et le carbi et le gaz !... je l'aurais
traité comme je pensais je l'aurais plus revu !

« Retrouvez-nous votre drôlerie, Céline !... écrivez
donc comme vous parlez ! quel chef-d'œuvre !...

— Vous êtes bien aimable, Gertrut, mais regardez-moi ! jetez un coup d'œil ! »

Je le calme.

« Je suis plus en état, voyons !... la plume me
tombe !...

— Mais non, Céline !... vous êtes tout d'attaque, au
contraire !... le plus bel âge !... Cervantès !... je vous
apprends rien !

— Non, Gertrut !... vous m'apprenez rien !... le
même âge qu'Achille !... 81 ans !... Don Quichotte !... »

Le truc de tous les éditeurs pour stimuler leurs

vieux carcans... que Cervantès était tout gamin !...
81 berges !

« Et plus mutilé que vous !... Céline ! »

Il insiste !... paroles tonifiantes en diable !... le marché en main !

Pourquoi ils s'étaient disputés Achille, Gertrut ?...
d'abord ?... on savait plus... ça remontait trop loin...
pour un cheval ?... pour une comédienne ? on savait
plus... maintenant c'était pour l'édition... autrefois, y
avait eu témoins... et duels !... maintenant c'était
pour les boutiques !... la question des deux quel
qu'aurait le plus d'auteurs en cave ?... capriceries
de vieux dingues !... je vous ai pas parlé de leurs
tronches, les deux... un moment de vieillerie, plus
beaucoup les traits, l'Époque qui compte !... ils sont
d'avant la « Grande Roue » ? ou d'après ?... Gertrut de
Morny portait monocle... et monocle bleu ciel !... il
aurait été de la jaq ? possible !... en plus des filles ?...
oh ! riche ?... tout !... mais y avait une expression que
vous reconnaissiez bien l'Achille... son sourire !...
sourire horriblement gêné de vieille chaisière prise
sur le fait, toujours en train de taper dans le tronc...
Gertrut, lui, c'était son monocle... qu'il barre pas !
les grimaces qu'il faisait ! que ses peaux des rides
lui recouvrent pas la vue... Achille, son sourire
si gêné, avait été son puissant charme, vers 1900...
« l'Irrésistible », on l'appelait... Watteau !... Fantin-
Latour !... « au bazar du Temps »... au fouillis, tous
les vieux articles se ressemblent... monocles, grimaces, paupières, moumoutes... sourires... vieilles
chaisières... vieux beaux...

Maintenant c'était plus question de dames ni d'affaire Dreyfus !... de moi qu'il s'agissait... s'approprier mes chefs-d'œuvre !... mes immortels livres que personne lit plus... (Achille *dixit*)... dans l'élan de leur totale vacherie ils se rendent plus compte !... sûr, ils en ont plein leur cave des Géants de la plume !... des bien plus formidables que moi !... dits pédérastes ! dits « droit-commun ! » dits collabos !... dits fellagahs !... dits sadistes fous !... dit moscovites ! pléthore de génies !... génies bébés !... génies ramolos !... génies femelles... génies riens !

Revenons aux faits historiques... on m'enlèvera jamais de l'idée que Fred Bourdonnais, mon premier mac, est sorti tout exprès de chez lui, tout seul, et au clair de lune, pour se faire buter, Esplanade des Invalides... on y assassinait tous les jours !... soit ! et il le savait !... c'était l'Esplanade à la mode... qu'il était vicieux ?... bien sûr !... mais c'était pousser le vice au-delà de tout, minuit et tout seul Place des Invalides !... ce qui lui est arrivé, devait !... le marrant, c'est que Bourdonnais, rendue son âme, minuit place des Invalides, je suis fourgué, butin !... la marquise Fualdès m'héritait !... bel et bien !... butin du coquin !... et que je te fourgue !... encore !... encore !...

une fois de plus... deux fois de plus !... moi et mes chefs-d'œuvre immortels !... «où y a de la gêne» !... marlous, marlotes, me laissent rien... «il est en prison, qu'il en crève !» Je pourrais un petit peu savoir !... déjà à l'école communale et puis pour la ligne bleue des Vosges, poésie !... poésie ma perte ! toujours !... de mieux en mieux ! ah ! sacrificiel ? ta sale gueule !... ton sang ! tes meubles !... ta lyre !... tes livres !... au gniouf ! fumier ! tout !... on t'attend !...

Vous pensez maintenant le Brottin qui me cligne !... lui ou Gertrut ? que me fout !... ou la Marquise ?... bonnes mines !... macs tous !... au turf ?... personne ! moi ! à moi la cuisine ! moi, le boulot !... que je vous trouve une drôlerie, quelque chose... les macs, maquerelles, qu'ont tout fait, tout fait pour que je crève, pas parvenus, sont encore là, gueules grandes ouvertes ! que je les régale !... plus drôle !... plus drôle !... ils exigent !... trépignent !...

Drôle ?... drôlerie ?... que le lendemain de l'assassinat, Esplanade des Invalides, moi, mon tour, j'étais agrafé ! à l'autre bout de l'Europe !... et pas pour rire !... pour le compte !... six piges !... arrestation burlo-comique ! par les toits !... cavalcade entre les cheminées !... fort commando de flics, revolvers au poing !... je vous assure qu'il faisait frais sur les toits de Copenhague, Danemark, 22 décembre !... allez-y voir !... rendez-vous compte ! touristes, vous risquerez rien !... *Ved Stranden*, 20 (*tuve* en danois !) vous trouverez !... en bas l'épicerie ! *Bokelund !*... l'autre côté de la rue, vis-à-vis, grand illuminé, nuit, jour, le *National Tidende*... tout l'immeuble ! un journal... vous êtes forcé de pas vous perdre... donc fin décembre c'était le moment du grand hallali «collabo»... le tout-délire d'Épuration !... les Arènes d'Europe ! comme maintenant à Pest !... comme demain re-ici !... l'Épuration comme le coït, les amours, tan-

55

tôt c'est ici !... là !... ailleurs !... il en faut !... l'aubaine
que j'étais ! ma bidoche !... que je tombais à pic ! moi,
et Lili et Bébert !... d'un toit à l'autre ! les bêtes tra-
quées font des prodiges pour échapper les dépe-
ceurs ! ici !... là !... partout !... la chasse est un sport !...
soit !... mettons, vous êtes d'avides touristes !... chas-
sez les souvenirs !... en chasse ! je veux, tout s'oublie... on a bien oublié Verdun... à peu près... Ypres
veut plus rien dire... mais là en petit, notre escalade
de *Ved Stranden*, Lili, moi, Bébert, les toits les gout-
tières... les poulets armés, méchants feux braqués...
cache-cache autour des cheminées... Noël 45 !... ils
doivent tout de même un peu se souvenir... Copenhague, Danemark, *Ved Stranden*... allez-y voir, je
serais surpris que les gens aient tout oublié... mais
au fait pas que le *Nationaltidende* qui relançait la
meute et comme !... le *Berlingske* !... le *Land og
Volk* !... le *Politiken* !... leur presse de chacals !...
tous !... tous !... ce que j'avais vendu comme réseaux
entiers d'israélites !... en plus des forts de Verdun !
de l'estuaire de la Seine !... puisque j'étais là, qu'on
m'avait, je payerais pour le Roi, sa *Dronin*, pour le
pacte anti-Komminform ! le *Frikorps* ! (leur L.V.F. !)...
je tombais !... un beurre !... je rachetais tout !... toutes
les taches !... le sang sur les clefs... anti-Macbeth !...

Ça m'étonnerait qu'on se souvienne plus ! allez-y
voir... *Ved Stranden, tuve...* en bas : *Bokelund*, épicier...

Tous leurs journaux, titres... comme ça !... leurs ploutocrates droite aussi épilos que leurs cocos. *Bopa compagnie !* vous direz : ma viande c'est facile !... je fais l'union sacrée, à ravir !... conservateurs et moscovites !... «on l'empale t'y ?... pardi !... tudieu !... il est fait pour !... » pas un pli sur mon cadavre... que des baisers !... je vois ce que je suis utile : la rambinerie des pires hostiles !... magie !... magie !...

Je m'amuse !... la question d'avoir vendu les plans de la Ligne Maginot ?... entendu ! certain ! mais une chose était à savoir... combien ? la somme ?... on lançait des chiffres... la veuve Renault a rien vendu... mais pour les milliards ?... pardon !... du sérieux !... pour ça qu'on entend tant parler de Louis l'empereur de Billancourt... et de ses vertèbres ! et de son martyre ! et moi tout aussi martyr mais pas le rond vous verriez ni la veuve ni le fils ramener leur pourquoi du comment !... ni les radios ni l'embaumage !... que non !... martyr sans le sou a droit peau de balle !... des bien plus martyrs que Renault y en a plein les puits et les fours ! et qu'on a pas radiographiés, ni minuté leurs agonies... ni frères de la Charité !... que leurs veuves se sont remariées bien coites, bien

muettes!... et dont les fils sont allés se battre...
quelque part!... Dien-Pen-hu! Oranais!... pas d'histoires! moi, j'irais ramener ma cerise qu'on m'a fait
tous les torts possibles et qu'on arrête pas de m'har-
celer? que c'est la honte... etc... « Salut, sale hure!
bien fait! servi! »... beaucoup mieux les voir ranimer
la flamme!... remonter les Champs-Élysées! prendre
la rue de Châteaudun d'assaut, les formid bûchers
qu'ils se préparent! oh! les *sensââ* super-Buda!... plus,
ces irritations d'artères!... toutes ces petites prostates
gonflées! gonflées!... les lendemains qui hurlent!...
« bouteille d'eau minérale!... eh! nouilles!... »

La Bourdonnais, l'assassiné, était bien faux derge, tartufe, maque... oh! pas plus, pas moins, qu'Achille ou Gertrut... mais lui acculé par les dettes, à-valoirs, chèques sans dépôt!... comment ça s'est terminé, je vous ai dit... il aurait eu la «couverture», il vivrait encore, on l'aurait pas emmené se promener... mais pas couvert? c'était joué! c'était fatal!... Carbuccia, une fleur! un touriste!... «selon que vous serez»... moi, vous pensez!... moi, mes ours! où j'ai été dans la culbute! livré aux croquants dépravés!... armes et bagages!... jamais ils s'étaient tant repus!... porcs!... le pire, le poids comme ils sont lourds!... leurs roublardises... ces épaisseurs! si grasses, épaisses, qu'ils vous en laissent plein les doigts... des subtilités! vous avez des heures vous laver les mains!... poisseux!... La Bourdonnais était fadé! jeune hippopotame! s'ils l'ont vu s'amener... gros sabot d'astuces!... l'Esplanade, le soir... un gros trou dans le dos!... étendu!... au clair de la Lune! La mère Fualdès hérite! m'hérite et fourgue! passe à l'Achille!... football, mes trésors! mes génies!... rugby!... Fualdès touche, échappe!... Achille marque! gagne!... emporte tout!... m'enfourne en cave!... moi, mes ours!... salut!... on me voit plus! la marquise de Fualdès

digère... voilà qu'est passé !... une époque !... Voltige !
bouillon ! bâillon ! rigodon !... à l'année prochaine,
sur la glace !

Un bidasse dans tout ça, un beau ? mézigue
cave !... chouette et gâté !... pas d'hier, je répète
depuis la «Communale» Louvois !... voilà qui nous
rajeunit pas... aux Impressionnistes, à l'affaire Dreyfus ! la Communale, c'est le *la* du peuple... Mauriac
peut parler «communisse» il saura jamais ce qu'il
cause ! il est tout *Chartron* ! à mort !... *Chartron*, je le
flatte !

À cette époque donc, pavois la chiasse, toute la
grelottine au pillage, tous les déserteurs au
triomphe, toute la remontée des francs-foireux, vengeance des quarante millions de trouilles, si c'était
bon que j'aille regarder ! comme si Larengon relaps,
Triolette en «bikini de choc» allaient traverser le
pont de Pest... j'aurais été chez ma mère rue Marsollier, ils me précipitaient... comme La Bourdonnais !... toc !... comme rue Girardon... suffit que vous
êtes le «puant» ! «il doit ! voilà !... qu'on le débite ! »
Vaillant qui s'est assez vanté, et qui regrette encore
amèrement de m'avoir raté de si peu... là tout de
même il me manquait pas !... chez ma mère, 74 ans...

Ils m'ont rien laissé... pas un mouchoir, pas une
chaise, pas un manuscrit... maccab j'aurais pué... je
les aurais gênés... mais là j'ai été bien discret, ils ont
pu emporter tout fourguer tout aux Puces ! à la
Salle !... bandez ! bandez ! bandez bradeurs !... je suis
comme la France !... tout aux bradeurs ! l'ouragan
m'emporte !... mon bulletin avec !... soixante et trois
ans dans huit jours !... assassins, vous l'avez dans le
prose !... plongeon du pont de Pest ? combien de mon
espèce ?

Ça sera un jour bien amusant qu'un autre Lenôtre des temps à venir retourne les tombes et les statues, les auréoles et les « Actions »... combien les « purs » se sont beurrés ? combien de *de Beers* ? combien de *Rhône* ? Châteaux, pépées, trésors, écuries, Ambassades ?... plus que ceux de 89 ?... moins ?... débats que ça sera !... Sorbonne !... *Trois Magots* !... les Annales !...et si Hitler avait gagné ?... Aragon passé S.S. ?... Triolette, Walkyrie de charme ?... ces conférences ! je ne vous dis que ça !... « Aux Annales » de l'an deux mille !... les grandes marquises communistes s'arracheront les strapontins pour pas louper le moindre « tantôt » ! une seule bouleversante envolée de leur super-formid Herriot d'alors !... dix derrières comme !... du super sensââ abbé Pierre !... 10 revolvers !...

Foin de l'avenir !... retournons à notre propre affaire !... que Gertrut encadre le Brottin ?... diable ! putain ! je veux !... qu'ils s'égorgent !... il faut ! si vous y voyez la tronche œil pendant, vous m'avertirez que je jouisse !... je vous parle d'Achille... qu'ils se dépiautent à vif !... tous les deux !... bien rouges écarlates !... épeluchés !... l'étal pour tous... oh mais avant qu'ils se foutent tels, écoutez un peu !... du drôle !... au temps

de l'*Hippodrome* Place Clichy, Gertrut et l'Achille
godaient pour la même personne, une de ces cro-
queuses de francs-or ! minute ! une vraie rivale de
Banque de France !... ceux qui se souviennent de
ces temps, « France heureuse », se souviennent de
Suzanne... l'artiste d'écran que c'était ! et ses peignoirs vaporeux sur fond « bleu lumière douce » !
« de Lune »... quelle sublime artiste, bien muette, pas
« parlante »... le verbe qui tue !... la femme qui parle
tourne débandante on a bien bandé que sur les
« muets » !... d'où voyez les Salles ! le mal qu'ils ont
de les remplir !... blas blas blas... terribles sédatifs !...
tristes braguettes !... guichets mous !... sourires, peignoirs vaporeux, musiques tendres ! on y revien-
dra !... et clairs de Lune !... on peut dire comme idole
Suzanne, même à coups de flots de bulle, tam-tams,
et scandales vous pouvez toujours essayer !... à la
cheville !... moi qu'avais pas de temps à perdre, nom
de Dieu non !... d'une « livraison » l'autre... je trouvais
encore tout de même moyen de galoper plus loin que
Bécon voir « tourner » Suzanne elle-même !... vous
dire l'idole ! entre La Garenne et Nanterre... ils profitaient des éclaircies !... on profitait !... d'un remblai
l'autre !... « l'embauche » sur place !... on faisait la
foule... je faisais morpion de foule... d'une ondée
l'autre, cent sous !... deux francs, un coup de sifflet ! tous aux abris !... la première goutte ! sous la
passerelle ! sauver le matériel de la pluie !... et les
robes à traîne tarlatane ! et les grands maquillages
« vedette », carmin et huile, et poudre de plâtre !...
beautés sensibles !... si on aidait !... « aux abris ! » pas
que nous les costauds figurants ! les curieux aussi
aidaient !... la foule !... au coup de sifflet ! la goutte
de pluie ! tous ! et Suzanne !

Qu'est-ce que c'est devenu tout ça ?... je vous
demande ?... les artistes, et la frime ?... à présent ?...

et la foule?... et la pluie... que de pluies!... moi de tous ces temps déjà si loin je peux dire une chose : Sérieux est mort!... moi là, l'encore « attentif sérieux », je vois bien... bonne mine! pour rien!... ils ont, ils sont fiers, écrasé Bordels et « Foires à Neuneu »... bonne branle!... les jutures sont parties partout!... c'est partout Bordel à présent! et « Foires à Neuneu »!... berceau à la tombe, tout jean-foutres! Sérieux est mort, Verdun l'a tué! Amen!...

Je vais vous ennuyer peut-être... du plus drôle?... plus piquant? peut-être?... vous connaissez mon souci! affriolez-vous! du temps encore avant Suzanne, j'ai connu l'Hippodrome à chevaux et à fauves! la grande écurie! et quelles foules!... des affluences telles que l'omnibus en pouvait plus!... qu'ils partaient plus de la Trinité! l'écrasement des omnibus par les enthousiastes! de ces spectacles! hommes, lions et chevaux, infanterie de marine, Boxers, et prise de Pékin! qui vous font une mentalité! un sens artistique! Je connais pas beaucoup d'écrivains, soi-disant de gauche ou de droite, « bénitiers », « cocos », conjurés des caves ou des Loges, qu'ont vu comme j'ai vu la prise de Pékin, Place Clichy! et la charge à la baïonnette de nos petits marsouins! l'assaut des remparts en bois, dans une de ces fumées de la poudre!... et *broum!*... au moins vingt canons!... à la fois!... le sergent Bobillot tout seul se battant contre cent Boxers!... et leur arrachant leur drapeau!... et plantant le nôtre, notre trois couleurs! dans leur tas de cadavres! en plein!... Pékin à nous! et la flotte en plus! descendant d'en haut des cintres! le « Courbet » en toile!... tout y était... je vous dis! des spectacles d'une mentalité!

Oh, attendez!... encore plus terrible que Pékin!... « l'attaque de la diligence!... » par trois tribus de Peaux-Rouges montés!... à « dos nus »!... il faut

63

connaître ! où vous trouveriez aujourd'hui deux cents Peaux-Rouges montant dos nus ?... plus Buffalo Bill en personne !... tirant l'œuf à la volée, en plein galop ! vous pouvez attendre !... pas les pitreries d'Hollywood !... pensez l'œuf à la volée !... Buffalo Bill et ses boys !... des vrais de vrais, crachant des flammes !... ah, puis enfin le pire que tout !... je vous oubliais... Louise Michel !... ils vous parlent de *sensââ* ! *suspense* ! qu'est-ce qu'ils ont ? rien !... là. Place Clichy vous parliez pas vous aviez qu'à voir et trembler ! regarder !... le clou du clou ! Louise Michel surgissant du noir ! blafarde ! blafarde ! tous les projecteurs braqués dessus !... une seconde !... «ouah ! ouah ! » qu'elle faisait... comme escaladant une chaise... *ouah ! ouah !*... la colère !... on refaisait le noir !... ma grand-mère avait vécu la Commune, rue Montorgueil, elle pouvait juger... «C'est pas Louise Michel, mon petit !... c'est ni son nez ni sa bouche » !... on trompait pas ma grand-mère...

Maintenant il est plus question, vous verrez pas Kroutchef, Picasso, Triolette se montrer escaladant une chaise... l'effet Desmoulins-Palais-Royal !... non ! les hurleurs blafards !... apparaître «ouah ! ouah ! »... Thorez peut-être ? Mauriac ?...

Une chose sûre, certaine, nez, pas nez, Louise avait parfaitement le droit ! «ouah ! ouah ! »... et colère !... et comment !... je le dis ! je dirai encore bien pire... plus tard !... que je réfléchisse...

Je le connais depuis l'affaire Dreyfus!... il est de
pire en pire chaque année!... chaque mois!... le plus
éhonté forban des mille! de toute l'Édition!... vous
pouvez pas tomber plus bas!... lui et toute sa
clique!... que vous êtes la grande rigolade, de tout
son bazar!... suceuses et endosses!... la façon qu'ils
vous arrangent, grugent!... cocu toutes les sauces et
radieux!... qu'on vous sabote, pille, conchie!... un
beurre!... une affaire!... lui et son Grand-Castrat
Loukoum!

Pensez qu'il m'apprenait rien. Gertrut du
Monocle, et bleu ciel!... salut!... j'y en aurais
revendu, moi, du ragot, Gertrut Bérengères!.... si j'en
connaissais un petit bout comment l'Achille m'enti-
flait! oh! là là!... lui qu'avait surtout, je trouvais, un
fameux temps de reste, Gertrut de Gertrut, et des
rentes, d'aller repêcher des scandaleries que personne, sauf encore... lui-même?... se souciait plus du
tout!... des « pataquès-fiel » 1900!

À la poubelle! Gertrut! l'Achille!... trifouilleurs!...
un seul souci moi!... du sérieux! cash et salut! ce
que j'allais laisser à Lili?... *quid?*... comment?...
quès?... le petit pécule?... mais là! tonnerre! gafe!...
le hic! tout beau, le pécule!... moi parti? le dernier

soupir ? je voyais la ruée des « ayants droit » !... illico,
la foule !... la bête morte vous voyez surgir, grouiller,
foncer !... de ces mandibules !... « ayants droit »...
tous ! avec papiers, sans papiers... cachets, tampons,
cires ! sans !... de tous les métros, il en sort !... et
crocodiles avec larmes !... sans larmes !... de ces
dentures !... tous « ayants droit » ! Lili sera éjectée
pronto !... à la rue ! je vois comme si j'y étais !... elle
est pas capable de se défendre !... exactement la
même histoire que rue Girardon... ou Saint-Malo...
ou qu'à Copenhague, *Ved Stranden* 20, *(tuve)* voilà,
la vraie secte « tous climats » !... « parfaite interna-
tionale » ! les « ayants droit »... et « foire d'empoigne »... les mêmes, du kif, où que ce soit !
n'importe quel régime, philosophie, secte, couleur !...
n'importe quel prétexte !... ils foncent, pullulent !
vous les avez !... ils vous bouffent tout !... c'est pas Lili
qui va se défendre !... non !... au contraire même... je
dirais... c'est triste... triste romantique... la danseuse...

Aucune illusion !... soucis personnels... vous me direz... quand même ! quand même ! que ce soit Gertrut ou Brottin, ou un autre, personne m'avancera plus une flèche pour une histoire genre *Normance* ! je le dis !... le lecteur veut rire et c'est tout !... jamais Paris ne fut bombardé !... d'abord !... et d'un !... aucune plaque commémorative !... la preuve !... moi seul, qui me souviens encore de deux, trois familles ensevelies !... *Normance*, question livre, a été qu'un affreux four !... parce que ceci !... parce que cela !... en plus de saboté comme !... par Achille, sa clique, ses critiques, ses haineux « aux ordres », canards enragés !... les gens s'attendaient que je provoque, que je bouffe encore du Palestin, que je refonce au gniouf ! et pour le compte !... des « bienfaiteurs », ça s'appelle !... les « hardi-petit » ! un de ces sapements ! joli monsieur ! vingt ans !... « à vie » !... oh, mais gourrance ! bévue ! maldonne ! moi, qu'attends ferme, tout au contraire, qu'on les écroue tous !... flirteurs voyous des échafauds, traves et « recluses » ! qu'on rouvre la belle Guyane pour eux ! réarme l'Île du Diable !... plus, prime, chacun quelque chose à la langue... petits épithéliomes, tout choix ! entre carotides et pharynx...

Bon !... mais en attendant, Brottin m'avertit : zéro !... «Vous vous vendez de moins en moins !... Votre *Normance* ? une catastrophe !... rien possible à vous refoutre au trou !... ni pornographe ! ni fâchiste ! misère de vous !... les critiques pourtant, les crocs hors ! prêts ! venins ! tout !... se la mordent !... vous les écœurez !... leur bœuf alors ?... sans cœur !... leurs enveloppes ?... leurs familles ?... »

«Écrivez plus rien !... » vous me direz... que je vous écoute !... que vous avez bien raison !... mais Lili, les chiens, les chats, les oiseaux, et les «perce-neige » ?... avec l'hiver qu'on a eu !... vous avez peut-être une idée ?...

Même je vous assure : au plus mesquin... rognant sur tout... une de ces luttes contre les éléments, les choses, vents, courants d'air, humidité, carbi !... choux-fleurs, harengs saurs ! la lutte que vous existez plus !... et les carottes !... même les croûtons de pain !

Question mon style et mes chefs-d'œuvre ?... cabale, boycott !... certes ! je dis !... tous les plagiaires à la lanterne ! pas que les plagiaires, les «pas faits pour» ! Dieu sait !... rien que chez Achille, floppée ! mille ! mille !... pour moi Dumel, Mauriac, Tartre, même corde !... la dizaine de Goncourt, l'autre arbre !... oh ! plus l'Archevêque de Paris, j'oubliais ! avant que les Chinois se formalisent !... pas d'histoires !... qu'on leur offre la tête porte Brancion !

À propos de gaz et de plaisanteries, demain la note !... je dois deux «relevés »... je dois aussi au Percepteur... je dois au charbon... je rabâche ?... eh bigre !... dans le même cas, les mêmes draps, vous hurleriez d'ici Enghien !... qu'ils seraient forcés de venir vous prendre, bromurer, capitonner ! nous deux Lili ça nous fait bien quinze ans à courre !... la meute après !... quinze ans c'est un bail !... la toute féroce teutonnerie a duré trois ans, tout au plus !... considérez !

Je vois que je vous ennuie... autre chose !... autre chose !... tous les bourgeois à la lanterne ?... bourgeois de tous les Partis !... absolument total d'accord ! bourgeois est fripouille cent pour cent ! j'en vois un tout particulier, le Tartre ! gratin de cloaque ! la façon qu'il m'a diffamé, remué ciel terre qu'on m'écartèle, je lui donne droit à cinq... six néos entre œsophage et pancréas !... priorité !...

Tartre m'a bien volé, diffamé... oh ! que oui !... mais pas pire que les parents !... et il est pas drôle comme ma tante !... de loin !... le choc, la syncope de ma tante en me revoyant !... que j'étais pas mort !... qu'ils m'avaient pas exécuté !... « Toi ? toi ? »... elle doutait... « toi là ? »...

Elle s'était servie, vous pensez !... main basse sur trois paires de rideaux, six chaises, et toutes les casseroles émail... pas qu'elle ait eu besoin de rien !... mordieu !... elle avait tout en double !... en triple !... mais puisque tout le monde se servait, que j'étais son neveu, pourquoi elle se serait pas servie, elle ? qu'elle ait rien ?... que c'était le sac de mon bazar !... des inconnus !... et elle, ma tante ?... rien ? d'abord je devais jamais revenir... je devais crever en prison... pendu ?... empalé ?... c'était entendu, elle m'héritait !... bien naturel !... Tartre aussi m'a hérité ! et floppée d'autres !... « Bonjour, ma tante ! »... elle saute de son lit ! et en chemise me voir ! moi ! « Il a assassiné sa mère !... arrêtez-le ! arrêtez-le !... » ce qu'elle trouve ! le cri du cœur ! l'émotion si forte qu'elle a couru toujours hurlante me dénonçant ! « Monsieur le Préfet ! au secours ! au secours ! arrêtez-le ! il a assassiné sa mère ! Monsieur le Préfet !... » comme ça tout le Faubourg Saint-Jacques, puis les quais... « au secours !... au secours !... » les flics l'ont coiffée à la course, sonnée au Poste !... un autre bureau !... relâchée !... rassommée ! « C'est lui ! c'est lui !... » elle a remis ça !... en pleine nuit, Quai des Orfèvres !... exprès... que le Préfet s'en mêle !... me refoute au gniouf !... que j'y redemande jamais une chaise !... la tante !... comme ça les parents, les amis !... la horde qu'ils sont, vous hors-la-loi !... quand ma tante a hurlé à travers les Halles, tout le reste de la nuit, que j'étais l'assassin de ma mère, cavalant d'un pavillon l'autre, elle est tombée dans les poireaux !... là alors ils l'ont ligotée ficelée... tout de même à l'Hostau... elle hurlait toujours que j'étais ci ! que j'étais ça !... n'importe quoi...

Du moment qu'on vous a tout secoué !... vos meubles, manuscrits, bibelots, rideaux, vous pouvez vous attendre à tout !... surtout des parents, des amis... les plus vicieux bienfaiteurs !... plus roués que potences !... la passion qu'ils ont à vos trousses !... la bête d'hallali ! ma paire de rideaux, mes quatre chaises... ma tante passée dingue !... Tartre : coco !... tous épileptiques que seulement je les regarde !... j'ai dit : Tantine manquait de rien ! le Tartre non plus !... cossus ! cossus !... de tout en double ! triple... à la ville !... à la campagne !... frigidaires, autos, laquais !... le cor avait sonné pour moi, ils avaient pris part à la chasse !... c'est tout ! surpris de quoi j'étais ?... con !

Que je vous perde pas dans les vétilles !... j'en étais à Gertrut Morny... ce vif intérêt qu'il me portait !... Tartuffe !... que je plaque l'Achille, saboteur conjuré dessous de tout, pour les Éditions Bérengères !... que je me perdais chez Achille !... que c'était sa joie, lui, Loukoum et toute sa tribu, de me réduire à rien ! au profond de leur cave !... moi, mes ours !...

Mais lui, ce Gertrut ?... je vous ai raconté sa figure... pas de la vieille chaisière comme Achille !

non! lui, de la tête plutôt mousquetaire, barbiche mousquetaire, en plus du gros monocle bleu ciel... bien sûr, il me bourrait, promettait la Lune!... de ces « tirages »! de ces « refaveurs » du Public! oh! sûr, je pouvais pas perdre beaucoup! trouver plus ladre que Brottin!... depuis 80 ans et mèche que les auteurs se relayaient, y tentaient tout sur le crapaud, jamais il avait dégueulé : pas un signe!... la lutte aux « avances »!... l'Hercule résistant, Achille! seulement un petit truc, vous pouviez peut-être moyenner... lui voir sortir dix sacs... vingt sacs... à l'offensive! « Salut, Achille! marre de votre gueule... » Il vous court après!... avec son plus gentil sourire!... une de ces haines!... eh! merde! eh! tant mieux!...

Je vous ai assez dit je suppose combien je me méfiais du Gertrut... mais où il était savoureux, vous vous ennuyiez pas une minute, c'est quand vous le mettiez sur Achille... de ces anecdotes! de trente! quarante ans... Les ignominies de cet être!... bien la preuve ce que je pouvais m'attendre! les manières qu'il trichait à tout!... partout!... aux cartes, aux courses, à Enghien, en Bourse... qu'il pouvait pas s'empêcher!... qu'il faisait crever ses auteurs, ses employés, ses boniches, qu'il s'arrangeait leur prêter soi-disant de l'argent... qu'ils voyaient jamais!... trictracs d'à-valoir et contrats!... les faisait signer qu'il était quitte... et qu'ils lui devaient de la reconnaissance!... combien s'étaient suicidés, retrouvés au barrage de Suresnes?... parmi même, des géants de la plume! et des demoiselles qu'ont eu des noms, qu'auraient 130 ans aujourd'hui!

Assez de babillages!... voilà juste le releveur de l'eau!... le kilo de nouilles et l'hareng « bouffi »... que je m'occupe d'eux!... Gertrut, haine pas haine, avait ces « absences », ces « m'agacez pas » des gens riches... il se rendait pas compte de la nouille... ils

avaient les deux la même âme, la même muflerie...
l'âme excédée, vous là, si sot !... à leur parler de
nouilles !... oser !... à eux !... les gens riches peuvent
être que « sportifs »... sportifs en Bourse, ou au Pad-
dock... sportifs à faire monter leurs « Suez »... sportifs à se secouer les actrices, les faire monter par leur
jockey... sportif à brûler les « feux-rouges »... sportifs
à tout croulants bavants tout de même cavaler aux
« Kermesses » !... et petits gides ! maintenant là, Gertrut, Brottin, c'était se kidnapper les auteurs !... mais
un sport qu'ils se gardaient bien... oh ! l'horreur !...
comme de chier au lit !... c'était de tâter eux-mêmes
du truc !... maquereaux pas fous ! les auteurs meurent au labeur ? alors ?... les ânes aussi !... mais
qu'est-ce qu'il pourrait faire, d'une page ? dites-moi ?
Achille ?... quel sport ?... quelle malhonnêteté ? Gertrut ?... des cocottes ?...

Si seulement tenez, je pouvais compter sur la
Critique... quelques échos... même injurieux... pas
bien sûr tout le Cirque de Mauriac !... pissotières
mutines et confessionnaux !... ou Trissotin Tartre...
tous les rescapés de vingt ans de déconneries !... non !
quelques murmures me suffiraient...

Je peux me taper ? ah ?... il sera pas dit !

« À nous !... à nous !... »

J'avise !... napoléonien pour l'action ! j'avise !
Arlette, un bras !... Simon, l'autre !... et « en avant ! » !...
Studio devant nous ?... à l'assaut ! nous y sommes !...
haut les cœurs !...

Hélas !... alas ! cette caverne ? décombres, débris,
roustissures d'au moins trois... quatre Expositions !
bric-à-brac funèbre... et sous ces voûtes ? la hauteur
trois... quatre Notre-Dame... tout carton-pâte, stucs,
géants baldaquins !... c'est là !... c'est l'endroit !...
solennel moment !... nos voix !... tout est raté !... on
recommence !... on réenregistre !... Simon d'abord !...

je dois dire, je suis ému... ces voûtes, si tant tocardes, résonnent!... si c'est pas elles, un campliphone! moi si discret, je me sauverais, peur de ma voix si horrible!... l'effet!... j'aurais jamais cru!...

Pas du tout, qu'ils trouvent!... je partirai pas sans chanter!... ils veulent, je vais pas me faire prier... coquet!... en avant une!... deux!... voûtes ou pas voûtes!... je demande au barnum qui est là, celui qui parle un peu français... si c'est l'idée de les mettre en vente?... chansons, harmonies, et fausses notes?... si je pourrais peut-être?... un petit disque?...

«Oh! non! Maître! non! plus tard!... bien plus tard, j'espère!... pour notre discothèque!... votre émission nécrologique!»

Je vois ce qu'ils étaient venus me chercher!... plus tard?... plus tard?... pas mon avis!... pour la prose... les textes... peut-être?... mais pour les chansons, pardon! telles quelles et tout de suite!... au vol un bout d'éternel!

J'allais pas expliquer ça là.

Je vais pas donner dans le macabre, loufiats, cro-quemorts, etc., non !... je vous parlais de la fosse com-mune... pas celle d'ici... plus loin... à Thiais !... plus loin encore... mais moi parti ?... Lili ?... les chats... les chiens... je vois pas du tout Lili se défendre... elle est pas faite pour... ce déferlement !... vous parlez !... une de ces ruées « d'ayants droit » !... amis, parents, escrocs, huissiers, voraces tout poil !... oh nous connaissons !... oui ! certes !... tous les pillages !... ici ! là !... ailleurs !... partout ! mais Lili seule ?...

« Il s'est foutu tout le monde à dos !... on l'a pas assez saccagé ce raciste indigne !... dépeçons sa veuve !... »

Je regimbe un petit peu ?... pas du tout !... mes idées racistes sont pour rien ! Tartuffes !... belle qu'elle existe plus la race blanche !... regardez Ben Youssef !... Mauriac ! Monnerville ! Jacob !... demain Coty !... pas de quoi fouetter un chat !... c'est le *Voyage* qui m'a fait tout le tort... mes pires haineux acharnés sont venus du *Voyage*... Personne m'a par-donné le *Voyage*... depuis le *Voyage* mon compte est bon !... encore je me serais appelé *Vlazine*... Vlazine Progrogrof... je serais né à Tarnopol-sur-Don... mais Courbevoie Seine !... Tarnopol-sur-Don j'aurais le

Nobel depuis belle !... mais moi d'ici, même pas séphardim !... on ne sait où me foutre !... m'effacer mieux !... honte de honte !... quelle oubliette ? quels rats supplier ? La Vrounze aux Vrounzais !...

Naturalisé mongol... ou fellagah comme Mauriac, je roulerais auto tout me serait permis, en tout et pour tout... j'aurais la vieillesse assurée... mignotée, chouchoutée, je vous jure !... quel train de maison ! je pontifierais d'haut de ma colline... je donnerais d'énormes leçons de Vertu, de jusqu'au-boutisme tonnerre de Dieu ! la mystique !... je me ferais tout le temps téléviser, on verrait mon icône partout !... l'adulation de toutes les Sorbonnes !... la vieillesse ivresse ! je serais né à Tarnopol-sur-Don, je ferais moyenne deux cents sacs par mois rien que du *Voyagski* ! Altman viendra pas me réfuter ! ni Trio-lette, ni Larengon !...

Que je cause... que je m'y mette... on verra !

Mais n'est-ce pas Courbevoie-sur-Seine, on me passe rien, on me passera jamais rien !... le seul résis-tant de l'endroit ! oh ! merde ! oh ! terreur !... la preuve ?... la preuve ? vous me trouverez pas dans le Dictionnaire... ni aux médecins-écrivains... ni chez la mercière... nulle part !... de même dans l'« Illustris-Brottin »... la «Revue Ponctuelle d'Emmerderie ! »... non ! et non !... Norbert Loukoum aurait voulu m'y faire passer mais tout à l'envers !... son idée !... le texte, les mots, les pages, tout sens dessus dessous !... j'ai résisté ! je l'ai traité de fiote, enculdosse, et plus ! qu'il avait la bouche incestueuse, etc... tout sadiste-mords-moi... on s'est séparé sur ces mots !... «ma "Revue Crottière" vous est fermée ! »... ce que j'at-tendais ! ah ! l'Emmerderie !... à d'autres ! d'autres façons d'attraper les nouilles !... d'autres cordes à mon arc ! Hippocrate à moi !... certes, les malades se font rares... je vous l'ai dit... mais on peut jamais se flatter de n'avoir plus aucun malade... chiropractes, guérisseurs, bonnes sœurs, masseurs, en laissent tout de même s'échapper... oh! pas de quoi payer ma « patente »... ni la dîme à l'*Ordre*, ni mon assurance-décès... ni régler le plombier... ni me payer la *Presse-Médicale*... vous dire l'économie que nous sommes! là!... là! même les plus économiquement faibles sont des espèces de gaspilleurs si je me compare...

Mais depuis le drôle de bolchevisme que vous pouvez plus dire un mot!... Picasso ci!... Boussac par là! Tartre re-coco!... milliards partout! damnés par là!... vous n'existez plus! le plus de bide, popotin... bajoues, le plus damné de la Terre? vous marrez? ils vous coupent la tête...

Je me méfie de tout! je ris pas!... nos chiens reniflent, et « ouah! ouah! »... éloignent!... Bécart me disait, à propos peut-être deux jours avant de mourir : « tu es entêté Ferdinand!... les chiens sont carnivores, voyons!... l'invitation à la valse!... »

Je reviens à nos difficultés... tout résumé, tel quel, sans flan, le dernier manœuvre d'en bas, dans l'île, de chez Renault, travaille moins que moi, mange plus que moi, dort plus que moi... et soixante-trois ans dans deux jours... je spécifie... quant à la considération!... c'est pas à croire le mal que j'ai de pas être haché, sec! « ordure! stalinien!... naziste! pornographe! charlatan! fléau!... » pas murmurées ces bonnes choses!... noir sur blanc!... plein les panonceaux!... là encore un tort capital : je suis gratuit!... si ma gratuité me fait haïr!... y a que les ordures qui sont gratuites! « ah! il voudrait se faire pardonner! perfide pire que tout! vérole! »

Je réfléchis... le côté amusant... la dégringolade!... mon cher vieux maître Étienne Bordas m'écrivait encore l'autre jour... « Vous, un esprit si distingué! tel sujet d'élite!... mon meilleur élève!... »

Zut !... heureusement qu'il est parti ! Étienne Bordas ! « tel sujet d'élite ! » ah ! pas l'avis du Bas Meudon !... du Haut non plus !... il aurait vu les affiches ! « traître, médecin marron, pro-Staline, pornographe, ivrogne... » mais peut-être encore le pire de tout ce qui me fait tort : « Vous savez, il a pas d'auto ! »

Le boucher, l'épicier, l'ébéniste, vont pas à leurs affaires à pied ! médecin à pied ?... vous méritez tout ce qu'on dit de vous !... pas d'auto ? l'effronterie de cette cloche !... charlatan dangereux bon à pendre !... le pavé, le trottoir aux voyous !... aux filles !... aller voir un malade à pied ?... vous l'insultez ! le malade vous chasse !... plaignez-vous !

Tenez, Versailles n'est pas loin... imaginez-vous le moindre médecin s'y rendant à pied ?... Fagon à pied ?... or le malade conscient de ses droits, assuré social, syndiqué, lecteur de trois, quatre, cinq journaux, cousin de deux, trois cents milliardaires, est autrement plus sûr de lui que le Roi Louis !... 14 !... 15 !... 16 !...

En plus... mon comble !... le fond de tout !... les commissions !... on me voit avec mes deux filets !... un pour les os... l'autre pour les légumes... les carottes, surtout !

Vu mon âge, mon petit tremblement, je pourrais peut-être à la rigueur, mes cheveux blancs, passer pour « Professeur Quelque chose »... *Nimbus*, je ferais rire... on m'aiderait ! mais les affiches ?... sérieux ! inexpiable !... et ma naissance à Courbevoie !... je m'en sens tout aventurier... plus bas, bien plus bas que *chiropract* !... entre herboriste et les « capotes »... plus bas que Bovary !... coolie !... coolie de l'Ouest !... l'avenir ! je porte les paquets : toutes les caisses, les filets, les sacs !... et les poubelles !... je porte les crimes... je porte les impôts... je porte la médaille militaire... je porte mes 75 %... je suis complet...

C'est pas Loukoum qui va m'aider!... je discute pas!... l'impression c'est tout!...

Et puis pas que l'âge et les affiches!... l'état aussi de notre maison... « Drôle-qu'elle-tient »... que je vais moi-même ouvrir la grille!... déverrouille!... la reverrouille!... je m'achève ainsi dire!... pas de bonne! j'avoue! et située comme!... je vous l'ai pas dit?... à mi-côte!... vraiment l'endroit impossible! par quel sentier!... gadoue!... pauvres malades! l'hiver!... à grimper, bourber, se rompre le col!... et moi je vais me plaindre!... bien sûr, ils montent pas!... ils monteront jamais!... ils suivent la berge jusqu'à Issy, toutes leurs commissions... boulanger, boucher, la poste, pharmacien, les nouilles, le coiffeur, le vin... et le « Grand Rio », 1 200 places... triple écran!... et combien de médecins, porte à porte? qu'est-ce que je peux foutre moi, mi-côte? les malades d'en haut restent en haut, pas si cons! les quelques « chroniques » qui se risquent c'est les discussions du zinc, si je suis vraiment si ignoble que ce qu'on a raconté? si c'est vrai, le genre « Petiot » chez moi?... si ils verront des bouts de victimes?... fours à supplicier les malades?... etc... etc...

La pluie qui m'envoie des clients!... ça arrive!... pas beaucoup! quelques-uns... qui montant au vrai Meudon, canent à mi-côte... oh! l'hiver seulement!... ils ont tort, ils viendraient l'été ils jouiraient de la situation... du point de vue unique!... et de la ramure et des oiseaux!... pas que des clebs!... oiseaux si ça chante! et ce qu'on découvre!... jusqu'à Taverny l'autre côté! l'extrême du département!... de chez moi de mon jardin, du sentier... je dis le jardin, oui!... positif petit Eden, trois mois sur douze!... quels arbres!... et aubépines et clématites... vous diriez pas à peine une lieue du Pont d'Auteuil! l'enclos de verdure, l'extrême bouquet des bois d'Yve-

line... tout de suite c'est Renault !... sous nous ! vous
pouvez pas vous tromper... où y a la broussaille plus
touffue c'est là !... c'est nous ! d'abord les chiens
seront sur vous, la meute !... vous laissez pas intimider !... faites semblant de pas les entendre... regardez
ce panorama ! les collines, Longchamp, les Tribunes,
Suresnes, les boucles de la Seine... deux... trois
boucles... au pont, tout contre, l'île à Renault, le dernier bouquet de pins, à la pointe...

Bien sûr c'était bien plus campagne quand nous
venions avec mon père livrer la guipure, l'éventail...
les mêmes sentiers vers 1900... oh ! beaucoup de
clientes à Meudon !... « ça lui fera prendre l'air ! »
on profitait !... je profitais !... nous asphyxiions Passage Choiseul... trois cents becs de gaz !... l'élevage
des enfants au gaz !... nous nous lancions après le
« Bureau », mon père au pas de gymnastique de sa
« Coccinelle Incendie » ! et en route !... l'omnibus,
« l'impériale », avec les paquets ! nous n'étions jamais
au *Passage*, retour, avant les 9, 10 heures du soir...
question des sentiers, Meudon a pas changé du
tout... rubans, lacis méli-mélos, grimpettes... retrouver des clientes là-dedans !... vous imaginez !... des
dames extrêmement tatillonnes !... et leurs demoiselles... « c'était pas bien ! c'était trop cher ! » etc...
tout pour qu'on remporte la facture, mais laisse l'objet ! la petite réparation : 10 francs !... pas payer ! c'est
ça, les clientes... que sont devenues ces familles ?...
les maisons existent toujours, les mêmes, à peu
près... et les mêmes sentiers... pas très indiqués, à la
nuit !... pour moi ça va ! je sors jamais sans chiens !
pas un !... trois... quatre... et hargneux !...

— Vos malades alors ?...

— Pas commodes !... pas plus faciles à contenter
que les dames « copurchic » 1900 !... râleuses, tri-
cheuses, voleuses clientes !... à écœurer un Saint Vin-

cent !... je crois que je suis comme je suis, si total haineux de tout trafic de sous, communisse au sang, 1 000 pour 1 000, avec malades ou bien portants, c'est les clientes de ma mère qui m'ont écœuré !... pétasses et comtesses 1900... toutim !...

Toutefois, comme la nature humaine change en rien de rien, jamais ! gamètes immuables, la dame « tourneuse » ménopausique assurée sociale vous fait de ces caprices et colères pires que la Maintenon !... jamais pour mon compte, je me suis trouvé viré, si brutal traité, « d'au-dessous de tout », et chassé, et à coups de balai que par une assurée « tourneuse » dont je voulais ménager les nerfs... je lui parlais pas d'opération... pas encore !... fibrome ?... cancer ?... je voulais pas la mettre au courant... ah ! ma foutue délicatesse !... mon tact !... si la tourneuse s'est soulagée !... tombereaux d'insultes !... les voisins ont tout entendu... deux, trois sont sortis de chez eux... je les connaissais de vue... « oh, faites pas attention, Docteur !... elle est nerveuse !... » moi je crois surtout que c'était l'auto... j'aurais eu une auto comme ça... capot comme ça ! elle aurait rien dit !... et que j'en changerais tous les ans ? je pourrais tout me permettre !... de plus en plus grosse... le monde est pas communisse !... diantre ! mais matérialisse... un point !... effroyablement ! à l'atome !...

Roulez auto, Suez pas Suez, vous existerez !... pour Versailles, c'était des carrosses, maintenant c'est le nombre de vos H.P... Versailles, Kremlin ou Maison Blanche... vous êtes quelqu'un ?... vous êtes pas ?... Professeur, Commissaire... Ministre... combien d'H.P. ?... vous avez réussi ?... oui ?... merde ?... fibrome ?... bast !... foutre !... cancer ?... la carrosserie que vous êtes ?... vos suspensions ?... Versailles... Windsor... Maison Blanche... Le Caire...

Je voudrais voir un peu Louis XIV avec un « assuré social » !... il verrait si l'État c'est lui !... pensez les milliards que représente le moindre cotisant ! ah ! Louis peigne-chose !... pensez, Louis-Soleil, la trouille rien que pour changer de chirurgien ! il vivait plus !... l'étiquette !... votre « assuré » si il se gratte pour vous foutre en l'air ! vous traiter pourriture poisson !... vos conseils ?... ah ! là là ! vieux pitre !... « vacances » qu'on vous demande ! et signez !... tampon et salut ! vieux parasite ! « huit jours, comprenez !... un mois !... et merde ! satané clown ! votre cachet !... vos ordonnances ?... à rire !... à rire !... déjà des pleins tiroirs et chiottes d'ordonnances ! et autre chose que vous ! des plus grands maîtres et Professeurs et Chiropractes de Neuilly, Saint-James et Monceau ! quels salons !... de ces tapis ? des pelouses !... dix infirmières !... vingt dictaphones !... eh bien ! eux-mêmes ! ces demi-dieux, ce qu'ils ont prescrit, on s'en torche ! alors vous ?... votre tampon !... vite ! regardez pas !... signez !... salut ! »

Je devrais pas le dire, mais c'est trop drôle, la plupart des malades que je vois, dépensent beaucoup plus en perlo que nous pour entièrement vivre... nous, c'est-à-dire Lili, moi, les clebs et les greffes...

Une de mes plus dures ivrognes me brandit sa bouteille juste au-dessus de la tête... et puis sous le nez... du gros rouge!... elle me défie!... je lui ai dit de pas boire... «Elle pourrait tuer sa petite fille!» je devrais la faire interner!... «Elle est dangereuse vous savez Docteur! vous pouvez rien faire?...» je la ferais interner, elle fouterait le camp, reviendrait me finir!... l'ivrognerie, c'est ça : «J'étais soûle, il me plaisait pas!» tout est dit. Ce que Tartre et tant d'autres se sont tant branlés, échignés, sué, sang et venins, retourné Ciel, Terre, Enfer, que quelqu'un se décide! l'ivrognesse là, était fin prête!... les chiens aussi étaient fin prêts... les chiennes, surtout, ça tenait qu'à moi que je dise un mot...

Moi, mon Dieu! bouteille, asile : je voulais plus la voir c'était tout!... je lui conseillais un autre méde- cin... mais la seule qui voulait pas!... pas d'autre médecin que moi!... que moi! elle m'engueulait pas, me tuer qu'elle voulait!... et que je m'occupe de ses verrues!... que je les lui brûle!... une fois sur deux, je lui refusais... elle revenait...

On doit faire attention à tout... mes chiens alors?... qu'ils m'aient pas bouffé un malade!... deux malades!... je touche du bois!... le jardin est immense et en pente... si la meute dévale!... et hurlante!... de quoi faire fuir tous les malades... faire aussi râler les voisins... parce que si ils aboyent!... quelque chose!... plus je gueule après plus ils rugissent... ils me répondent... pour les malades, vous pensez!... je monte toute la meute au grenier entre 2 et 4... ils hurlent de là-haut... pire!

Mais réfléchissant, à tout prendre, ma meute me fait bien du tort, certes!... mais elle me protège des malotrus... je me méfie des gens qui passent... les inconnus... et les connus! ils entendent les chiens aboyer... ils guettaient, ils font demi-tour!... les assassins aiment pas les risques... ils sont plus prudents à vous tuer qu'un bourgeois à acheter ses « Suez »... je connais un peu les assassins... j'en ai fréquenté ici, là, un peu partout, pas qu'en cellule... dans la vie... cinq... six *wouaf!... wouaf!* y en a plus!... je pratique pas dans la confiance, j'ai la confiance en rien du tout! quand j'étais au Pavillon K, *Vesterfangsel*, c'était autre chose comme gueuleries!... pas que les détenus du *pip-cell*... toutes les meutes lâchées, jusqu'au jour!... combien de molosses? cent?... deux cents?... elle était gardée la prison!... *intra muros! extra muros!* deux ans... pendant deux ans... je dormais pas, je pouvais les entendre... le directeur de la prison avait pas confiance... pourquoi moi, j'aurais? la prison n'est-ce pas c'est l'école, vous y avez été? pas été?... les vraies leçons!... ceux qu'ont pas été, même nonagénaires, et mèche, sont que des sales puceaux bavardeux cabotins, gratuits... ils causent et savent pas!... vous les entendez installer... qu'est-ce qu'ils pensent, au fond du fond?... « Pourvu, bordel! que jusqu'au bout, mon flan tienne! pourvu jusqu'au bout, que je tombe pas!... » la trouille, le gniouf! leur hantise!... Mauriac, Achille, Goebbels, Tartre!... ça que vous les voyez si nerveux, si alcooliques, d'un cocktail l'autre, d'une confession l'autre, d'un train l'autre, d'un mensonge l'autre! d'une Cellule l'autre... d'une déconnerie l'autre!... qu'ils réchappent au « Mandat », menottes, à la Santé!... si ils palpitent! la minute sérieuse de leur vie!... la seule!... *finish* blabla!

Pourquoi moi, dites, j'aurais confiance? Je me méfie pas de Mme Niçois... c'est peut-être un tort? entre autres malades... de Mme Niçois, non!... aucun danger... vraiment l'inoffensive personne... mais les gestes!... quels gestes!... elle fait plus de gestes que mon ivrogne... elle me menace pas, non!... elle me brandit pas de flacon sous le nez... mais elle s'agite pour se rattraper... à la grille!... à tout!... à un fusain... à n'importe quoi... elle oscille... elle sait plus... elle est absente pour ainsi dire... de plus en plus faible... elle se souvient plus de mon sentier... elle se trompe... oh! mes chiens la gênent pas elle... elle les entend pas!... elle y voit pas beaucoup non plus... vous dire son état!... eh bien!... croyez-moi, ce qui la gêne, c'est que je la fais pas payer...

Je vous dis donc Mme Niçois se perd dans les sentiers... du Bas Meudon à chez moi... elle est partie vers Saint-Cloud, des voisins l'ont rattrapée... partie presque au Pont !... ils se demandaient où elle allait ? elle demeure Place ex-Faidherbe parallèle à la route d'en bas, Vaugirard *prolongée*... de chez elle on voit très bien l'eau, la Seine... le quai tout de suite !... à propos, pas loin, cent mètres, après la route des Virofles, l'ancien célèbre restaurant : *Pêche Miraculeuse*... presque souvenir l'état qu'il est !... tout de même encore ses balcons, où « Tout Paris » venait festiver, au frais du fleuve, à la brise... l'île devant, plus d'arbres !... tournée usine !... au loin tout de même, le Sacré-Cœur, et l'Arc de Triomphe, et la Tour Eiffel, le Mont Valérien !... mais les soupeurs sont pas revenus... effacés !...

Oh ! le trafic du fleuve demeure... tout le mouvement !... remorqueurs et leurs ribambelles, hautbords, ras de l'eau, charbons, sables, décombres... queue leu leu... aval... amont... de chez Mme Niçois vous pouvez voir tout... elle est pas intéressée... cela dépend évidemment la sensibilité que vous êtes ?... les mouvements des fleuves touchent... touchent pas !... les façons des convois aux arches... cache-cache... là, de chez Mme Niçois, de sa fenêtre, vous les voyiez s'engager... presque de l'île des Cygnes !... et de l'autre côté... passé Saint-Cloud... pensez ce bief ! du pont Mirabeau à Suresnes !... la vue des dîneurs !...

Ils étaient plus sensibles que nous, pas encore effrénés négrites... j'ai qu'à voir Achille et Gertrut... oh ! ils m'écœurent énormément... tout de même vous leur trouvez encore, dessous leurs rides plis et fanons, au tronc, à la fibre, des sortes d'espèces de finesses...

Le temps de la « Pêche Miraculeuse » c'était le

moment de la vogue des yoles et des grands tricots à rayures, des rameurs à dardantes moustaches... je vois mon père, en dardantes moustaches !... je vois l'Achille en yole, calot, tricot, biscotos !... je vois tous les dabes... clientes gloussantes pour embarquer !... le tour de « l'île aux pigeons » !... *putt ! putt !* le Tir ! mille petits cris, froufrous, frayeurs !... bas de soie, fleurs, fritures, monocles, duels !... la « Pêche », les balcons, là, maintenant à foutre à la Seine !... vermoulue « la Pêche »...

Je m'en souviens comme si j'y étais du « tir aux pigeons »... de ses peupliers ! les cimes au vent ! pensez, j'ai pris assez de gifles, que j'étais pas sage, sur le bateau-mouche « Pont-Royal-Suresnes !... » le vrai bateau-mouche ! pas les simili d'à présent !... tout le bateau-mouche était que gifles... c'était l'éducation d'alors !... beignes, coups de pied au cul... maintenant c'est énorme évolué... l'enfant est « complexe et mimi »...

Oui, les fins dîneurs de l'époque avaient toute la vue... pas seulement le Mont Valérien, et de l'autre côté le Sacré-Cœur, toute la vallée, la Seine, les boucles... ce que j'ai aussi, moi de ma fenêtre, d'où je vous écris, j'ai pas à me plaindre... ah ! aussi Longchamp, les tribunes... en face...

Tenez, j'entends parler les vieux... ils parlent comme s'ils y avaient été !... Salut !... menteurs !... ils y étaient pas !... moi ?... sabre au clair !... la dernière revue du 14 Juillet !... tous les effectifs de la Place !... plus les 11e et 12e *Cuir* !... à la charge !... pour la dernière charge on peut le dire !... après, y a plus eu que des promenades, des répétitions pour Sacha... plus d'armée !... pas plus que de « Pêche Miraculeuse »... ni de véritables bateaux-mouches ni d'enfants qui respectent leurs pères...

Je m'attarde... je vous agace peut-être ?... je vous

86

parlais de Mme Niçois, que j'allais descendre jusque chez elle... je vous parle de vermoulue la « Pêche »... mais chez elle !... miracle que ça tienne ! un après-midi de « bull-dozer » !... escalier, toit, fenêtres ! oh ! ma tôle, moi ! je peux causer ! tout ça est d'avant 70 !... et bien d'avant !... le probloc veut rien répa-rer !... il attend que Mme Niçois claque et qu'il ven-dra tout !... pas d'autres motifs de « congé »... elle paye ses termes recta au jour !... entendu, le probloc est fumier, abominable escroc, tout, mais la quit-tance est la quittance !

Je dois dire égoïstement que ça m'arrangeait pas du tout de descendre chez Mme Niçois... et les chiennes ?... je les enfermais au grenier, bouclais !... ouiche ! je les voyais cassant les carreaux et se jetant sur Mme Niçois !... oui du « troisième » !... oui ! par-faitement !... elles en piquaient crises et folies de me la déchirer !... Mme Niçois faisait trop de gestes... à se rattraper partout... à tout... à rien... tout de suite à l'air... elle titubait... tournoyait !... elle avait de la feuille au vent... elle devait plus sortir de chez elle !... je lui avais assez répété ! dit... je lui donnais le bras pour la reconduire !...

Les « calmants » aussi l'hébétaient... bien sûr !... j'aime pas les drogues, mais il en faut... un cas sur cent... Mme Niçois était tel cas... son mal évoluait très lentement... une forme des vieillards... en plus, une forme pas nette du tout... envahissante, certes... et saignante... oh ! des précautions à traiter ! à accompagner, ainsi dire... gaze par gaze... panse-ments de finesses !... et le moins possible de mor-phine... cependant de jamais aller mieux et de saigner tout de même un petit peu... « Docteur ! Doc-teur ! enlevez-moi ça !... Oh ! Madame Niçois, non !... voyons !... » la subtilité, le tact des soins du cancer des vieillards c'est peu prou impossible croyable...

j'ai vu, je connais, hélas ! les subtilités d'Ambassades, grotesques balourdises à côté de ce qu'il vous faut vous, pour que votre vieillarde néomateuse vous envoie pas foutre !... vous et vos onguents !... vos espoirs et colin-tampon ! thermocautères !... au Diable !... aux roses !... là, la question de Mme Niçois c'était qu'elle bouge plus, reste chez elle, monte plus me voir... son état s'améliorerait pas... elle pouvait pas !... qu'un jour elle tombe, se relève plus ?... ça serait pas long !... Petiot ! Landru ! Bonnot ! Bougrat !... c'est déjà bien extraordinaire qu'on m'accuse pas de Dien-Penhu !... de la chute de Maubeuge 14-15 !... là, que j'aie achevé Mme Niçois ? pas un pli !... j'ai bien été accusé, par Tartre et cent périodiques renseignés, d'avoir vendu le Pas-de-Calais... l'habitude !... Mme Niçois maintenant en plus ? salut ! qu'elle défaille descendant le sentier ?... non !... je peux encore boquillonner... mais jusqu'à la Seine ?... non !... les gens d'en bas, certes, ont tout lu... toutes les affiches... qui me traitaient comme !... conséquence : « Tu vois ce vieux-là ?... etc. »

Ah ! pas que mes crimes !... y a aussi, et peut-être surtout, la façon que je suis habillé... je vais pas me faire faire un complet neuf pour la critique du Bas-Meudon !... ils me voient pas beau ?... si ils se voyaient comme je les vois ! ça serait atomique la façon qu'ils se feraient sauter !... bouffées de neutrons !... l'horreur de hideur !... têtes ! âmes ! culs !... oui !... oui !... mais Mme Niçois !...

Donc, je descends chez Mme Niçois... mais je me méfie, je le répète... les gens du quai me sont hostiles... quantités de raisons... patati... patata... la façon que je suis habillé... d'un !... les commentaires des affiches... deux !... ma gratuité, mon « pas de bonne », « pas de voiture », boîte à ordures, les commissions, etc. Vraiment je peux descendre qu'à la nuit... je descends par le « sentier des Bœufs » avec un chien... plutôt deux... le « sentier des Bœufs », passé sept heures c'est rare que vous rencontrez quelqu'un... d'en bas du « sentier des Bœufs » la place ex-Faidherbe, une minute... Mme Niçois... sa maison, juste l'avant-dernière, au second... je suis déjà venu... je case d'abord mon clebs... presque toujours j'emmène Agar... il m'attend, il ronfle... je m'aventurerais pas sans chien... il est pourri de défauts Agar, grogneur, hurleur... et comme emmêleur de sa chaîne !... vous l'avez partout !... il la rend serpent, sa chaîne !... vous l'avez devant... elle vous tortille entre les jambes !... il est derrière !... vous arrêtez pas d'hurler... « Agar ! Agar !... » vous faillez en fait de compagnie vous étendre, fracturer, cent fois... oui, mais une qualité d'Agar, il fait ami avec personne !... c'est pas le chien social... il s'occupe que de vous !...

par exemple : chez Mme Niçois, pendant que je la soigne, il est sur le palier dehors, si quelqu'un rôde, je peux être tranquille... même quelqu'un sur le trottoir en face !... il piquera une de ces fureurs !... comme il est avec ses défauts, c'est le vrai « chien de défense »... pas un « soi-disant »... la Frieda, la chienne à Lili, là-haut, est pire... elle me connaît à peine, elle veut sortir qu'avec Lili... je case donc mon clebs sur le palier, sur le tapis-brosse... allez pas croire que je crains quelque chose, j'ai peur de rien, mais je voudrais pas être abattu, amour-propre sportif, après quinze ans de chasse à courre, par un de ces petits hyènes boutonneux, cocaïnman à tremblote qui se verrait sa plaque à son nom : « Icy, Lydoirzeff abattit... » la gloire !... oh ! que j'aurais aucune surprise !... qu'il y en ait un !... deux !... trois à m'attendre !... en bas !... là... juste !... tout juste !... et Mme Niçois au courant !... de plus !... dans le coup ! avec son air abruti, et son cul néôme !... parfaitement ! que j'ai connu des malades pires, plus près de la fin qu'elle, se mêler de trucs et de stratagèmes encore joliment plus pervers !... du moment où je quittais de chez moi, malades pas malades, je pouvais m'attendre le bouquet !... si vous êtes on ne peut plus dévoué vous pouvez vous attendre au pire... surtout aux étages, montant, descendant... tenez moi mon escalier, rue Girardon, c'était un poil qu'on m'abatte... des assassins sont venus pour... ils me faisaient un *Prague* ! un *Buda* !... ils m'ont écrit... ils regrettent encore !... une bonne rafale !... je jérémiaderais plus... et pas de la vague petite menace... non !... non !... d'un stalinien tout ce qu'il y a de choc !... un dénommé Vaillant Étienne !... pas celui de la Chambre !... la Chambre intéresse plus personne ! l'Histoire est caprices ! lubies ! rages ! le premier coup : rigodon !... hurrah !... le second ?...

sifflet ! crochet ! foireux ! regardez le coup de César...
combien qu'ont réessayé depuis ? on sait plus tellement y en a ! de Louverture à Mollet passant par
Christine ! autant que d'écrivains qui me copient !...
César, Alexandre, c'est quelqu'un !... mais allez
refaire !... comme pour ces Vaillant 1 !... 2 !...

Laissons le passé au *Grévin* !... À l'actuel ! à
Mme Niçois !... nous sommes chez elle... je vous
raconte... je regarde si ça va... si Agar est sage... il
ronfle sur le tapis-brosse... ses oreilles remuent...
remuent plus... j'ai plus confiance en Agar qu'en
Mme Niçois... le moindre doute dans l'escalier ?...
le moindre petit gémissement de porte ?... la révolution chez l'Agar ! « C'est mieux que je m'allonge,
Docteur ?... Allongez-vous madame Niçois !... » J'ai
apporté mes instruments, seringues... compresses...
pinces... « Je saigne toujours Docteur ?... oh !
Madame !... oh ! non !... très très peu !... de moins en
moins !... Et l'odeur, Docteur ?... de moins en moins,
madame ! »

J'aurais tenez le Vaillant à soigner... Vaillant mon
assassin mou... Troppmann ou Landru... ou le Tartre
en personne... ou les centaines de mille bourriques
qui m'ont pourchassé des années, d'une prison
l'autre... si frétillants, émoustillés ! je varierais pas
d'un iota... mon style, ma façon... je suis le samaritain en personne... samaritain des cloportes... je
peux pas m'empêcher de les aider... l'abbé Pierre
c'est plutôt Gapone, pope Gapone... nous verrons !...
moi, c'est vu... je suis le Docteur « Tant mieux »...
j'étais ainsi *Vesterfangsel*, à l'ambulance (lumière
jours et nuits), préposé : « remonteur du moral »... Je
verrais là, le Tartre à l'agonie, mettons... « bourrique ! que j'y dirais, cavale !... biche ! purulure de
merde !... fonce ! défonce ! retrouve tout ton fiel ! te
décourage mie !... t'es monstre con, mais t'es ins-

truit !... » Tartre ou un autre !... évidemment le moral c'est tout !... au vrai, tout de même, positif, je voyais pas cette Mme Niçois me durer plus de mettons cinq... six semaines... au plus ! et elle voulait pas de l'hôpital... oh ! que là, non !... de moi qu'elle voulait !... moi seul !... mes soins !... certes, elle souffrait... mais pas atroce... cancer... mais de cette forme surtout toxique... heureusement !... oh ! heureusement... comme je vous en souhaite ! la forme des malades qui savent plus... si ahuris... débilités... quoi ?... quès ?... bavent, tremblotent, suent... Mme Niçois se plaignait un peu, mais pas d'une douleur très intense... vous voyez ce genre de malades tenter de se lever... de vous parler... de manger, même !... et puis pas pouvoir... renoncer à tout... de plus en plus faible... la mine de mort... Mme Niçois ça serait son cas... moi là, une chose que je voyais venir, j'en avais pour au moins deux mois à descendre lui faire ses pansements... plus question qu'elle sorte !... à moi, la promenade !... oh ! mais pas de jour !... j'ai dit... qu'à la nuit !... pas que j'aie eu tellement peur d'être tué !... non !... mais pas être vu ! et d'un ! d'abord !... qu'on me foute la paix !... qu'ils pensent ce qu'ils veulent derrière leurs vitres !... bon !... moi, pas les voir, tout ce que je demande.

Donc, Mme Niçois sur son lit... j'ai terminé mon pansement... je viens à lui parler de choses et d'autres... que les grands froids sont finis !... bientôt les lilas !... on a assez gelé !... bientôt les jonquilles !... le muguet... cet hiver fut exceptionnel, tous les records !... je ramasse mes cotons... elle me demande un rouleau... que je lui laisse... voilà !... ah ! et le pêcher de la route des Gardes ?... au fait ?... il a résisté au froid ?... je la renseigne... même, il a fleuri !... celui qui pousse en plein dans le mur, entre deux granits !... celui-là, c'est vraiment le Printemps !... elle savait pas !... je sais très bien redonner la confiance... le tonus !... je voyais en tôle des reclus grévistes de la faim, condamnés à mort, je les faisais remanger !... gentiment... d'une petite drôlerie l'autre...

Tout en bavardant, je rangeais mon petit matériel... oh ! mais j'oubliais !... la piqûre !... il la lui fallait... 2 c.c. de morphine ! elle s'endormirait... je m'en irais... j'injecte mes 2 c.c... et je regarde dehors... au carreau, là !... j'accuse les autres d'être des voyeurs... en fait !... en fait !... qu'est-ce que je tiens !... le mateur fini !... j'aime pas être regardé du tout !... mais moi, pardon ! horrible ! j'avoue !... n'importe où je me trouve... là, c'était fatal, les lumières dehors !... je regarde... le loin... la Seine... Mme Niçois va s'endormir... elle me répond plus... cette fenêtre donne je vous ai dit presque sur la place ex-Faidherbe... le quai, en somme... il fait encore assez froid... nous sommes en mars... il fait nuit... on voit le quai... je le vois, moi !... sûrement Mme Niçois le voit pas... d'abord elle dort... je vois même des allées et venues de personnes... des gens qui chargent une péniche ?... je vais lui demander Mme Niçois... je vais la réveiller un petit peu... « Eh ! madame Niçois !... vous avez vu les gens d'en bas ?

— En bas où ?

— Qui chargent les péniches ? »

Elle sait pas ça lui est égal, elle se retourne... elle ronfle... je regarderai tout seul !... je dois vous dire qu'en plus de voyeur je suis fanatique des mouvements de ports, de tous trafics de l'eau... de tout ce qui vient vogue accoste... j'étais aux jetées avec mon père... huit jours de vacances au Tréport... qu'est-ce qu'on a pu voir !... entrées sorties des petits pêcheurs, le merlan au péril de la vie !... les veuves et leurs mômes implorant la mer !... vous aviez des jetées pathétiques !... de ces *suspens* ! alors minute !... que le Grand Guignol est qu'un guignol ! et les milliards d'Hollywood ! maintenant là, voilà c'est la Seine... oh ! je suis tout aussi fasciné... tout aussi féru des mouvements d'eau et des navires que dans ma petite enfance... si vous êtes maniaque des bateaux, de leurs façons, départs, retours, c'est pour la vie !... y a pas beaucoup de fascinations qui sont pour la vie... la moindre péniche qui s'annonce, j'ai ma longue-vue, je la quitte plus de là-haut, de ma mansarde, je vois son nom, son numéro, son linge à sécher, son homme à la barre... je braque, la façon qu'elle prend l'arche d'Issy, le pont... vous êtes passionné, vous êtes pas... vous êtes doué pour les mouvements de ports, rafiots, trafics de quais et des barrages... la moindre yole qu'accoste, je dégringole, je vais voir... je fonçais !... je fonce plus... maintenant, la longue-vue, c'est tout !...

La moindre percluse moisie péniche à ramper le long d'un canal j'allais avec jusqu'à l'autre bief !... oh ! certes j'ai suivi les demoiselles !... bien des demoiselles !... mais j'ai passé autrement d'heures à me fasciner des mouvements d'eaux... de tout le cache-cache des arches... l'autre arche !... le gros bateau-citerne... un autre !... le petit yacht !... une mouette !... deux !... la magie des bulles au courant... clapotis !... vous êtes sensible ou vous êtes pas... la queue leu leu des chalands...

Par la fenêtre à Mme Niçois je voyais que le quai travaillait... on peut pas me dire !... des gens... je voyais que c'était une péniche... vous avez l'œil fait... ou vous êtes terrien bien obtus, cloporte ?... c'est une autre nature !... soit !... le genre « fanatique d'auto-bus »... bien !... moi là toujours à force de tellement regarder le quai je voyais que ce certain mouvement était pas du tout ce que je pensais... pas de péniches

94

du tout!... pas pour un transbord de décombres!...
ni de charbon!... pour un tout autre turf que
c'était!... oui, là!... j'aurais pas dit!... le quai de la
place ex-Faidherbe est vraiment jamais éclairé...
c'est mon excuse... la mairie peut pas!... d'abord il
passe pas assez de monde... ensuite les mômes cassent tous les globes!... leur joie!... *ptaff!*... l'adresse!
longtemps que la mairie a renoncé! donc à la nuit :
obscur total!... vous diriez Suez!... en plus que le
quai est plus que crevasses et en zigzags!... des
mètres croulés!... entièrement à refaire!... notre sentier aussi est à refaire!... qu'est-ce qu'est pas à
refaire?... et la route donc!... la grande usine doit
s'étendre... moi là toujours par la fenêtre j'aperçois
le certain trafic... pas transbord de sable ni de charbon... je le dis à Mme Niçois, là, sur le flanc... je l'ai
réveillée... le quai l'intéresse pas du tout... elle est
restée à tout à l'heure, ce qu'on parlait... la végéta-
tion en retard, le Printemps... elle me répond sur le
Printemps... je l'écoute... oh! mais on est dans le qui-
proquo!... moi, c'est le quai!... et je peux dire, dans
le noir!... ça, le tout de même pas ordinaire que je
vois : que c'est pas une péniche, du tout!... ah, moi
l'extra-voyant lucide!... c'est un bateau-mouche, bel
et bien!... que je vois même son nom! son nom en
énormes lettres rouges *La Publique* et son numéro :
114!... comment je vois?... peut-être d'une petite
lueur d'ampoule?... d'une vitrine?... non!... toutes
les devantures sont bouclées!... là, ça je suis sûr! je
regarde, je vois toute la place... et parfaitement *La
Publique*!... à quai... et les allées et venues à bord...
des gens par deux... par trois... surtout... par trois...
ils viennent d'en haut... le même sentier que nous...
il me semble... ils montent sur le bateau... ils parlent
à quelqu'un... et ils repartent... je dis : ils parlent?...
je crois... je les entends pas!... je les vois, c'est tout...

monter, se croiser... par trois... l'allée et venue par la passerelle... je vois un petit peu leurs figures... je peux pas dire non plus... plutôt leurs silhouettes... oui, certes ! troubles silhouettes... pas nettes... trouble aussi, moi !... moi-même !... eh donc !... qui serait pas trouble ?... j'ai été un peu ébranlé... même vachement choqué !... je veux !... toute l'Europe au cul !... oui, toute l'Europe !... et les amis !... la famille !... à qui qui m'arracherait le plus !... et pas ouf ! les yeux !... la langue !... le stylo !... la férocité de l'Europe !... les nazis étaient pas baisants mais dites-moi la douceur d'Europe ?... j'exagère rien... le beau « Mandat » !... et tous les Parquets... j'ai éprouvé certains troubles, j'admets... la preuve, je suis pas très certain de très bien voir ces allées et venues du quai.

Zut !... je digresse... je vais vous perdre !... ce bateau-mouche est bien à quai !... je le vois ! personne me dira le contraire !... des groupes même !... vont viennent... prennent le quai d'ombre... queue leu leu... prennent la passerelle... montent à bord... oh, pas des promeneurs !... certainement !... l'endroit est pas à promenades... d'abord nous ne sommes que fin mars... une bise glaciale !... certes, nous avons connu bien pire... Korsör là-haut ! Baltavie, le Belt !... et question glace, je vous raconterai... mais là, c'est déjà pas mal !... pas à se promener !... une grelottine de zef bien traître... et ce bateau-mouche *La Publique* ?... pas un songe ! je le voyais, oui ! mais comme le reste... brouillagineux !... peut-être ma propre faiblesse ?... anémie ?... ou de tellement écarquiller ?... Mme Niçois m'écoutait plus... elle somnolait... c'est pas elle qu'aurait pu m'aider débrouillaginer le pour du contre ! si c'était un vrai bateau-mouche ?... d'abord et d'un, Mme Niçois même réveillée avait plus beaucoup la notion... fallait la voir venir chez moi... se rattraper aux branches... se rattraper à ceci... cela!... à rien!... elle titubait pas d'ivrognerie... non!... qu'elle était plus là!... et c'est tout... au quai elle aurait pas tenu deux mètres... au jus! *vlof!*... deux mètres!... pensez!... à moi d'y aller!... d'y aller voir!... pas elle!... je suis pas la nature hésitante... berlue pas berlue!... au fait!... au fait!... ou c'est *La Publique* ou c'est moi faribole et ivre!... de quoi?... mes sens abusés!... un fait est un fait!... Agar est encore pire que moi question rationnel positif... un rien d'insolite?... ouragan d'*ouah!*... *ouah!*... il est plus à tenir!... si il va la secouer la place ex-Faidherbe et toutes les personnes qui vont, viennent!... soi-disant personne!... et toutes les boutiques!... si il va les faire réouvrir!... j'ai qu'à dire : Agar!... oh! c'est lui le plus bruyant de la meute!... la preuve : les nerfs des voisins... « Piquez-le, voyons Docteur!... piquez-le donc! il nous rend la vie impossible! » pour un rien les voisins de banlieue vous leur faites la vie impossible! la fatigue, l'esquintement des allers retours, ils sont hérissés, sur les nerfs... votre clebs tombe pile! plus les rancœurs de la vie!... épouses, ménagères excédées!... les grands magasins bien trop proches!... vous arrivez bien, vous, votre meute!

Moi là toujours, en attendant, Agar allait me mettre au point, si c'était des fantômes ou pas? si j'étais victime d'illusion... oui?... zut?... un effet de l'eau? « Je reviens tout de suite madame Niçois! » l'escalier!... nous voilà en bas, au trottoir... moi, le clebs... les gens vont... viennent... traversent la place ex-Faidherbe... parfaitement... Agar les renifle... il aboye pas... je vois pas les têtes de ces personnes, encapuchonnées qu'elles sont... pas des vrais capuchons, des loques!... des loques en bonnets... des sortes de turbans enfoncés, en tout cas elles se cachent la figure... vous dire si c'est pas ordinaire!...

en plus n'est-ce pas il fait nuit... enfin, presque... il fait jamais tout à fait nuit... Agar aboye pas... je me rapproche du quai... là, je vois... oh! sûr!... là, certain!... le bateau-mouche!... un vrai! et son numéro : *114*... et son nom... je me rapproche encore... et un vieux!... pas du simili bateau-mouche, des modèles qu'on voit à présent!... cloches, coches à touristes!... tout vitres, vitrines! que je vois passer d'en haut, de chez nous... non!... celui-ci est un vrai vieux!... le très démodé modèle... plus vieux que moi!... à énorme ancre... ancre en avant!... bouées tout autour... kyrielles de bouées... guirlandes de bouées, jaunes, roses, vertes... canots de sauvetage!... et la grande cheminée inclinable... et la dunette du capitaine!... même la peinture est de l'époque!... coaltar et lilas!... son écusson doit être nouveau, *La Publique*...je vous parle pas à lurelure... bateaux-mouches et patati! je les découvre pas!... tous les dimanches, dans ma jeunesse, pour ma mine, nous le prenions au Pont-Royal, le ponton le plus proche... cinq sous aller et retour Suresnes... sitôt avril, tous les dimanches!... pluie, pas pluie!... chierie de mômes, à l'air!... tous les mômes des quartiers du centre... j'étais pas le seul «papier mâché»!... et les familles!... la cure!... à la cure, ça s'appelait!... Suresnes et retour!... bol d'air!... plein vent! vingt-cinq centimes!... c'était pas la croisière tranquille... vous entendiez un peu les mères!... «Te fouille pas dans le nez!... Arthur! Arthur!... respire à fond!...» les mômes le coup du grand air les faisait caracoler partout! escalader tout!... des machines aux chiottes! à se fouiller dans le nez, et se tripoter la braguette... ah! et surtout à l'hélice!... au-dessus de ses gros remous... des tourbillons de bulles! vous les trouviez là... quinze... vingt... trente... à s'halluciner... et les mères et les pères avec!... et de ces gifles!... les corrections !... ah ! Pierrette !... ah ! Léonce !... on se retrouvait !... hurleries !... larmes !... *vlang ! vlaac !*... à la mornifle et la cure d'air !... pas cinq sous par personne pour rien !... « Tu finiras au bagne, voyou !... » mômes, désespoir des familles !... « Respire, respire, jean-foutre ! »... *beng !*... *vlang !* « je te dis ! » l'enfance alors, c'était des gifles ! « Respire donc à fond, petite frappe ! *vlac !* laisse ton nez tranquille, scélérat ! tu pues, tu t'es pas torché ! cochon !... » les illusions quant aux instincts sont venues aux familles plus tard, bien plus tard, complexes, inhibitions, tcétéra... « tu pues, tu t'es pas torché ! te farfouille pas la braguette ! » suffisait avant 1900... et tornades de beignes !... bien ponctuantes ! c'était tout !... le môme pas giflé tournait forcément repris de justice... frappe horrible !... n'importe quoi !... votre faute qu'il tournait assassin !...

Ça faisait des bateaux-mouches bruyants... punitifs, éducatifs ! ça respirait dur, claquait tour de bras !... partout !... en avant sur l'ancre... en arrière au-dessus de l'hélice ! *bang ! vlang !* « Jeannette !... Léopold !... Denise ! t'as encore fait dans ta culotte ! » qu'ils s'en souviennent de leur dimanche !... mômes « papier mâché », morveux, désobéissants !... le mal que c'était des parents de leur faire profiter du grand air ! qu'ils faisaient exprès de pas respirer !... Pont-Royal-Suresnes et retour !

Qu'ils se mettent tous ensemble d'un côté, tout le bateau penchait... forcément... les parents avec !... renouveau des mères ! « Tu le fais exprès, petit apache ! » et *vlac !* et *paff !*... « Respire ! respire ! »... le Capitaine, de sa guitoune, vociférait... qu'ils se retiennent !... « Pas tous ensemble !... » au porte-voix !... mais va foutre !... ils s'agglutinaient plus ! encore plus !... et les mômes, et parents, grand-mères !... et gifles !... contre-gifles !... et pipis !... tout le rafiot à la même rampe!... à chavirer!... qui qui s'amuse sans désordre?... *plof! bang!* «Clotilde!... *ouin! clac!* mornifles que veux-tu! Gaston!... ta poche!... tu te touches!... *pflac!...* cochon!»

Nous étions beaucoup à prendre l'air... c'était une croisière aussi qu'était joliment indiquée pour les petits asthmes, coqueluches, bronchites, Pont-Royal-Suresnes... toutes les boutiques, quartiers du Centre, Gaillon, Vivienne, Palais-Royal, étaient que des sortes de boîtes à mômes mines mie de pain... qui respiraient que le dimanche!... Quartier de l'Opéra... Petits-Champs, Saint-Augustin, Louvois!... à la cure!... les arrière-boutiques en avant!... si il fallait que ça profite!... «à fond! à fond!» Pont-Royal-Suresnes!

Pour parler de notre Passage Choiseul, question du quartier et d'asphyxie : le plus pire que tout, le plus malsain : la plus énorme cloche à gaz de toute la Ville Lumière!... trois cents becs Auer permanents!... l'élevage des mômes par asphyxie!... la Seine c'était tout de même mieux... la cure!... pour les beignes, du pareil au kif, croisière ou arrière-boutiques!... en ces temps-là on révisait pas les «programmes» tous les huit jours! non!... mais gifles pas gifles, l'air, la mousse, l'hélice, le roulis, l'énorme bouillon, tourbillon de bulles, c'était tout de même un paradis!... et «les mouettes maman!» *bang!*... «te penche pas!» surtout à partir de Boulogne les mômes se tenaient plus! le Bois!... l'air était trop vif!... les mères les rattrapaient plus... vous les retrouviez pleurantes aussi... sanglotantes partout! sur tous les bancs... «Clémence! Clémence!... où t'es Jules?...» ça redevenait à peu près convenable qu'après le Point-du-Jour... les mômes redevenaient plus tranquilles... c'était déjà plus que des maisons...

plus d'arbres... le retour... l'air de Paris... le Pont de l'Alma...

Mais moi, doucement, je vous perds de vue !... je vous raconte des histoires d'enfance !... je suis pas descendu pour vous perdre !... raison que je fasse attention !... je vois un peu flou... je vous ai dit... la place ex-Faidherbe et le quai... pas d'éclairage... et pourtant je vois les personnes... ces sortes de personnes... et le bateau-mouche... oh ! le bateau-mouche, bien plus net !... pas en illusion du tout !... et tous ces espèces qui vont, viennent, traversent la place... et rebroussent chemin... question bateau, tout gâteux que je suis, j'ai pas perdu son nom de vue, son écusson : *La Publique*... ni son numéro : *114*, voilà les faits !... pendant que j'y suis, je regarde autour... tout autour... cette place ex-Faidherbe... les magasins... pas un ouvert !... ni allumé... pas une devanture, là, je vois bien net que ce bateau-mouche, *La Publique*, est pas du modèle actuel !... ah, pas du tout !... comme ceux que je vois d'en haut, de mes fenêtres, bourrés de touristes !... je vous ai dit ?... ni même du modèle 1900 !... celui-là c'est vraiment un antique, presque tout en bois... autre chose que je comprenais mal, la façon que je voyais ces gens, aller, revenir... il faisait noir... il faisait nuit... pas un réverbère allumé !... ni la place... la route... les boutiques... pas un néon !... faudrait que je sache un peu ce que je dis... pas que je m'embrouille pas tout comme Mme Niçois... néon, vitrines, becs de gaz ! comment vous allez vous reconnaître ? moi là en tout cas ce va... vient... par deux... par trois... était pas douteux... je vous ai déjà dit... question fraîcheur, il faisait presque froid... pour voir ?... je voyais l'autre côté... l'autre berge en face !... oui !... l'île !... et l'usine !... toute l'usine... pendant que j'y suis, que je suis descendu, je regarde tout... et en l'air !... le ciel !... je cherche à voir !... rien !... un peu les étoiles ?... je sais pas trop !... des clignotements ?... peut-être d'avions ?... non !... c'était la nuit et puis c'est tout ! question lampadaires, les mômes les avaient tous pétés !... si donc y avait une certaine lueur, elle venait pas de la lune, ni des lampes du quai, ni des reflets de l'eau... le tintouin moi, c'est la raison !... il faut que je m'explique !... je suis le médecin du total scrupule !... je supporte pas l'anormal !... un fait est un fait !... ou c'est ! ou c'est pas !... *vide latus* !... peut-être alors si on peut dire, une certaine phosphorescence ?... phénomène joliment subtil ! les rares fois où je me suis trouvé frôlé par ces sortes de subtilités... anomalies !... il m'en est resté une horreur !... je suis le positiviste en personne !... un fait est un fait !... ce bateau-mouche-là, des mystères ?... je t'y en fouterais ! je t'y y retournerais la quille ! sens dessus dessous !... j'y regarderais le derrière !... et tous ces gens ! fantômes ou pas !... et l'île en face !... et l'usine dessus !... je la ferais couler voir si elle flotte ! l'usine ! ah ! le monde veut rire ! attention !... mais la berge l'autre bord ?... je la vois mieux que celle-ci !... et mieux qu'en plein jour !... je voyais même, l'*Héraclite* l'autre berge... une péniche tout ce qu'il y a de sérieux... à linge pendu... cuisine qui fricote...

Ah ! et aussi tout du long l'autre bord, la plage aux petits peupliers, Billancourt...

Enfin, étrange pour étrange puisque j'étais descendu pour me rendre compte si c'était du rêve, pas du rêve... du saindoux, des gens, des nèfles, Christophe Colomb ? Cortez ?... ectoplasmes ou rien ? c'était d'en avoir le cœur net !... j'avais descendu mon Agar... qu'Agar aboie ?... c'était des gens !... lui, pas de mirages !... ah, ouiche !... salut ! il reniflait !... les rereniflait !... j'avais bonne mine !... beau le stimuler :

ksst ! Agar !... Agar !... ksst !... il voulait pas !... lui, le vociférateur fini !... le fléau des voisins !... « Il nous rend la vie impossible !... » maintenant là, basta ! j'aboyais moi-même, qu'il s'y mette !... *ouah ! ouah !* qu'il me réponde !... va foutre !... il reniflait ces passants, c'est tout !... si il voulait bien aboyer, Lili l'entendrait !... et ça lui donnerait de mes nouvelles... un moment qu'on était partis !... on entendait tout très bien là-haut, tous les bruits de la Seine et des quais... si Agar voulait aboyer tous les chiens lui répondraient... on entend tout très bien de chez nous... ça monte !... les sirènes d'usines, les cloches, les cris des mômes, le barouf des bennes... tout !... mais Agar juste veut pas hurler !... il fait autant de bruit qu'un remorqueur... quand il veut !... mais là, nib ! il renifle... tous ces passants un par un... et puis les graviers... et puis il pisse !... et il retourne renifler... je vais hurler moi-même vers Lili puisque c'est comme ça ! vers Bellevue, vers la hauteur... « Ohé ! Lili !... » j'ai un petit peu la voix aussi !... pardon !... la voix de polygone !... la voix du 12ᵉ Cuirassiers !... « Ohé ! Lili ! » je porte au moins jusqu'au pont d'Auteuil... je m'entends !... l'écho !... à ce moment-là juste : une main ! une main me touche le bras... je me retourne pas... Agar renifle fort... plus fort !... je me retourne... quelqu'un !... je vois un personnage, une sorte de chienlit... chienlit gaucho boy-scout, un déguisé, quoi !... en énorme pantalon à franges... et le bada feutre, à franges aussi !... bada, pantalon, petite blouse... tout colorié !... toutes les couleurs !... un cacatoès !... et de ces éperons !... l'immense chapeau, jaune, bleu, vert, rose, enfoncé jusqu'à la barbe !... oui !... la barbe frisée blanche... Père Noël !... l'olibri se dissimulait !... sa figure était pas à voir ! césig se cachait !... entre sa barbe et le parasol de son bada... que vous auriez fait ?

« Qui c'est que t'es ? »

Je demande...

Oh ! mais là, d'un coup j'y suis !... ça y est !... je l'embrasse ! c'est lui !... on s'embrasse !...

« Ah ! c'est toi !... c'est toi ! »

On se rembrasse !... c'est La Vigue ! ce que je suis heureux ! La Vigue, là !

« C'est toi !... c'est toi !... »

Parole !... c'est lui !... pour une surprise !... lui là, en chienlit !... Le Vigan !...

« D'où tu viens ?

— Et toi ? »

Bien sûr y a longtemps qu'on s'est vus... depuis Siegmaringen... il s'en est passé...

Traqués à mort qu'on a été... pas qu'un petit peu !... et en Cour !... ce qu'il a pu être héroïque !... quelle attitude ! je pense la façon qu'il a fait face !... et en menottes !... qu'il m'a défendu !... y en a pas beaucoup !... y a personne !... et la horde chacale plein la salle !... et qu'il a fallu qu'ils l'écoutent !... forcés !... que c'était moi le seul patriote !... le vrai patriote !... le seul !... qu'ils étaient eux, baveux, râleux, que venimeux hyènes !

De le retrouver là, quai Faidherbe !... La Vigue !... La Vigue !...

« Alors ?... alors La Vigue ?

— Parle pas si fort !... »

Je chuchote :

« T'es du bateau-mouche ? »

Je voudrais qu'il me dise...

« Oui... oui... Anita aussi !... fais attention parle pas fort... Anita, ma femme... Anita est dedans !... »

D'habitude je saisis assez vite, mais là c'était beaucoup d'un coup... *La Publique*, le Vigan dessus... Le Vigan, gaucho !... à barbe blanche, moi qui le croyais à Buenos Aires !... en plus, avec une Anita... je la voyais pas cette Anita...

« Elle est dedans... elle est aide-soutier... tu connais pas le soutier non plus ?

— Non ! »

Le soutier ? d'où je l'aurais connu ?

« Mais si !... mais si ! tu le connais !... voyons !... c'est Émile ! Émile de la L. V. F. !... Émile, du petit garage Francœur !... c'est là que t'avais ta moto ! »

Il me remuait un peu les idées... ah ! oui !... ah ! oui !... le garage Francœur... la porte cochère... oui !... au fait ! Émile... la L. V. F. !... ma moto... je me souvenais presque... oui !... c'est ça !... il avait raison ! qu'était parti à Versailles... et puis à Moscou !... exact !... exact !... on avait su !... et puis qu'était revenu de Moscou... la preuve !... mais qu'est-ce qu'il foutait soutier ? là quai ex-Faidherbe ?... *La Publique ?*... soutier ?... l'Anita avec ! et lui l'admirable La Vigue ? quoi ?... cher Le Vigan !... receveur, il me tape, il me secoue sa sacoche, une sacrée besace !... ballante sur le ventre... et qui sonne !... il me montre !... il l'ouvre !... pleine de pièces d'or !... plutôt une gibecière !...

« Alors, t'encaisses ?

— Tu parles !... et que du dur ! le dur !... le dur !... la barque à Caron ! tu penses !... »

Je veux pas avoir l'air étonné... même je trouve ça tout naturel...

« Bien sûr !... bien sûr !...

— La barque à Caron ?... tu sais bien ?

— Oh ! oui !... oh ! oui !... évidemment !

— Maintenant tu vois c'est celle-là ! »

Oh ! que bien sûr !... bien naturel !... *La Publique* la barque à Caron ? je demande pas mieux, moi !... je veux bien !... *La Publique* c'est le blase ?... bon !... bon !... je veux bien tout !...

« Alors dis, c'est des morts tout ça ? »

Que j'en aie le cœur net...

« Tous ceux qui montent ?

— Qui veux-tu que ce soit ? »

C'étaient des morts... bon !... je lui demanderai plus... l'essentiel qu'il était là, lui ! et pas mort !... pas mort !... attifé drôle... oui ! mascarade !... la barbe aussi... et quelle barbe !... par-dessus sa gibecière !...

« T'as pas ton lasso ? »

Pendant qu'il y était, un lasso !

Je manque de tact...

« C'est pas de lasso qu'il s'agit ! *fric*, *first*, fils ! »

Comme il parle ! et en anglais !

« Picaillons, fils !... et que du dur !... et que ça se comprenne ! et que ça saute ! je t'assure que Caron s'entend !... tu le verras t'as qu'à rester !... »

Il est avenant.

« Mais dis, pourquoi je te vois, moi ?... pourquoi ?... et le bateau ?... rien est allumé sur le quai !... regarde ! »

Un doute, tout de même...

« Oh ça, c'est que t'es fait pour nous voir !... spécial, tu sais ! spécial !... tu comprendrais pas !... »

C'est commode comme explication.

« Et puis, j'ai pas le droit !

— T'as pas le droit ?... eh dis, qu'Agar aboye pas, c'est spécial aussi ?

— Peut-être... peut-être...

— Tu peux pas m'expliquer non plus ?

— Foutre, non ! »

Agar cette effroyable gueule d'un coup : chien muet !... spécial discret !... je dois y croire, moi ?... l'Agar magique ?... rafiot magique ?... La Vigue magique ?... qu'ils soient tous morts ?... bon !... bon !... peut-être ?... des morts c'est déjà quelque chose...

Puisqu'il fallait avoir l'air !

« Pourquoi t'es revenu ?... tu te défendais plus là-bas ? »

Je connaissais sa situation... qu'il risquait encore beaucoup...

« Écoute !... je pouvais plus... voilà !

— Tu t'emmerdais ?

— Oui !

— Je te comprends... »

C'était exact, je le comprenais... il faut avoir ressenti... plus pouvoir tenir... risquer tout un moment donné... d'être né ailleurs... la mort, mais ailleurs !... l'attirance pas à raisonner... même très discrètement... le retour !... l'aimant animal que c'est...

Bien ! bon !... j'admets... soit ! mais les gens là qui vont viennent... qu'arrêtent pas... retraversent la place... montent à bord... repartent... qu'est-ce qu'ils foutent eux ? peut-être ceux-là au moins il peut me dire !...

« Ils retournent chez eux chercher l'obole ! »

Je l'agace...

Retourner chez soi chercher quelque chose ?... je pense... voilà des morts qui doutent de rien !... zut !... moi qu'ai passé mort !... réputé mort !... entendu mort !... il aurait fait beau que je revienne demander un mouchoir !... une épingle !... tout berzingue qu'on m'a hérité ! vaporisé ! à zéro !... qu'est-ce que j'ai retrouvé ?... zébi et des menaces !

« Ah ! dis rigole ! je lui fais... tu retrouveras toi quelque chose chez toi ?

— Chez moi, où ? »

L'ahuri !...

« Où t'étais, quoi !... Avenue Junot !

— Oh ! pas question !

— C'est des morts alors ces mecs-là ?

— T'as pas vu ?... tu sens pas le relent ? »

Exact !... je sentais... Agar les reniflait... mais je

pouvais pas le faire aboyer !... lui qu'aboyait pour des riens !... une feuille au vent ! il aboyait plus !...

« Pour toi non plus il aboye pas... le quai lui en impose !... pas que les morts !... toi t'es vivant ? »

Il me reste un petit doute...

« Mais dis-moi, comment t'es là ?... comment t'es parti ? »

Qu'il m'explique...

C'était compliqué... je l'écoute... il travaillait en Argentine... il avait trouvé, un coup de pot !... une « figuration » avec sa femme, Anita, un « extérieur »...

Tu vois les éperons ?... vise !... « gaucho » !... un film qui devait durer deux mois !... tout de suite j'ai un rôle... je demandais rien, tu penses ! ils me forcent presque !... demande à Anita !... un film historique... « gaucho » d'abord... et puis « brigand »... et puis « général d'insurgés »... un film sur l'Histoire de là-bas... je dis : ça va !... juste Peron tombe !... et c'est lui qui subventionnait ! je dis : Salut ! je taille ! taillons ! j'allais pas rester !... moi, Anita !... moi dis, Lebrun ! Pétain ! Hitler ! j'avais assez ri !... Peron... merde !... tais-toi !... tous les ports bouclés, interdits !... mignons !... on trouve un cargo pour la France qu'à Santiago du Chili !... tu te rends compte ?... tiens-toi !... toute la traversée de l'Amérique ! toute la pampa !... trois mois d'herbe !... haute comme ça, l'herbe ! »

Il me montre...

« Tu connais pas la pampa ?... trois mois !... Anita en espadrilles !... moi dis, les bottes !... je refais des semelles à Anita... je m'en refais... en écorces qu'on trouve... pas facile !... si tu trouves des pneus de camions !... ça va !... mais les arbres !... à la Cordillère on trouve tout !... de tout !... tout un campement !... camions ! cuisines ! de tout !... il était temps ! et tiens-toi !... un tortillard !... un vrai dur !... une ville de gau-

108

chos !... ah ! dis ! je te dis les espadrilles ! des pleins
hangars d'espadrilles ! et des bottes !... si on se
reboume ! t'aurais vu !... ils nous couvrent de tout !...
c'est simple !... et du pognon, dis ! je voulais pas, ils
me forcent, ils se fâchent !... ils m'avaient vu, ils
avaient une salle, ils me connaissaient !... "sonore" et
tout !... ils m'avaient vu dans "Goupil"...

— T'étais merveilleux !... »

Il me laisse pas finir, l'inoubliable qu'il était !... etc.
etc. pas seulement « Goupil »... dans bien d'autres
films !... lui faut qu'il parle ! moi que je me taise ! et
qu'il raconte vite !... on aura pas le temps !

« De quoi le temps ?

— Caron ! voyons ! »

Il est repris de sa peur... Caron !... le soi-disant
Caron...

Là, une chose...

« Comment t'as trouvé le bateau-mouche ?

— Par Émile !... Émile !... c'est Émile ! »

Il l'appelle.

Il est au boulot, Émile... il descend... plutôt il
déboule... la passerelle... La Vigue m'annonce.

« C'est Ferdinand ! »

Émile me reconnaît pas du tout... et moi non plus
je le reconnais pas... je le remémore pas... moi, évidemment j'ai changé... lui ? je cherche...

La Vigue me réexplique tout... la tribulation... tout
ce qu'est arrivé à Émile... c'est pas de la vétille !... il
sort du cimetière !... Émile ! Émile, oui !... je peux ne
pas le reconnaître !... du cimetière, en plein !... de la
fosse commune... Voilà les choses !... du détail :
comme il sortait du bureau de Poste les flics qui le
filaient, le piquent... coiffent ! menottes !... top ! « par
ici » ! l'emmènent !... veulent !... la foule les laisse
pas !... les passants !... ils l'arrachent aux flics ! « une
ordure de la L. V. F. ! » que toute la foule se rue des-

sus !... le lynche ! désosse ! décarpille ! à l'instant
même ! ils y cassent tout !... fémurs !... tête ! bassin !...
ils y arrachent un œil !... pour ça qu'il portait un bandeau... et marchait si drôle, sous lui ainsi dire, en
araignée, et tout rotatif... je le voyais descendre
la passerelle, il était pas à reconnaître, il faisait
insecte-monstre... sa connerie faut dire de s'être
montré juste ce jour-là !... et au bureau de Poste !...
la grande !... les bourres encore c'était rien, mais la
foule !... ils y avaient même pas laissé le temps d'arriver au Quart !... rue du Bouloi !... en hachis qu'ils
l'avaient mis !... hachis et bouts d'os !... c'est ça la
pensée de la foule : hachis et bouts d'os !... comme
ça sur le trottoir devant le bureau de Poste... la
grande !... un tombereau qui passait des Halles... « à
la viande ! » qu'ils hurlent ! l'équarrisseur en veut
pas... « à Thiais » ! à la fosse !... direct !... pensez
c'était fatal aussi... il tombait un jour de la plus
grande Gloire de Vengeance... il était pas le seul,
Émile !... des milliers ce jour-là, s'être fait lyncher...
ce jour-là même !... reconnus L. V. F. ou autres...
ci !... là !... en province... et Paris...

Bon !... Émile à la fosse... voilà qu'au bout de
cinq... six jours... les morts se mettent à s'agiter...
même qui dirait grouiller sous lui !... les maccabs...
ça se met à bouger, lui remuer dessous !... et sur
lui !... et à s'extirper !... positif ! se sortir de la fosse...
ils s'hissent !... Émile qui revenait de devant Moscou,
qu'avait subi trois hivers russes, avait vu quantité
d'autres gniafs enfouis d'autrement pires façons !...
s'extirper de trous autrement énormes ! cratères,
fondrières, des vrais Panthéons sens dessus dessous !... il racontait... il allait pas être surpris !... des
amoncellements de débris de tout !... villes entières,
faubourgs, usines, et locomotives !... et les tanks,
alors ! des armées de tanks dans les ravins d'une pro-

fondeur que les Champs-Élysées, l'Arc, l'Obélisque, auraient disparu, enfouis !... facile ! vous dire s'il était préparé, l'Émile ! ni une, ni deux !... pris sous les maccabs, à Thiais, il se raccroche aux loques !... bouts de viandes... bouts d'habits !... et hop ! il s'hisse ! il s'hisse avec ! puisque ça bouge !... soit !... lui aussi ! il profite !... il se fait haler ! oui !... sortir !... et vous pensez si il souffrait ! mais il lâchait pas !... ils partaient ?... il partait avec !... il descendait avec eux !... vers la Seine... vers la berge, là... agrippé après !... eux comme en pèlerinage... par deux... par trois... et comme en prière... jusqu'à *La Publique*... bon !... le pèlerinage d'aucun bruit... Émile non plus faisait pas de bruit... personne mouffetait... la hantise d'Émile : pas de bruit !... pas de se faire remassacrer !... remarquer... il savait, voilà ! il savait !... que c'était ça, tout... surtout d'éviter les vivants !... il avait vu au bureau de Poste ! ah ! un peu ! flics, pas flics ! s'il se faisait encore repérer il coupait pas !... finesse d'Émile !... la drôle de chance qu'il avait eue de se trouver en fosse avec des gens qui s'extirpaient ! juste !... qu'il allait pas les quitter !... « Ils vont par là ?... Gi ! je colle !... » il collait... le sentier... les zig-zags... la descente... et la passerelle !... ah ! mais là !... juste là !... à peine là, un pied sur le pont... un stentor, une voix ! « Qu'est-ce que vous foutez ?... » et puis des « tu »... « d'où tu sors ? Qui t'es ? » il voit pas l'être !... derrière lui, l'être... il se retourne pas...

« Je sors de la fosse !... je suis avec eux !

— Ah ! t'es avec eux, voyou ! ah ! t'es avec eux, menteur ! saleté ! ah... t'es avec eux ! »

Et *buang ! vrang !*... encore son crâne... en plein crâne ! *bang !* de quoi il se sert ?... un marteau ? *vrang !* il tombe évanoui !... il a pas vu le monstre... pas eu le temps... qui est-ce ?

« Je suis Caron, t'entends ! »

111

Il revient à lui... il voit l'être... un formidable!...
quelque chose! il me raconte : au moins trois...
quatre fois comme moi!... un Bibendum! mais la
tête, alors, de singe! un peu tigre! moitié singe...
moitié tigre... rien que son poids il fait tout pen-
cher... tout le bateau!... habillé, il me raconte
encore... en genre redingote... redingote, mais uniforme!... redingote brodée larmes d'argent... mais le
plus bath : sa casquette! formidable comme lui! et
d'amiral!... haute! large! brodée or!

Je me marre comme Émile raconte.

« Oh! tu le verras!... pas de quoi rire!... au moins
trois, quatre fois grand comme toi!... je te dis! quand
il t'arrangera la tronche! »

Mes petits ricanages... lui La Vigue, se tait...

« Tu le verras!... sa rame dans ta gueule!... tu le
verras! »

Il me promet...

« Il leur fend le crâne à l'aviron!... dis!

— Ah? »

Comme surpris, je fais... l'aviron de Caron, qu'il
veut dire...

« Tous ceux qui montent, il les arrange, tiens!...
hein La Vigue?... il leur rame dedans... dans le chapeau! en plein! il leur godille dedans je te dis!...
hein, La Vigue?

— Oui!... oui!... »

La Vigue confirme...

« Sa façon que personne lui manque!... la loi,
quoi!... la loi!... et que ça raque!... te dis!... j'y aurais
fait comme j'ai fait : présent! Émile!... mais les
ronds? j'aurais eu des ronds il me prenait! pas un
pli!... il me finissait! il m'embarquait! je lui disais :
« Monsieur, voilà l'or!... » Gî! avec les autres! avec
lui : doulos! doulos!... tu verras un peu ce qu'il leur
file!... ils ont?... ils ont pas? *vrong? brang!*... ombres

112

ou ombresses ! chichis ?... zéro !... *vrong !*... les ronds !
mon Amiral !... sauvagerie totale !... pas de temps à
perdre !... les ronds ! vous les avez ?... les avez pas ?...
les mères !... les mômes !... kif !... *brang !* déchiquete-
rie !... l'obole !... et *cash !*... «vous avez pas ?... retour-
nez chez vous !... » tu les vois ?... ils remontent chez
eux !... hein, La Vigue ?... dis ?...

«Oui !... oui !... si !...

— C'est à lui qu'ils raquent : pas Robert ?... pas
vrai, Robert ?

— Oui !... oui !... oui !... »

J'ai qu'à voir l'énorme sacoche !... ah ! aussi l'aviron que je vois !... le fameux !... vraiment, il a pas
menti, un morceau ! il peut godiller avec ça !...
exact !... et je m'y connais en aviron !... je le vois là
posé, du quai au haut de la cheminée !... cette por-
tée !... plus long que la passerelle !... pas un homme
qui peut soulever ça !... qu'un monstre !... pas une
force d'homme... il pouvait leur éclater le crâne !... je
comprenais... mais peut-être qu'ils se foutaient de
moi ? là ?... tous ?... La Vigue, l'Émile et la fille ?...
tous !... crânes... pas crânes ! d'abord, une chose !...
la façon qu'ils étaient venus là ?... eux ?... comment
qu'ils s'étaient rencontrés ?... La Vigue, éperons,
sombrero... et l'Émile-Cimetière ?... et la demoiselle
Anita ?... j'étais trop vieux et fatigué pour trouver une
chose impossible... tout de même une chose sûre certaine, j'allais foutre le camp ! rame, pas rame !...
Caron, pas Caron !... tout ça bien anormal, oui !...
bizarre... nous dirons : curieux... vous êtes né
curieux vous l'êtes pour toujours... mais là l'Émile,
La Vigue, la poupée, étaient un peu plus que
bizarres !... et leur bateau *La Publique* donc !... en
partant, une dernière question !... je demande :

«Où vous vous êtes rencontrés ?...

— À l'Ambassade d'Argentine. »

Il ajoute :

« Rue Christophe-Colomb !

— Mais t'en revenais, toi, d'Argentine !

— Alors ? on s'est retrouvés, c'est tout ! Nous Anita, on voulait retourner !... Émile, Caron l'avait viré ! t'as pas compris ?... il voulait voir, il connaissait pas l'Argentine ! »

Ils avaient pas les vrais fafs, Anita, lui !... ils étaient partis clandestins de Santiago !... ou d'ailleurs !... tout ça mentait !... lui toujours, une chose sûre certaine, La Vigue, il se faisait piquer, même après tout ce qu'on avait dit, « grâces » et patata... il prenait le coup d'ours !... 10 ans !... 20 ans !...

Cristi gaucho mi-carême on t'y en fouterait de la façon de rire !... et du cinéma !... oui !... c'était plutôt urgent qu'ils rebarrent, lui et sa poupée !... mais l'autre, Cézig des Cimetières, qu'est-ce qu'il venait foutre à l'Ambassade ?... glander ?... touriste ?... l'Émile L. V. F. ?... il était pas d'Argentine, lui !... oh ! une idée d'aller là-bas !... de se refaire une vie !... qu'il disait !... continent neuf !... s'il s'était fait foutre à la porte !... « vous lisez donc pas les journaux ?... vous savez pas ce qui se passe alors ? vous êtes pas péroniste, des fois ? » lui qui tenait que par bouts et lambeaux et par des ficelles, ils allaient le questionner de plus près... s'il avait débouliné !... *broum !* au trottoir !... comme ça qu'ils s'étaient retrouvés ! « bonjour ! bonjour ! comment ça va ?... toi ? toi ? toi ? » ah ! pas les seuls sur le trottoir ! une sacrée fournée !... la foule !... postulants pour le monde nouveau !... ce qui l'avait le plus gêné La Vigue il me disait c'était son costume... ses éperons surtout ! ces gens-là, la queue, demandaient d'où il pouvait venir ?... « d'Argentine » !... ils voulaient pas croire...

C'est vrai, des éperons, je m'y connaissais aussi, un cheval il l'aurait transpercé !...

114

« Oh ! t'es-tu marle ! »

Il se vexe... il m'explique :

« J'ai été historique !... comprends !... un épi-
sode !... des éperons que tu peux pas enlever, cousus
à même !... ils s'habillent plus comme ça du tout ! un
film d'époque !... tu sais ce que c'est qu'un film
d'époque ? »

C'était moi, l'idiot !

Et l'autre ?... l'Émile ?... il était peut-être aussi
d'époque ?... peut-être ?... et le bateau-mouche ?...
et tous les gens de l'allée et venue ? par trois...
par quatre... la procession ? ils étaient pour Caron
tout ça ?... porter leurs os !... se faire recevoir à la
godille !... *vrrrang !*... cervelles volent ! c'était à comprendre... et que ça se passait place ex-Faidherbe
sous la fenêtre de Mme Niçois... enfin au quai... et
qu'Agar les reniflait, c'est tout... j'avais beau *kss !*
kss ! tant et plus ! il refusait d'aboyer ! lui pourtant,
une gueule !... un lion !...

Enfin, une chose... j'étais descendu pour
Mme Niçois, son pansement, et je me trouvais
embringué dans un de ces micmacs !... méli-mélo...
où ça allait ?... c'était tout imaginatif ?... l'Anita, la
brune en bleu de chauffe ?... l'aide-soutière d'Émile
L. V. F. ?... et les êtres là, soi-disant morts, que je
voyais très bien défiler, qu'arrêtaient pas... traverser
la place ex-Faidherbe... et remonter chercher leur
obole ?... et tout ça, hein ?... sans éclairage...

Pas un réverbère !... pas une devanture !... j'ai
expliqué... c'était moi ?... un rêve ?... j'ai été très bru-
talisé... certes !... j'admets... je me ressens fort de certains chocs... j'ai le style émotif, intérieur !... oui !...
mon privilège !... mais de telles hallucinations ? audi-
tives, encore... peut-être ?... mais visuelles ? littéra-
ture !... visuelles !... l'extrême... extrême rareté !...
visuelles !

115

Ce qui serait pas du rêve c'est si leur Caron rappliquait !... leur soi-disant monstre à la rame, et qu'il me demande ce que je foutais ?

« Dis Émile, comment qu'il t'a pris chauffeur ?

— Chauffeur et mécanicien ! »

Sec, il me reprend !

« Mécanicien !

— T'étais pas !

— Que si !... que si !... t'es assez venu !... merde !... tu te rappelles pas ? ta moto ?

— Ah ! oui... ah ! oui... » »

Il se vexait que je me souvienne pas... son atelier rue Caulaincourt... oui... rue Caulaincourt... loin !... vélo... rue Girardon, rue Francœur, et le reste !... d'en parler il me faisait souvenir... tout !... qu'est-ce qu'ils m'avaient pris !... en somme, j'avais sauvé que Bébert !... lui là l'Émile ce qui me gourrait c'est qu'il avait tant rapetissé... recroquevillé... brisé et tordu sous lui-même en au moins quinze ou vingt endroits... comme ça, rotatif sous lui-même... les « Vengeurs de choc » ou Caron... ils l'avaient gâté... il avançait par sortes de tours !... un tour !... deux tours !... et le sens inverse ! en araignée !

« Dis !... tu dis Émile que les passagers c'est payant ?... »

Je pensais à moi...

« Je dis !... mais La Vigue qui reçoit ! regarde ! »

Je reregarde... La Vigue receveur... il tabasse pas !... c'est Caron !... avant La Vigue y en a eu d'autres ! bien d'autres !... ils ont levé le pied tous ! des voyous ! oui ! tous ! je lui fais raconter... tous ! Caron avait eu que des déboires !... ils y avaient secoué vingt ! cent sacoches !... le genre de cloches qu'il avait eues !... n'importe qui de dessous les ponts !... « Interpols et Cie » !... maintenant il voulait que du sérieux, des gens sûrement qui resteraient...

il pouvait compter sur Émile!... La Vigue aussi et Anita... il avait massacré Émile, il le reprenait en semi-vivant... et tout dévoué à sa machine!... jamais, jamais, ils voyaient le jour, les uns ni les autres!... *La Publique*, larguait juste à l'aube!... le moment de leur grand affairement!... terrible!... terrible! le moment que Caron arrivait!... sonnait! à la ronde!... tous!... ceux qu'avaient pas payé... d'abord!... et les autres après! payeurs!... pas payeurs!... tout le monde servi!... confitures de tronches!... massacre-rie à la rame!...

Question du costume, je dois dire, y avait que La Vigue qui faisait drôle... les deux autres, Émile, l'Anita, auraient pu parfaitement se montrer.

« Alors tu dis ça resquille pas?... il est affreux? »

Ma manie maintenant les ronds... j'ai pas assez pensé aux ronds... le malheur de ma vie d'avoir pensé à tout autre chose... je pense à Achille, aux autres milliardaires... ils ont jamais pensé qu'aux ronds!... ils sont heureux... regardez à l'Épuration, vous aviez des ronds, ça allait!...

« Ah! tu causes!... et qu'il leur fend la gueule en plus!... n'importe lesquels!

— Pas ceux qui douillent? »

Je lui fais répéter...

« Non?... que ça le gêne!... tu les entendras!... tu resteras! »

Dans le genre j'avais vu bien des trucs mais là tout de même c'était un petit peu raffiné!...

« Les riches comme les pauvres?

— Et alors?... *vrang! brang!* riches!... pauvres! les mères! les mômes dans les bras! *brang* : il leur sort la tête! si ça vole!... tu vois la rame?... là!... sa rame! »

Je l'avais vue!... du Quai au haut de la cheminée...

posée là !... quelque chose !... un outil !... bien plus longue que la passerelle...

« D'abord il leur casse le crâne !... puis leur godille dans la tête !... en plein !... je t'ai dit ! "Il les réveille" qu'il appelle !... il te le fera aussi !... il leur écume les idées !

— Alors ?

— Alors !... alors !... plus de pataquès ! ils retournent chez eux !... ou ils aboulent ! tu les entendrais beugler !

— Ici ?... là ?...

— T'es fou !... pas ici !... après Ablon !... Villeneuve-Saint-Georges !... »

Je voulais pas poser trop de questions... par là qu'ils allaient ?... le passage « outre-là » alors ?... après Choisy ?... tout ça était bien fabuleux... la massacrerie... et le reste !... et les renseignements d'Émile... mais l'odeur ?... la certaine odeur... je pouvais pas contredire l'odeur... l'odeur que vous vous trompez pas... surtout moi !... moi, dirais-je... qu'ai fait vingt-cinq ans de « constats » !... Agar reniflait... reniflait tous ces êtres... un par un... mais basta qu'il gueule ! pas un *ouaf* !... lui qu'aboye d'une feuille, là-haut, chez nous, qui tombe... là, rien !... le muet total !... des gens donc, pas ordinaires... et bien une odeur !... et la rame ?... je la regardais encore cette rame... une masse que rien que pour l'empoigner, Caron pas Caron, il fallait une force !... et pour la soulever !... un monstre !... une force hors nature !

J'avais encore des questions... m'attardant j'allais être victime !... la curiosité !... bien des questions !... juste au moment l'usine siffle !... la relève aux « tours »... une heure du matin... et un autre sifflet... plus long... d'un remorqueur, celui-là... il demandait Suresnes... il annonçait combien de chalands... l'écluse...

Tout ça était bel et beau mais si le colosse à la rame me piquait ici ? glandouillant ?... ce que ça donnerait ?... fol de rire avec ces loustics ?... qu'il me montre, moi aussi, sa façon !... que je remonte là-haut tout morpion ?... en sorte de mi-araignée ? comme Émile ?... concassé comme !... brisuré !...

Oh ! c'était pas à s'endormir !... réfléchir... oui !... méditer... mais foutre le camp ! même moi là, très diminué très avachi, presque knockout, je me rendais compte... c'était pas à rester du tout !... d'abord et d'un !... ce bateau-mouche *La Publique*, juste en bas de chez nous ? et tous ces pèlerins à odeurs ?... et Le Vigan et les deux autres ?... oh ! surtout La Vigue !... l'admirable La Vigue !... « Salissez pas Ferdinand !... il est plus patriote que vous ! » Ses paroles exactes lors de la « Très Haute Cour des haines » !... et lui, en menottes !... tout debout devant ! pas en coulisses, ni au bistrot, ni au milk-bar, ni aux Quatzarts !... lui seul !... au Conseil de l'Inquisition !... qu'il s'agissait de lui faire avouer, qu'il clame haut, fort !... qu'il me charge, que c'était moi tout son malheur !... pas un autre ! le plus pire fumier de vendu traître qu'il avait connu !... de tous les pourris des *Staffels*, micros, journaux, clandestins, tueurs... moi !

Je vous raconte comment les choses se sont passées, historiques !... bien ! mais là par exemple au quai c'était pas le moment de prendre racine !... bigre bougre ! non ! bizarreries ?... dérouilleries ?... salut !

« La Vigue !... dis donc !... je reviens tout de suite !... je suis chez ma malade ! »

C'était vrai... pour Mme Niçois que j'étais descendu !... elle devait s'être un peu réveillée...

« Tu vois sa fenêtre ? »

Je lui montre... du quai on la voyait très bien... les volets ouverts... la seule aux volets ouverts...

Moi qu'ai pas beaucoup peur de rien j'avais pas

envie d'insister... peut-être que ce dénommé Caron
était qu'une attrape ?... faribole ?... mais cette rame-
là ?... je la voyais la rame ! peut-être que tout était
qu'un piège ?... tendu pour moi ?... ça serait beaucoup !... on imagine... on retourne les choses... et les
allées et venues ?... ces êtres ?... mistoufle aussi ?

« Tu vois la fenêtre ?... la première au coin... la
maison marron ! je fais que monter, redescendre !...
je te ferai signe !... mais dis : je parle pas ! je raconte
à personne !... »

Je veux le rassurer ! ah ! si je les fais rire ! qu'ils
s'esclaffent ! mes chichis !... tous les trois ! je les fais
se tordre !... en plus ils m'engueulent !

« Fausse vache ! plouc ! barre-toi, eh godiche !...
calte ! lâche pas ton lion !... con ! »

Comme ça, moi Agar !... la colère que je reste pas !

« Saloperie ! boudin ! vaurien !... vas-y, baver ! eh !
vas-y donc ! traître ! traître ! »

Pour eux aussi traître !... je vais pas laisser ! leur
clou !

« Chienlits ! frimands !... chancres ! puanteurs ! »

Du tic au tac !

D'un seul coup la fâcherie est complète ! les
trois !... que je m'en aille !... ils acceptent pas... La
Vigue non plus acceptait pas... ah ! j'étais touché !...
fâcher La Vigue !... les autres à leur aise !... mais La
Vigue ! oh ! j'allais faire demi-tour !... remonter sur
leur bateau-mouche !... leur expliquer ! et de tout
près ! qui qu'était le plus héros des trois !... zut !... ils
abusaient des circonstances !... un moment aussi, je
sors des gonds !... La Vigue même !... le plus sympa-
thique !... faudrait qu'il se rende compte ! j'y ferai
ravaler son « boudin » ! pardon !... pardon !... sombrero ! caballero ! j'y ferai me respecter !... comme je
suis ! comme ça !... haut les cœurs !... j'y ferai ravaler
ses éperons !... Le Vigan ! pas Le Vigan ! déjà une

autre fois à Siegmaringen on s'était expliqué pareil !
Messieurs, mesdames ! une trempe !... dans la
neige !... en pleine neige ! et pourquoi ?... je savais
plus... Ça serait bien un peu que je vous explique...
Siegmaringen... une autre fois !... vous explique bien,
avant que les mensonges s'y mettent... mensonges et
véroles et punaises !... racontars de gens qui jamais
y foutirent les pieds ! voilà !... promis !...

Maintenant là sur ce quai une chose ! il m'a
traité !... ils m'ont tous traité !... mon Agar aussi ! pas
que moi !... de caniches ! boudins ! myriapodes !...
surtout La Vigue ! et de dingue !... quel droit ? j'allais
lui redresser les allures moi, La Vigue !... aux trois
d'abord ! dressage des trois !

« Provocateurs !... valets de charognes ! »

Je commence !... qu'ils sachent !... je montais pour
les corriger... mais une pichenette... ils me foutaient
à l'eau !... tout ce que je gagnais !... je tenais plus
debout... c'était mieux que je riposte de loin !... à
reculons même !...

« Vous êtes baths aux œufs ! choléras ! »

La voix ça allait !... je m'entendais d'écho en écho...
jusqu'au pont d'Auteuil ! l'eau porte !... tout de même
c'était mieux de s'en aller... c'était pas des individus
à rien comprendre... et Lili devait être plus qu'inquiète !... des heures que j'étais descendu !

Donc, je brise avec ces hurluberlus ! « salut ! gros-
siers ! » je m'en vais à reculons ! je me méfie !... qu'ils
me lancent un javelot !... ou la rame !... à reculons !
tout le « Sentier des Bœufs »... je monte à reculons...
qu'ils tirent ?... je les quitte pas de l'œil... ils me traitent de tout !... moi de même !... il est tout en enfi-
lade le « Sentier des Bœufs » ! Moi qui ai horreur des
scandales !

« Coloquintes ! volubilis ! hé ! clématites ! »

« Clématites » les déconcerte... ils savent plus...

tout d'un coup : « Excrément » ! ça revient ! ils reprennent !... tout doit s'entendre jusqu'à Bellevue ! jusqu'au bois... Saint-Cloud... toute la vallée... vous vous rendez compte !... je recule en remontant... d'un coup je recule plus ! *rrouah ! rrouah !* un de ces grognements ! là contre moi ! pas un écho ! une rage ! un chien !... oh ! pas Agar !. non !... un autre !... je regarde : Frieda !... Frieda qui farfouille... la chienne à Lili... la chienne vraiment fouineuse hargneuse, elle en a après quelque chose... dans le fourré...

« Ah ! te voilà ! »

Lili me cherchait.

« C'est pas après moi que ta chienne grogne ? »

Elle me répond pas... c'est elle qui me demande.

« Où étais-tu ?

— Chez Mme Niçois ! tu le sais bien !

— Si longtemps ? »

Je m'arrête de reculer... nous sommes déjà presque chez nous... je crie tout de même...

« Crougnats !... colibris !... fauvettes ! »

Vers en bas... vers la berge !... je tiens au dernier mot... mais cette sacristi de Frieda hargne... râle... arrête pas !...

« Après quoi elle grogne ?

— Après Dodard !...

— Dodard !... Dodard !...

— Elle va le retrouver tu crois ? »

C'est notre hérisson, Dodard... vraiment un gentil animal... mais carapateur ! il tient pas en place !... et que je te trotte !... mille pattes !... vous l'avez partout !... un trou !... sous une branche !... une autre !... c'est Frieda la retrouveuse de tout... Dodard doit être sous une racine... Frieda va retourner le jardin !

Les autres, en bas, funeste équipage, se tiennent pas pour dit ! caboches qu'ils sont !

« Glaïeul ! »

Ils m'hurlent... ils m'appellent...

« Fais taire Frieda !... elle le retrouvera pas ! »

Frieda fouine creuse sous un fusain...

« Pourquoi tu cries ?

— La Vigue est en bas !... c'est lui qui déconne !... dis, lui et l'Émile !... « charogne » qu'ils me traitent !... ils en sont pleins eux, de charognes ! leur morue !... une Anita ! »

Qu'elle sache un peu ! elle me contredit !...

« Laisse La Vigue tranquille ! il est en Amérique, voyons ! »

Toujours elle a été sceptique, même de ce que je lui prouve, Lili... surtout depuis le Danemark... que le Danemark... m'a pas réussi !... j'allais pas lui raconter qu'il y avait un bateau en bas ! et un bateau-mouche ! plein de fantômes !... et que nos voyous étaient dessus...

Je sors de perplexité... un de ces aboiements ! *ouah ! ouah !* ah ! ça c'est Agar !... l'Agar s'y met ! Frieda avec ! et en même temps !...

« Ils l'ont retrouvé ! il est là ! »

Lili la joie ! Dodard retrouvé !

« Tu retourneras demain ! »

Elle insiste.

« Il est là !... tiens !... ils l'ont ! »

Oui, c'est Dodard, elle le ramasse... il sort pas ses piques, il nous connaît... Lili le prend... bon !... on remonte... on l'emporte...

« Tu verrais La Vigue en gaucho ! »

Je peux dire ce que je veux... « oui ! oui ! »... elle me laisse... je peux toujours prétendre ceci !... ça ! pour elle La Vigue est là-bas ! là-bas au bout du monde ! et c'est tout !... les choses entendues, raisonnables... bien !... et moi qui déconne !... une fois pour toutes ! que je suis mal foutu ? si je le sais !... pas que depuis le Danemark ! si je le sens ! la tête, le cœur, les ver-

tiges !... un peu, oui ! il me passe moins de frissons...
oui ! mais question vertiges !... les murs en godent !
je dis rien !... le principal : Lili... je laisserais Lili, elle
se rend pas compte, toute seule contre les gens que
je connais... la meute !... combien qu'elle pèserait ?
ayants droit, héritiers, parents, éditeurs !... là alors,
les vrais charogniers dépeceurs champions ! autre
chose que les chienlits d'en bas !... et leur rafiot « tout
trous » pourri !... peur aux moineaux !... fisc, héritiers, éditeurs... pardon !... ah ! Lili elle pèserait
lourd !... elle et le Dodard et toute la meute !...

« À la fourrière !... »

Moi là toujours, je rêve pas du tout, il gèle ! je suis
secoué !... de quoi ?... la fatigue ?... le quai ?... aussi
j'ai bien trop parlé !... peut-être ?... je grelotte de
quoi ?... on remonte tout doucement ! Lili porte
Dodard... moi je m'occupe des chiens...

Pardon ! pardon !... au fait, les choses !... de ma
plume !... pas le récit n'importe quel !... pas à se
demander quoi ? *quès* ? non ! là !... de ma propre
main !... le document !

Ça n'avait l'air de rien du tout... une petite fantaisie fluviale... un bateau drôle... les gens dessus... mais zut!... les frissons!... me voilà pris d'une manière!... que je m'allonge... je faisais l'idiot là grelottant, suant... bien pire que Mme Niçois!... oui!... je comprends tout de suite... l'accès!... c'est un accès!... aucun doute... au début de l'accès vous savez ce qui vous arrive, après vous battez la campagne... ça fait bien au moins vingt ans que je suis tranquille... c'est l'effet du froid d'en bas, du Quai... je me méfiais aussi!... tant pis pour moi!... le zef de la Seine!

Lili me demande ce qu'elle doit faire... oh! bigre! rien du tout!... me laisser tranquille!... le médecin, à moins que les clients l'aient complètement rendu idiot, a qu'une idée... qu'on lui foute la paix! enfin!... on sait ce que c'est que le paludisme... c'est pour la vie et puis c'est tout!... vous prenez le « frisson solennel »!... et vous saccadez votre lit! qu'il crie! craque!... vous allez d'accès en accès!... réglé comme papier à musique!... vous savez, et puis c'est tout!... grelotterie d'abord! et d'un!... et puis tout de suite... déconnage!... ah! à gogo, je m'attendais à bien déconner!... vingt ans sans accès!

125

« Fais pas attention, Lili ! »

Je la préviens... oh ! mais demain ? Mme Niçois !...
certes !... son pansement !... non !... après-demain !...
non !... dans trois jours !... je redescendrai, c'est
entendu !... je la reverrai cette *La Publique* et son
cargo de polichinelles !... bien sûr ! bien sûr !... et je
te le dérouillerai leur Caron ! j'en ferai qu'une car-
pette, ce Caron ! mi-panthère mi-singe !... soi-disant !
oh ! là ! là !... pas ouf qu'il fera !... qu'il pipe leur
Caron !... c'est même très extraordinaire la façon
qu'il m'implorera ! ce soi-disant ! j'y casserai sa rame
sur le blaire !... d'abord ! d'un ! là !... *rrrac !* je me
vois ! sa colossale ! ouah !... ouah ! mille miettes !...
fétu, son énormité ! un fétu ?... non !... deux ! trois !
quatre ! maintenant là je sens comme je suis fort !...
comme tout le page en clinque ! pique ! grince !
houle !... la force que je déploie !... je sais... je sais...
la belle histoire ! pas d'hier !... depuis le Cameroun !
j'aurais dû le dire à la Réforme !... avec 20 ou 30 pour
100 de plus je serais un petit peu mieux doté qu'avec
strictement mes blessures ! je ferais du 130 pour
100 ! le moins !... je travaillerais pas à vous faire rire !
pour régaler encore l'Achille ! et toute sa clique « faux
enculés » !... quelle honte ! ah ! les bateliers de la
Volga !... mais ils ont gagné, bateliers ! la preuve !...
yeutez un petit peu les postères des moindres *Commissars* !... postères d'Archevêques !... tutti quanti !
quand tous les fellahs du Nil auront des postères
pareils, d'Archevêques, vous pourrez dire que ça
ira ! le rêve des peuples, terre entière, postères
d'Archevêques ! bides de *Commissars* !... Picasso !
Boussac !... Mme Roosevelt !... nichons avec !... sou-
tiens-gorge ! tous !

Je me demande là... même dans mon état, moite
et grelotte, ce que peut foutre Achille avec ses cent
millions par an ?... cash ! dans les derrières ?... des

126

petites morues ? ou son cercueil ?... il peut drôlement
se le faire orner, marqueter, son super-cercueil !...
capitonner tout soie bleu ciel festons résilles larmes
d'argent... et pour sa tête ? le polochon d'Éternité !...
duvet d'or et roses pompons !... il sera mimi Chapelle
ardente... éternel Achille ! enfin son vilain œil clos !...
son horrible sourire ravalé !... il sera regardable,
mort.

Je me divertis... je fanfaronne !... foutre : j'illu-
sionne ! je passerai avant lui !... je travaille, j'hâte ma
fin !... lui, il se repose, le fin mot de la gérotech-
nique : foutre rien, et laisser les autres !... sécurit !
maquereau !... pour ses morues ! pour son cercueil !
de gré ou de force, je porte au moulin !... à sa meule !
et je tourne ! « Eh youp ! bourrique ! » je transpire,
je me tue... lui regarde !... il se ménage... forcé qu'il
dure plus longtemps que moi !...

Vous verriez pour un peu B !... K !... Maurice !...
s'ils seraient drôlement communisses à ma place !...
à tourner la meule pour Achille !... si leurs derrières
auraient fondu ! si ils seraient un peu plus décents !
proses et bajoues !... en l'air ! gaines nylon ! soutiens-
gorge !... oh ! chers Archevêques-Commissars !...
damnés du fias !... tout d'accord ! vous les avez forcés de s'asseoir ? Table du peuple ou Table Saint-
Esprit ? et vous les voyez décupler... porcs de
Concours c'est leur nature, n'importe quelle table !...
votre sadisme !... vous êtes pas en remords ? de
larmes ?... ça vous fait rien ?... tels destins tragiques ?
formidables martyrs ? voués à plus de panne ? toujours plus de panne !...

Voilà !... voilà !... je batifole ! je vise l'effet ! je vais
vous perdre... et le pansement de Mme Niçois ?...
où ai-je la tête ? ce qu'il me reste de nénette ?... la
fièvre ! la fièvre, entendu !... mais le pansement de
Mme Niçois ? la nuit !... tout à la nuit !... grelotte !

grelotte ! mais que s'effondre ce foutu page ! je le branle assez ! craque !... je dis !... je le secoue de paludisme !... plein accès !... la colère avec !... et ce qu'ils m'ont dit, hurlé d'en bas !... « glaïeul ! » de leur pourri bateau de voyous !... ils ont osé !... « trouillard ! » aussi ! et « viens-y donc ! »... bien sûr, j'irai !... dix fois plutôt qu'une !... et tout seul !... ils me reverront !... l'indignation que je bouille ! je me sens en fusion !... je le brûlerai ce page ! j'ai attrapé la « fusion » au Cameroun 1917 !... ils verront voir ce qu'ils verront ! je prends mon pouls !... la fièvre monte encore ! à 40° je rassemblerai !... le moment des idées !... blablafouilleries ?... peut-être ?... je m'emmêle... mêle... le Bas-Meudon... Siegmaringen... oui !... mais Pétain ?... ah ! il l'avait belle le Pétain !... il avait le statut « Chef d'État » !... kif Bogomolev ou Tito !... Gaugaule ou Nasser !... seize cartes d'alimentation !... Laval... Bichelonne... Brinon... Darnand... avaient moins !... seulement chacun six... huit cartes... bien moins gâtés !... tout de même nous, une !... zut !... flûte ! ministres, pas ministres, Chefs d'État ! Injustice est morte !... crounis tous ! morts d'Injustice ! et pas bellement !... chichis, protocole, que ce fut !... je vous amuse, je sors plus des défunts !... où je me tourne... défunts !... défunts !... y a plus qu'Achille qu'est là, qu'attend.

Minute !... phénomène avancé, j'ai pas fini !

Je voudrais que le lit croule !... que j'y ouvre une brèche ! une voie d'eau !... que je m'enfonce avec sous les ondes ! je transpire... ruisselle...

« Tu ne veux rien ?

— Non... non... mon mignon ! »

Je ne veux jamais rien, moi... je refuse tout... ni un baiser... ni une serviette !... je veux remémorer !... je veux qu'on me laisse !... voilà ! tous les souvenirs !... les circonstances ! tout ce que je demande ! je vis encore plus de haine que de nouilles !... mais la juste haine ! pas « l'à peu près » !... et de la reconnaissance ! pardon !... j'en déborde !... Nordling qu'a sauvé Paris a bien voulu me tirer du gniouf... que l'Histoire prenne note !... on est mémorialiste ou pas !... voyons ! voyons !... en bas ?... au quai ?... La Vigue ?... il était bien en gaucho ? en bas ? receveur et gaucho... Le Vigan receveur... que je sache ! que je me souvienne exactement ! et c'est tout !... fièvre pas fièvre ! l'exactitude !... qu'Achille ou Gertrut me refusent mon œuvre ?... que j'aie menti ? pardon !... qu'ils me réfutent que c'était pas à Siegmaringen oui ! alors ? en panne ?... et qu'au quai, j'ai rien vu du tout !... pas *La Publique* !... ni les fantômes !... que La Vigue était pas gaucho !... pas de sombrero !... qu'il portait un énorme turban ! je le sais bien, foutre ! l'énorme turban !... j'y ai arraché dans la bataille !... et dans la neige !... au fait, pourquoi on s'était battus ?... c'était un pansement son turban !... un pansement d'otite !...

La mémoire est précise, fidèle... et puis tout d'un coup est plus... plus là... joujou ! plus rien !... l'âge ! vous direz... non !... que je retrouve la Vigue ! et Siegmaringen !... et le Pétain et ses dix-huit cartes !... je les ai tous !... et Laval et son Ménestrel !... je les quitte plus !... et la Forêt Noire et le grand aigle !... vous verrez un peu ce que je veux dire ! cet Hohenzollern Château !... attendez !...

Je vais pas me décider dans la fièvre... Achille ?...
Gertrut ?... ils sont aussi infects l'un que l'autre !...
mais si ils se défilent ? possible !... l'un comme
l'autre ?

Oh ! que j'étais bien décidé à plus rien écrire... j'ai
toujours trouvé indécent, rien que le mot : écrire !...
prétentiard, narcisse, « m'as-tu lu »... c'est donc bien
la raison de la gêne... la seule !... pas candidat au
Panthéon ! les petits vers les plus chers du monde !
Soufflot-goulus ! non !... la vanité m'houspille pas !
mais le gaz, les carottes, les biscottes... vous savez !...
si j'ai risqué, si je me suis cuit ?... pour le gaz, les
carottes, biscottes !... pour les chiens aussi, leur tambouille... le peu que j'ai écrit regardez ces haines !...
ce qu'on m'en a voulu !... et encore !... jamais j'ai si
bien ressenti l'horreur que j'étais pour le monde que
les mois où ils m'avaient mis entre deux coups de
réclusion, à l'hôpital *Sonbye*, Danemark, aux « cancéreux »... je tremble encore, mais je suis certain de
ce que je dis... pas douteux, nul imaginaire !... aux
« cancéreux » du *Sonbye*, Copenhague, Danemark...
et je vous assure que ça hurlait !... tout lits de cancers « très avancés »... j'étais là par sorte de faveur...
tout de même mieux qu'à la *Venstre*... ah, et aussi

pour rendre service... guetter les derniers soupirs...
sonner l'infirmière... l'aider emballer le cadavre...
qu'elle ait qu'à le rouler à la porte... et au couloir !...

Que c'est tout si perfectionné, si mirobolo-sani-
taire, Copenhague Danemark, que c'est à se foutre
le cul en mille... croyez pas un mot !... la condition
du monde entier !... c'est-à-dire... c'est-à-dire : les
femmes de ménage qui font tout !... responsables de
tout et partout ! dans les ministères, dans les restau-
rants, dans les partis politiques, dans les hôpitaux !
les femmes de ménage qui ont le mot !... vous retournent un dossier, un article, un secret d'État, comme
un agonique !... le monde dort... jamais la femme
de ménage !... termites ! termites !... le matin vous
trouvez plus rien !... votre agonique est en boîte !...
Yorick ! pas d'alas !... s'ils peuvent hurler !... s'ils peuvent attendre !... morphine !... sondages ! là ! là !...
moi qu'étais le « vigilant » de service !... le samaritain
à la sonnette !... le dernier soupir ? *glinn ! glinn !*
envoyez ! un de moins !... l'Erna... l'Ingrid... m'arrivaient... bâillantes... roulaient le mec hors... je dis, je
parle pas du tout en l'air... Sonbye Hospital, chef de
service, Professeur Gram... fin clinicien !... subtil,
sensible... oh, il m'a jamais dit un mot !... on ne parle
pas aux prisonniers !... j'étais moi aussi, en traitement... je partais, moi aussi, en lambeaux... pas du
cancer ! pas de cancer encore !... seulement de l'effet
de la fosse, la cage, Vesterfangsel... j'invente pas la
fosse... une vraie !... bien humide toute obscure,
juste une certaine meurtrière, tout près du plafond...
faites-vous montrer le pavillon K, Vesterfangsel,
Copenhague... voyager n'est-ce pas ? c'est s'ins-
truire !... tout est pas *Nyehavn*, Tivoli, Hôtel d'Angleterre !... vous risquerez rien en touriste !... l'avantage
sur la prison, aux cancéreux, c'était qu'ils avaient pas
de barreaux, ni de meurtrières... leurs fenêtres larges

et hautes, donnaient sur une sorte de pré... les herbages du Nord sont blêmes... blêmes comme leur Ciel et leur Baltique... tout un, hommes, nuages, mer, herbes... une certaine traîtrise... vous verriez facilement les fées... pas de question de fées aux « cancéreux » ! j'étais pas là pour invoquer... mais pour écouter les fins de râles !... pas réveiller Erna... Ingrid... trop tôt !... trop tard !... Gram y avait une chose, il me faisait confiance que je profiterais pas d'être là, sans menottes, et toutes les nuits si longues, pour foutre le camp... ç'eût été facile, mettons... mais ?... Lili resterait seule... et Bébert... et puis me sauver où ?... toutes les polices avaient ma fiche... je serais vite repiqué !... bourriques partout ! tous les pays du monde : bourriques ! l'homme encore plus que satyre, voleur, assassin, est par-dessus tout, plus que tout : bourrique !... la Suède en face ?... Malmö... parlez-moi z'en !... je ferais pas cent mètres ! réenchaîné pire !... souqué ! fond de cale !... et aux fifis ! la spécialité suédoise : les livraisons ! doute ?... tenez que je vous cite les noms de ceux qui se sont suicidés... à l'ambulance même ! là !... devant moi !... sous le falot !... ah ! « droit d'asile » ! j'aurais voulu voir Montherlant, Morand, Carbuccia, y tâter ! s'ils seraient toujours cocktailisants, immuns, mondains marles... s'ils auraient toujours leurs beaux meubles ?

Là, dans ma fonction la sonnette, un avantage, j'avais tout le temps de réfléchir... tous les agoniques, et dans mon service, dans mon cas, les cancéreux du pharynx, sont toujours assez bruyants... mais rien ne vaut que d'être soi-même condamné à mort, pour que presque plus rien vous gêne... je bronchais pas, je pensais, je pensais très clairement... pas dans la fièvre comme aujourd'hui... la pellagre vous gêne pour la vue, vous voyez trouble, mais vous gardez la fraîche nénette... l'impeccable bon sens! tous mes agoniques tout autour, toute la nuit, deux salles entières... c'était simple ce qu'il m'arriverait si je retournais à Montmartre... ils me scieraient entre deux planches!... pris sur le fait?... pas d'histoires! entre deux planches!... pas compliqué! j'étais prévenu qu'ils étaient en train de me secouer tout! ma tôle! vendre à l'encan!... et aux Puces!... bien se régaler... et à brûler tous les lits pour se faire du feu... dès lors, ce sachant, où j'allais me mettre?... le grand assouvissement des vengeances!... oh qu'ils sont pas si fous qu'on pense les pires de féroces assassins!... madrés... prévoyants!... ficelles!... comment au plus fort du délire ils sont lancinés plus que tout par la sécurité bancaire, Laetitia!... la devise des plus pires terreurs, des plus exacerbés redresseurs, tortionnaires, creveurs d'œil et tout, coupe-burnes : « *Pour-vou qué ça douré!* »

J'allais pas bouger du *Sonbye* tant qu'on me tolérerait en traitement!... vitamines... porridge... moi aussi : *Pourvou qué ça douré!* J'avais perdu toutes mes dents... aussi presque cinquante kilos... je suis resté assez mince, depuis... la réclusion est pas bénigne... les hommes tiennent mal... allez pas penser de moi : le douillet! le causeur!... là! non!... Silence me va!... mais les trous de réclusion danoise sont vraiment pas du tout à tenir... même les experts très sévères, norvégiens, finnois, suédois sont d'accord qu'ils sont trop horribles... je voudrais y voir Mauriac, Morand, Aragon, Vaillant, et tutti, leur galoubet, après six mois! ah! Nobels! Goncourts! et frutti! cette révélation!... et forte chiasse! tout leur jean-foutrerie sous eux! moi là je le dis, et je suis fier, le moral a toujours tenu! le corps a cédé, j'avoue... parti par morceaux... lambeaux rouges... comme rongé... le mal de l'ombre et des « pontons »...

ils pouvaient me mettre aux cancéreux, je surprenais personne !... les filles de salle... pellagre ?... cancer ?... c'était tout un !... elles s'attendaient qu'un moment, elles me roulent aussi au couloir... en attendant, que je rende service !... que je surveille finement les hoquets !... que je sonne ni trop tôt... ni trop tard !... que j'emballe le mort sur le chariot... après la toilette... et surtout tout ça en silence ! jamais un mot ! ni à la fille que je réveillais, ni aux confrères le lendemain... je restais là, en somme très fragile... toléré juste... utile mais pas fixe !... d'un rien, d'un mot, on me trouvait de trop...

Voilà, un matin je vois personne... plus une infirmière... les médecins passent pas... eux qui passaient si réguliers... ni une ni deux je me dis : ça y est !... dans les conditions très sensibles que vous y êtes total de votre vie, et pas au « pour », illico sonnant !... vous avez l'intuition directe, vous savez avant que tout arrive, implacable, que c'est pour vous pas pour un autre... la certitude animale... la connerie de l'homme dialectise tout, brouillaminise...

Passent encore un jour et une nuit... personne me dit rien... je vois plus une fille de salle autour... un agonique mort... reste en plan, tel quel, sur le flanc, tout jaune, gueule ouverte... plus un interne... y a plus que moi et les râlants... j'ai eu beau tirer la sonnette des fois et des fois...

Tout de même quelqu'un !... pas une infirmière... un chauffeur !... dans le grand encadrement de la porte... je dis grande ouverte... immense !... à deux battants !... un homme que je connais... le même chauffeur qui m'a amené... oh ! pas un brutal !... un costaud bien calme... il est pas en « gardien de prison »... il est en « civil », tunique gabardine... en gabardine la même que moi, « modèle Poincaré »... je vous donne ce détail, il vous semblera peut-être

futile... croyez pas ! croyez pas !... la circonstance !...
corrects tous les deux !... plus que moi et lui dans les
deux salles, et les crevards... plus une infirmière,
plus un stagiaire, plus un interne... « Komm » ! il me
fait... pas la peine !... je savais... il me ramenait au
trou...

Je peux dire que j'ai bien des souvenirs pour une
vie de miteux comme la mienne... et pas des pitto-
resques gratuits... des souvenirs payés ! même horriblement cher payés... eh bien là, de vous à moi, la
circonstance me tient à cœur... ce chauffeur-là, me
faisant « Komm ! » dans l'embrasure de la porte... ni
brutal, ni rien... immobile, campé... qui me ramenait
au trou... de l'autre côté de la ville... sans escorte...
sans menottes... en toute confiance... en limousine...
et que ça serait encore bien des mois... l'impression
me demeure...

Des mois de trou pour vous c'est rien bien sûr...
évidemment...

Ça a été bien des mois, en fait... qu'ils se décident
s'ils me livreraient ?... me garderaient ?... l'article 75
au cul... tous les journaux de Copenhague absolument sûrs certains que j'avais vendu, on ne savait
trop, mais au moins les défenses des Alpes... l'article 75 faisait foi !... ça a duré des années leurs
réflexions en Haut-Lieu... s'ils me livreraient ?... s'ils
me feraient crever en prison ?... à l'hosto ?... ailleurs ?

Tant que vous avez pas vu surgir le chauffeur civil
des prisons dans l'embrasure de la porte vous avez
rien vu...

Oh ! à présent ça va pas mieux !... pas beaucoup
mieux... la preuve que j'écris pour Achille... ou pour
Gertrut !... foutre des deux ! des dix !... des vingt !...
sales satanés pingres bas de plafond... Celui qui voudra !... boyaux !

Norbert Loukoum, je le fais exprès, ça l'emmerde, je lui parle exprès du cabanon... il y a jamais été, pardi !... lui !... ni Achille !... Malraux non plus... Mauriac non plus... et le fœtus Tartre !... et Larengon !... la Triolette aux cabinettes !... comme ça toute une clique fins madrés !... l'élite « tourneveste » !... qu'arrêtent pas de jouer les effrayants !... « Cocorico Rideau de fer ! »... superbazoukas !... bombes à l'Ouest !... pétards d'Est !... tonnerres partout !... et qui sont que des mous !... des « retraités » de naissance... dès après le biberon, la nourrice un peu langoureuse, le cher lycée, le petit ami de cœur, « l'emploi réservé ! » hop ! dix douze dépiautements, renfilements de chandails... ç'en est fait ! la forte pension Caméléon ! gagné !... pension « indexée » !... et la Promenade des Anglais !... un peu de pissotière... distinction !... l'Académie !... Richelieu !... les croûtons !... pas payeurs !... jamais !... payés toujours ! terminus au « Quai des Futés ! »... Coupole des rectums et prostates !... « Oh ! vous en êtes un autre, monsieur !... plus doux, plus sensible, plus profond licheur !... Apothéon !... »

Que Richelieu avait bien vu !... Mauriac, Bourget et l'Aspirine !... un moment donné de Décadence les pires frelons tournent drôlement rois !... Louis XIV devant Juanovice aurait pas pesé un demi-liard ! une « fuite » !

Vous froissez pas que je saute ci !... là !... zigzague et revienne !... cette drôle d'histoire de *La Publique*... vous y auriez été à ma place ?

« Tu trembles toujours ?

— Non... non... non... »

Un certain âge... 63 ans... vous avez plus qu'à dire : non !... non... et vous en aller !... courtoisie !... vous êtes en rab !... combien de fois on vous a désiré mort depuis soixante et trois ans ?... c'est pas à compter !... vous pouvez peut-être qu'on vous tolère encore quelques mois... un printemps ?... deux ?... ah ! mais d'abord avant tout ! bourré ! riche !... riche !... essentiel !... et que vous vous montriez plein de cœur pour vos héritiers !... le véritable Père Noël !... que vous leur donniez par testament, certitude olographe, notariée, cachetée, enregistrée que tout est tout pour eux !... tout pour Lucien !... rien pour Camille !... et que vous vous sentez vraiment mal ! que vous allez pas en faire un autre ! bout de souffle que vous êtes !... bout de pipe !... bout de tout ! que vous pouvez pas traîner ! la langue déjà bien pendante... bien surchargée, plâtre jaune et noir !... alors... alors... alors peut-être ?... on vous trouvera pas si tyran abject, effroyable rapace... pourtant l'unanime avis !... mais gafe à vous !... sursis, vous êtes ! essoufflez-vous !... crachez tout jaune !... boquillonnez !... si ils vous forcent à vous lever ?... butez !... croulez !... faites venir le prêtre... l'extrême-onction fait un de ces bien aux personnes qui n'espèrent qu'en vous !... qu'en votre dernier souffle !... c'est effrayant ce qu'un agonique peut briser les nerfs des familles ! cette cruauté d'en pas finir !... le sadisme des « derniers moments » !... extrême-onction, partie remise !... ah, combien vous rendez de gens fous, agoniques gnan-gnans !

J'en ai vu hoquer et partout, sous les tropiques, dans les glaces, dans la misère, dans l'opulence, au bagne, au Pouvoir, bardés d'honneurs, forçats lépreux, en révolution, en pleine paix, à travers les tirs de barrage, sous les averses de confetti, tous les tons de l'orgue *de profondis*... les plus pénibles je crois : les chiens !... les chats... et l'hérisson... oh ! l'impression de mon expérience !... pour ce qu'elle vaut !... j'ai pas recherché... croyez-le... les circonstances !... aucun plaisir ! je trouverais un soir Madeleine Jacob en plein cancer envahissant du ligament large, j'admets, je suppose... je serais pas comme Caron !... sûrement non !... à l'éventrer, écarteler, et la suspendre par sa tumeur à un croc... non ! qu'elle se vide complètement, en lapine pourrie... non !... sans aucune coquetterie putaine, « à la Schweitzer » ou l'« Abbé » non ! je peux dire et le prouver, je suis le charitable en personne ! même envers le plus pire rageur haineux... le plus pustuleux, tétanique... que même avec des pincettes, par exemple Madeleine, vous vous trouvez mal, qu'elle existe !... syncope de hideur ! moi là qui vous cause, vous me verrez vaincre mes sentiments ! peloter, mignoter la Madeleine ! me comporter le vif aimant ! ardent ! comme s'il s'agissait de l'abbé Pierre ! ou de l'autre apôtre... « Tropic-Harmonica-Digest ! »

Oh ! mais « derniers moments » ?... salut ! vite dit !... j'ai la fièvre !... Madeleine, Schweitzer et l'Abbé !...

Je les vois venir... entendu... ils sont ! Madeleine, Schweitzer et l'Abbé, je les reçois... oh ! pas du tout méthode Caron... je leur redéfoncerais pas le couvercle ! je les ferais pas re-re-remourir ! non !... vous allez voir moi ! tout le contraire !... tout douceur !... tendresse thébaïque !... morphine 2 c.c. !...

que bigre !... Sydenham déclarait déjà (1650) qu'il guérissait tout ce qu'il voulait, toutes les maladies, avec quatre ou cinq onces d'opium... et alors ?... pour ça, je le dis à mes confrères, gaspillez pas votre opium ! la guerre peut venir, les restrictions... on vous promet ceci !... cela !... mais votre agonie ? c'est pas Blabla qui vous aidera !... plus tard !... oh ! bien sûr !... le plus tard !... quand vous passerez l'arme... votre provision là !... bien à vous !... chaque chose en son temps... la modération en tout...

Ma mémoire est pas modérée, elle ! vache !... elle agite... s'agite !... comme mon lit... et cette Mme Niçois donc !... qu'est-ce qu'elle m'a fait piquer comme crise !... son quai !... les frissons !... ce vent coulis !... la mort, j'aurais attrapée !... toutes ces âmes en peine !... et cette *Publique* ?... *La Publique !*... j'avais bien de quoi lui en vouloir cette vieille capricieuse à cancer !... zut !... ces bafouillages aussi au quai avec cet équipage d'apaches !... ramas d'olibris injurieux ! « glaïeul » qu'ils m'avaient appelé... glaïeul ! osé ! éhontés frappes !

L'Ambassadeur Carbougnat, tout aussi vychissois que Brisson, tout aussi doriotiste que Robert, les crises qu'il piquait, Excellence !... qu'on m'expédie pas à Vincennes !... si il le secouait son lit d'Ambassade, crise sur crise, de folie-fureur mordait ses Gobelins à pleines dents, d'une façon si alarmante qu'il allait bouffer l'Ambassade, de crise en crise, tout le mobilier et les dossiers ! tout y passait ! qu'il a fallu qu'on lui promette un poste « super-classe » ! l'autre hémisphère ! il devenait plus malade que moi !... de me sentir là, si près, tout près Vesterfangsel... à bout de souffrir, qu'on m'empale pas !... que j'avais engueulé Montgomery !... et le Führer !... il prétendait ! et le Prince Bernadotte ! il écrivait de ces lettres aux Ministres baltaves !... des véritables ultimatums ! j'ai eu les copies de ces belles lettres...

Étant là maintenant dans la fièvre je tremble autant que lui ! et je mouille la literie... oh ! mais je débloque pas si tant plus que je me méprends de ce que j'ai été !... la pièce unique !... l'inouï chopin de la chasse à courre !... Gloire ! Vaillance ! Parfaite Larbinerie ! même encore maintenant là, tel quel, archichenu, croulant épave, je fais encore mon petit effet... la preuve par ma viande ! en ligne ! dans la ligne !... qu'on dévie pas !... qu'on me vire impeccable ! comme trente-six véroles !... de tout !... partout !... la seule vraie ordure : Ferdinand !

Et que je les ai vus tous s'y mettre !... amener leurs fias... si vaselinés... tout !... lécher toutes les burnes !... que je sais tous les noms, les adresses... si bien que ceux de mes déménageurs et velléiteux assassins ! évidemment moi toujours là, crevard pas crevé... et que je connais tous leurs âges à tous !... leurs dates de naissance... je me les récite... leurs dates de naissance... je revois leurs grands moments heureux !... sous la botte !... je visionne !... ils seront mille fois pires... mille fois plus heureux le prochain coup !... qu'ils préviennent !... qu'ils ont déjà de ces positions !... je les vois !... je les vois !... après 39° vous voyez tout !... la fièvre doit servir à quelque chose !... j'ai la nature jamais rien perdre !... jamais !

Oui ! entendu !... après huit mois de trou... déjà ! je partais en lambeaux !... mais je vous l'ai dit et répété... zut !... je vous assomme !... eh ! foutre à présent, d'autres soucis ! d'autres respects !... d'autres courtoisies !... envers Achille d'abord !... et d'un !... lui et ses « revenants-bons » de maquereau... 90 millions par an !... saluez ! tout milliardaire qu'il est déjà ! l'archi-pourri ! une armée de larbins et larbines qu'arrêtent pas de lui passer des langues dans tous les trous et qu'il gémit pleure hurle torture ! martyre d'Achille ! que c'est pas assez ! les langues pas assez blabaveuses ! pas assez de pépites dans les livres ! le supplicié qu'il est !... que les scribouilleux de sa galère lui font une vie infernale !...

Maintenant dans la récession de fièvre... moins forte... je finis vraiment de déconner... délire ?... délire ?... réfléchir !... « le Destin c'est la Politique ! »... je veux ! l'avis de Bonaparte !... soit ! communisses ? communissons !... à l'Achille d'abord !... la branche à gauche !... qu'est-ce qu'il a donné pas qu'on le pende à la dernière Épuration !... qu'est-ce qu'il donnera à la prochaine !... plus que tout !... pont de Pontoise et l'Arc de Triomphe !... Mgr Feltin, Lacretelle, et tous les enfants de chœur en sus ! Lacretelle, mettons

M. Robert, l'article 75 au prose, prousteraient-ils ? y diraient-ils mieux ?... ah ?... je vois le Loukoum, prélat s'il en fut !... tous les débiles mentaux pour lui !... sa molle tronche en forme de vagin, si... si préhensive ! si gluante !...

J'ai chaud encore... je miragine... excusez-moi !... non ! Loukoum serait encore plus insupportable que tous les puants de *La Publique* ! Caron le voyant renoncerait... pourrait pas y faire rien de violent !... de sa rame lui agiter le crâne ?... y faire réciter le divin Sade, à l'envers ?... peut-être ?...

Je sais... je sais... je l'ai loupé... Caron !... je restais une minute de plus je le voyais !... La Vigue, les autres, l'ont sûrement vu, eux !... l'excuse, je sentais venir la fièvre... et puis encore une autre excuse... je vous raconterai...

Là zut ! et chacals !... je pourrais moi aussi vous promener, avec d'autres personnes !... divaguer pour divaguer !... un plus bel endroit !... fièvre pas fièvre !... et même un site très pittoresque !... touristique !... mieux que touristique !... rêveur, historique, et salubre !... idéal ! pour les poumons et pour les nerfs... un peu humide près du fleuve... peut-être... Le Danube... la berge, les roseaux...

Peut-être pas encore se vanter, Siegmaringen ?...
pourtant quel pittoresque séjour !... vous vous diriez
en opérette... le décor parfait... vous attendez les
sopranos, les ténors légers... pour les échos, toute
la forêt !... dix, vingt montagnes d'arbres !... Forêt
Noire, déboulées de sapins, cataractes... votre plateau, la scène, la ville, si jolie fignolée, rose, verte,
un peu bonbon, demi-pistache, cabarets, hôtels,
boutiques, biscornus pour « metteur en scène »...
tout style « baroque boche » et « Cheval blanc »...
vous entendez déjà l'orchestre !... le plus bluffant : le
Château !... la pièce comme montée de la ville... stuc
et carton-pâte !... pourtant... pourtant vous amène-
riez le tout : Château, bourg, Danube, place Pigalle !
quel monde vous auriez !... autre chose d'engoue-
ment que le *Ciel*, le *Néant* et l'*à Gil* !... les « tourist-
cars » qu'il vous faudrait !... les brigades de la P. P. !
ce serait fou, le monde, et payant !

Nous là je dois dire l'endroit fut triste... touristes
certainement ! mais spéciaux... trop de gales, trop
peu de pain et trop de R. A. F. au-dessus !... et l'armée Leclerc tout près... avançante... ses Sénégalais à coupe-coupe... pour nos têtes !... pas les têtes
à Dache !... je lis là actuellement tous nos « quoti-

143

diens » pleurer sur le sort des pauvres Hongrois... si on nous avait reçus comme eux! tant larmoyé sur nos détresses, on l'aurait eu belle, je vous dis! dansé des drôles de claquettes! s'ils avaient eu au prose l'article 75 ces pathétiques fuyards hongrois Coty les garderait pas souper!... merde!... s'ils étaient simples Français de France il les ferait vite couper en deux!... en dix s'ils étaient mutilos! surtout médaillés militaires! la sensibilité française s'émeut que pour tout ce qu'est bien anti-elle! ennemis avérés : tout son cœur! masochisse à mort!

Nous là dans les mansardes, caves, les sous d'escaliers, bien crevant la faim, je vous assure pas d'Opérette... un plateau de condamnés à mort!... 1142!... je savais exactement le nombre...

Je vous reparlerai de ce pittoresque séjour! pas seulement ville d'eaux et tourisme... formidablement historique!... Haut-Lieu!... mordez Château!... stuc, bricolage, déginganderie tous les styles, tourelles, cheminées, gargouilles... pas à croire!... super-Hollywood!... toutes les époques, depuis la fonte des neiges, l'étranglement du Danube, la mort du dragon, la victoire de Saint-Fidelis, jusqu'à Guillaume II et Gœring.

De nous autres, tous là, Bichelonne avait la plus grosse tête, pas seulement qu'il était champion de Polytechnique et des Mines... Histoire! Géotechnie!... pardon!... un vrai cybernétique tout seul! s'il a fallu qu'il nous explique le quoi du pour! les biscornuteries du Château! toutes! qu'il penchait plutôt sud que nord?... si il savait? pourquoi les cheminées, créneaux, pont-levis, vermoulus, inclinaient eux plutôt ouest?... foutu berceau Hohenzollern! pardi! juché qu'il était sur son roc!... traviole! biscornu de partout!... dehors!... dedans!... toutes ses chambres, dédales, labyrinthes, tout! tout prêt à basculer à

144

l'eau depuis quatorze siècles !... quand vous irez vous saurez !... repaire berceau du plus fort élevage de fieffés rapaces loups d'Europe ! la rigolade de ce Haut-Lieu ! et qu'il vacillait je vous le dis sous les escadres qu'arrêtaient pas, des mille et mille « forteresses », pour Dresde, Munich, Augsburg... de jour, de nuit... que tous les petits vitraux pétaient, sautaient au fleuve !... vous verrez !...

Tout ce château Siegmaringen, fantastique biscornu trompe-l'œil a tout de même tenu treize... quatorze siècles !... Bichelonne lui a pas tenu du tout...
polytechnicien, ministre, formidable tronche... il
est mort à Hohenlynchen, Prusse-Orientale... pure
coquetterie !... miraginerie !... parti là-haut se faire
opérer se faire raccommoder une fracture... il se
voyait rentrant à Paris, au pas de chasseur, aux côtés
de Laval, triomphal et tout... l'Arc de l'Étoile, les
Champs-Élysées, l'Inconnu !... il était obsédé de
sa jambe... elle le gêne plus... la façon qu'ils l'ont
opéré là-haut à Hohenlychen je vous raconterai... les
témoins existent plus... le chirurgien non plus !...
Gebhardt, criminel de guerre, pendu !... pas pour
l'opération Bichelonne !... pour toutes sortes de
génocides, des petits Hiroshimas intimes... oh ! non
que cet Hiroshima me souffle !... regardez Truman,
s'il est heureux, tout content de soi, jouant du clavecin !... l'idole de millions d'électeurs !... le veuf rêvé
de millions de veuves !... Cosmique Landru !... lui
au clavecin d'Amadeus !... vous avez qu'à attendre
un peu... tuez-en beaucoup, et attendez !... suffit !...
pas que Denoël !... Marion... Bichelonne... Beria...
demain B... K... H...! la queue !... la queue de fré-

146

missants trépignants... hurlant d'entrer, d'y aller, d'être pendus plus court !... roustis crotte de bique ! tout le Palais Bourbon, les 600 !... écoutez-les, l'état qu'ils se mettent, l'impatience d'être servis aux lions !

Nous là les 1 142, avions pas qu'à nous promener !... curistes de Siegmaringen !... y avait à trouver notre pitanche... je dois dire, je me contente de très peu, mais là comme là comme plus tard au nord, on a vraiment très crevé de faim, pas passagèrement, pour régime, non, sérieux !...

Que voilà de disparates histoires ! je me relis... que vous y compreniez ci !... ça !... pouic ! perdiez pas le fil !... toutes mes excuses !... si je chevrote, branquillonne, je ressemble, c'est tout, à bien des guides !... vous me tiendrez aucune rigueur quand vous saurez le fond du fond !... ferme propos !... tenez avec moi !... je suis là, je fais sursauter mon lit, tant mieux !... tout pour vous !... le rassemblement des souvenirs !... que la crise donc m'ébouillante ! me secoue les détails !... et les dates !... je veux vous égarer en rien...

Dans ce sacristi va comme je te pousse biscornuterie quinze... vingt manoirs superposés se trouvait une bibliothèque mais là une bath !... oh là youyouye ! cette richesse ! inouïe !... nous y reviendrons, je vous raconterai...

Un moment, les 1 142, l'armée Leclerc rapproche... rapproche... sont pris d'une de ces inquiétudes !... d'une envie d'en savoir plus !... plus !... les intellectuels surtout !... et nous en avions notre quota ! d'intellectuels à Siegmaringen... des vrais cérébraux, des sérieux !... comme Gaxotte aurait pu être, bien failli... pas de ces cafouilloneux de terrasses, ambitionissimes alcooliques, débiles à sursauts, louchant d'un charme l'autre, d'une pissotière l'autre, slaves, hongrois, yankees, mings, d'un engagement l'autre, d'une mauriaco-tarterie l'autre, carambolant croix en faucille, d'un pernod l'autre, d'une veste à l'autre, d'une enveloppe l'autre... non, rien de commun !... tous intellectuels bien sérieux !... c'est-à-dire pas gratuits ! verbaux ! du tout ! non !... payants ! l'article 75 bien au trouf ! bien viandes à poteaux !... pas boys Greenwich-Bloomsbury !... non !... que des authentiques !... des « appellations contrôlées » ! tous on peut le dire : clercs impeccables ! crevant bien de faim, de froid, et de gale... l'envie donc les tenait, l'angoisse de savoir si des fois, dans le cours des temps... il avait jamais existé... une espèce, une clique, une voyoucratie, aussi haïe, maudite que nous, aussi furieusement attendue, recherchée par des foules de flics (ah ! Hongrois douillets !) pour nous passer aux banderilles, grillades, pals ?...

Peine de recherches et fouilles, vous pensez ! je vous assure que nos clercs s'y mirent !... tous les cas des plus pires fumiers qu'ont été torturés ci ! là ! Spartaciens ? Girondins ?... Templiers !... Commune ?... nous soupesâmes... scrutâmes toutes les Chroniques, Codes, Libelles... comparâmes pour cette raison... pour une autre... nous étions peut-être ?... peut-être ?... aussi ordures à l'Europe aussi à jeter à la première voirie venue, crocher à n'importe quelle fourche, que les amis de Napoléon ?... une fois Sainte-Hélène !... peut-être ?... surtout les amis espagnols !... collaborateurs hidalgos !... les *joséfins* ! un nom à toujours se souvenir !... ce que nous étions aussi nous !... *adolfins* !... ce que les *joséfins* avaient pris ! ah « collaborateurs » d'époque !... tous les Javert d'alors au cul ! l'hallali à peu près pareil... que nous, les 1 142 !... nous l'armée Leclerc à Strasbourg !... et ses Sénégalais coupe-coupe !... (les Hongrois qui se plaignent des Tartares, merde !)

Vous dire si cette bibliothèque impériale, royale,

était cossue, et riche en tout !... ce que vous pouviez y glaner ! vous fertiliser en tous genres !... manuscrits, mémoires, incunables... vous auriez vu nos clercs sérieux, grimper aux échelles, agrégés, normaliens, académiciens, tous âges, immortels biffés, te farfouiller ça ! ardents ! latin, grec, français !... là que vous voyez la culture ! en même temps qu'ils se grattaient de la gale !... au haut de chaque échelle !... et qu'ils voulaient avoir raison ! chacun pour son texte !... sa chronique !... qu'on était moins haï ou plus que les collabos à Joseph ?... nos têtères à nous, plus à prix ?... moins ?... en francs, en escudos d'époque ?... un Doyen de la Faculté de Droit était d'avis plutôt « plus » ! un Immortel était pour « moins » !... on a voté... fifty-fifty ! l'avenir est à Dieu ! salut ! l'Immortel s'est vachement gouré ! les événements ont bien prouvé !... le calvaire d'« adolfins » fut plus infiniment féroce que toutes les autres vengeances réunies ! aussi sensââ que la bombe H !... 100 000 fois plus forte que notre mesquin obus de 14 ! super-hallali ! mise à mort formid !... et tout le temps ! queue de poisson !... qu'aucun de nous en verra le bout !... Saint Louis, la vache !... pour lui qu'on expie ! je dis !... lui le brutal ! le tortureur !... lui qu'a été béatifié, tenez-vous ! qu'il a fait baptiser, forcés, un bon million d'Israéliens !... dans notre cher Midi de notre chère France ! pire qu'Adolf, le mec !... vous dire ce que vous appreniez d'une échelle à l'autre !... ah ! le saint Louis !... canonisé, 1297 !... on en reparlera !

Ça vaut la peine, puisque nous sommes en touristes, que je vous parle un peu des trésors tapisseries, boiseries, vaisselles, salles d'armes... trophées, armures, étendards... autant d'étages autant de musées... en plus des *bunkers* sous le Danube, tunnels blindés... Combien ces princes ducs et gangsters, avaient pioché de trous, cachettes, oubliettes ?... dans la vase, dans les sables, dans le roc ? quatorze siècles d'Hohenzollern ! sapristis sapeurs cachottiers !... tout l'afur était sous le Château, les doublons, les rivaux occis, pendus, étranglés racornis... les hauts, le visible, formidable toc, trompe-l'œil, tourelles, beffrois, cloches... pour le vent ! miroir aux alouettes !... et tout dessous : l'or de la famille !... et les squelettes des kidnappés, caravanes des gorges du Danube, trésors des marchands florentins, aventuriers de Suisse, Germanie... leurs risques avaient abouti là, dans les oubliettes, sous le Danube... quatorze siècles d'oubliettes... Oh ! pas inutiles !... cent fois !... cent alertes ! nous nous y sommes sauvé la vie !... vous auriez vu ces grouillements ! la foule sous le Danube, dans ces trous de fouines, pluri-centenaires ! familles, bébés, papas, leurs clebs... militaires fritz et gardes d'honneur, ministres, amiraux, landsturms, et les crevards du *Fidelis* et de la boutique P. P. F., et fous de n'importe où, pêle-mêle... et hommes à Darnand, tâtonnant, d'une catacombe l'autre... la recherche d'un tunnel qui ne croule pas...

Si familier du Château, vous me voyez assez bien en Cour... oh! pas du tout!... pas pensionnaire!... ne pas confondre!... pas seize cartes d'Alimentation!... ni huit!... une seule!... c'est ça qui vous situe exact : la Carte!... j'étais admis au Château oui!... certainement! mais pas pour briffer, pour « rendre compte »! ... combien de grippes? de femmes enceintes? de nouvelles gales?... et de combien de morphine il me restait?... huile camphrée?... éther?... et l'état de mes nourrissons?... là Brinon fallait qu'il m'écoute, pour les nourrissons j'attaquais! qu'est-ce qu'ils en foutaient au camp? six morts par semaine?... qu'on y faisait mourir nos mômes!... exprès!... tout exprès!... je dis! à coups de brouets de carottes crues!... oui!... absolument! tous enfants de « collaborateurs »... suppression des mômes!... crimes très voulus!... la haine des Allemands, soit dit en passant, s'est surtout vraiment exercée que contre les « collaborateurs »... pas tellement contre les Juifs, qu'étaient si forts à Londres, New York... ni contre les fifis, qu'étaient dits « la Vrounze nouvelle », de demain!... dure, pure... mais à fond contre les « collabos », ordures du monde! et qu'étaient là, faibles on ne peut plus, à merci, vaïncus total!... et sur leurs mômes plus faibles encore... je vous dis : Nuremberg est à refaire!... ils ont parlé de tout, mais au pour! pas du tout pertinents, sérieux... à côté!... Tartuffes!...

Ce camp des mômes c'était Cissen, morgue à coups de brouets carottes crues, Nursery « Grand-Guignol », sous commandement de tout faux médecins, charlatans tartares, ravis sadiques...

Brinon bien sûr savait tout ça, je lui apprenais rien... mais il ne pouvait rien !

« Désolé, Docteur ! désolé ! »

Brinon, « animal des ténèbres, secret, très muet, et très dangereux »...

« Méfiez-vous, Docteur ! méfiez-vous ! »

Bonnard me mettait en garde... Abel... Bonnard le connaissait bien... je dois dire qu'avec moi, Brinon dans nos rapports, travaux ensemble, fut toujours correct, régulier... et il aurait eu à dire ! lui aussi !... de ces propos qu'on m'attribuait !... pas piqués des vers !... que la Bochie était foutue !... Adolf, catastrophe !... propos publics et en privé !... il l'aurait eu facile, commode Brinon, de m'envoyer quelque part !... il l'a pas fait !... ténébreux ou pas... les Partis me trouvaient drôle aussi... Bucard, Sabiani, tcétéra... la Milice... que j'étais « inscrit » nulle part... que ma place était moi, de même, dans un camp, loin...

L'Opinion a toujours raison, surtout si elle est bien conne...

Oh ! certes je pouvais me méfier de Brinon, « fameux animal des ténèbres »...

Une fois nos rapports échangés, plaintes, contre-plaintes, je passais aux visites aux malades... dans le Château même, un étage, l'autre... trois, quatre, chaque matin... je connaissais les lieux, bien... les couloirs et les tentures, les issues vraies, fausses... bien... les tire-bouchons d'escaliers, à travers lambris et poutrelles... des cache-cache et ombres à se faire poignarder, vraiment, mille fois !... et rester dessécher des siècles !... vous pensez, les Hohenzollern s'étaient pas privés !... experts en chausse-trapes, couloirs à bascules !... et à pic au gouffre !... Danube !... plongeon !... la Dynastie, mère de l'Europe, vous pensez tout de même un petit peu que c'est question de plus de mille meurtres par jour ! et pendant onze siècles !... fouchtri !... Barbe-Bleue qui nous casse les pieds, ses six rombières dans un placard ! qu'est-ce qu'il allait fonder avec ?... j'avais bonne mine, moi mes enfants à la carotte me plaindre qu'on les faisait dépérir ! Brinon certes, pensait bien de même, mais seigneur vassal, il avait qu'à se taire... « Graf von Brinon » écrit sur sa porte...

Rigolo, c'était les plantons, tous d'armée française régulière, de régiments à « fourragère »... ils devaient être aussi tels à Londres... les mêmes sans doute ?...

L'étage Laval... Laval je l'ai soigné un petit peu...
Pétain je l'ai jamais approché... Brinon m'avait pro-
posé, on venait d'arrêter Ménétrel... « J'aime mieux
mourir, et tout de suite !... » l'effet que je lui faisais
Pétain... le même effet qu'aux gens d'ici, du Bas-
Meudon... ou de Sèvres... Boulogne... ou à ma belle-
mère... oh, aucun mal ! on se fait très bien, de
plaire à personne !... bon débarras ! bon débarras !
l'idéal même !... mais la boustiffe ?... très joli l'isole-
ment total, mais les moyens ?... pas plaire et vioquir
et des rentes !... le vrai bonheur jamais jamais plus
emmerdé !... un rêve facile pour un gens riche, par
exemple Achille !... oui, Achille... mais beaucoup
moins con...

Je connaissais donc très bien ce Château, dans
tous les coins, mais rien à côté de Lili. Lili, comme chez elle ! toutes les cachettes et labyrinthes !
tapisseries truquées, à personnages livrant passage,
grands appartements, boudoirs, armoires triple-
fond, escaliers en vrilles... toutes les fausses issues,
tous les zigzags et les paliers enchevêtrés !... devinettes à remonter redescendre... le Château vraiment
à se perdre... tous les coins... l'œuvre des siècles
d'Hohenzollern... et dans tous les styles !... Barbe-

rousse, Renaissance, Baroque, 1900... moi-même d'une porte l'autre je me paumais... je me fascinais sur les portraits, les tronches de la sacrée famille... si y en avait !... corridors et statues... équestres et gisants... toutes les sauces !... Hohenzollern plus en plus laids... en arbalètes... en casques, cuirasses... en habits de Cour... façon Louis XV... et leurs évêques !... et leurs bourreaux !... bourreaux avec des haches comme ça !... dans les couloirs les plus sombres... les peintres se foulaient pas en ce temps-là, ils leur faisaient les mêmes profils...

Moi qui venais me plaindre à de Brinon que les médecins expédiaient nos mômes ! j'aurais pu regarder un petit peu les profils des Messieurs Seigneurs... ceux-là, ils devaient expédier dur : bossus, ventrus, cuirasses, jambes de biques... et pas que les mômes !... aussi qu'est-ce qu'on était venus foutre à Siegmaringen !... mômes, pas mômes ?... nous ?... fuir notre destin de se faire rissoler les tripes, hachurer le sexe, retourner le derme... la belle histoire ! y avait un petit peu de réflexions dans les couloirs Hohenzollern... d'un portrait l'autre... je peux dire ces princes m'attiraient, surtout ceux de la très haute époque... des têtes trois quatre fois comme Dullin, des tronches sans honte, horribles féroces... là, alors vous pouviez être sûr : des créateurs de Dynasties !... Bonaparte fait un peu demoiselle, traits fins, mains chochottes, fragonardes... tandis que les Hohenzollern, vous voyez, vous dites, les premiers surtout : « quels Landrus !... » un autre ?... encore pire !... Troppmann !... Deibler craché !... la ribambelle !... toujours plus sournois !... plus cruels !... plus cupides !... plus monstres !... des centaines de Landrus pure race !... trois !... quatre étages de Landrus ! cousins Landrus ! et à pique !... masse d'armes ! faux !... éperons !... frondes !... toujours plus sadiques !... dauphins Landrus ! pas le Landru timide de Gambais !... étriqué, furtif, à cuisinière rafistolée, occasion de la Salle... non !... Landrus sûrs d'eux !... pur jus !... nom de *Gott* !... lances, cuirasses, tout ! blasons, *mit uns !*... des étages de portraits « coupe-souffle » !... *Gott* à la botte !... des pas seulement petits déchiqueteurs de fiancées !... non ! autant de tortureurs impériaux !... kyrielle !... passeurs de duchés à la poêle !... bourgs, forteresses, cloîtres... à la broche ! contents ou pas !... marmites !... marmites !...

Voilà les tronches... la queue leu leu... fascinantes... d'un malade l'autre, entre les portes, j'allais les voir... XIIIe... du XIIe siècle surtout !... vous irez aussi ! autant de monstres !... oh ? oh ?... vite dit !... vite dit !... là à bien regarder réfléchir... des sacrédiés de diables plutôt !... fourchus !... à lances !... torches !... cornes !... des fondateurs de dynasties ! leur air de famille, absolu ! démons !... c'est quand ils ont cessé d'être diables que leur Empire s'est écroulé !... tous les Empires kif !... et d'un !... je vois là les Roussky sur la pente... le B... le K... l'M... ont bien l'air assez lucifers, mais pas si sûrs d'eux !... ils chichitent, tortillent du tank, dialectalotent... ils verront !... Lénine !... Staline !... ah ! vrais de vrais ! Satans 1 000 pour 1 000 !... voilà des figures comme chez eux dans les galeries Hohenzollern ! sur cinq étages ! et les tourelles !... fondateurs pas à chichiter ! dynasties qui tiennent !

Je suis un petit peu alchimiste, vous vous êtes sans doute aperçu... mais sérieux !... je vous raconte pas des chansons !... rien que du pesé, et pour et contre !... je vous ai montré *La Publique*, maintenant nous voici en tourisme et pleine Histoire !... la diversité est ma loi !... Siegmaringen Hohenzollern !... et vous avez pas fini de rire !... de vous fasciner sur les portraits, bustes, statues...

D'un tournant l'autre, je me paumais !... je vous le dis, j'avoue... Lili ou Bébert me retrouvaient... les femmes ont l'instinct des dédales, des torts et travers, elles s'y retrouvent... le sens animal !... c'est l'ordre qui les interloque... l'absurde leur va... le biscornu leur est normal... la Mode !... pour les chats : greniers, tohus-bohus, vieilles granges... les demeures en « Contes fantastiques », les attirent, irrésistibles... où nous nous avons rien à foutre !... l'Embryogénie leur drôlerie, pirouettes, virevoltes de gamètes... la perversité des atomes... les bêtes, pareil !... tenez Bébert !... il me faisait « coucou » par les lucarnes... *brrt !*... *brrt !*... la niche !... je le voyais plus !... il se foutait de moi !... les chats, enfants, dames, sont d'un monde à eux... Lili allait où elle voulait dans tout l'Hohenzollern-Château... d'un dédale de couloirs à l'autre... du beffroi de tout en l'air, des cloches, à la salle d'armes, à fleur du fleuve... un itinéraire que d'instinct !... à la raison, vous travioliez tout !... colimaçons, bois, pierres, échelles !... remontées !... demi-tours !... tentures... tapisseries... fausses sorties... tout traquenards !... même un plan vous compreniez rien !... que des assassins tous les coins !... trouvères, chauves-souris, fées vadrouilles... de tout à rencontrer je vous dis, d'une fausse sortie... d'une fausse tenture l'autre !... je sortais de chez Brinon, de chez Marion... de chez Y... de chez Z... je vous cite que des noms de personnes mortes... je laisse les survivants tranquilles... les morts suffisent !... ceux qui sont morts en Espagne... et ceux qui ont fini ailleurs... bien ailleurs !... les indiscrétions, Tacite s'en chargera !... il est déjà né, on dit... bon !... le Château, faudra qu'il se fie à moi... pensez il aura basculé !... vermoulue

croulure... l'équilibre est pas éternel! il sera parti
au Danube!... le *Schloss* et la Bibliothèque! labyrinthes!... boiseries!... et porcelaines et oubliettes!...
au jus! et souvenirs!... et tous les princes et rois du
Diable!... au delta, là-bas!... ah! Danube si brisant
furieux! il emportera tout!... ah! *Donau blau!*... mon
cul!... si fougueux colère frémissant fleuve d'emporter le Château et ses cloches... et tous les démons!...
te gêne pas! hardi! et les trophées, armures, gonfa-
lons, trompes à secouer toute la Forêt Noire, si
sonores que les pins peuvent plus!... culbutent de
vibrer!... partent aux avalanches!... la fin des féeries
des manoirs, revenants, triples sous-sols et potiches!
Apothicaireries et pots!... Apollons porphyres!...
Vénus ébène! au torrent tout! et les Dianes Chasseresses! des étages entiers de Dianes Chasseresses!...
d'Apollons!... Neptunes!... rapines des démons à
cuirasses, dix siècles détrousseurs!... vous pensez!... l'afur de sept dynasties! vous irez voir vous
rendre compte, ce «Formid-Rapines» magasin... je
veux pas être plus fort que Tacite, mais tout de
même vous pouvez penser que dix siècles de démons-
gangsters c'est quelqu'un!... et rois en plus! et que
Rome-la Prusse c'est un plutôt sérieux trafic, caravanes de marchands cossus!... ah! Dianes!....
Vénus!... Apollons!... antiquaireries! Cupidons!
voyages des marchands! s'ils s'étaient servis les
Princes!... Hohenzollern!... gangsters du Danube!...
s'ils s'étaient meublés!... meublés vraiment de très
jolies choses!... je m'y connais... je voyais l'appartement de Pétain... ses sept salons du «sixième»...
et celui de Gabolde, au «troisième»... tout en
«Dresde»... parquet marqueterie «bois de rose»...
travail merveille!... qu'avec des milliards actuels...
personne vous referait! plus les mains!... ces petits
«services à thé» non plus... non!... et celui de Laval,

au « second » !... Iᵉʳ Empire !... abeilles, aigles... perfection de l'Époque !... on ne frappe plus de pareils velours... authentiques de Lyon...

Ainsi s'installent les dynasties... bric et broc !... se drapent, rehaussent... s'ornent !... une fantastique monstre boutique, grande mettons, trois fois Notre-Dame !... et tout d'équilibre sur son roc !... et penchée !... tous ceux qu'iront voir vous diront... innocents touristes, ils emporteront rien, sonnés, suffoqués... de quoi !... à voir !... bahuts, mille trucs, souvenirs, bibelots...

Je vous raconte tout bric et broc... selon les secousses, chocs du châlit... que je sais plus ce qui me secoue... la fièvre ?... le sommier qui cède ?... je tremble plutôt moins... je crois !... cette affaire du quai m'a pas réussi du tout !... *La Publique !*... et cette sale clique de funambules !... et injurieux !... et le réveil du paludisme !... et la bise de Seine !... tout me tourneboule... et voilà !... je suis plus fait pour ! « flûte » !... vous me direz... « quel indécent » !

« Te sens-tu mieux ?... comment te sens-tu ?

— Tu sais... pas si mal !... »

Je pensais à des choses... je vais vous ennuyer encore !... je pensais, c'est vrai, à la façon qu'elle était là-bas comme chez elle... jamais perdue... qu'elle me retrouvait d'un couloir l'autre... fasciné, bien ahuri, devant encore un Hohenzollern ! Hjalmar... Kurt... Hans... un autre !... bossu !... oui !... oui !... je vous ai pas dit... bossus tous ! Burchard... Venceslas... Conrad... ils me trottent !... 12ᵉ !... 13ᵉ !... 15ᵉ du nom ! siècles ! siècles !... bossus et pas de jambes !... pieds-de-biche fourchus !... tous !... Landrus Diables !... ah ! que je les vois ! que je les revois tous !... leur verrue aussi !... leur verrue de famille !... au bout du pitard...

La tête est une espèce d'usine qui marche pas très
bien comme on veut... pensez ! deux mille milliards
de neurones absolument en plein mystère... vous
voilà frais ! neurones livrés à eux-mêmes ! le moindre
accès, votre crâne vous bat la campagne, vous rat-
trapez plus une idée !... vous avez honte... moi là
comme je suis, sur le flanc, je voudrais vous parler
encore... tableaux, blasons, coulisses, tentures !...
mais je ne sais plus... je retrouve plus ! la tête me
tourne... oh ! mais attendez !... je vous retrouverai !...
vous et mon Château... et ma tête !... plus tard... plus
tard... je me souviens d'un mot !... j'ai dit !... le sens
animal ! de Bébert !... je retrouve le fil !... Bébert
notre chat... ah ! m'y revoici !... que Bébert était
comme chez lui dans l'immense Château du haut des
tourelles aux caves... ils se rencontraient Lili lui
d'un couloir l'autre... ils se parlaient pas... ils avaient
l'air s'être jamais vus... chacun pour soi ! les ondes
animales sont de sorte, un quart de milli à côté,
vous êtes plus vous... vous existez plus... un autre
monde !... le même mystère avec Bessy, ma chienne,
plus tard, dans les bois, au Danemark... elle foutait
le camp... je l'appelais... vas-y !... elle entendait pas !...
elle était en fugue... et c'est tout !... elle passait, nous

160

frôlait tout contre... dix fois!... vingt fois!... une flèche!... et à la charge autour des arbres!... si vite vous lui voyiez plus les pattes! bolide! ce qu'elle pouvait de vitesse!... je pouvais l'appeler! j'existais plus!... pourtant une chienne que j'adorais... et elle aussi... je crois qu'elle m'aimait... mais sa vie animale d'abord! pendant deux... trois heures... je comptais plus... elle était en fugue, en furie dans le monde animal, à travers futaies, prairies, lapins, biches, canards... elle me revenait les pattes en sang, affectueuse... elle est morte ici à Meudon, Bessy, elle est enterrée là, tout contre, dans le jardin, je vois le tertre... elle a bien souffert pour mourir... je crois, d'un cancer... elle a voulu mourir que là, dehors... je lui tenais la tête... je l'ai embrassée jusqu'au bout... c'était vraiment la bête splendide... une joie de la regarder... une joie à vibrer... comme elle était belle!... pas un défaut... pelage, carrure, aplomb... oh! rien n'approche dans les Concours!...

C'est un fait, je pense toujours à elle, même là dans la fièvre... d'abord je peux me détacher de rien, ni d'un souvenir, ni d'une personne, à plus forte raison d'une chienne... je suis doué fidèle... fidèle, responsable... responsable de tout!... une vraie maladie... anti-jean-foutre... le monde vous régale!... les animaux sont innocents, même les fugueurs comme Bessy... on les abat dans les meutes...

Je peux dire que je l'ai bien aimée, avec ses folles escapades, je l'aurais pas donnée pour tout l'or du monde... pas plus que Bébert, pourtant le pire hargneux greffe déchireur, un tigre!... mais bien affectueux, ses moments... et terriblement attaché! j'ai vu à travers l'Allemagne... fidélité de fauve...

À Meudon, Bessy, je le voyais, regrettait le Danemark... rien à fuguer à Meudon!... pas une biche!... peut-être un lapin?... peut-être!... je l'ai emmenée dans le bois de Saint-Cloud... qu'elle poupole un peu... elle a reniflé... zigzagué... elle est revenue presque tout de suite... deux minutes... rien à pister dans le bois de Saint-Cloud!... elle a continué la promenade avec nous, mais toute triste... c'était la chienne très robuste!... on l'avait eue très malheureuse, là-haut... vraiment la vie très atroce... des froids −25°... et sans niche!... pas pendant des jours... des mois!... des années!... la Baltique prise...

Tout d'un coup, avec nous, très bien!... on lui passait tout!... elle mangeait comme nous!... elle foutait le camp... elle revenait... jamais un reproche... pour ainsi dire dans nos assiettes elle mangeait... plus le monde nous a fait de misères plus il a fallu qu'on la gâte... elle a été!... mais elle a souffert pour mourir... je voulais pas du tout la piquer... lui faire même un petit peu de morphine... elle aurait eu peur de la seringue... je lui avais jamais fait peur... je l'ai eue, au plus mal, bien quinze jours... oh! elle se plaignait pas, mais je voyais... elle avait plus de force... elle couchait à côté de mon lit... un moment, le matin, elle a voulu aller dehors... je voulais l'allonger sur la paille... juste après l'aube... elle voulait pas comme je l'allongeais... elle a pas voulu... elle voulait être un autre endroit... du côté le plus froid de la maison et sur les cailloux... elle s'est allongée joliment... elle a commencé à râler... c'était la fin... on me l'avait dit, je le croyais pas... mais c'était vrai, elle était dans le sens du souvenir, d'où elle était venue, du Nord, du Danemark, le museau au nord, tourné nord... la chienne bien fidèle d'une façon, fidèle aux bois où elle fuguait, Korsör, là-haut... fidèle aussi à la vie atroce... les bois de Meudon lui disaient rien... elle est morte sur deux... trois petits râles... oh, très discrets... sans du tout se plaindre... ainsi dire... et en position vraiment très belle, comme en plein élan, en fugue... mais sur le côté, abattue, finie... le nez vers ses forêts à fugue, là-haut d'où elle venait, où elle avait souffert... Dieu sait !

Oh ! j'ai vu bien des agonies... ici... là... partout... mais de loin pas des si belles, discrètes... fidèles... ce qui nuit dans l'agonie des hommes c'est le tralala... l'homme est toujours quand même en scène... le plus simple...

Il va sans dire que je tenais absolument à aller
mieux... me remettre debout !... que ça serait qu'un
petit accès... bast !... une semaine !... un mois entier !...
aussi quel été, quel temps !... jamais il paraît, depuis
un siècle... presque de la neige !... la fièvre empêche
pas de travailler à condition de pas rerisquer un
coup de froid... par conséquent pas de quai ! pas
de Seine !... et la Mme Niçois alors ?... elle pouvait
attendre huit jours... dix jours... si je pouvais plus y
aller du tout Tailhefer irait... il avait l'auto lui Tailhefer... je lui téléphonerais... il me refuserait pas... je
pensais à tout... tant bien que mal !... il était Prince
de la Science lui, Tailhefer... il trouverait bien le quai
ex-Faidherbe... sûrement il me dirait pas non... il
verrait un peu *La Publique*... c'est un moment qu'on
se connaissait moi, Tailhefer... lui, il avait ascendu...
Archi-Maître... il avait aussi ascendu que moi dégrin-
golé bas... la preuve : pour le carbi, les endives, je
pouvais plus compter que sur mes livres... et qui
se vendaient plus !... jolis draps !... l'espoir que celui-
ci se vende ?... téméraire !... qu'il intéresse certaines personnes... oh ! là ! là ! je prends souvent ma
fièvre... sotte diversion ! un cartable ! et que je prenne
appui !... voilà ! grifouille !... avance !... les gens riches

164

se posent des questions... peuvent... les paumés, pas d'âge ! pas d'état de santé ! foncent !... je suis boycotté ?... et alors ?... « il s'est pas encore suicidé ?... » voilà, ce qui étonne !... « inactuel, décati !... » oh ! là ! moi, tout pourris puants charognes je les trouve ! déjetures de Grévins !... raclures de voiries !... chacun son idée !... à « re-writer » au trognon ! à l'os ! à l'atome !... pire, pire 1900 !... capilotades de vanités ! tournures, faux nichons !... Mme Emery, rue Royale... Paris et Trouville à la belle saison, vous façonnait de ces robes ! autrement foutues que leurs romans !... mais le soin ! flous et petits points !... la belle ouvrage !... je la vois plus... chacun peut avoir son idée !... moi qu'ai vu la capilotade de bien des Empires, je verrai, si je dure assez longtemps (carbi, carottes), la capilotade des « actuels »... horde de balourds bluffeurs, pochetées !... pardi !... carbi ! carottes !... condition ! façonne pas trop flou !... et couse à l'aiguille !... petit empiècement de souvenirs ! ci !... un autre !... là : un fait historique !... à l'aiguille !... un autre !... je vous dois une « révolte de la faim !... » oh, bénigne révolte !... elle vous amusera peut-être...

Je vais pas me lever... je veux pas me lever... Tailhefer ira !... je lui téléphonerai...

Révolte... pas au Bas-Meudon ! non !... à Siegmaringen ! je bats la campagne, je vous promène... soit !... je rassemble mes souvenirs historiques... que je me trompe pas !... nous y voilà !... Siegmaringen... l'état du moral !... pas fameux !... malgré les appels à la « conscience combattante » de « l'Europe Unie... » flasque ! aussi flasque qu'aux jours de maintenant, malgré les appels de Dulles, Coty, Lazare, Youssef, le Pape... mou, mou, mou moral !... les « certitudes en la Victoire »... qu'elle était là, et patati !... réchauffaient personne ! ça mouftait pas, mais pensait

bas !... l'élite pourtant intéressée, « collaboratrice »,
1 142 condamnés à mort, tous, l'article 75 au cul...
ils commençaient, culot !... à se plaindre que la
nourriture était lape, que la question « Stamgericht »
et même « Hausgericht » était que pure et simple
foutaise !... famine !... voilà ce qui se gromme-
lait, bientôt s'hurlerait ! et que les hébergés du
Château, pontifes, ministres et patati, « actifs » et
« sommeils » et leurs épouses et maîtresses, gardes
du corps, nounous et bébés, par contre l'avaient joliment chouette !... et les Généraux, Amiraux et
Ambassadeurs d'on ne sait d'où !... que tout ça était
que pluri-lards, gras, pleins de sang, des 8, 16 cartes
chacun !... qu'il était temps que ça se dégueule !

Bien sûr que tout ça fut répété : un esprit pareil !...
bourriques zélées postées partout !... un mouchard,
deux, par soupente !... le Château sur ses gardes !...
vous comprenez tout le Moyen Âge si vous avez un
peu vécu à Siegmaringen... l'envie, toute la haine des
vilains, tout autour, crevant de toutes les pourri-
tures, famines, froids, fièvres... les gens, les gâtés
du Château avaient aussi des sentiments, des manières pour mater la plèbe... d'abord les rumeurs !...
répandre des nouvelles très heureuses !... la celle
qu'ils firent circuler fut qu'ils allaient casser la
croûte avec les vilains !... eux-mêmes ! là, sans façon !
là, au pont-levis !... avec les 1 142 !... toute la racaille
des murmurants !... cloches et galetas !... d'abord une
distribution de pain !... oh ! mais formidable !... à
tous les réfugiés du bourg !... jeudi à midi ! juste
midi !... qu'il suffirait d'être là, présents ! tous !

Vous pensez que de telles rumeurs tombent pas
dans des oreilles de sourds !... qu'il y avait du monde
au pont-levis !... l'affluence le jour indiqué !... et dès
l'aube !... l'estomac a pas d'oreilles ?... tous les collabos y étaient au pont-levis... sauf les crevards du

Fidelis qui pouvaient vraiment plus se lever, et ceux en fuite en Forêt Noire... mais enfin, on peut bien le dire, sur les 1 142 bien au moins 1 000 étaient là, s'attendant à toucher quelque chose... et si ça parlait, discutait !... les réflexions du suc gastrique !... pain noir ?... pain bis ? petits pains ?... et tous sacrément renseignés ! ou vils mouchards ?... remonteurs du moral ?... qui savaient très bien ce qu'allait venir !... pour les enfants : croissants, brioches !... ah, c'était pas à discuter !... moi qu'étais au courant de Cissen je me disais : ça va être la rafle... la grande cueillette des faméliques !... ce rassemblement est un truc !...

En attendant les brioches, ils s'échangeaient puces, poux, morpions, gales... vous auriez vu comme convulsifs ! une petite foule d'épileptiques... quand même la faim !... faim plus que tout !... ce qu'ils allaient pouvoir s'empiffrer ! ah ! là là !... d'un pied sur l'autre... se grattant, labourant, s'arrachant les sillons de gale... ils étaient en sorte de demi-cercle devant le pont-levis... roulaient de ces calots ! fascinés... de ce qu'allait sortir comme bombance !... pas seulement du pain !... du jambon avec ! des sandwiches... et du saindoux... moi pas romantique de boustif, et sérieux en quart, je gafais vers un trou des catacombes à droite du pont... un éboulement... une sorte de cratère... je m'attendais un tour de cochon, la razzia shuppo... quelque chose... un commando des sous-sols... un coup monté... S.S. ?... S.A. ?... *Sicherheit ?*... que les Fritz en avaient très marre !... plus que !... nous voir là tous d'un pied sur l'autre, d'une paillasse l'autre, grattant, toussant, mauvais esprit, attendant quoi ?... le petit Jésus ?... le grand soulèvement Walhalla ?... les Chevaliers Siegfriedo-Graal ? en plus des petits pains ? et qu'on voulait bâfrer en plus !... pas assez de nos « stams » à la rave !... de nos fins brouets margarine !... y avait de

quoi !... ils aient assez !... surtout comme leurs
affaires tournaient... à bout de Débâcles !... leurs
armées les unes dans les autres !... nous et nos petites
allures sceptiques et nos moucharderies !... qu'on
leur foirait dans leur moral !... qu'ils avaient déjà
le ciel tout pris !... vous aviez qu'à regarder un peu...
derrière chaque nuage, vingt !... trente avions !...
R.A.F. partout ! ce carrousel !... et Amerloques !...
trois quatre escadres de « forteresses »... permanentes... jour, nuit... Londres... Munich... Vienne...
pas une aile fritz contre !... vous dire si on était pif-
frés nous et nos remarques désenchantantes... surtout qu'eux en plus, fritz à fritz, ils cherchaient aussi
qu'à se buter !... là nous toujours devant le pont-levis
ça discutait dur, si ça serait vraiment que du pain
K ?... ou de la boule de troupe ?... ou de la brioche ?...
ça devait être midi la distribution, une heure on
attendait encore... se gratter fait passer le temps, je
veux... tout de même ça allait tourner mal... une
heure et quart !... tout le beffroi sonne !... d'un
coup !... la volée de cloches ! magnifique beffroi !...
vous entendrez si vous y allez !... oh ! mais je gafais
mon trou ! le cratère... comme certain que par là...
ça y est !... j'en vois sortir comme deux gros rats !...
deux personnes très emmitouflées !... des femmes...
deux femmes... je les vois, elles se rapprochent...
jamais je les avais vues encore... elles sortent du
fond de la crevasse... dans l'éboulis... elles doivent
vivre dans les catacombes... personne y avait jamais
été dans les catacombes, tout au fond, jusqu'au
bout... ils passaient par-dessous le Danube !... jusqu'à
Bâle !... l'autre côté jusqu'au Brenner !... il paraît !...
personne y avait été voir... peut-être ces femmes ?...
toujours là, les deux, moi qui connaissais bien le
Château, je les avais jamais rencontrées... Lili non
plus... je lui demande... l'une faisait encore assez

jeune... oh mais l'autre, extrêmement carabosse !... tordue !... toutes les deux avaient des ombrelles... oui !... des ombrelles roses... je la voyais là, la vieille, de tout près... son nez... un nez tout couvert de verrues... elle arrêtait pas de cligner de l'œil... l'autre aussi... la lumière !... elles devaient vivre dans le noir... l'habitude du noir... mais pourquoi ? pourquoi des ombrelles ? elles se parlaient pas... ah ! si !... elles se parlent !... la vieille demande qu'est-ce qu'il se passe ? elles se parlent en boche... cette vieille pas du tout commode !

« Vous dites ? vous dites ?

— Franzosen !

— Qu'est-ce qu'ils veulent ?

— *Brot !*

— Alors allez-y ! allez ! »

Elle me voit là qui regarde aussi... moi et Lili et le chat Bébert ! elle se rapproche, la moins vieille des deux, elle me parle en français : « Pardon, monsieur, vous attendez aussi du pain ? — Oui ! oui ! j'ai l'honneur ! ça va pas être long !... vous avez entendu les cloches ?... — Oui, oui, monsieur !... » en fait de cloches, maintenant ça hurle ! et à coups de talons sur le pont-levis ! et vas-y ! le rassemblement en a marre ! « Saligauds ! profiteurs !... bouffis ! traîtres ! du pain là-dedans !... *brang !* et *vrang !* au poteau Laval ! charogne ! salopard ! du pain !... merde !... Brinon !... fumier !... du pain !... » la colère monte !... ils étaient au moins trois cents hurler au pain ! escalader passer la douve !... *brang ! vrang !* dans le pont-levis ! vous pensez le pont-levis une masse ils auraient bien pu être trois mille ! un morceau, un tablier à passer dessus toute une armée, et l'artillerie ! ils pouvaient y aller les galeux ! vilains ! plus ils cognaient moins ça bougeait ! moi je voyais dans cette faribole au pain un joli traquenard du Raumnitz à ramasser les mécontents... tous ces emmerdeurs en roulotte pour un camp quelconque... « par ici ! chers pétulants ! » si les fritz sont sournois perfides !... vous pouvez vous attendre à tout ! regardez d'abord les music-halls, tous les prestidigitateurs sont boches !... le signe, comme ils savent !... Göbbels, champion !... ils sont à se méfier terrible !... « petit pioupiou ! la Gare de l'Est !... t'occupe pas ! saute !... deux millions de morts ! »

Moi, je voyais très bien le coup monté... provoqué !... je quittais pas la crevasse de l'œil, le fond de l'éboulis par où les deux femmes étaient venues... la sournoiserie de ces deux personnes... et pourquoi les deux ombrelles roses ?... et leur sorte de péplums verts et gris couverts de toiles d'araignées ?... elles sortaient de je ne sais quelle cave ?... j'en savais rien... le mieux que je demande à celle qui parlait français... « Vous demeurez là ?... dans les sous-sols ? Madame ? » elle m'avait parlé, je pouvais sans impertinence lui demander d'où elle sortait !

« Oui, monsieur !... oui !... et vous ? vous êtes de Paris ?

— Mais à qui ai-je l'honneur, madame ?

— Dame de compagnie de la Princesse ! »

Elle est pas liante sa princesse !... elle ne nous aime pas... elle regarde l'autre côté... moi son nez qui me dit ! que je veux mieux voir... trois quatre verrues...

« Princesse qui ? je demande.

— Hermilie de Hohenzollern... »

Fixé j'étais... elle devait dire vrai !... le nez était vrai !... j'avais assez regardé des mois toutes les binettes Hohenzollern, tous leurs portraits, tous les couloirs du Château !... tous les murs !... le nez busqué comme, et terminé par un bourgeon... tous une, deux... trois verrues violettes ! oh ! même les très anciens portraits ! x^e... xie... les nez comme elle là, crochus, et les verrues violettes au bout... comme la princesse, là !... tout de même drôle qu'on l'ait jamais rencontrée dans son propre Château !... je veux, y avait du monde au Château !... tous les étages !... quatorze ministres, plus le Brinon... quinze généraux... sept amiraux... et un Chef d'État !... les états-majors et les suites !... mais elle on l'avait jamais vue... planquée boudeuse !... ni Lili, ni moi... surtout Lili qu'allait partout !... elles devaient vivre au fond d'un tunnel... et elles sortaient juste pour la boule !... au moment de la grande ripopée !... que les insurgés se tenaient plus !... *vrrang !* et *brrang !*... qu'ils cognaient tous !... que le pont-levis cède !... *vrrang !*... et les injures !... Hermilie digne, et son ombrelle, rien à faire avec ces voyous !... parlait qu'à sa dame !... oh ! mais qu'elle tenait dur à sa boule !... *nun ! nun !* te relançait sa dame timide !... *nun ! nun !* qu'elle cogne aussi ! qu'elle cogne avec ! qu'elle laisse pas passer son tour et ces 1 142 gueulards ! *brang ! pftouf !* comme si la boule leur était due ! ils frappent ! frappent ! effrontée horde ! au moment là juste le clairon !... oui !... juste !... de l'autre côté du rempart !... « *aux champs !* » la garde du Château !... pas des clairons boches, les boches font bugles !... non ! des vrais clairons !... vous auriez dit Lunéville... ou la Pépinière... le pont-levis branle... ses chaînes... ses poulies... le tablier bouge... du bout tout en l'air... baisse... s'abaisse tout lentement... *blang ! vlang !*... ça y est ! il a posé !... au niveau !... là alors on pouvait s'attendre à plein de larbins chargés de paniers, pleins de boules, brioches, saucisses et petits fours !... la distribution formidable !

Zébi !... des flics qui émergent !... trois quatre d'abord... et puis bien cinquante shuppos dans un gros camion gazogène... et puis encore une bande de flics... une autre police française !... et puis après eux... le Maréchal! oui!... lui!... Debeney à sa gauche, en retrait... le général Debeney, l'amputé... mais pas plus de « boules » que de beurre au chose!... la promenade du Maréchal!... voilà ce qu'ils avaient attendu les 1 142 lustrucs... vous auriez pu croire... rien du tout!... qu'ils allaient l'agonir affreux... que c'était la honte! l'infamie! pas du tout!... lui, ses 16 cartes!... tout le monde le savait!... et qu'il se les tapait!... qu'il en laissait miette à personne! et que c'était le fameux appétit!... en plus le confort total!... créché comme un roi!... et qu'était responsable de tout! Verdun! Vichy! et du reste! et de la misère qu'on se trouvait! la faute à Pétain! à lui! lui, là-haut, soigné, comme un rêve!... tout son étage pour lui tout seul!... chauffé! quatre repas par jour! 16 cartes, plus les cadeaux du führer, café, eau de Cologne, chemises de soie... un régiment de flics à sa botte!... un général d'état-major... quatre autos...

Vous auriez pu vous attendre que ce ramas de loquedus sursaute! se jette dessus! l'étripe!... pas du tout!... juste un peu de soupirs!... ils s'écartent!... ils le regardent partir en promenade... la canne en avant! et hop!... et digne! il répond à leurs saluts... hommes et rombières... les petits filles : la révérence!... la promenade du Maréchal!... mais pas plus de pain que de saucisson... Hermilie de Hohenzollern salue pas, elle!... encore plus rêche, revêche qu'avant... *Komm! Komm!*... que sa demoiselle vienne!... elles redisparaissent... elles nous disent même pas au revoir!... le trou par où elles étaient venues... la sorte de fente dans les cailloux... elle et sa suivante... juste à peine le temps qu'elles se faufilent... plus d'Hermilie!... plus de demoiselle!... elles étaient reparties sous le Château... ah! elles avaient pas eu de pain non plus!... zut!... nous non plus!... flûte!... Lili, moi, Bébert on était venus un peu pour ça... pas le temps d'être tristes... je vois Marion ! je l'aperçois... Marion, le seul qu'a eu du cœur, qui nous a jamais oubliés... qu'est toujours venu nous apporter tout ce qu'il pouvait au « Löwen »... pas grand-chose !... des petits restes... surtout des petits pains... y avait des petits pains au Château... pas beaucoup, mais enfin trois quatre par ministre... ça compte d'être ministre, des moments... Marion pensait toujours à nous, et à Bébert... sa grande rigolade c'était que Bébert lui fasse Lucien... Lucien Descaves... Bébert, je lui mettais mon cache-nez... avec ses moustaches en bataille il faisait très bien Lucien Descaves... c'était notre moment de plaisanterie... ah ! que c'est loin !... j'y pense... fini Lucien !... fini Marion !... fini Bébert !... partis tous !... les souvenirs aussi !... tout doucement...

Je vous disais donc... j'aperçois Marion ! lui aussi était de la promenade... mais à grande distance de Pétain !... ils étaient pas à se parler... oh ! du tout !... tous les régimes, tous les temps, les ministres s'haïssent... et pire, au moment que tout croule, culbute !... fâcherie absolue !... l'effrénésie de toutes les rancœurs !... là, c'était au point qu'ils osaient même plus se regarder !... qu'ils en avaient sur la patate, qu'ils se seraient massacrés là à table, aux repas, d'un œil de travers !... ils aiguisaient leurs couteaux entre la poire et le fromage d'une façon si menaçante que toutes les épouses se levaient !... « Viens ! Viens !... » te faisaient sortir leurs ministres, généraux, amiraux !... qu'étaient imminents d'en découdre ! bouillants ! oh ! partout pareil !... que ce soit Berchtesgaden, Vichy, Kremlin, Maison-Blanche, entre la poire et le fromage, c'est pas des endroits à se trouver !... chez les Hanovre-Windsor non plus !... entre poire fromage... donc vous comprenez la promenade... distances ! Protocole !... pas question de bras-dessus bras-dessous !... très loin !... très loin les uns des autres !... le Maréchal, Chef de l'État, très en avant, et tout seul ! son chef d'État-Major Debeney, le manchot, trois pas en arrière, et à gauche... plus loin, un ministre... plus loin encore, un autre ministre... queue leu leu... séparés par au moins cent mètres... et puis les flics... la procession sur au moins trois kilomètres... on pourra dire tout ce qu'on voudra, je peux en parler à mon aise puisqu'il me détestait, Pétain fut notre dernier roi de France. « Philippe le Dernier »... la stature, la majesté, tout !... et il y croyait !... d'abord comme vainqueur de Verdun... puis à soixante-dix ans et mèche promu Souverain ! qui qui résisterait ?... raide comme ! « Oh ! que vous incarnez la France, monsieur le Maréchal ! » le coup d'« incarner » est magique !... on peut dire qu'aucun homme résiste !... on me dirait « Céline ! bon Dieu de bon Dieu ! ce que vous incarnez bien le Passage ! le Passage c'est vous ! tout vous ! » je perdrais la tête ! prenez n'importe quel bigorneau, dites-lui dans les yeux qu'il incarne !... vous le voyez fol !... vous l'avez à l'âme ! il se sent plus !... Pétain qu'il incarnait la France il a godé à plus savoir si c'était du lard ou cochon, gibet, Paradis ou Haute Cour, Douaumont, l'Enfer, ou Thorez... il incarnait !... le seul vrai bonheur de bonheur l'incarnement !... vous pouviez lui couper la tête : il incarnait !... la tête serait partie toute seule, bien contente, aux anges ! Charlot fusillant Brasillach aux anges aussi ! il incarnait ! aux anges tous les deux !... ils incarnaient tous les deux !... et Laval alors ?

Dans bien plus modeste, plus pratique aussi, le truc d'« incarner » vous fait encore de ces petits miracles ! l'alimentation, par exemple !... mettez que demain ils se remettent à nous rationner... qu'on arrive à manquer de tout... vous grattez pas !... le truc d'incarner vous sauvera !... vous prenez n'importe quel bisu, n'importe quel auteur provincial, et vous y allez, vous l'empoignez, vous le pétrifiez là, devant vous... « Oh ! Dieu de Dieu, mais y a que vous !... y a que vous pour incarner le Poitou ! » vous lui hurlez ! « Vos chères 32 pages ? tout le Poitou ! » Ça y est !... vous manquez plus jamais de rien ! à vous les colis agricoles !... vous recommencez en Normandie !... puis les Deux-Sèvres ! et le Finistère ! vous êtes paré pour cinq, six guerres et douze famines !... vous savez plus où les mettre vos dix, douze tonnes de colis ! les Incarnateurs donnent, renchérissent, inlassables ! suffit que bien vous leur répétiez qu'ils sont toute la Drôme dans leur œuvre ! le Jura !... la Mayenne !... Roquefort, si vous aimez le fromage !... je miragine pas : tenez, Denoël !... Denoël, l'assassiné... roublard, doublard s'il en fut, mais extrêmement belge et pratique... à tout prendre, là maintenant cadavre, si je le compare à ce qu'a suivi : joliment regrettable !... deux jours avant qu'on l'assassine je lui ai écrit de Copenhague : « foutez le camp... bon sang ! sauvez-vous !... votre place est pas rue Amélie !... » il est pas parti... les gens m'obéissent jamais... ils se croient parés marles !... grigri à l'oigne !... bon !... à leur aise !... toujours est-il, c'est un fait, jusqu'au moment qu'on l'assassine il a eu beurre à profusion, frometons, poulgoms, truffes... la table ample !... ravitaillerie à volo !... drôlement bien vécu !... par l'Incarnerie des Auteurs !... la révélation de leur Mission !... l'Annonce !... mais gafe !... attention !... je vous préviens !... le truc est magique !... facilement mortel !... vous en grisez pas !... la preuve : Pétain ! la preuve : Laval ! la preuve : Louis XVI ! la preuve : Staline !... vous y allez à fond, tout permis ?... salut !... Denoël à force de faire le Mage d'une province l'autre, de faire incarner celle-ci... celle-là... se sentait plus !... « Bravo ! Tabou ! tout j'ose !... » mais minuit Place des Invalides le truc a rompu ! un nuage, la Lune !... envolés les charmes !... Denoël ce qui l'a fini, ce qui l'a achevé de faire le con, c'est sa collection des « Provinces », les envoûtés folkloriques, les incarneurs en transe de lieux !... chiadeurs en concours : *Moi ! Moi ! Moi !* moi les Cornouailles... moi le Léon !... moi les Charentes !... épileptiques d'incarnation !

Croyez pas si extraordinaire ! « Envoyez Jeanne d'Arc par ici ! » je vous en trouve douze par préfecture !... et colis avec !... et rillettes !... mottes !... wagons de sacs de farineux !... dindes !... gardeuses et troupeaux !...

« Vous êtes retenu pour le Concours !... oh ! que vous incarnez le Cameroun !... » par ici bananes !... les dattes, ananas ! tout l'Empire y arrivait à table... sur sa table !... je vous dis : rien manquait !... on peut dire que le pauvre Denoël avait vraiment bien mis au point la question d'approvisionnement...

Pétain c'était aussi le « J'incarne » ! c'est moi ! Impérial ! si il y croyait ?... oh, là !... il en est mort !... Incarneur total !

De baliverne en baliverne, je vous oublie !... nous en étions à la promenade... enfin, au départ... le Maréchal au pont-levis... Hermilie de Hohenzollern redisparue dans les sous-sols avec sa dame de compagnie... Pétain, Debeney, avancent bon pas, longent le Danube, la berge... la promenade rituelle... tout seuls en avant, et les ministres loin derrière... queue leu leu... boudeurs, nous dirons... la petite foule qu'était là grommelante, attendante, tous les sucs gastriques prêts à tout, avait plus qu'à vider les lieux... ça proteste... oh ! mais pas beaucoup... ça retourne à ses étables, soupentes, au *Fidelis*, à la

forêt... rien à dire !... qu'à se gratter !... ça s'arrache !...
ça part se gratter n'importe où...

Tout au-dessus des nuages la farandole continue !
escadres sur escadres d'R.A.F... et puis qui plongent
vers le Château !... leur repère-balise le Château !... la
boucle du fleuve... c'est là qu'ils tournent du Nord à
l'Est... Munich... Vienne... escadres sur escadres... on
sera pas détruits, le bruit qui court, parce que tout
le Château est retenu par l'Armée Leclerc... il est déjà
à Strasbourg... avec ses fifis et ses nègres... la preuve
ce qu'il arrive !... fuyards, réfugiés, calots comme
ça !... de ce qu'ils ont vu !... les décapitages en série !...
coupe-coupe ! les Sénégalais à Leclerc !... le sang à
flots, plein les ruisseaux !... ce qu'on peut s'attendre
d'un moment l'autre, nous !... ça que les galeux peuvent méditer !... ce qu'ils ont à se dire dans leurs soupentes, les 1 142 « Mandats » !

À bien réfléchir, historique, Pétain, Debeney,
étaient qui dirait, plus en scène... plus rien d'autre
du tout à foutre en scène ! l'acte encore de « l'Empire
Français » !... rideau ! aux Sénégalais ! l'acte sui-
vant !... Pétain fini d'incarner !... la France a marre !
qu'il rentre, qu'on le tue !... la page tourne ! là, il profite qu'il est loin, il a l'air encore de quelque chose,
lui et Debeney, et sa queue leu leu de la promenade...
et qu'ils sont bien sapés les bougres !... chaussures
impeccables... partent d'un bon pas !... la berge du
Danube, ce petit fleuve si violent, si gai, éclabous-
sant, jetant sa mousse jusqu'au haut des arbres... le
fleuve optimiste, d'un immense avenir !... oui mais
l'Armée Leclerc, pas loin... et ses Sénégalais coupe-
coupe... les gens savent pas, presque jamais, qu'on
joue un autre acte, au moment, qu'ils sont de trop !
qu'ils sont plus du tout dans la scène, qu'ils devraient
s'effacer... non ! non !... ils s'entêtent !... ils ont eu le
beau rôle ils le gardent ! à l'éternité !... le Maréchal

et Debeney à leur promenade quotidienne... bords de l'Allier... bords du Danube... promenade et Chef d'État, c'est tout !... nous ce qui nous intéressait, Lili, moi, Bébert, c'était Marion... Marion, les rognures de leurs tables, et les petits pains... en plus, Pétain c'était mieux qu'il m'aperçoive pas... Marion à l'*Information* venait presque en tout dernier de la queue... le Protocole est ainsi, d'abord le glaive ! le glaive : Pétain !... et puis la Justice !... et puis les Finances !... et puis les autres !... les mégotteux, les dits : récents ! les ceux qu'ont pas plus de trois, quatre siècles !... les vrais ministres, les ceux de « poids » doivent remonter à Dagobert !... Justice !... Saint Éloi voilà un ministre !... Marion et son *Information* ? pas cinquante années !... pas regardable ! par exemple pour nous trois Bébert, le seul qui comptait !... il s'agissait donc, pas d'histoires ! de nous adhérer à la promenade, catiminois !... qu'il puisse nous refiler les petits pains et les rognures, sans que personne gafe !... Mattey était pas très élevé dans la procession des promenades... c'était qu'après Sully son rang !... deux cents mètres après la Marine, les amiraux, François Iᵉʳ !... en pardessus noir, Mattey, la gravité « ordonnateur », feutre noir, cent mètres devant nous... « Je vous demande, monsieur Mattey, de faire manger les Français ! »... comme ça qu'il s'était fait recruter Mattey noir vêtu... « Mattey ! labourage ! pâturage ! »... s'il avait foncé !... comme Bichelonne pour les chemins de fer !... « Bichelonne, vous ferez rouler la France ! » maintenant ils avaient plus qu'à suivre... cent mètres avant l'Information, et moi et Lili et Bébert... oh, j'oubliais !... très sinueux, tourmenté, le Danube !... et puis tout d'un coup large ! très large... et plus du tout brisant, mousseux... un grand plan d'eau calme... tout de suite après le pont du chemin de fer... là, les canards nous attendaient... ils attendaient Bébert, plutôt... ils étaient bien une bonne centaine qui nous lâchaient plus !... ramaient dur des pattes, nageaient presque au ras du bord pour bien tout regarder notre Bébert... ah, un autre animal aussi !... je vous oubliais !... l'aigle !... on l'avait aussi !... il venait aussi à cet endroit, mais à distance !... lui pas du tout comme les canards !... très distant !... dans les prés sur le haut d'un très haut poteau, tout seul !... lui était pas à approcher !... non !... l'aigle Hohenzollern !... il nous voyait... on le voyait... il s'envolait pas !... il remuait un petit peu, selon nous, en même temps que nous, de loin... il pivotait sur son poteau... lentement... je crois qu'il regardait surtout Bébert... Bébert le savait... lui, le greffe terrible indépendant, le désobéissant fini, s'il nous collait aux talons !... il se voyait déjà agrippé !... Ce qu'est beau dans le monde animal c'est qu'ils savent sans se dire, tout et tout !... et de très loin ! à vitesse-lumière !... nous avec la tête pleine de mots, effrayant le mal qu'on se donne pour s'emberlificquer en pire ! plus rien savoir !... tout barafouiller, rien saisir !... si on se l'agite ! la grosse nénette.... dégueule !... peut plus !... plus rien passe !... pas un milli d'onde !... tout nous frise !... file !...

Là, l'aigle royal Hohenzollern était le maître de la Forêt et des territoires jusqu'en Suisse... il faisait absolument ce qu'il voulait !... personne pouvait l'intimider... le commandement de la Forêt Noire !... troupeaux, lapins, biches... et les fées... à chaque promenade il était là, même pré, même poteau... il nous aimait certainement pas...

Après mettons deux kilomètres de berge du Danube vous voyiez surgir une silhouette... ça manquait jamais : une silhouette à gestes... signes d'avancer !... ou de reculer !... signes que Pétain avance encore...

ou fasse demi-tour !... on la connaissait ! silhouette !... c'était l'Amiral Corpechot, il avait la garde du Danube, et le commandement de toutes les flottilles jusqu'à la Drave... il voyait venir l'offensive russe : le Maréchal en pleine promenade !... la flotte fluviale russe remonter le Danube !... il était certain !... il s'était nommé lui-même : *Amiral aux Estuaires d'Europe* et *Commandant des deux Berges*... il voyait la flotte russe de Vienne passer la Bavière et prendre le Wurtemberg à rebours !... et Siegmaringen !... forcément ! et toute la « collaboration »... et surtout Pétain !... il voyait Pétain kidnappé !... ficelé fond de cale d'un de ces engins submersibles qu'il avait vu sortir de l'eau !... oui ! lui !... amphibies !... qui pullulaient passé Pest !... Corpechot me racontait tout !... je le soignais pour son emphysème... il avait eu connaissance de tous les plans russes ! matériel et stratégie ! il savait même le fin du fin de leur dispositif aéro-aquo-terrestre, la catapulte par hydrolyse, le système Ader renversé, sous-nautique !... vous dire ce qu'on pouvait s'attendre !... j'étais jamais étonné de voir Corpechot surgir, une berge l'autre, nous faire des signes que la promenade était finie, que les Russes étaient signalés !... pas de surprise pour Pétain non plus... il faisait demi-tour... les ministres avec... vous pensez que ce Corpechot on l'avait arrêté dix fois... vingt fois !... et vingt fois relâché !... plus aucune place dans les Asiles !... plus aucune place d'abord nulle part et pour personne !... fous pas fous !... c'était se planquer n'importe où !... fous !... pas fous... tous les alibis !... tous les combles ! étables... *bunkers !*... arrière-boutiques ! et les salles d'attente des gares... la cohue totale ! des villages entiers sous les trains... à passer la nuit... recroquevillés... et dans la forêt !... des grottes d'où les gens sortaient plus ! venus de tous les coins d'Europe...

Je vous disais que Corpechot s'était promu amiral... il trouvait qu'il avait des titres, bien plus de titres que ceux du Château, amiraux de bureaux, du grand État-Major Darlan !... et d'abord l'article 75 !... décoré de l'article 75 !... pas inventé celui-là... mandat et tout ! très réel ! traqué sérieux !... la preuve comme il était parti !... poil !... le dernier train ! gare de l'Est !... ils y avaient pu piquer que son fils, sa femme, sa belle-sœur... tout ce joli monde à Drancy !... une minute de plus ils l'avaient !... et c'était vrai !... j'avais lu le rapport chez Brinon... et son curriculum exact... il avait été échotier et puis rédacteur en chef du grand hebdomadaire yachtique « Bout dehors ! » vous pouviez parler de lui à Brême, à Enghien ou à l'île de Wight !... on s'inclinait !... il faisait qu'un avec les régates !... « Corpechot l'a dit !... » c'était tout ! l'autorité ! si Doenitz l'avait eu facile !... « Corpechot vous êtes la Marine ! *über alles !...* vous vengerez la France et Dunkerque ! » là-dessus ils s'étaient embrassés... « Trafalgar ! Trafalgar !... » d'où vous le trouviez là, l'article 75 au derrière... et toute sa famille à Drancy... mais qu'il savait plus quoi ni quès !... Corpechot-vous-êtes-la-Marine !... vous pensez qu'il avait fallu qu'il se donne « Corpechot-vous-êtes-la-Marine » ! qu'il mérite !... d'abord à Hambourg... puis à Kiel... puis à Warnemünde... pour Doenitz !... *Kriegsmarine !* d'un camp l'autre !... là alors le coup d'avancement !... « Commandant des Forces du Danube » !... tous les plans d'eau Wurtemberg-Suisse !... et donc la sauvegarde de Pétain, jusqu'où il avait le droit d'aller... pas loin ! pas plus loin !... demi-tour !...

Certes en l'air, le ciel ça allait !... l'Anglais battait de l'aile !... y avait qu'à voir leurs pauvres avions qu'osaient même pas nous bombarder ! intimidés par le Château ! foutus !... mais les Russes ?... leurs sous-marins amphibies ? Corpechot perdait pas de vue le fleuve, la moindre vaguelette : le traître Danube ! le péril russe ! il s'était monté des petits tertres... chaque coude... des sortes de petits séma- phores... des hunes... de là vous pouviez lui parler !... lui raconter la R.A.F. ! vous le faisiez tordre, plier en quatre ! pouffant saugrenu que vous étiez !... les bombes ?... c'est lui qui en éclatait ! « Ah ! par exemple !... ah ! par exemple ! vous regardez que le Ciel ! vous aussi ! pique-la-Lune !... grotesque ! incroyable ! mais c'est par le fleuve qu'ils viendront ! voyons ! regardez !... regardez-le ! Regardez vous- même !... » et il vous passait sa jumelle... sa grosse *Licca*... pas à plaisanter du tout !... « Vous avez rai- son, Amiral !... » personne le contredisait !... sitôt que Pétain l'apercevait, demi-tour !

Comme ça un moment de la fin des régimes per- sonne contredit plus personne... les plus éner- gumènes sont rois... Corpechot, un geste, Pétain, Debeney lui obéissaient... Corpechot couchait à la dure, au fond d'un fourré... un autre... et tout de même il avait de la tenue... absolument impec- cable !... la tenue d'amiral, la très haute casquette... et souliers vernis !... il s'était fait habiller tel, là-haut, au Dépôt, entre deux bombardements... le teint ver- meil, gros nez, grosse panse... double pèlerine !... tenue de « Grand temps » sur l'Océan !... sa *Licca* balançant sur le bide... vous l'auriez trouvé rue Royale, vous vous seriez écrié tout de suite : « Oh ! mais pas d'erreur ! l'Amiral !... il est la Marine !... il incarne !... » pas compliqué, pas difficile, les vrais authentiques et les dingues... la seule différence... l'endroit qu'ils se trouvent !... Rue Royale ou sur les bords du Danube... vingt fois... cent fois !... Pétain avait fait écrire à Abetz que ce Corpechot était de trop ! amiral ou pas ! qu'il en avait assez des siens !...

tous les étages... ministres et cadres supérieurs !...
qu'on l'espionnait à la promenade !... Abetz y pouvait
zéro ! au moment où tout fout le camp c'est plus qu'à
regarder et se taire... Vichy, le nonce du Pape... Cor-
pechot-Danube... pas contredire !... trouiller le chan-
gement d'acte, tenir la scène encore un peu... le
moment que tourne la page !... Deloncle ?... Swo-
boda ?... ou Brinon ? ou Navachine ? avec mitraillette
ou sans... ou Juanovici ?... Staline ? ou Pétain ?... ou
Gourion ? le commandement de Corpechot qui
compte !... tous, demi-tour !... toute la Maison Militaire... et la queue leu leu des Ministres... et les
autres huiles... et nous quatre, Marion, Lili, moi,
Bébert... il s'agissait pas que la flotte nous coiffe
avant le grand pont !... le « triple-voie-portées-métal-
liques »... finie la promenade !... retour au Château... atteindre le grand pont !... même berge, sens
inverse... les derniers deviennent les premiers ! demi-
tour ! demi-tour !... les chefs de Partis en avant !...
Bucard et ses hommes... Sabiani ses hommes... Bout
de l'An et ses hommes... je note à propos, qu'Hérold
Paquis, aussi menteur éhonté que Tartre, a jamais
foutu les pieds à Siegmaringen, il est resté 70 bornes
sur son île, bouffer ses conserves... il a jamais rien
vu du tout... sauf son casier judiciaire... Doriot est
jamais venu non plus... on a jamais vu que sa voiture, criblée, dentelée... ce que c'est d'être sorti de
Constance !... la bonne vie, sauf la gale... la gale
comme nous plus que nous !... pour la question de la
promenade, Déat en a jamais été... géant de la pensée politique il préférait partir tout seul au fond des
bois... il frayait peu... il préférait... il mettait au point
un certain programme de l'« Europe Burgonde et
Française », avec élections primo-majoro-pluri-diffé-
rées... il méditait...

De réfléchir, méditer ainsi, je pense au Noguarès...

qu'est-ce qu'il vient foutre écrire de Siegmaringen ? l'avait qu'à venir ! satané le pompeux clancul ! qu'il s'en gardait comme chier au lit !... pas plus vous avez vu Chariot descendre en tranchée, bazouka en poigne, refouler les tanks fritz !... rusés matous !... « gratuits » tous !... jamais payeurs !... putains de festivals !... que je les verrais tous, durs purs sûrs, à la terrasse des « Trois Magots »... signer leurs portraits avec le sang d'admirateurs... milliards cocus !...

Tout ça, je m'enfièvre !... en fait de méditer ! je vous laisse le Philippe en panne !... je vous racontais... demi-tour ! le retour au Château... nous du coup on passait en tête avec Marion l'*Information*... enfin presque en tête juste derrière les Chefs de Partis... ce demi-tour a donné un jour une bonne rigolade... j'ai pas eu encore l'occasion de vous faire beaucoup rire... au pont métallique du « chemin de fer » toute la caravane s'arrête pile !... sous la première arche !... oh ! pas pour l'alerte ! c'était l'alerte perpétuelle... les sirènes finissaient pas... mais la R.A.F. cherchait le pont... juste le pont ! au moment précis !... pas du mirage !... ils lâchaient tous leurs chapelets de bombes au-dessus du pont, à pic ! tout à trac !... trois quatre avions à la fois... comment ils faisaient pour le louper ?... leurs chapelets de bombes faisaient geysers ! le Danube en bouillait ! et de ces éclaboussements de vase !... et dans les labours !... trois... quatre kilomètres dans les champs !... nous on était pressés sous l'arche, agglomérés contre l'énorme pilier granit... c'était l'occasion de pisser, tous les ministres, et les Partis, et le Maréchal... je connaissais tous leurs prostates... certains avaient des gros besoins... pour ça, plus commode, les buissons !... les voilà partis aux taillis... au moment, j'ai le souvenir exact, arrive dans l'autre sens, tout un détachement de prisonniers, avec leurs

gardes, des *landsturm*... prisonniers et « territo-
riaux » pas plus nerveux les uns que les autres... prisonniers russes et vieux boches... si las !... si las !...
aussi maigres les uns que les autres, traînant la gui-
bole... et aussi en loques !... les fritz, à fusil, les
autres, sans... vers où ils allaient ?... quelque part !...
on leur a demandé... ils comprenaient rien... ils
entendaient même pas les bombes... alors, pensez !
nous, nos questions !... ils allaient la même berge que
nous, c'est tout... sens inverse...

Bridoux a eu fini de pisser... il se l'est secouée...
bien secouée ! et il a dit : « Agissons, messieurs ! Agissons ! » agir quoi ?... il a donné son idée... « qu'on
s'égaille ! »... principe de la Cavalerie !... « en fourrageurs » !... tous en « fourrageurs »... combien on était
là sous l'arche, tassés contre la pile ?... à peu près
trente... je voyais que Bridoux avait raison, les
bombes arrivaient plus proches... plus proches...
elles moucheraient le pont, bientôt... quand même !...
ça finirait cette maladresse !... nous là tout le groupe
bien hésitants... ministres, Partis, flics franco-
boches, pas chauds pour les « fourrageurs » !... on
pouvait toujours suivre les Russes... les prisonniers
branquillonnants... certes ! ils devaient aller quelque
part ?... ils devaient avoir une idée ?... ils disaient
rien... à travers champs... suivre les prisonniers... là,
je dois vous noter un fait, Mme Rémusat et sa fille
gisaient dans la vase, à même la vase, à plat ventre...
la vase de la berge... un cratère de bombe... elles
étaient venues aux pissenlits... toutes couvertes de
boue elles étaient !... une épaisseur !... elles avaient
eu extrêmement peur, certainement... elles bou-
geaient plus... mortes ou pas mortes... peut-être ?...
toujours, elles étaient à plat ventre !... j'ai jamais eu
de leurs nouvelles... elles demeuraient à l'autre bout
du bourg... je vous disais les prisonniers russes et

leurs gardes *landsturm* s'éloignaient à travers les champs... ils nous avaient même pas regardés... les bombes leur tombaient pas loin... si fatigués, si somnambules, ils avaient l'air qu'ils pouvaient plus s'arrêter... les bombes leur arrivaient autour, presque dessus !... sur nous aussi ! fichtre !... le carrousel dans l'air !... ce qu'ils voulaient, pas sorcier, c'était crouler le pont !... le pont de tout le trafic Ulm-Roumanie... percuter !... nous en plein dessous !... Pétain et la procession ! Mimis ! ils finiraient par viser juste !... tout le pont sur le rab ! oh ! la tripaille, ferraille, madame !... maladroits têtus !... ronds dans l'eau !... je regardais Mme Rémusat et sa fille à la cueillette aux pissenlits... plat ventre !... les ministres se reculottaient... ils parlaient tous à la fois... y avait des « pour »... y avait des « contre »... avancer ? ensemble ?... ou prendre l'autre berge ?... les généraux, les amiraux, décidaient en « fourrageurs » ? ou queue leu leu ? rattraper les prisonniers russes ? alors à travers les luzernes ? si on restait là, une chose sûre, nos têtes, qu'on prendrait le pont ! totalité ! leurs bombes éclataient presque sur nous ! plein le Danube !... amont ! aval !... ils rectifiaient !... de ces formidables levées de vase ! tombereaux devant nous... de ces cratères dans les berges ! *vrong !* *vlaaf !*... soufflés, plaqués contre la pile !... ministres, généraux et les gardes... et moi et Lili et Bébert... au moment là vraiment tragique Pétain qu'avait encore rien dit... l'a dit !... « En avant ! » et montré où il voulait ! « En avant ! »... sa canne ! « En avant ! »... qu'on sorte tous de dessous l'arche ! qu'on le suive ! « En avant ! »... que ça se reculotte !... « En avant ! »... lui-même avec Debeney, dehors ! oh ! sans aucune hâte... très dignes ! direction : le Château !... qu'on s'est replacés la queue leu leu... tous les ministres et les Partis... les bombes continuaient d'attaquer le pont... nous, nous autres, notre queue leu leu ça a été rafales sur rafales !... jusqu'au Château !... à la mitrailleuse... c'est bien sur nous qu'ils tiraient !... mais ils tiraient mal !... je voyais les rafales ricocher... sur l'herbe !... sur l'eau !... les herbes sauter, fauchées !... ils tiraient comme des cochons !... la preuve, personne fut touché !... et ils passaient au ras du fleuve !... Pétain parlait avec Debeney... ils allaient leur pas, absolument sans se presser... les ministres non plus... sur au moins deux kilomètres... la ribambelle a pas dévié d'un centimètre... je vois encore Bichelonne, devant nous... il boquillonnait dur, Bichelonne... c'était avant qu'on l'opère... il avait plus beaucoup de temps à boquillonner... il est mort de l'opération, il a voulu se faire opérer à Hohenlynchen, là-haut, Prusse-Orientale, je vous raconterai... pour le moment je suis à Pétain... le retour au Château... le chef en tête... et sous les rafales !... et toute la queue leu leu de ministres généraux amiraux... bien rajustés reboutonnés... très dignes... et à distance !... j'insiste parce que question de Pétain on a raconté qu'il était devenu si gâteux qu'il entendait plus les bombes ni les sirènes, qu'il prenait les militaires fritz pour ses propres gardes de Vichy... qu'il prenait Brinon pour le Nonce... je peux rétablir la vérité, je peux dire moi qu'il détestait, je parle en parfaite indépendance, qu'il aurait pas pris le commandement au moment du pont, fait démarrer la procession, personne réchappait ! elle aurait jamais eu lieu l'Haute-Cour ! le Noguarès non plus ! j'ai vu, moi je peux le dire, le Maréchal sauver l'Haute-Cour !... sans lui, sans sa froide décision, jamais un serait sorti de sous l'arche !... pas un ministre pas un général !... ni des fourrés ! c'était la fin ! sans réquisitoires ! et sans verdicts ! bouillie totale ! pas besoin d'île d'Yeu non plus !... la décision à Pétain qu'a fait sortir tout le monde de sous l'arche !... comme c'est le caractère à Pétain qui fit remonter l'armée en ligne au moment de 17... je peux parler de lui bien librement, il m'exécrait... je vois encore les balles tout autour... la berge, le halage, criblés !... surtout autour de Pétain !... il voyait, s'il entendait pas !... tout le parcours jusqu'au pont-levis !... giclées sur giclées !... ah ! pas un mot !... ni lui, ni Debeney... parfaitement dignes... et le plus drôle : pas un seul touché !... ni Lili, ni moi, ni Bébert, ni Marion !... au pont-levis, arrêt, salut !... dispersion ! personne attendait plus rien ! chacun chez soi !... les R.A.F. tiraillaient plus... remontés au Ciel ! nous, Lili, Bébert, avions plus qu'à quitter Marion... mais moi quatre petits pains en fouille !...

Ma consultation !... c'était l'heure ! au premier étage du *Löwen*, au n° 11, notre taudis... je dis : taudis !... oui !... deux paillasses... et quelles !... j'en ai vu d'autres, certes !... bien d'autres !... on se dit donc : au revoir... on s'embrasse avec Marion... qu'on était pas certains de se revoir !... jamais !... lui avait sa chambre au Château, au troisième étage, la plus petite chambre !... je vous ai dit, pour le Protocole, l'*Information*, c'était infime... Marion, mettons chez Dagobert, à Clichy-sur-Seine, aurait pas eu un escabeau !... si vous voulez pas vous tromper pensez toujours à saint Éloy !... toutes les impostures commencent à l'an 1000 ! la jean-foutrerie s'étale !... Excellences patatipata !... guignols ! plus aucune préséance sérieuse !... moi là toujours une chose sérieuse, pas jean-foutre, ma consultation !... comment nous étions installés, je vous raconterai... vous pourrez aller vous rendre compte... j'ai lu bien des reportages ci !... là !... sur Siegmaringen... tout illusoires ou tendancieux... traviols, similis, faux-fuyards, foireux... que diantre !... ils y étaient pas,

aucun! au moment qu'il aurait fallu!... je vous parle
énormément de W.-C... particulièrement ceux du
«Löwen»... c'est qu'on était sur le même palier, la
porte en face, et qu'ils désemplissaient pas! tous les
gens de Siegmaringen, de la brasserie, et des hôtels,
venaient aboutir là, forcément... la porte en face!...
tout le vestibule, tout l'escalier étaient bourrés jour
et nuit de personnes à bout, injurieuses, râlantes que
c'était la honte!... qu'ils en avaient assez de souffrir!... qu'ils faisaient sous eux!... qu'ils pouvaient
plus!... et c'était vrai : tout l'escalier dégoulinait!...
et notre couloir, donc! et notre chambre! vous pouvez pas plus laxatif que le *Stamgericht*, raves et
choux rouges... *Stamgericht* plus la bière aigre... à
plus quitter les W.-C.!... jamais! vous pensez tout
notre vestibule grondant pétant de gens qui n'en
pouvaient plus!... et les odeurs!... les gogs refoulaient! il va de soi!... ils arrêtaient pas d'être bou-
chés!... les gens entraient à trois... à quatre!...
hommes, femmes... enfants... n'importe comment!...
ils se faisaient sortir par les pieds, extirper de vive
force!... qu'ils accaparaient la lunette!... «ils rêvent!
ils rêvent!...» si ça mugissait!... le couloir, la brasserie, et la rue!... et que tout ce monde se grattait en
plus... et se passait, repassait la gale et morpions...
et mes malades!... méli-mélo... qu'ils y allaient forcément aussi pisser sur les autres et partout! il était
vivant notre couloir!... aussi des gens pour von
Raumnitz... je vous expliquerai von Raumnitz... une
autre affluence, pour son bureau, un de ses bureaux,
l'étage au-dessus... ceux-là allaient aussi aux gogs la
porte en face... le moment le plus magique c'était
tous les jours quand les gogs n'en pouvaient plus...
vers huit heures du soir... qu'ils éclataient! la bombe
de merde!... du trop-plein du tréfonds!... tous les
soulagements de la brasserie de la veille et du jour!...

alors un geyser plein le couloir !... et notre chambre ! et en cascade plein l'escalier !... vous parlez d'un sauve-qui-peut !... mêlée-pancrace dans la matière ! tous à la rue !... c'était le moment Herr Frucht s'amenait ! tenancier du *Löwen !* Herr Frucht et son jonc !... il avait vraiment tout tenté pour sauver ses gogs... mais aussi responsable lui-même !... c'était lui le tôlier, la tambouille aux raves ! lui la brasserie ! le restaurateur !... cinq mille *Stamgericht* par jour ! pas être surpris que les lieux débordent ! Herr Frucht montait avec son jonc ! touillait ! retouillait ! refaisait fonctionner la tinette !... et replaçait un autre cadenas... vissait !... vissait !... que plus personne puisse ouvrir ! basta ! deux minutes qu'il était parti ses chiottes étaient re-re-pleins ! les gens à se battre ! et plein le vestibule !... Herr Frucht, qu'était pas Sisyphe, avait beau jurer « Teufel ! Donner ! Maria ! » ses clients du Stamgericht y auraient plus qu'inondé sa tôle ! submergée sous des torrents de raves ! s'il avait coincé sa lunette, vraiment empêché les clients ! cimenté le trou !... il menaçait mais il n'osait pas...

Nous toujours au 11 on pataugeait ! j'insiste pas... on s'y fait et il fallait !... ce qu'était à craindre, ce que je craignais, pire que cet inconvénient, c'est qu'on nous expulse !... nous expulse à la manière boche, c'est-à-dire perfide, raisonnable, « pour le confort général ! »... que pour les malades c'était mieux que je déménage... que je consulte ailleurs... etc., etc. trop de tohu-bohu !... toutes sortes de raisons que je décampe... bruits ? bruits ? bruits ?... j'en ai entendu bien d'autres !... croyez !

Question de ce très large vestibule, je vous explique (très bas de plafond, je précise) y avait pas que ma consultation ... et les clients aux cabinets... y avait les clients de von Raumnitz... Baron Commandant von Raumnitz... la chambre juste au-dessus de la nôtre... n° 26... je vous reparlerai de ce von Raumnitz... je digresse encore... à vous balader je vais vous perdre !... je veux trop vous montrer à la fois !... j'ai l'excuse de ceci... cela !... d'une certaine précipitation... Nous avons quitté le Maréchal... le pont-levis rabaissé... nous remontons nous, au *Löwen*... je vous fraye un passage... il faut !... la cohue d'abord, du trottoir... puis du vestibule !... une vraie foule qui veut faire pipi... y en a partout !... j'écarte... j'écarte... et je tape dans notre porte : le 11 ! notre cagna...

Il faut beaucoup pour me surprendre mais tout de même là je regarde deux fois !... sur ma propre paillasse, celle de droite, un homme étendu, tout débraillé, déboutonné, et qui dégueule et qui râle... et au-dessus à califourchon, un chirurgien !... enfin un homme en blouse blanche et qui s'apprête à l'opérer de force trois, quatre bistouris à la main !... le miroir frontal, les compresses, les pinces !... aucun doute !... derrière lui, plein dans la gadoue, l'urine, son infirmière !... blouse blanche aussi !... et grosses boîtes métalliques sous le bras...

« Qu'est-ce que vous faites ? »

Je demande !... j'ai le droit ! en plus que celui du dessous hurle !...

« Docteur ! Docteur ! sauvez-moi !

— De quoi ?... de quoi ?

— C'est vous que je venais voir Docteur ! les Sénégalais ! les Sénégalais !

— Alors ?... alors ?

— Ils ont coupé toutes les têtes !

— Celui-là est pas Sénégalais ?...

— Il veut commencer par l'oreille !... c'est vous que je venais voir Docteur !

— Il est pas Sénégalais lui ?

— Non !... non !... c'est un fou !...

— Vous venez d'où, vous ?

— De Strasbourg, Docteur ! je suis garagiste à Strasbourg ! ils ont coupé toutes les têtes !... ils viennent !... ils viennent ! je suis garagiste ! j'ai soif Docteur !... faites-le lever Docteur ! il m'étrangle !... il va me mettre son couteau dans l'œil !... faites-le lever, Docteur ! »

C'était une situation... toujours avec ses bistouris, fou pas fou, c'était vraiment mieux et tout de suite que la police lui demande ses papiers !... et qu'elle foute tout le monde à la rue, la police !... tout le monde toute la rue s'était engouffré dans la chambre ! dans le couloir, les gogs, avec le dingue et l'infirmière !... jamais j'y arriverais, moi seul faire vider les lieux !... déjà la piaule, nos deux grabats, la cuvette, vous étiez coincé !... la foule en plus !

Moi question de l'ordre, c'était Brinon ! je dépendais de lui... c'était que j'y aille !... c'était lui de prévenir la police !... une des polices ! et que c'était un foutu désordre, tout le Löwen, les gogs et le couloir ! je me tâte pas longtemps dans les circonstances délicates... le chirurgien fou, l'autre sous lui... qui beugle !... c'était pas à atermoyer ! déjà Lili avait remis Bébert dans son sac... jamais l'un sans l'autre !... elle m'attendait chez Mme Mitre... j'irai voir Brinon tout seul... Mme Mitre dirigeait l'administration... vraiment la personne de très grand cœur et de très grand tact... vous pouviez parler avec elle... c'est elle qui devait répondre ceci... cela... aux dix mille... cent mille plaintes par jour !... vous pensez si ça se plaignait 1 142 à mandats ! et femmes et enfants !... de tout ! et pour tout ! et les « travailleurs en Allemagne » et les quarante-six sortes d'espions ! et la moucharderie générale !... qu'on arrête tel !... telle !... et Laval !... et Bridoux !... vite !... Brinon !... et moi-même ! et Bébert ! l'exil, marmite des dénonciations ! bouille ! bouille !... qu'est-ce qu'ils ont dû avoir à Londres !... mettez dix ans de Londres, il en revenait pas un, pendus !... centuple les dénonciations !... surtout les condamnés à mort ! la toute si pauvre suinteuse calebombe qui vous cligne au fond d'un grenier... vous grattez pas !... c'est tel ! tel condamné à mort, qui sue tremble trempe à griffonner mille mille horreurs sur tel et tel autre paria, voué à la torture saligaud ! tant plus le dénoncer aux fritz ! à la Bibici ! à Hitler ! au Diable ! ah ! que Tartre m'appert puéril morvaillon raté tout pour tout !... là je vous parle de vrais incarnés délateurs ! la tête déjà sous le couperet ! les conditions, une fois par siècle !... saluez !... complots ? des complots à remuer à la pelle ! plein la Milice !... plein le *Fidelis* !... l'*Intelligence Service* partout ! quatre postes émetteurs nuit et jour sur tout ce qui se passait ! là ! là... vous pouviez très bien les entendre... au *Prinzenbau* même ! (notre mairie)... nos noms... prénoms... faits... gestes... intentions... minute par minute... douze douzaines de férues bignolles, perroquettes, blanquettes, bien agrippées à nos couilles, auraient pas fait mieux, pas donné des pires ragots ! je dis !... on savait ! mais la vie est un élan qu'il faut faire semblant d'y croire... comme si rien était... plus oultre ! plus oultre ! moi je devais recevoir au « 11 »... mes 25... 50 malades ! leur donner ce que je pouvais pas... pommade au soufre qui venait jamais... gonacrine, pénicilline que Richter devait recevoir... qu'il recevait jamais ! la vie c'est l'élan... et de se taire !... dans une occasion, plus tard, j'ai pratiqué à Rostock, Baltique, avec un confrère, le Docteur Proséidon, qui revenait du Paradis de l'Est... il avait la grande habitude... le visage qu'il faut avoir dans les États vraiment sérieux... l'expression de jamais plus penser !... jamais plus rien !... « Même si vous ne dites rien, ça se voit !... habituez-vous à rien penser ! » l'admirable confrère ! qu'est-il devenu ?... il voyait le Paradis partout ! « Si Hitler tombe, vous n'y coupez pas ! » parole d'un fort intellectuel : « L'Europe sera républicaine ou cosaque ! »... elle sera les deux, foutre ! et chinoise !

Bien ! bien ! vous me demandez rien ! je vous dis ce que je pense !... mettez le Gazier en cosaque... les toubibs muets ! leurs mémères muettes !... mon confrère Proséidon était resté là-bas quinze ans... au Paradis... « Pendant quinze ans j'ai "ordonné", prescrit... pendant quinze ans mes malades ont porté mes ordonnances au pharmacien... ils sont toujours revenus bredouilles... il avait pas !... oh ! sans protester ! pas un mot !... les malades non plus... pas un mot !... moi non plus... pas un mot !... » quand M. Gazier, cosaque, saura vraiment tout son métier, il y aura plus un mot à dire... nous là à Siegmaringen on était pas encore au point... on avait encore des idées... des sortes d'espèces de prétentions... je protestais pour la gale, le soufre que j'aurais dû avoir... comme Herr Frucht pour ses cabinets, qu'ils auraient dû fonctionner... je manquais encore beaucoup de dressage ! Herr Frucht est mort fou, plus tard... plus tard...

Zut ! à ma chambre !... le chirurgien hurluberlu et sa victime hurlant sous lui... m'appelant : au secours ! il fallait tout de même que j'avise ! qu'on me déblaie ma piaule ! je dis à Lili : « assez de scandale ! au Château ! »... j'emmène Lili... Lili-Bébert... j'avais la carte permanente... « priorité à toute heure » j'avoue !... priorité !... par la poterne sous la voûte... et la pente creusée en plein roc !... vous auriez vu un peu cette voûte !... splendide montée cavalière... vers la Cour-Haute !... la Salle des Trophées ... toute la voûte, hauteur de Lances ! vous

y auriez vu monter, facile, trois... quatre esca-
drons botte à botte ! l'ampleur d'une époque... et
Croisades ! de cette Cour-Haute, tout de suite à
droite, l'antichambre Brinon... je laisse Lili chez
Mme Mitre, et je serre la main du planton, soldat de
France ! un vrai ! oui ! oui !... à fourragère !... tout !...
et même médaillé militaire... comme moi !... toc !...
toc ! il frappe, il va m'annoncer, je veux parler à
M. de Brinon !... je suis reçu tout de suite... il est là
comme je l'ai connu place Beauvau... et le même
bureau à peu près... peut-être pas tout à fait aussi
grand... moins de téléphones... mais la même tête, la
même expression, le même profil... je lui parle, je lui
dis très respectueusement qu'il pourrait peut-être ?...
etc. etc. mon Dieu ! mon Dieu ! il savait déjà !... et
bien d'autres choses !... les gens en place lisent tant
de rapports ! et reçoivent au moins cent bourriques
par jour ! vous pouvez rien leur apprendre !... Sar-
tine !... Louis XIV ! il savait tout ce qu'on disait de
lui, Brinon... qu'il était M. Cohen... pas plus de Brinon que de beurre au chose !... pas plus que Nasser
est Nasser !... petites devinettes pour assiettes !... que
sa femme Sarah lui dictait toute sa politique... et par
téléphone... dix fois par jour, de Constance ! tous
les agoniques s'en marraient ! tout le *Fidelis* ! et les
tables d'écoute des bunkers... toutes les polices !...
et Radio-London !... tout !... il savait, et il me regardait que je savais... à un moment, y a plus de
secrets... y a plus que des polices qu'en fabri-
quent... Moi je venais lui parler de notre chambre,
qu'il serait bien aimable de faire envoyer un petit
renfort d'un peu de gendarmes ! que je pouvais
plus recevoir personne... que mon lit était occupé...
que tout l'hôtel était archi-comble !... que c'était un
désordre extrême !... je lui donne les détails sur le
dingue et son infirmière...

195

Brinon était d'assez sombre nature, d'expression... dissimulé... une sorte d'animal des cavernes (X dixit)... à son bureau il répondait presque plus... il était pas sot... j'ai toujours eu l'impression qu'il savait très exactement que tout était plus que la chienlit, question de jours...

« Oh ! vous savez, un médecin fou !... il est pas le seul !... pas le seul, Docteur !... nous savons que sur nos douze médecins soi-disant français, soi-disant réfugiés français, dix sont fous... fous bien fous, repérés échappés des asiles... en plus écoutez-moi, Docteur ! Berlin nous envoie, vous allez recevoir, le "Privat-Professor" Vernier, "Directeur des Services Sanitaires Français"... je sais moi, aucune surprise, ma femme me l'a téléphoné, que ce Vernier est un Tchèque... et qu'il a servi d'espion à l'Allemagne pendant dix-sept ans !... à Rouen d'abord... puis à Annemasse... puis au *Journal Officiel*... livreur... voilà le dossier !... voilà sa photo !... voilà ses empreintes !... de ce jour, il est votre chef, Docteur ! votre chef ! ordre de Berlin !... pour celui qui vous embarrasse, dans votre chambre, adressez-vous au-dessus chez vous !... voyons ! à Raumnitz ! vous le soignez, Raumnitz ! vous le connaissez !... si il veut agir ! moi vous savez la police de Siegmaringen... toutes les polices ! »

Il avait plus du tout envie de se mêler de rien, Brinon... ni pour la gale... ni pour les chancres... ni pour mes tuberculeuses... ni pour les mômes de Cissen qu'on faisait mourir à la carotte... ni contre mon dingue chirurgien... il comme jouissait de plus rien faire...

« Ah ! Docteur ! une chose ! une nouvelle ! vous êtes condamné à mort par le "Comité de Plauen !" voici votre jugement !... »

De son sous-main il me sort un « faire-part » le

même format, même libellé... comme j'en recevais tant à Montmartre... mêmes motifs... « traître, vendu, pornographe, youdophage... » mais au lieu de « vendu aux boches »... « vendu à l'Intelligence Service »... s'il y a quelque chose de fastidieux c'est les « terribles accusations »... rabâchis pires que les amours !... je vois encore plus tard, en prison, au Danemark... et par l'Ambassade de France... et par les journaux scandinaves... pas de mal à la tête !... simplement : « le monstre et vendu le pire de plus pire ! qui dépasse les mots !... que la plume éclate !... » sempiternels forfaits de monstre : vendeur de ceci !... de cela !... de toute la Ligne Maginot ! les caleçons des troupes et cacas ! généraux avec ! toute la flotte, la rade de Toulon ! le goulet de Brest ! les bouées et les mines !... grand bazardeur de la Patrie ! question des « collabos » féroces ou « fifis » atroces épurateurs de ci... de ça... une chose, c'est qu'à Londres, Montmartre, Vichy, Brazzaville, c'était méchants douteux partout ! flicaille Compano !... super-nazi de l'Europe nouvelle ou Comité de Londres ou de Picpus ! gafe ! en quart tous de vous foutre à la broche ! hachis ! paupiette !

Cette manie d'échapper toujours... de vous laisser en panne... où ai-je la tête ?... je vous disais que Brinon tenait pas à intervenir dans cette affaire du maboul... que j'avais qu'aller voir Raumnitz !... je tenais pas beaucoup... mais enfin !... ça devait être du joli dans notre chambre, actuellement !... d'abord aller voir Mme Mitre !... et rechercher Lili !... il faut bien que je vous décrive l'appartement de Mme Mitre... il valait la peine !... un ensemble de gros et petits meubles, consoles, guéridons, bois tournés, torsades, fignoleries, gorgones, chimères, à faire rêver la Salle des Ventes, rendre dingue toute une « rive gauche » d'antiquaires ! et pas en toc ! que

du parfait « Second Empire » !... vitraux ! baldaquins ! de ces « causeuses » avec poufs !... sofas
circulaires à plantes vertes ! baignoire cuivre cise-
lé, à ramages frou-frous... poudreuse aussi à gros
frou-frous, à volants, de quoi dessous cacher vingt
hussards... comme tables, des monuments de sculp-
tures !... dragons en colère ! et les Muses ! toutes !
les Princes avaient ravagé là, à leur époque, toute
la rue de Provence, les rues Lafayette et Saint-
Honoré... vous trouverez encore peut-être ?... de
pareils ensembles à Compiègne chez l'Impératrice... à Guernesey chez Victor Hugo... ou à Épinay
pour *La Dame aux Camélias*... peut-être ?... Lili,
Mme Mitre font salon... Lili se plaisait bien dans ce
décor « Impératrice »... toutes les femmes !... je pouvais pas lui en vouloir... le *Löwen*, notre couloir,
notre grabat, et en plus le fou !... c'était beaucoup
pour une femme, même bien courageuse, comme
Lili... des fenêtres de chez Mme Mitre vous voyiez
tout Siegmaringen, tous les toits du bourg, et la
forêt... on comprend la vie de Château... la vue de là-
haut et de loin... le détachement des seigneurs... la
grande beauté de pas être vilains... parmi ! nous on
était !... et plus que pire !... je parle à Mme Mitre de
l'hôtel, de nos difficultés de la chambre, et le bouquet !... du fou en train d'opérer ! certes elle comprend bien que je me plaigne... mais !... mais !...
« L'Ambassadeur ne peut plus rien, Docteur !... les
polices ne peuvent plus rien !... il ne vous a pas tout
dit, Docteur ! vous savez comme il est discret ! vous
ne savez pas tout, allez !... huit faux évêques à
Fulda !... soi-disant français, et qui demandent tous
à venir ici, au Château !... trois astronomes à Pots-
dam !... soi-disant français ! onze "sœurs des pauvres"
à Munich... six faux amiraux à Kehl !... qui demandent aussi à être reçus !... hier tout un Couvent

d'Hindoues qui venaient soi-disant des Comptoirs...
avec cinquante petites cashemires, violées soi-
disant, bientôt mères... à recevoir ici aussi !... des
petites filles !... ou au *Löwen* !... ou à Cissen !... plus
trois Mongols persécutés ! »

Ça faisait beaucoup, évidemment...

« Vous n'êtes pas persécuté, vous Docteur ?

— Oh si ! oh si ! très ! madame Mitre !

— Et l'Ambassadeur donc Docteur ! et Abetz, Docteur ! si vous saviez ! les dénonciations !... combien
vous pensez ?

— Je ne sais pas... beaucoup !

— Hier, trois cents !... sur Laval ! sur nous-
mêmes !...

— Je me doute !

— Trois rapports hier ! devinez sur qui ?

— Sur tout le monde !

— Pas que sur tout le monde ! sur Corpechot !... et
un rapport de Berlin !... qu'ils l'avaient vu à Berlin !

— Oh ! madame, voilà du mensonge ! Corpechot
ne quitte pas le Danube... il a la garde du Danube !...
il est pas homme à déserter ! je me porte garant !

— Tout de même il faut que nous répondions !...
la Chancellerie ! voulez-vous m'écrire un mot ?

— Oui ! oui ! madame Mitre... là ! là ! tout de
suite !... que Corpechot fugue pas ! pas du tout !

— Ah ! cher Docteur !...

— Embrasse Mme Mitre, Lili ! et allons-nous-
en !... Bébert ! Bébert !

Bébert, le mot qu'elle se décide... qui la fait lever...
« Bébert » veut dire qu'on passe d'abord chez le *Landrat* chercher ses rognures... le *Landrat* c'est l'autre
bout de la grand-rue... je vous raconterai... d'abord
ce que c'est qu'un *Landrat* ?... genre de fonctionnaire
entre « maire et sous-préfet »... je soignais sa cuisinière... dyspepsie... très bonne maison, très bonne

bourgeoisie de la très belle époque... chez le Landrat aussi, locataire, j'avais la mère d'un ministre, 96 ans... ma plus vieille malade... quel bel esprit ! finesse ! mémoire ! Christine de Pisan ! Louise Labé !... Marceline ! elle m'a tout dit, tout ! récité ! comme je l'aimais bien !

> *Seulette, je suis demeurée !*
> *Seulette suis !*

Comme elle disait bien !

Je pouvais penser, moi là, même tout à fait suant et fiévreux, que ce coup de froid du quai, cet accès, durerait pas des mois... va foutre ! je secouais, ridicule, de pire en pire... ruisselais... à tordre j'étais, plein le plumard... pourtant appliqué à écrire... tant bien que mal... je suis pas l'homme à discuter les conditions du travail... foutre !... c'est des trucs d'après 1900 les discuteries au travail... « le ferai-je maman ? »... vous étiez né fainéant maquereau... ou travailleur !... tout l'un tout l'autre !... moi là secouant le page, mettons... mettons que je me remette quand même au labeur...

« Bon Dieu pourvu que ce soit personne ! »

Des bruits à côté !... les chiens aussi !... *wouaf* !... c'est la hantise en vieillissant, qu'on vous laisse tranquille, absolu !... mais zut !... Lili parle à quelqu'un... une femme... la porte est fermée mais j'entends... j'écoute... il s'agit de Mme Niçois... une voisine... Mme Niçois a froid chez elle... il paraît... elle se plaint... « qu'est-ce que je peux faire ?... » question de la voisine... j'hurle...

« L'ambulance ! Versailles ! l'hôpital !... téléphone Lili ! téléphone !... »

Du coup la porte ouvre !... Lili, la voisine, entrent

me voir... ce que je voulais pas !... précisément pas !...
je me renfonce sous les couvertures... sous le mon-
ticule des pardessus... je sais plus combien de
pardessus ! je suis pauvre en tout mais foutre !
punaise ! pas en pardessus ! ce que les gens qui
vous voient misère vous envient d'abord et tant qu'ils
peuvent... des pardessus ! ils ont toujours trop de par-
dessus !... oh ! « des plus à mettre », à la trame ! vous
pouvez plus sortir avec, mais sur votre lit, et dans la
fièvre, vous les trouvez joliment bien ! pas exagérés
du tout !... chauffage central qui coûte pas cher... le
nôtre, au gaz, me donne tant de mal !... la ruine !...

Lili et la voisine sortent... j'ai pas rien dit !... pas
un mot... qu'elles téléphonent !... Versailles ! l'ambulance !... non ! je dérangerai pas Tailhefer !... elle sera
pas mal à Versailles, l'hôpital est très bien chauffé...
elle sera mieux que chez elle... peut-être aussi ?... je
réfléchis... que lui ayant parlé de revenants, des olibris de *La Publique* elle veut plus rester chez elle ?...
vous êtes toujours à vous tâter avec les malades...
vous avez trop dit ? pas assez ?...

Moi toujours pour les boniments, les efforceries
de nénette, en plus de ceux pour les malades, j'ai
ceux pour Achille... 900... 1 000 pages !... ou pour
Gertrut ! tout aussi escroqueurs l'un que l'autre !...
que je voudrais les voir là devant moi se dépecer à
vif ! se passer des dagues tort et travers ! se tourner
gibelottes !... mais ouiche ! beau foutre !... trouilleux
escarpes s'éventrent pas !... Loukoum moins que
tous ! vagineux vide !... à travers tout ce monde et
l'autre, vous trouverez pas plus exigeant banc de
squales !... à râteliers... nageoires nylon !... et de ces
limousines, comme ça !... tout gorgés sang des scri-
bouilleurs ! ce qu'ils m'ont pompé moi comme litres !
je le dis !... je le sais !

Je sais plus !... zut !...

Ce coup de la voisine m'a choqué !... pire que *La Publique* !... l'ambulance !... je vous ai perdus... vous et le fil !... voyons ! voyons !... nous étions à Siegmaringen... tout à travers un autre souvenir... voilà !... il m'en surgit encore un autre !... un autre souvenir !... du Havre, celui-là !... du Havre !... oui, j'y suis !... je remplaçais un confrère, Malouvier, route Nationale... oh ! mais, ça y est !... oh ! mais, j'y suis !... un malade à Montivilliers... je le vois encore ce malade... et son cancer du rectum... j'étais encore drôlement actif, ardent, dévoué à l'époque !... si je cavalais !... tous les appels !... lui ce cancéreux, deux, trois fois par jour !... morphine et pansement... je faisais aussi bien, moi tout seul, que tout un service d'hôpital... pourtant on me l'a emmené ailleurs... pas parce que je le soignais pas bien !... non !... parce qu'il devenait fou !... que la famille pouvait plus le tenir, il se jetait contre tout !... l'armoire... contre la fenêtre ! cassait tout !... que je l'empêchais de se rendre au travail !... il m'accusait ! sa conscience qui le torturait !... sa conscience que c'était fini ! qu'il irait plus à l'usine ! que les gendarmes viendraient le chercher, qu'ils étaient là ! qu'il les voyait venir par la fenêtre ! qu'ils venaient l'emmener en prison ! fainéant ! fainéant ! que depuis soixante ans il s'était jamais arrêté ! jamais ! jamais il avait manqué aux « docks à flottaison » d'Honfleur ! jamais ! « au secours ! au secours ! » j'avais beau faire, moi, mes paroles, et mes « 10 centi » de morphine... jamais il avait manqué !... il a fallu qu'on l'emmène... le cancer est pas tout ! la conscience au travail qu'est tout ! enfin je veux dire pas pour ceux comme Brottin... Gertrut... qu'attendent !... qu'attendent... et que ça vienne !... la preuve ... que je suis là aussi... comme Paraz... malade travailleur !... et qu'ils attendent que ça vienne !... fièvre pas la fièvre !... « Où t'en es clown ?... combien de pages ? »

Il était toujours là vers cinq heures, von Raumnitz... à peu près sûr... cinq à sept... après il partait au Château... ou ailleurs... il avait pas qu'un domicile... il recevait partout... toutes les heures de jour et de nuit... une dizaine de domiciles... au *Löwen* c'était de 5 à 7... chambre 26, juste au-dessus de la nôtre... le truc de tous les policiers, avoir des bureaux partout, des endroits à recevoir partout... les hommes politiques aussi ! et les Ambassades !... d'où que vous vous sentez toujours drôle dans n'importe quelle capitale, certaines rues... Mayfair, Monceau, Riverside... domiciles et gens louches partout... et pas des petits garnos purée... des logis de bohème... non !... de ces appartements somptueux, ultraluxueux... même là à Siegmaringen les locaux secrets du Raumnitz, pardon ! autre chose que notre piaule ! je connaissais son « aile » au Château, deux étages ! entièrement fleuris !... azalées, hortensias, narcisses !... et de ces roses !... je suis sûr au Kremlin, ils sont pleins de roses au mois de janvier... là au Château, toute une aile à lui, deux étages, Raumnitz avec ses escouades de larbins, femmes de chambre, cuisinières et blanchisseuses, était peut-être mieux loti que Pétain !... plus luxueux que lui !... il avait d'autres locaux en ville... pas que pour lui... pour sa femme, sa fille et ses dogues... vous pourriez pas trouver mieux East-End ou Long-Beach... vous qui demandez des trucs magiques, demandez voir à la police... si elle vous répond : non !... elle ment, elle a !... que demain Paris soit réduit poudre par la bombe Gigi... Z... Y... y aura encore de ces bonbonnières, de ces petits boudoirs cent mètres sous terre, tout le confort, bidet, azalées, caves à liqueurs, cigares comme ça, sofa « tout mousse », qu'appartiendront à la police !... aux polices !... les celles qui seront là !... pour la question ravitaillement, Raumnitz, vous auriez vu ces piles de « cartes » entre les pots de fleurs !... de quoi nourrir tout Siegmaringen !... donc vous voyez, Raumnitz, Madame, et la fille, avaient trop de tout... et pourtant jamais ils nous ont offert la moindre tartine ! biscotte ! ticket !... c'était comme leur point d'honneur... à nous, rien !

Il méprisait pas ma médecine, je le soignais, une aortite grave... mais honoraires ? balpeau !... son point d'honneur ! là au moment, revenant de chez Brinon, c'était question qu'il me fasse monter quelques-uns de ses flics, sortir le dingue et l'infirmière... pour commencer !

Je dis à Lili : viens !... traverser d'abord le palier !... encore plus de monde que tout à l'heure !... des gens du *Bären*, plus chahuteurs... l'épouvante de Frucht, les jeunes ! qui les voyait finir son hôtel, tout démolir sa brasserie, ses chiottes... bien plus déchaînés que nous du *Löwen*... d'abord le *Stam* en bas, la bière... et hop on monte pisser, et la colique ! casser la porte et les verrous, s'enfourner aux gogs !... à six... dix... casser la lunette !... la sonnette !... emporter la couronne, le siège !... victoire ! victoire ! de vive force !... repisser compisser encore plein le vestibule, l'escalier !... que tout déborde ! mais... ah ! tenez-

vous ! à l'instant même en position ! en plein la
pisse ! deux Allemandes s'épeluchent !... en position !... acharnées !... reniflantes ! retroussées comme
ça ! là... et hop ! et toute la jeunesse autour ! trépi-
gnante, folle de rigolade ! ça bat plein des mains !...
stimule !... et pisse avec ! en peut plus !... deux très
belles filles qui sont aux prises... des réfugiées de
Dresde... la « ville des artistes »... de Dresde qu'elles
venaient toutes les artistes... la ville-abri !... refuge
des arts !... les deux là, embrasseuses terribles, chan-
teuses d'Opéra, il paraît !... et devant les gogs et
devant Frucht, et devant tout le monde !... toute la
cohue du palier... hurrah ! ils hurlaient !... « hurrah
Fraulein ! » une brune et une rousse... l'orgie, c'était
pas choisi comme endroit... je peux pas vous dire
plus... aux prises, en plein étang de tout !... moi je
voyais, c'était impossible que même je pousse la
porte... la nôtre, le 11... ils sont je ne sais combien
maintenant, là-dedans autour de mon lit... autour du
maboul et l'opéré dessous... dingues aussi, autour...
qui stimulent !... « vas-y ! vas-y ! coupez-y l'oreille ! »...
ceux-là c'est du sang qu'ils veulent ! « vas-y ! vas-y ! »...
   Moi, ma présence d'esprit, toujours ! ni une, ni
deux !... « viens Lili !... viens ! »
   Surtout vous oubliez pas qu'au ciel, très haut aux
nuages, et plus bas au ras des toits, c'est la ronde !...
c'est le tonnerre de Dieu perpétuel, de ces passages
de forteresses !... Londres... Augsbourg... Munich...
leurs bouts d'ailes à frôler nos fenêtres... de ces
ouragans de moteurs !... vous étiez sourd !... à rien
entendre !... même les hurlements du palier !...
   Oui... ils étaient massés, tout le *Bären* à hurler que
les filles s'arrachent... et dans notre piaule, les gueu-
lements que l'autre lui coupe l'oreille !...
   Vous pensez qu'avec Lili on parvienne l'étage au-
dessus ! à travers cette cohue de furieux ! le mal !

enfin on pousse ! les repousse ! on y est !... ça y est !...
l'escalier !... le 28 ! je cogne ! ah ! c'est Aïcha ! Frau
Aïcha von Raumnitz... elle nous ouvre... ils sont
mariés, vraiment mariés... je vous expliquerai... elle
nous ouvre... Aïcha Raumnitz parle pas plus allemand que Lili... trois mots !... elle a été élevée à Beyrouth... elle est de par là, je vous expliquerai... au
moment je veux voir son mari... une chance que je
le trouve !... il est allongé, en robe de chambre...

« Alors, Docteur ? alors ?

— Je viens de la part de Brinon vous demander...

— Je sais... je sais... il me coupe la parole... vous
avez un fou chez vous... et plein de fous encore plein
le couloir... je sais !... Aïcha !... Aïcha !... veux-tu ! »

Pas beaucoup le temps de réflexion...

Il lui passe un trousseau de clefs...

« Prends les chiens !... »

Les deux dogues... il fait signe aux dogues... un
bond, ils sont aux pieds de sa femme... enfin, à
sa botte !... elle porte bottes... bottes cuir rouge...
elle fait cavalière orientale, toujours à tapoter ses
bottes... et une très grosse cravache jaune...

« Allons, Docteur !... »

J'ai plus qu'à la suivre... avec elle je sais que tout
s'arrange... les dogues savent aussi... ils se mettent à
grogner et ils montrent les crocs... crocs comme
ça !... ils cessent pas de grogner... ils mordent pas !...
ils suivent Madame dans les talons !... ils sont prêts
à déchirer celui qu'elle fera signe... c'est tout !... oh !
des bêtes dressées admirable !... et costauds ! des
buffles !... mufles, poitrails, jarrets ! que rien que
l'élan qu'elles vous arrivent vous êtes étendu !... pas
ouf !... je vous parle pas des crocs... une bouchée,
vous, vos carotides !... y a du respect !... Aïcha, ses
dogues, on s'écarte !... personne demande ceci...
cela... Aïcha parle pas non plus... elle va assez lan-

goureusement... ondulante des hanches... pas vite... tous les dégoûtants se reculottent... les braillards pisseurs... tout refoule vers la rue... la brune et la rousse aussi, elles se rafistolent... et hop !... sautent !... stupre par stupre !... les pires faunesses se touchent plus !... hurlent plus !... personne rugit plus de rien... même du supplice d'envie de caca !... chez moi... chez moi, ma porte, le 11, sitôt entrevue Aïcha, panique, affolerie ! ils nous renversent calter plus vite ! ils se montent dessus, qui qui passera !... ah ! le chirurgien et l'infirmière et le garagiste et son oreille !... comment tout ça jaillit de mon lit ! requinque, court ! sauve qui peut !... c'est le chirurgien maintenant qui hurle ! ça le prend !... celui qu'était sous lui crie plus, le réfugié de Strasbourg... l'infirmière emporte les boîtes d'ouate... ils veulent tous passer à la fois... en même temps ! oh ! mais pardon ça va plus !... Aïcha a l'œil !... elle est langoureuse mais précise !... « stop ! stop ! » qu'elle fait... aux trois !... qu'ils bougent plus ! qu'ils restent là !... pile ! le dingue, l'infirmière, et l'hagard ! tous là ! sur place !... et le nez contre le mur !... elle leur montre !... bien debout ! bien contre !... les dogues leur grognent fort aux fesses... les crocs, je vous ai dit !... il s'agit plus de remuer du tout !... ils remuent plus... tout le palier est dégagé et le grand couloir, ma chambre, plus personne !... le vide !... ah ! les pisseurs qui se tenaient plus ! et les deux artistes !... tous ces effrénés ! clic et clac ! un charme !... mais c'est pas tout !... Aïcha avait son idée... *Komm !* un coup, elle leur parle en allemand... aux trois, nez au mur... qu'ils viennent qu'ils la suivent !... je la suis aussi moi ! je veux voir aussi... tout à l'autre bout du vestibule, un petit passage et puis deux marches... le 36 !... la porte du 36... *cracc ! cracc !*... elle ouvre !... elle fait signe au fou qu'il passe le premier, puis son infirmière, puis l'homme de Strasbourg... ils hésitent... ah! elle aime pas l'hésitation, Aïcha... «allons... allons!... » ils roulent tous les trois de ces calots!... surtout le garagiste!... ils se tâtent s'ils entrent... ils regardent les dogues... ils montent les deux marches... Chambre 36... je la connais cette chambre... enfin, un peu... deux fois j'y avais déjà été, pour Raumnitz, pour deux fugitifs qu'on avait ramenés de je ne sais où... deux vieillards... c'était la seule chambre solide de tout le «Löwen»... comme fortifiée vous auriez dit, les murs béton, porte de fer, fenêtres à barreaux... pas petits barreaux! des «super-prisons», je connais... toutes les autres piaules du *Löwen* étaient comme flottantes, ondulantes, jeux de briques et de fissures... tout débinait! les plâtras, le plafond, les lits, tout! pas un lit qu'avait ses quatre pieds!... trois, au plus! beaucoup, qu'un! vous pensez le branlement des avions! c'était plus à rien recoller! Herr Frucht entretenait plus rien! et les locataires y en mettaient un coup, en plus, de descellement, décollage... ils se vengeaient comme ils pouvaient, des boches, du Frucht, des avions dans l'air, et d'être là, eux!... de tout! ils s'assoyaient à deux, trois, quatre, sur chaque chaise!... qu'elle craque bien!... dix, quinze sur le page!... bordel!... eh! merde!... surtout les soldats de passage, les renforts pour la ligne du Rhin... ceux-là alors *Landsturm* pardon!... pillards finis! mais y avait plus rien à piller!... tout était broyé! envolé! comme mon local rue Girardon! ce qu'est excitant dans les visites c'est qu'on peut voler!... et y avait plus rien d'emportable... tout le *Löwen* tanguait vacillait sous les «Armadas» Londres, Munich... de ces vrombissements, mille moteurs, que les tuiles voltigeaient plein l'air!... miettes à la chaussée, au trottoir!... les plafonds, pensez!... oh! mais pas ceux de la Chambre 36! la seule du *Löwen* à l'épreuve !... j'avais remarqué, je vous ai dit... la cellule absolument nette !... j'allais pas poser de questions, ce qu'étaient devenus les deux vieillards... ni ce qu'on allait faire des autres... le fou l'infirmière et le garagiste... c'était aussi des « fugitifs »... nous aussi, si on voulait... toujours est-il la chambre 36 c'est Aïcha qu'était chargée d'accueillir, ouvrir, boucler... ce qui se passait ?... je pouvais pas demander à Raumnitz... il paraît que la nuit, des ragots, y avait des départs... il paraît... qu'un camion passait certaines nuits... moi, je l'ai jamais vu ce camion !... et je sortais cependant pas mal à toute heure de nuit... une seule chose sûre : des semaines entières le 36 était vide... et puis tout à coup rempli de gens !... la légende, le ragot, c'était que ce camion devait jamais être vu par personne... qu'on les embarquait enchaînés, tous les soi-disant fugitifs, qu'on les emmenait très loin à l'Est... soi-disant plus loin que Posen... soi-disant un camp ?... j'allais pas demander à Raumnitz ce qu'il leur faisait faire à Posen !... ni à Aïcha !... en tout cas, une chose, elle m'avait, cinq sec, drôlement liquidé notre piaule !... la panique !... une autorité, Aïcha ! aussi, je veux, ses dogues !... sa cravache !...

Toujours maintenant j'avais plus de fous sur mon page ! oh ! les malades reviendraient !... foutu le camp, mais ils reviendraient !... je devrais, bien sûr, nettoyer !... si y avait moyen !...

Je veux que Mme Raumnitz regarde !... se rende compte !...

« Regardez, madame Raumnitz !

— C'est la guerre, Docteur ! c'est la guerre ! »

Nous faisons un peu de conversation... elle aime à parler avec nous... ils demeuraient en France, à Vincennes... nous parlons de Vincennes... du Lac Daumesnil... Saint-Fargeau... du métro...

Moi qui croyais!... en fait les malades reviennent pas!... ni les impatients des W.-C... tout ça doit être filé aux caves, aux grottes... leurs caves préférées... ou sous le Château?... la frousse les tient... pire que les passages d'R.A.F., Aïcha et la chambre 36! je suis sûr... Lili et Aïcha sont là, sur le palier... elles parlent de ci, de ça, de tout... bon!... moi, je dois aller chez Luther... la consultation de Kurt Luther, médecin mobilisé fritz... c'est l'heure!... et après Luther, la Milice... j'ai trois quatre alités aussi, là... des grippes... Darnand est à Ulm, je le verrai pas... je verrai son fils et Bout de l'An... tout ça est pas loin, tout de même une bonne demi-heure, de porte cochère en porte cochère... par bonds!... je vous ai dit... y a pas que l'*Armada*!... elle est haute!... y a les *marauders*, rase-motte!... vous avez vu, je vous ai raconté la promenade, la façon qu'ils nous avaient comme sertis de balles pendant tout le long du Danube... de chez Luther à la Milice c'était aussi le long du Danube... la Milice tout des baraques, grandes Adrian à paillasses les unes sur les autres... le style militaire depuis 18... mais où j'allais consulter, la villa Luther, très coquette, baroque Guillaume II...

Puisque je vous reparle de la promenade, à y

repenser, c'est évident, s'ils avaient pas touché Pétain, ni sa queue leu leu des ministres, c'est qu'ils voulaient pas ! un jeu !... et pas un avion fritz en l'air !... jamais !... et pas une mitrailleuse au sol ! en somme, pas de « passive » ! vous pensez la facilité des Corsaires de l'air ! n'importe quel bonhomme, vache, chien, chat, à 400 à l'heure ! vu ! visé ! feu ! salut !... automatique !... un *mosquito* ! un *marauder* ! ils arrêtaient pas, absolument permanents, au-dessus de nous... looping !... looping !... ils arrêtaient pas... ils se relayaient... rafales !... rafales... ricochets !... *ptaf* !... personne devait circuler !... la preuve Doriot, vous aviez qu'à voir sa voiture, elle est restée exposée plus de huit jours devant le *Prinzenbau* (notre mairie) le temps de l'enquête... comme cisaillée de bout en bout, criblée menu, une dentelle !... ils l'avaient piquée sur la route, cueilli, lui, ses gardes du corps, et dactylos et photographes... *rrrrac* ! qu'ils se rendaient de Constance à une réunion des « Partis » au-delà du Pzimpflingen... oh ! la très secrète réunion !... pas secrète qu'ils l'avaient cueilli !... déchiqueté !... s'ils abattaient pas la promenade, le Pétain et sa clique, c'est que les « ordres » étaient autrement ! Doriot était de l'« ordre » : à moucher !... pas un pli !... pour moi, ils devaient pas avoir d'ordres, rien de spécial... j'étais dans la « Consigne Routine »... *Rien sur les routes !*... la même des boches ou des Anglais ! « Rien sur les routes ! » ni chats, ni chiens, ni bonhommes ! ni brouettes !... tout ce qui bouge : rigodon ! *ptof* !... en somme on devait pas réchapper ! que ce soit les *shuppos* d'en bas ou les *marauders* R.A.F... feu ! nos pipes ! n'empêche que Lili, malgré les shuppos qui lui sifflaient hurlaient après : *Komm ! Komm !* et les ricochets du ciel est toujours venue me retrouver... mais elle, j'admets, c'était assez le goût du risque... oh, que j'appréciais

pas du tout !... le moment où je quittais le *Löwen*
je lui disais bien « reste là Lili ! bouge pas ! dis
aux malades je reviens tout de suite !... reste avec
Mme Raumnitz !... reste pas seule ! »

Moi si peu galant, je me mettais en frais...

« Madame Raumnitz, vous voulez bien vous
asseoir ?... un moment avec Lili ? je vais à la Milice ! »

Elle avait ses soucis aussi, Mme Raumnitz...

« Oui Docteur ! oui je reste ! mais si vous voyez
Hilda, vous voulez lui dire de revenir !... et revenir
vite !... que je l'attends depuis hier soir !...

— Oui, madame Raumnitz ! certainement ! comptez sur moi ! »

Je me doutais où elle devait se trouver Hilda von
Raumnitz, et deux... trois copines... les jeunes filles
en fleurs de Siegmaringen... enfin celles très bien
soignées, très bien nourries, des très bonnes familles
militaires et diplomatiques... qui n'ont jamais manqué de rien !... forcément l'âge, l'air très salubre, et
ce froid si vif, le bouton les turlupinait !... l'âge
enragé, 14... 17... et pas que ces petites filles de luxe,
épargnées, soignées... les miteuses aussi !... d'autres
prétextes, l'éloignement, le danger permanent, les
insomnies, les hommes en chasse !... miteux aussi !
en loques aussi ! et convoleurs ! et si ardents ! tous
les bosquets ! tous les carrefours ! l'âge enragé 14...
17... surtout les filles !... pas seulement celles-là, d'un
lieu bien spécial... l'éloignement, le danger permanent, les hommes en chasse tous les trottoirs...
même chose rue Bergère ou Place Blanche !... pour
une cigarette... pour un blabla... le chagrin, l'oisi-
veté, le rut font qu'un !... pas que les gamines !...
femmes faites, et grand-mères ! évidemment plus
pires ardentes, feu au machin, dans les moments où
la page tourne, où l'Histoire rassemble tous les
dingues, ouvre ses Dancings d'Épopée ! bonnets et

têtes à l'ouragan! slips par-dessus les moulins! que les fifis mènent l'Abattoir! et Corpechot, Maître du Danube! moi là, question Hilda, et sa bande, sûr, je les retrouvais à la gare!... fatal! espionnes, troubades, ministresses, gardes-barrière, méli-mélo!... aux salles d'attente! l'attirance viande fraîche et trains de troupes, plus le piano et les « roulantes », vous représentez ces scènes d'orgies! un petit peu autre chose de bandant que les pauvres petites branlettes verbeuses des Dix-sept Magots et Neuilly!... il faut la faim et les phosphores pour que ça se donne et rute et sperme sans regarder! total aux anges! famine, cancers, blennorragies existent plus!... l'éternité plein la gare!... les avions croisant bien au-dessus!... tout bourrés de foudres! et que toute la salle et la buvette se passent entre-passent poux, gale, vérole et les amours! fillettes, sucettes, femmes enceintes, filles-mères, grand-mères, tourlourous! toutes les armes, toutes les armées, des cinquante trains en attente... toute la buvette entonne en chœur! *Marlène! la! la! sol dièse!* à trois... quatre voix! passionnément! et enlacés!... à la renverse plein les fauteuils!... à trois sur les genoux du pianiste! trois de mes femmes enceintes!... et bien sûr, en plus, entendu, pain à gogo! boules! et gamelles!... et sans tickets! vous pensez bien qu'on regarde pas!... quatre roulantes pleines de marmites d'un train à l'autre... de la buvette aux plates-formes! le « bifur » Siegmar, je parle de trains de munitions, l'endroit vraiment le plus explosif de tout le Sud-Würtemberg... Fribourg-l'Italie... trois aiguillages et tous les trains, essence, cartouches, bombes... de quoi tout faire sauter jusqu'à Ulm!... aux nuages! bigorner les avions d'en l'air!... salut!... vous imaginez que j'avais un petit peu de travail lutter pour la vertu d'Hilda, qu'elle se fasse pas cloquer sous un train!... « *l'amour est enfant de bohème!*... » Salut! là bon!... vous me plaignez!... toujours est-il le devoir d'abord!... que je passe chez Luther!... trois... quatre consultants... boches et français!... et puis tout de suite à la Milice!... à côté... là je vois encore deux, trois malades... des alités, deux « ordonnances » et les urines... analyses... le pharmacien *Hofapotek* Hans Richter, si je le connais!... si je vais pas moi-même chercher les potions et les résultats des urines je peux attendre!... il me sabote!... peut-être il est anti-Hitler?... sûrement il est anti-français!... et je suis « régulier »... comme toujours!... je prescris jamais que des remèdes absolument impeccables, qu'ont au moins cinquante ans de Codex... ici, c'est selon le formulaire du *Reichsgesundheitsamt*... 32 ordonnances... oh, très bon choix, très suffisant! *Reichsprecept!*... je le dis, je crains pas, qu'on devrait bien s'en inspirer, nous, en notre France gaspillonne! prétentiarde conne!... ce ministre de la Santé auteur de ce Reichsprecept, Conti, fut reconnu à Nüremberg, foutu avéré génocide... un genre de Truman... et lors, pendu!... (pas Truman)... mais son Reichsprecept n'empêche, mérite parfaitement de lui survivre... je nous vois faire avec (France éternelle) au bas mot, au plus juste, trois cents milliards d'économies par an... et les malades joliment mieux! moins tout ahuris, vaniteux, empoisonnés!... je sais ce que j'affirme... cause...

Tout ça c'est beau!... mais la Milice?... ses cantonnements sont après la « levée » du Danube... le remblai énorme de cailloux, briques, arbres qui défend la route... je vous montre la Milice, trois grosses baraques Adrian... une autre bicoque, le corps de garde!... le plus imposant de tout, l'énorme drapeau tricolore au haut du mât!... la Milice s'est couverte de gloire, en retraite vers Siegmaringen, à travers cinq ou six maquis... y a pas eu que la retraite Berg-op-Zoom-Biarritz !... très surfaite ! la France a connu toutes les retraites ! et dans tous les genres !... et en pas vingt ans !

Bon !... j'avoue !... mes ordonnances peut-être en vain ?... même les drogues du *Reichsprecept* ? sans doute ! l'Apotek Richter manquait de tout ! en plus de sa malveillance... sûr il nous considérait tous, miliciens, les huiles du Château, généraux brodés, collabos en loques, souillons espionnes, hautaines ministresses, crevards aux grabats « Fidelis », tous à foutre à la poubelle !... abjecte engeance ! et les femmes enceintes et Pétain ! à brûler ! noyer ! sûrement l'opinion d'Hans Richter !... la même opinion que les preux de Londres, de Brazzaville, ou de Montmartre ! « tous les pendre » !... quand je tenais fort absolument qu'il m'exécute une ordonnance, j'allais moi-même en personne lui faire dénicher le produit... et j'annonçais, je me grattais pas !... « *für den Sturmführer von Raumnitz* » !... pas de chichis ! il trouvait !... j'emportais... il me croyait... il me croyait pas... mais il voulait pas risquer !... chaque coup le même truc ! *für den Sturmführer !* à l'estome !... malheureusement, estomac ou pas, zébi morphine ! et huile camphrée ! mes principales armes, pourtant !... il avait vraiment plus de rien !... il mentait pas, je le savais par ses demoiselles laborantines... les demoiselles ne demandent qu'à trahir... toutes les demoiselles... pour un peu d'amabilité... le marivaudage, croyez-moi, est notre bien ultime aimable clef !... Amérique, Asie, Centre-Europe ont jamais eu leurs Marivaux... regardez ce qu'ils pèsent, éléphantins ! balourds maniéreux !... donc, je savais par les demoiselles et Marivaux que Richter manquait réellement de morphine... il s'agissait que j'en aie quand même ! dévoué responsable que je suis ! cœur d'or ! le monde m'en a bien remercié ! morphine !... morphine !... ma tête sur le billot ! les pires stratagèmes ! pour l'exercice de mon art et le grand recours des agoniques ! morphine !... morphine ! oh ! pas aisément je vous assure !... par « passeurs » !... passeurs c'est dire voyous, pire flibuste !... entre police fritz et Helvètes ! je vous raconterai... et à mes frais... bien simple, je me suis ruiné en Allemagne, rien que par mes médicaments de Suisse... il va sans dire je peux rien attendre de de Gaulle, quelque indemnité ou diplôme, ou de Monsieur Mollet... ils pensent aussi comme Herr Richter que ç'aurait été béni que les boches me pendent... Achille pense pareil !... Achille lui c'est pour mes belles œuvres... le *boom* qu'elles feront ! les autres éditeurs aussi ! que j'aurais dû au moins !... au moins !... finir au bagne ! encore maintenant ils font ce qu'ils peuvent que je me file au gaz... ils me voient dépérir... « combien vous croyez qu'il en a ?... six mois ?... deux ans ? »... ils s'inquiètent... « ah ! il se veut de la publicité... qu'il se la fasse, foutre ! lâche ! salaud ! » ils voient moi mort tous mes livres leur jaillir des caves !... cette nouba d'Hachette !

Hé ! là ! cocotte ! ma cavale échappe !... où je vous fais encore galoper ? je vous distrais... je sortais de chez Luther, puis des baraquements de la Milice... exactement !... maintenant c'est plus de frivoler, c'est de ramener Hilda à sa mère ! elle est sûrement aux « salles d'attente » avec les copines... combien de fois je les avais virées ! et de la buvette !... damnées garces !... je les ai assez sermonnées que c'était pas leur place ! ni aux roulantes ! la place des femmes enceintes non plus !... plus enragées que toutes les autres !... la briffe, gamelles, boules ! « Faites-la revenir !... fessez-la ! faites n'importe quoi qu'elle revienne !... » vous dire si j'avais l'habitude ! « Foutez le camp ! » elles s'amusaient que je sacre et jure, le temps qu'elles se sauvent, pirouettent, galopent !... et je les retrouvais pleine rigolade, « *Lili Marlène* » plein d'hommes autour, à la buvette ou aux portes des trains d'artillerie... elles se sauvaient encore !... j'étais le Croquemitaine !... ça m'était bien égal, pardi !... mais le père ? il aurait peut-être voulu que je me trouve complice... là ç'aurait fini d'être aimable... enfin, presque aimable... oh ! j'ai la très grande habitude de ces situations pires louches... de ces icebergs bien imminents près de la bascule !... Dieu sait si les Allemands sont louches, surtout les *von* !... onctueux, aimables et atroces !... la gare était dans mes fonctions, côté sanitaire, poste de secours, réfugiés... alors forcément, salles d'attente et prostitution ! je devais y voir !... tout voir !... avec quels moyens ?... aucun !... tout manquait !... le soufre pour la gale... le novar pour la vérole... rien !... les capotes ?... nib !... moi aussi je pouvais cavaler !... en plus de l'Hilda !... j'avais bonne mine !... je vous parle des troupes de passage, de tous ces trains qui vont viennent pour des soi-disant raisons... y a pas de raisons !... la tradition !... tous les pays en guerre pareil, trains de troupes de passage qui vont quelque part... et reviennent de quelque part pour ailleurs... farandole des aiguillages ! poésie !... que les viandes bougent ! c'est pas qu'au ciel que ça cesse pas d'aller revenir... sur les rails pareil, trains sur trains... convois infinis... troubades et troubades, toutes les armes et tous les peuples... et les prisonniers avec !... déchaussés aussi, pieds pendant hors... assis aux portières... faim aussi ! toujours faim !... bandant aussi !... chantant aussi « Lili Marlène » !... Monténégrins, Tchécoslovènes, Armée Vlasoff, Balto-Finnois, troubades des macédoines d'Europe !... des vingt-sept armées !... que ça se fige pas ! que ça chante ! branle !

roule! et trains blindés, canons comme ça! dardés géants!... de ces dinosaures de canons, à deux et trois locos chacun!... et toujours plus de trains queue leu leu!... génie, artillerie... et encore d'autres convois sur convois... grives! flopées! pinglots hors nu-pieds et poilus... gueulant qu'on leur envoie des filles!... chantant qu'ils tiennent plus, qu'ils bandent trop!... vous dire, un sacré point de trafic, aussi bien pour les Armadas : London Munich Vienne... que pour les trains de troupes et fourgons, toute la came-lote, bidoche armée, Frankfort, la Saxe, et l'Italie par le Brenner... que c'eût été pour eux qu'un jeu, une bombe qu'ils fassent éclater la gare!... marmelade!... écrabouillent tout!... non!... il fallait que ça conti-nue! le pire c'est que tous ces trains dont je vous parle restaient manœuvrer dans la gare... dans la gare même! et des heures!... et des nuits entières!... et sous les hangars... s'en allaient... rappliquaient! la voie coupée!... l'aiguillage en miettes!... tout à recommencer! troubades au piano!... mes filles mères sur d'autres genoux!... la fête continuait! le même tohu-bohu qu'au *Löwen*, sur notre palier, pour les chiottes, mais là tout en uniformes et nu-pieds... pas le temps de se rechausser, la hâte débouler des wagons, embrasser mes bavelles « gros-bides » et chanter en chœur! et pour la fringale autre chose que nos raves!... mes poupées, la joie! fortes gamelles saucisses patates!... vraie graisse, vrai beurre, vrai plein la lampe!... de ces roulantes vrai-ment tonnerre!

Comme ça toutes les gares du monde du moment que les trains de troupes stagnent... la vie sur la terre a dû commencer dans une gare, une stagnation... vous voyez les filles raffluer... bien sûr... elle ma fou-tue Hilda la garce, c'était que de fiévreuse puberté, pas besoin de gamelle!... costaudes fillettes!... sex-appeal des salles d'attente! la perversité de voir tant de mâles arrivant d'un coup, tout suants, poilus, puants... plein les wagons!... et tout bandant leur crier *lieb! lieb!*... miracle que c'était, il faut dire les choses, que par les gardes S.A. elles se soient pas trouvées happées, déshabillées, et pire!... l'Hilda et sa bande, servies illico! friponnes allumeuses!... la Prévôté à la gare, chargée des plates-formes, pensait qu'à coups de crosses et matraques! de ces gorilles! ils assommaient deux fois par jour tout ce qu'ils trouvaient déambulant... c'était eux quand ça tournait mal, désordre aux roulantes, au piano, trop de gens à travers les rails que les trains pouvaient plus partir, qui ramenaient le calme! à la matraque!... et si ça rebiffait? *ptaf!* au Mauser!... de ces sortes de revolvers-canons, pas à réfléchir! réglé! quand la Hilda et les copines voyaient les S.A... cavalcade!... envolée de biches!... mais qu'elles rebondissaient de l'autre tunnel!... une chose à dire pour Hilda, ç'aurait été en d'autres temps elle aurait été mariée... elle avait que seize ans, entendu... mais pardon! on pouvait! je parle en médecin... je pose des notes de « réussite », je cote d'1 à 20... vous trouvez pas une fille bien faite, même cherchant bien, sur mille! je dis!... vitalité, muscles, poumons, nerfs, charme... genoux, chevilles, cuisses, grâce!... je suis le raffiné, hélas! j'admets... des goûts de Grand-Duc, d'Émir, d'éleveur de pur sang!... bon!... chacun ses petits faibles!... j'ai pas toujours été ce que je suis, pauvre pourchassé loquedu tordu ruine... mais un fait!... un fait!... le genre de débilités monstres, tout rachitiques cellulosiques, sans âges, sans âmes, que les hommes s'envoient! ma Doué!... et de quels sexes en feu, ma chère!... je dis ces objets de leurs amours seraient à se faire couper les burnes, tout écœurés neurasthéniques, les plus pires priapiques gibbons!... je dis!... ah! mais au fait l'Hilda Raumnitz que je vous la cote!... elle faisait, jugé sec, «16 sur 20», au «Concours Animal des filles»... je suis très de l'avis de Poincaré : «tout phénomène de la nature que vous pouvez pas mesurer existe pas», ainsi pour les dames et les charmes, le diable qu'elles approchent 4 sur 20!... au plus!... «Concours des Beautés» compris!... la moyenne esthétique est rare!... 10 sur 20! quels genoux, chevilles, nichons!... tout bourrelets de panne et bidoche flasque, rapportés la dernière minute, sur quels osselets!... guingois!... Hilda petite garce, surprise de Nature, était pas elle tarée du tout!... réussite coquine, diable au corps!... réussie?... enfin, 16 sur 20!... je parle de tout en vétérinaire, en sorte de raciste... la terminologie du monde, peu ou prou, salonnière, proustière, me rendrait facilement assassin... la note!... que la note!... cotez!... pas autre chose!... «retroussez-vous! voyons! combien?»... horticulteurs, si vous voulez!... je veux vous froisser en rien : la fleur!... apprécions la fleur!... pétale! tige! donnons-lui une note! déméritons pas de Poincaré!... Hilda pour la garcerie (caractère féminin secondaire) était aussi joliment douée!... cheveux blond cendré... pas cendrés «au pour», véritables!... et jusqu'aux talons!... vraiment la belle animale boche... et genoux fins, chevilles fines... très rare, fortes cuisses, fesses serrées musclées... le visage pas tellement aimable, ni câlin... de l'esprit Dürer nous dirons, comme son papa... enfin toujours pas «la survoltée bonniche», «beurre et œufs aux anges»... si débandoires bâtardes tristesses!... le père, Commandant, avait dû être joliment bien!... la mère, replète et odalisque!... mais le certain charme Aïcha!... moi qui suis extrêmement raciste, je me méfie, et l'avenir me donnera raison, des extravagances des croisements... mais là l'Hilda, je dois admettre, c'était réussi !... ce qu'était pas réussi du tout, c'est moi le mal que je me donnais que cette foutue môme remonte au *Löwen* !... je sentais pourtant que c'était sérieux, elle et ses espiègles copines !... lutines voyoutes plein la Gare !... je pouvais demander du renfort, la Prévôté !... j'aimais pas avoir recours... je pensais à mes femmes enceintes autour du piano et plein les sofas... qu'elles bâfraient et se foutaient du reste !... des femmes à six mois !... à huit mois !... des appétits doubles et triples !... saucisses, *bier, goulash* ! je pouvais pas leur donner autant !... les Prévôts les assommaient ! de tous les coins de France y en avait, de toutes les provinces !... pourquoi elles s'étaient sauvées ?... Siegmaringen ?... indicatrices, mouches de villages ?... pétasses de lieux-dits ? ou simplement filles d'usines, pour voyager ?... ou leurs hommes à la L.V.F. ?... ou fiancées à des boches ?... peut-être guichetières de Poste Restante ?... presque toutes des certains accents... Nord, Massif Central, Sud-Ouest... pas à leur poser des questions, elles mentaient sur tout !... sauf une vérité : l'appétit... c'est pas le petit supplément de nouilles que je pouvais leur faire avoir, et la lessiveuse de raves, deux fois par semaine, qui pouvaient les rassasier ! donc c'était la Providence ces boules et « roulantes » comme à gogo !... j'allais pas les faire pincer !... tout de même... tout de même... j'avais les autres calamités !... gale, morpions, puces, gonos, poux... et que ça se les repassait ! joyeusement ! vous auriez dit la gare faite pour !... je voyais aboutir pour finir, une saloperie, un nouveau microbe, un fléau, une rigolade de tréponème, qui pousserait sur désinfectants ! un moment tout devient possible !... je les connaissais mes femmes enceintes ! elles déjà !... elles se refilaient tout ce qu'elles pouvaient, à trente, quarante, dans leur dortoir, deux par paillasse... c'était haut dans le bourg leur rue : *Schlachtgasse*, à l'ex-école d'Agriculture... encore ma fonction ma consigne aller me rendre compte... l'état général de ces dames... et qu'elles se grattaient les bougresses !... j'avais l'air fin moi là sans soufre, sans mercure, sans gamelles !... sans gamelles, surtout ! que des mots !... je te l'aurais vu moi l'Hamlet, philosopher les femmes enceintes ! *not to be* gamelles !... mais vrai je les trouvais pas souvent, presque jamais !... je bénissais le Ciel d'une façon, qu'elles aient le tel tropisme de la gare !... l'attirance de la soupe de troupe !... l'attirance aussi du piano, et heureuses ! et plein les genoux des choristes... et *Lili Marlène* ! et dans de ces positions peu chastes, trois quatre femmes enceintes par bonhomme ! qu'elles apprenaient le bon allemand... par *Lili Marlène* !... toutes ces troupes avaient les voix justes... pas du tout faussettes !... et sur trois !... quatre tons !... toute la buvette, et les plates-formes, et les « roulantes »... « l'accouchement sans douleur » je vois, leur donnez pas à bouffer sauf une gamelle en accouchant ! les miennes seraient restées dans la gare pour accoucher !... moi j'avais rien sauf les nouilles, à leur École d'Agriculture !... Brinon non plus ! Raumnitz non plus !... ni Pétain !... jamais vous verrez la troupe, soit fritz, slovaque, franzose, russe, japonaise, paouine, refuser l'écuelle !... là, le très grand côté des Armées !... quand y avait encore des casernes vous pouviez vivre des Corps de garde... dès que ça sonnait « au réveil » vous aviez ce qu'il faut à la porte... la queue des hommes dans le besoin « loquedus-la-gamelle »... ça a été remplacé par rien... ces vrais bons usages... tout se perd, remplacé par rien... maintenant hypocrite, la misère on l'envoie bouffer du papier, formulaires et des tampons... et encore plus vite ! plus pressé ! des tanks !... marmites *Nacht-Nebel*...

Moi mes choristes, filles mères, cloques et troubades toutes les armes, bien tendres enlacés, me donnaient de ces concerts de choc ! de ces « ensembles », biffes, mémères, sapeurs, comitadjis, que vous retrouverez nulle part !... vous auriez vu cette buvette, parfaite harmonie, et piano !... pas une seule note dissonante ! que *Maxim* et *Folies-Bergère* sont qu'ersatz, exhibiteries de frimes à côté ! cent sous la passe ! Vénus centenaires ! Roméos moumoutes, Carusos mêlécasses phtisiques... sauteries à pleurer !... rien qu'approche de ce qui se passait à ma buvette, vingt trente trains par jour !... toute l'Europe en uniforme, et turgescente... et les prisonniers !... d'Est, d'Ouest, Nord... frontière suisse... Bavière... Balkans...

En vrai, un continent sans guerre s'ennuie... sitôt les clairons, c'est la fête !... grandes vacances totales ! et au sang !... de ces voyages à plus finir !... les armées décessent pas de bouger !... entremêler, rouler encore ! jusqu'elles éclatent... convois, locos, trains *panzers* !... blindés fourgons « mâles munitions » plus et encore ! pensez, qu'Hilda, les copines, avaient un peu à frétiller !... d'une arrivée de « pieds nus » à l'autre !... la viande !... je vous oubliais la horde des pauvres « travailleuses... » 200 000 Françaises en Allemagne... qui se rabattaient de Berlin, de partout, de toutes les usines, sur Siegmaringen !... pour que Pétain les sauve !... à la briffe aussi, forcément !... dès la gare !... sautaient des wagons par les fenêtres !... vous pouvez juger du nombre des personnes qu'avaient faim autour des « roulantes » ! l'affluence ! pire que notre vestibule du *Löwen*, pire que les W.-C. !... là on faisait pipi à même, sur les banquettes... et en chantant et contre le pianiste !... « où y a de la gêne ! » jamais j'ai vu un instrument tant dégouliner que ce piano de la gare !... pourtant j'ai fait les pianos de Londres, montés suspendus sur voitures à bras, qu'étaient aussi de ces jeux d'urine !...

Oh ! mais encore une autre affaire !... je vous oubliais !... pourtant le satané arrivage !... trois trains tout bourrés de dactylos, chefs de bureau, et généraux en civil... trois trains de la mission Margotton, qu'arrêtaient pas de partir, revenir ! pour Constance !... jusqu'à l'aiguillage ! hop !... sifflet ! on s'en va ! on retourne !... un autre bifur !... interdit de descendre !... ils se sauvent, ils cavalent nu-pieds aussi !... ils sont partout !... panards pleins de crevasses !... deux mois qu'ils avaient zigzagué à travers l'Allemagne ! de bombes dans les voies en aqueducs croulés !... on voulait plus d'eux nulle part ! plus en haillons que nous encore ! les calots encore plus sortis, ce qu'ils avaient vu et passé ! dix fois ils avaient pris feu !... ils savaient plus dans quel zigzag ? sous quel tunnel ?... quelle province ? refoutu leur bastringue sur roues, eux-mêmes ! rempierré le ballast eux-mêmes ! personne les aider !... Siegmaringen, ils pensaient Lourdes !... Pétain, La Mecque ! Terminus-Miracle ! ça leur sortait les calots encore pire hors ! et à chaque portière !... vingt !... trente tronches !... ils voyaient Pétain s'amener en personne ! leur servir lui-même, de ces menus !... bien compensateurs des souffrances !... faisans, champagnes, glaces marasquin !... cigares comme ça !... mais quand ils voyaient ni Pétain, ni les couverts mis, les choses telles, pas de Père Noël, ils se jetaient aussi sur les boules !... à la roulante et aux ganetouses !... ils se faisaient raison, goulûment !... oh mais qu'ils voulaient plus remonter, refaire du train ! tout de suite au Concours, plein les plates-formes et la buvette, qui

qui se tapera le plus de ganetouses!... et les plus grosses!... et tous en chœur!... et qui qui pissera au plus loin!... le plus étal! joyeux! joyeuses! directeurs, dactylos, et généraux!... sustentés, rotants, chantants!... *Lili Marlène*!... l'air vraiment qui a fait fureur à travers tous les cyclones et les pires destructions de nations... toutes les armées d'un côté, l'autre... il faut convenir! vous me direz : quinze! vingt chansons furent plus entraînantes et cochonnes! oui!... mais d'un côté, l'autre? pardon!... Buchenwald, Key-West, Saint-Malo!... je vous attends! le refrain mondial!... c'est rare à propos, à remarquer, que ces hommes du Centre-Europe aient pas des bonnes voix... slovènes, bulgaro-tchèques, polaks... et chansons sur trois! cinq tons!... kif pour le piano, qu'était pourtant le pissoir fini!... c'est rare qu'il y ait pas là autour trois quatre pianistes prêts... et pas des mauvais tapeurs!... je sais ce que je cause!... et des garçons tout à fait simples... sûrement laboureurs, manœuvres, hommes de force... nous là de France, question d'être artistes, on est du verbe, du boniment, de l'envoi de vane... le cœur y est pas!... l'artiste chanteur est comme gêné, malheureux qu'on le force...

Zut, et mes considérations!... je vais encore vous ennuyer!... je vous oublie mes femmes enceintes et mes travailleuses des trains, et les S.A. mainteneurs de l'ordre!... et la mission Margotton!... bien français ceux-là! à ressort! et comment!... s'ils se plaignaient que le Maréchal était pas venu! ni envoyé seulement personne! comment ils allaient lui écrire! tout de suite! d'abord et d'un! aux roulantes! primum! primum!... si la France crève ça sera pas d'atomes Z... Q... H!... ça sera de *primum* bouffe! foutez Conquérants, autant de roulantes que de mètres carrés, et pive à plus soif, place de la

Concorde, et ça se ralliera! soumettra! enthousiastes!... vous saurez plus où les mettre!... éna-
mourés!

Les voyageurs margottons, pourtant leur train les
sifflait qu'ils rappliquent qu'ils remontent! que leur
dur allait redémarrer!... salut! zéro!... ils s'affalaient
à même les voies! sous les wagons! que le train les
écrase!... ils sabotaient!... part?... pas?... les S.A.
hurlaient : *los! los!*... que le dur parte quand même!
les machinistes qui hésitaient... les grand-mères à
travers les rails!... je vous ai pas parlé de ces vieilles
femmes, une autre secte... les « assistées » de notre
mairie... oui! oui! la nôtre! la française! une fonction, le bureau de bienfaisance, de les envoyer bouffer ailleurs! n'importe où! à travers l'Allemagne...
n'importe quel train!... débarrasser! je dis « à tout
hasard »!... je voyais le maire, sa grande carte au
mur, toute l'Allemagne, leur choisir une destina-
tion, n'importe laquelle!... « voilà votre réquisi-
tion! » c'était des vieilles à fils quelque part... L.V.F.,
Pologne, Silésie, *Kriegsmarine*... elles se faisaient
virer, et comment! de bombes en bifurs elles revenaient... on les revoyait à la gare... habillées en trou-
piers boches, en loques de cadavres... ce qu'elles
avaient trouvé!... elles s'étaient déjà sauvées de
France, réfugiées de la Drôme, Lozère, Guyenne...
on avait brûlé leur maison, saccagée zéro!... je sais
par ma propre expérience... elles revenaient, fatal, à
Pétain!... pour les dames d'un certain âge, Pétain
c'était la France, c'est tout... ma mère aussi est morte
ainsi, Pétain la France... toujours elles revenaient
à pied, nu-pieds, de n'importe quel *dorf*, lieudit
du Brandebourg, de Saxe, Hanovre, habillées sol-
dates!... ah elles voulaient plus de notre Mairie!...
plus entendre parler! « dépêchez-vous! prenez le

premier train grand-mère! voilà votre billet!» on leur avait fait quatre fois!... dix fois!...

Si elles avaient fini en route, écrabouillées, ça se serait pas su... eh! bougre! combien disparurent?... celles qui revenaient, grand-mères d'expérience, parlez qu'elles voulaient plus de billets!... rester à la gare et c'est tout! fidèles à Pétain, à travers les rails!... avec les dames de la Mission!... le moment était venu qu'elles résistaient à toutes les menaces, matraques, pataquès... elles faisaient rigoler les roulantes comme elles s'imposaient!... leur place à personne! une ganetouse!... une autre!... aussitôt qu'elles me voyaient de loin, fallait que j'arrive, que je les examine, la langue, le foie, la tension... je me croyais encore à Clichy... les aigreurs aussi!... il fallait que je les fasse s'étendre, que je les regarde bien... leur tâte l'estomac, l'endroit précis! de ces aigreurs!... que chez elles à Voulzanon (Lot) le docteur Chamouin (que je devais connaître) leur avait prescrit une certaine poudre... qu'elles se rappelaient plus du nom... mais qu'était vraiment merveilleuse!... (que je devais la connaître aussi).

«Oh oui! oui! certainement madame! je vous en apporterai! restez là! restez là!»

Je donnais bien vingt consultations, d'une banquette à l'autre... d'un ballast l'autre... et à la buvette!... plus ardu là, trop de chants!... pas seulement aux personnes âgées, aux civils et aux militaires... le piano arrêtait jamais... ni «Lili Marlène»!... ni les trains dehors... ni en l'air, le vrombissant manège «Forteresse»... London Munich... Dresde... mièvrerie gauloise, terreur que le, ciel tombe!... un moment si tout le monde s'en fout!... ganetouse, Déesse! merde pour le ciel! grand-mères militaires!... mes femmes enceintes aussi! coquettes!... de ces arrangements pour les bottes, paquets de journaux, fonds de vieux feutres et ficelles et paille qu'elles pouvaient tenir dehors des heures !... et sous la flotte ! les prisonniers, leur fort, les guêtres ! avec des pneumatiques troués... j'avais déjà vu au Cameroun, des populations entières, chaussées « pneumatiques »... au fond, c'est l'expérience qui compte... j'ai vu un peu partout dans le monde des gens se passer parfaitement de chaussures... après la bombe H... V... Z... vous verrez un peu ces génies !... ces ingéniosités conjointes Manhattan-Moscou !... la bombe est qu'un moment de colère tandis que la question de bottes est vraiment le permanent problème ! là toujours, ce qu'était essentiel, c'était de ramener la petite Raumnitz... je pouvais faire attention au père !... tout était périlleux extrême ! le ciel je vous dis, l'habitude !... ces escadres au ras de la gare et du Château, que d'un geste, d'un seul petit doigt, ils auraient pu nous tourner torche, nous, les aqueducs et tous les trains de troupes !... une bombe... toutes les munitions éclataient !... on avait vu Ulm !... Ulm leur avait pris un quart d'heure !... moi l'instant, c'était pas la grande stratégie, c'était qu'Hilda rentre chez son père ! je l'avais appelée vingt fois ! Hilda ! je pouvais y aller ! le mieux, la résolution : les S.A. !... tout le monde à la route ! vider les plates-formes, la buvette, les rails ! après, on verrait ! oh mais tout de suite ça se rebiffe ! crie ! « S.A., faites sortir tout le monde ! » je vous ai raconté les S.A... de ces énormes armoires à muscles, et méchants butés, fronts de gorilles et des pristis de Mauser comme ça ! modèle « canon de poche » !

« Franzose ? Franzose ? »

Ils me demandent.

« *Nein* !... *nein* ! Obersturmführer von Raumnitz. »

Je veux pas qu'ils hésitent, oh ! ils hésitent pas !... la buvette d'abord ! « Raus ! raus ! » les femmes

enceintes sur les genoux et leurs peloteurs ! « Raus !
raus ! »... et plein les sofas, de ces entremêlements
de tendresses !... ça s'extirpe, mais ça jure et
menace !... en hongrois... bulgare... *plattdeutsch* !...
toutes les armes... fantassins, sapeurs, et la *Todt*...
et les prisonniers yougoslaves... pas contents ! et
pas contentes ! surtout les demoiselles réfugiées...
jambes en l'air !... des Lithuanes, très blondes, blan-
ches presque argent !... je me souviens bien d'elles...
qu'elles savaient aussi déjà tous les chœurs des
troupes et des gares... à trois, quatre voix !... *la ! la !*
sol dièse ! oh ! mais ça se désemmêlait pas ! et personnes réfugiées de Strasbourg ! *Lili Marlène !*
et comment ! le piano ! les chœurs redonnent
confiance ! pipi ! et la *bier* ! et les genoux ! et les gros
nénés !... *la ! la ! sol dièse !* en plus la mission Margotton, graves directeurs et dactylos qui se retrouvaient plus d'une porte l'autre à se chiper les boules
et saucisses ! espiègleries ! et les lorgnons ! je voyais
ça allait faire vilain !... les grand-mères couchées sur
les rails qui faisaient semblant rien comprendre...
c'était vraiment le très grand désordre, et j'avais
beau dire, j'étais cause ! qu'avais alerté les S.A. ! j'aurais dû rien dire ! maintenant une pagaille et boxon !
ramponneaux ! qui qu'allait sortir des buvettes ?...
S.A. ? les filles ? les militaires ? gifles et marrons ! et
le piano, alors ?... et les roulantes ? qui qu'aurait la
loi ?... je voyais venir le choc, que ça serait un tabac
au sang !... fatal !... Marlène pas Marlène !... moi
c'était qu'une chose, qu'Hilda remonte là-haut ! son
père, mon souci !... que sa fille se trouve malmenée
j'en entendrais un peu des vertes !... ma faute de
quoi ?... c'est pas Brinon, ni Pétain qui diraient
mot !... ni Bucard, Sabiani ni le reste !... j'ai la
tronche à être responsable, j'y prête ! de tout !... que
tout le monde jouit bien comme je suis nave, comme

j'écope que toutes les horreurs me foncent sus! que c'est un beurre et qu'eux réchappent!... une affaire, Ferdine! le Raumnitz von Oberführer, était vraiment le boche à se méfier! et que j'étais en quart! j'allais le voir deux, trois fois par jour...

Tout de même là, buvettes et plates-formes, les S.A. forcent que ça déblaie! à la Marlène et d'autres chansons!... piano joue plus!... bureaucrates... grand-mères et troubades bras dessus, bras dessous, puis-qu'on les tarabuste! salut! monôme! et en ville!... et les ménagères fritz aussi! du bourg! qu'étaient venues elles voir en curieuses!... bras dessus, bras dessous!... je me consolais : ça ira! j'avais l'Hilda et les copines!... les S.A. faisaient bien leur boulot, s'il y avait pas eu l'incident! mais tout d'un coup *ptaf!* je me dis : ils ont tiré! ça y est!... c'était les S.A., les douze, qui séparaient les femmes des hommes!... scindaient leur monôme! vous pensez! refoulaient les hommes vers la gare, les femmes vers le bourg!... là fatal! bang! vlang!... les gamelles volent! je me dis : Ferdinand t'es cuit!... j'avais pas pris part!... encore deux coups!... et tout silence! qui qu'a tiré?... oh! c'est pas loin! oh! je vois... un fritz par terre!... j'y vais!... tous autour déjà... c'est un S.A. qui a tiré... il avait son compte, l'abattu!... par l'orifice de la balle un jet de sang du dos... par pulsations... et par la bouche, glouglous de sang... un fritz d'un train blindé de la gare... camouflés comme ils étaient, uniformes caméléons... sa caméléonerie trempée rouge... il se vidait de sang plein la chaus-sée... pas eu le temps de faire ouf!... tiré dans le dos!... je m'approche, je lui prends le pouls, j'aus-culte... fini!... rien! bon! y a plus qu'à remonter... oh! mais qu'ils se remettent à parler! jacasser là autour tous!... et pas doucement! ils jugent!... et que les S.A. sont des pires brutes! et que c'est la fin de tout ! pires anthropophages que les Sénégalais de Strasbourg ! et que c'est béni qu'ils arrivent les anthropophages de Strasbourg et les fifis du Vercors ! qu'on les embrassera !... ils les connaissent, ils ont eu affaire à eux ! ils ont traversé leurs maquis ! ils peuvent comparer ! Vive les fifis ! les cris que pousse la foule ! Vive les Russes ! moi là, je vois là, c'est que les ménagères, femmes enceintes, troubades, fous d'élan, vont se jeter contre les S.A., charger ! alors que cette fois c'est la gibelotte ! ça sera pas qu'un mort !... là je peux dire, encore historique, c'est Laval qui a tout sauvé ! s'il était pas survenu, juste, c'était la rafale et c'est tout !... mais heureusement, juste il sortait !... il sortait avec sa femme !... jamais en même temps que Pétain !... comme lui le Danube, mais sur l'autre rive... il descendait donc vers la gare... heureusement ! sans Laval pas un réchappait ! il s'approche... je le vois encore... il me voit, il me fait, il se rend compte...

« Docteur, c'est fini ?

— Oh oui ! Monsieur le Président... »

Il connaissait les attentats, il avait eu le même à Versailles, pas au pour, au vrai, radios... il souffrait toujours de la balle... il était très brave... il haïssait les violences, pas pour lui, comme moi, que c'est décourageant, ignoble... moi qui l'ai traité de tout, et de juif, et qu'il le savait, et qu'il m'en tenait vachement rigueur que je l'avais traité de youpin, proclamé partout, je peux parler de lui objectivement... Laval était le conciliant-né... le Conciliateur !... et patriote !... et pacifiste !... moi qui vois que des bouchers partout... lui pas ! pas !... pas !... j'ai été le voir chez lui, son étage, des mois, il m'en a raconté des chouettes, et sur Roosevelt et sur Churchill et sur l'Intelligence Service... Laval, ce qu'il cherchait, il aimait pas Hitler du tout, c'était cent ans de paix...

il tombait pile là pour la paix, le fritz sur le dos !...
je l'avertis...

« Monsieur le Président il n'y a que vous ! les S.A.
sont plus à tenir ! ils vont tout tuer ! »

C'était un fait !... campés les douze !... mausers sur
nous ! Laval veut d'abord se rendre compte de lui-
même, il va au mort, sous les S.A., il se penche, il
enlève son chapeau, il salue... les autres autour, aussi
saluent... comme lui... le trèpe autour... les femmes
font des signes de croix, les S.A. au garde-à-vous.

« C'est fini Docteur ?

— Oui, oui, monsieur le Président ! »

Alors il s'adresse à la foule.

« Allons ! maintenant rentrez chez vous ! tous !
suivez le Docteur ! »

Il s'adresse à moi.

« Vous Docteur, vous remontez au *Löwen* ?...

— Oh oui ! Monsieur le Président !... et les dames
à leur dortoir, à l'école d'Agriculture !...

— Vous les conduisez ?

— Oui ! oui ! Monsieur le Président !... et la jeune
fille Hilda là, à son père !...

— Qui, son père ?

— Le Commandant von Raumnitz...

— Von Raumnitz... bon ! bon !... »

De voir Laval et sa femme qu'étaient à parler gentiment, pas fiers du tout, avec toutes et tous, dépas-
sionna net l'émeute !... ils regardaient même plus
les tueurs !... ni le mort ! Laval, sa femme, qu'étaient
l'intérêt... ils profitaient... l'interroger !... si ça serait
bientôt fini ?... si les Allemands gagneraient ? per-
draient ?... il devait savoir !... lui ! il devait savoir
tout !... mais ils lui laissaient pas le temps de répondre !... les réponses pour lui ! avant lui !... que
c'était le Forum, autour de lui Laval... la Bourse !
autour de Laval et Madame !... égosillerie générale !

chacun raison ! qu'il avait pas compris ci ! ça ! qu'il pouvait admettre ! qu'il admettait pas ! Laval aussi c'était le têtu ! l'homme du dernier mot !... Chambre ! Forum ! poteau !... l'électeur lui faisait pas peur !... ce que je voyais ce qui m'arrangeait bien c'est que tout ça, bafouilleurs, filles mères et Laval et Madame remontaient au *Löwen* !... que personne retournait aux trains, ni à la buvette !... toujours ça !... ils interpellaient trop Laval, ses revers de veston, se pendaient après !... qu'il admette qu'il s'était gouré ! qu'eux ils savaient tout ! le fin du fin !... Laval pourtant un avocat ! et Président du Conseil... et qu'avait toujours eu raison ! il se trouvait ses maîtres, forcé d'écouter ceux qui le tiraillaient par les manches, lui écrasaient à dix les pieds ! qu'il s'en foute pas !... qu'il tienne bien compte ! c'était autre chose qu'Aubervilliers ou la Tribune !

Tout ce que je voyais c'est qu'ils remontaient !

Il avait trouvé, Laval qui se croyait le fameux plaidoyeur, pas une !... cent filles mères ! ménagères, tourneuses, et réfugiées de Strasbourg... de la Lozère... et des Deux-Sèvres, qu'en savaient un peu plus que lui !... et qu'il avait plus qu'à apprendre !... que ç'aurait été la Chambre il aurait pas eu son scrutin ! je l'ai vu, lui, je peux dire, Laval, remonter de la gare, sous les conseils, répondant plus que « oui... oui... oui... » de la gare au *Löwen*... submergé... jacasserie totale !... meeting total !... pas de violence !... pas de coups !... que de la véhémence politique et des explications nourries ! pourvu que ça remonte vers le bourg ! ce que je voyais !... que ça s'avise pas de retourner ! reflue pas !... oh ! mais le Laval, là, le génie !... il manœuvrait par « Oui... oui... oui »... il les emmenait discutailleurs... acharnés qu'il écoute encore !... vraiment il a sauvé la mise !... pas qu'à moi, à tous à la gare, et en remontant !... c'était un

poil, en position que les S.A. fassent pas feu ! tirent !
étendent tout ! c'est Laval qu'ils ont pas tiré ! qu'il
s'est laissé interpeller, pendre à ses revers ! qu'a
eu l'air vaincu par les arguments, qu'ils se sont trou-
vés devant le *Löwen*, devant le *Stam*, la *bier* et les
chiottes... ah ! qu'ils se sont rués sur les tables !
d'autres stams ! d'autres gamelles ! tous et toutes !
l'Herr Frucht qui barrait la porte voulait pas que
les femmes enceintes entrent, qu'elles avaient qu'à
remonter briffer chez elles ! *Schlachtgasse* ! là-haut !
révolte encore !... parlementerie qu'il a fallu qu'elles
acceptent de décoller, sortir de la porte, avec cha-
cune un kilo de miel synthétique !... les grossesses
c'est les sucreries !... tout de même l'attroupement
s'est dissous... ils ont laissé Laval en plan... Laval, sa
femme... il a juste eu le temps de me dire :

« Docteur ! vous viendrez me voir, n'est-ce pas ? »

Ils remontaient chez eux, au Château... moi, Hilda
et les copines, et Lili, tout de suite chez Raumnitz !...
Aïcha nous attendait...

« Le Commandant est sorti... avec les chiens... il
est à la gare... »

Elle dit rien que j'aie ramené la fille... elle lui parle
pas... je trouve pas l'accueil du tout aimable... mais
le von Raumnitz à la gare... c'était sûrement pour
l'enquête... il savait ce qui s'était passé !... c'était son
métier de savoir tout de suite... tout ! surtout depuis
le coup du bois de Vincennes, la mutinerie... je vous
raconterai...

Un moment, à la fin des fins, ce perpétuel carrousel grondant fulminant, cette pétaraderie de
« forteresses » au ras des toits... toute cette idiotie
ronchonnerie tonnerre vous attriste... c'est tout !... le
résultat... la mélancolie que ça vous donne... l'acca-
blement... des gens deviennent neurasthéniques
qu'ils ont pas assez de distractions ?... sous les
carrousels R.A.F. pas une minute à réfléchir !...
sirène !... sifflets !... et encore rafales !... une autre
vague de *mosquitos* !... tout ce trafic du plus haut
que les nuages... looping !... looping !... jusqu'en
bas... jusqu'à la chaussée... et virevolteries !... et
relances !... et sans cesse !... vous donne une de ces
envies de retourner chez vous !... mais vous avez plus
de « chez vous » !... ah, *not to be ! be !* vous êtes
coincé par le sort !... pris dans l'étau !... vous avez pas
fini de rire !... vous débattre et récriminer ! à plus
savoir !... *not to be* crotte !... que vous êtes fait !...
enfin d'une façon !... rire contraint... rire jaune... je
vais vous raconter la suite... s'il se peut !... je suis
moi-même, pas besoin de vous dire, l'âge, le crime
des hommes, et tout, bien plus à me faire oublier,
finir dans mon coin, qu'à m'évertuer de vous présenter des personnes, branquignols, femmes, choses,

peu prou pas croyables !... le coup de *La Publique* a suffi !... je crois ! je vais pas aller encore pour vous dans ces contrées de-ci !... de-là !... peu, prou presque pas avouables... non !... mais si vous êtes pris dans l'étau... pris par le sort... vous vous dégagerez prou ou mal !...

À tout prendre et sans prétention le mieux que je vous raconte tel quel !... la malignité publique saura bien sûr tout fripouiller ! sacriléger !... tout farcir d'horribles mensonges !... que moi-même, en tout, finalement, je me ferai l'effet d'un drôle de piaf !... sorte d'ectoplasmique ragoteux... revenant plus sachant... de-ci !... de-là !... l'attitude !... les mots qu'il doit dire ?... lorsque le sort vous a coincé c'est plus que de passer aux aveux... j'en vois échéant, il en vient me voir, des dans mon cas, qui savent plus quel pied danser... et si bredouillants, et si gauches ! et qui fanfaronnent !... parole !... penauds emberlificotés !... lorsque vous êtes pris dans l'étau, qu'on vous a déchu, à l'os, à la moelle, c'est plus que de passer aux aveux !... et pas que ça traîne ! vos heures sont joliment comptées ! « bâtir à cet âge !... » et donc, raconter des histoires !... bordel ! les jeunes sont tout débiles idiots blablaveux boutonneux tout naves... soit !... les « Incarneurs de la Jeunesse » ! évident ! pour la raison qu'ils sont pas « faits »... les vieux ? tout suinteux radoteux, inimaginables de haine et d'horreur pour tout ce qui arrive ! et qui va venir !... pour la raison qu'ils le sont de trop, eux, « faits » !.... camemberts verts et vers, coulants puants, vite vite à remettre au frigidaire !... à l'office ! à la fosse ! au trou !... donc vous avez pas beaucoup de chances d'aller vous, vos pauvres turlutaines, vous placer chez ceux-ci ? ceux-là ?... chez les ganaches ?... les boutonneux ?... fiel... camomille... venin... guimauve... on vous demande rien ! personne! nulle part!... moi vous savez ce que j'en fais!... les circonstances... l'obligation où je me trouve... les animaux et Lili...

Achille?... Gertrut?... bel oigne!... les deux ensemble à la même corde!... et que ça gigote fort!... et leurs cliqués!... mais d'abord!... et d'un!... que je touche! l'un?... l'autre?... que me fout?... ah! mais qu'ils partent pas sans me payer!... après?... Dieu damne!... plus haut!... plus court!... j'irai voir leurs langues!... lequel des deux aura la plus grosse! plus pendante!... saloperies fainéants menteurs!... mais qu'ils expirent pas sans me raquer!... jamais personne a rendu l'âme, jamais eu d'âmes fumiers pareils, dettes pendantes...

Mes imprécations avancent pas beaucoup ma belle œuvre! mes petits chichis et misères! vous vous en battez vous aussi! pardi! pardine!... retournons donc au *Löwen*... je vous ai laissé sur le palier... Mme Aïcha von Raumnitz... je lui ramenais sa fille, la jeune belle Hilda... peut-être serez-vous étonné?... mais je vous parle en clinicien, embryologiste et raciste... que ce mariage d'un hobereau si accusé, si Dürer, de stature, nature, et de cette personne Aïcha, si elle, tellement trébizonde!... Beyrouth!... ondulante, si brune, lascive, bovine, pas Dürer du tout... ait donné une si belle enfant?... oh! les croisements sont pleins de périls... d'aléas... la petite Hilda avait de l'étrange et garcerie... Beyrouth... Trébizonde... et une de ces tignasses, blond cendré!... les yeux de couleur clair bleu, fées du Nord... lui le Commandant Baron von Raumnitz, il avait fallu qu'il épouse!... il paraît!... il l'avait comme déshonorée cette Aïcha... quelque part... Beyrouth... Trébizonde... il était en mission par là... les Échelles du Levant sont terribles aux Capitaines « en missions »... Aïcha avait succombé... il paraît!... il paraît... s'il l'avait pas épousée, ramenée avec lui en Allemagne, elle subissait le sort et coutume !... elle coupait pas !... les Grands Jaloux du Proche-Orient vous ont de ces eunuques aux Hautes Œuvres !... les harems votaient pas encore... elle l'avait échappé de très juste, Aïcha !... son cas était pas tellement rare, de ces séduites du Proche-Orient, épousées par les hobereaux, la veille d'être pendues... tenez, nous à Baden-Baden et plus tard traversant l'Allemagne nous en avons avisé bien d'autres des dames du genre Aïcha proche-Orientales, Sino-Arméniennes, Mongolo-Smyrnes, devenues *Landgravines*... Comtesses... les attachés militaires sont pas que des rapprocheurs terribles !... ils s'enfièvrent des difficultés !... ils vous retournent Coran, Harems, Castes, Cloîtres, que c'est le Malin en uniforme !... qu'ils emportent tout !...

La preuve, les unions que ça donne, que chez ma mère, rue Marsollier, j'ai vu venir me relancer et me proposer des sommes énormes, des véritables fortunes, si je voulais un petit peu mieux comprendre les desseins, les dessous, les avantages, les profondeurs de l'Europe Nouvelle !... ces tentateurs qui venaient chez ma mère étaient aussi des sortes d'hybrides comme Aïcha, d'unions prusso-arméniennes... affaires du Diable !... comme chez nous affaires du Diable, hybrides prêts à tout, Laval, Mendès... leur cousin : Nasser !... Je les questionnais, je profitais qu'ils étaient là, ces messagers... oh ! pas des quelconques bâtards ! non plus ! offensants à l'œil ! je vous parle en embryologiste... des hommes vraiment très réussis, moralement et physiquement... Colonels, et très bien placés ! pas colonels d'opérettes !... cheveux noirs asiates... la mèche ébène, comme Laval... peau bistre comme Laval... hybrides alertes, intelligents, inquiets aussi... ils avaient de quoi être inquiets ces hybrides colonels alertes... ils avaient des regards comme Laval mais en plus jeune... ils auraient pu être députés, très bien !... à Vitry ou Trébizonde... n'importe où !... remplacer Laval à Aubervilliers... remplacer Nasser au Caire... très bien ! si les hybrides me font peur, j'ai des raisons !... remplacer Trotsky à Moscou !... disponibles et des « tout allant » ces hybrides inquiets !... remplacer Peron ou Franco !... l'avenir qu'ils ont ! tenez, comme le Spears à Londres !... Mendès-France, ici !... ce qu'ils veulent ! Disraeli... Latzareff... Reynaud... l'Hitler, semi-tout, mage du Brandebourg, bâtard de César, hémi-peintre, hémi-brichanteau, crédule con marle, semi-pédé, et gaffeur comme !... avait tout de même le petit génie qu'il avait saisi les hybrides, qu'il en avait tout plein autour, qu'il les bombardait facilement : colonels ci ! colonels ça !... généraux, ministres, conseillers intimes ! d'où vous trouviez beaucoup de peaux bistres où vous les attendiez pas du tout...

Oh ! vous me demandez pas tant de détails !... certes !... que je revienne à mon histoire !... tout de même que vous compreniez pourquoi le Raumnitz von était pas si tellement raciste ! la preuve : son mariage ! ... mais les remous !... si on y avait fait comprendre ! qu'il était mal marié, bougnoule !... après l'avatar de Paris qu'il était devenu l'haineux carne ! résipiscence !... l'archiboche total !... que vous pouviez tout vous attendre !... je dis !... remous !...

Zut !... ma tronche !... pas Paris le scandale ! Vincennes !... ils occupaient Madame et lui un très grand très riche pavillon d'un très riche juif, parti en voyage... une demeure somptueuse en bordure du Bois, toute bourrée de meubles laqués et bibelots de Chine... Palais-musée-magasin... ils s'étaient créchés admirable, les Raumnitz !... elle pouvait bien durer

un siècle l'occupation !... mais patatrac !... la nuit
« Wehrmacht » !... Raumnitz roupillait, et Madame...
vous avez entendu parler ?... quand les soldats
mutins survinrent escaladèrent le Palais, sortirent
von Raumnitz de ronfler, et le fessèrent céans !...
pflac !... pflac !... ligoté ! à dix troubades !... son cul
tout rouge !... je vous raconte que ce qu'est connu, le
complot Stulpnagel... l'opération « balcon-fessées »...
en plus, le plus bath, qu'Hermann von Raumnitz
était lui précisément le premier manitou *Oberbefehl-
superflic* des banlieues Nord, Est, et Joinville !...
et tout le Bois !... et Saint-Mandé ! et la Marne !... là,
le coup qu'on vienne le sortir du page, et sa femme
avec, et qu'on leur file la correction ! les fesses cra-
moisies !... vous pensez, si ça foutait mal !... pas un
de ces outrages qu'il allait pardonner jamais !
en plus, qu'il s'était fait secouer de son grade, rétro-
grader commandant !... vous voyez si on tombait
pile !... nous !... sous sa gouverne absolue ! la gentille
humeur ! nous, les 1 142 !... s'il nous attendait ! rigolos ! ce qu'on mijotait ?

Je vous ai montré à la gare toutes ces hurleries et
chansons, et toutes ces manières de plus pouvoir se
retenir à rien !... nulle part ! jusqu'à la cuisine !... en
bas !... pisser dans les *Stam* !... c'était arrivé !... alors ?
alors ?... on le trouvera pas cette fois-ci, roupillant,
l'Obersturmführer ! non ! oh ! qu'il était farouche
sur l'œil ! en tout !... partout !... et sur tous ! Raumnitz !... l'Aïcha de même !... en bottes, et sa grosse
cravache !... pas près d'être surpris endormis !... qui-
vive, les deux !...

Enfin, toujours est-il, le fait, c'est que j'étais
revenu au Löwen avec leur fille en bon état... on
aurait pu me remercier, je trouvais ! il me semblait...
je pouvais attendre !... rien à attendre de tels outra-
gés sournois fessés morfondus haineux !... toujours

est-il ça leur aurait pas gercé la glotte d'y aller d'un petit mot aimable... « C'est bien grâce à vous, Docteur !... » ouiche !... qu'ils se croyaient toujours les vainqueurs ! pas aucune raison de prendre des gants !... comme ça les saloperies boches !... pareils les Anglais !... leur très horrible inné naturel !... vainqueurs méprisants ! une fois pour toutes ! fessés, pas fessés !... et là pardon ! que j'avais qu'à me taire !... qu'ils attendaient qu'il me vienne un mot !... et qu'il me démangeait le mot !... aussi bien au fessé Raumnitz qu'à sa grosse ondoyeuse mémère ! sa houri à bottes et cravache !... ses dogues !... et sa chambre 36 !... sa chambre ?... je me comprends !... je redescends donc à notre étage !... un peu réenvahi déjà !... tout le palier !... Raumnitz avait dû permettre ! ses flics avaient laissé remonter... il avait fait rouvrir les gogs... mais plus de sièges aux gogs ! les gens faisaient direct dans le trou !... bon !... c'était moins sale... ils regorgeaient moins, déversaient moins... plein le palier !... ça c'était heureux ! Frucht aurait moins à éponger ! à peine j'étais devant notre porte, le 11, un boucan d'en bas !... et des ordres !... « Laissez passer ! laissez passer ! » comme quelque chose de lourd qu'on monte... les gens des gogs y vont pour voir... ils obstruent !... *los ! los !* oh ! mais c'est un homme le paquet !... très gros paquet... des flics qui le montent, le hissent !... là, ça y est ! il est ficelé !... même enchaîné qu'il est ! et quelles chaînes !... du cou aux chevilles ! il se sauvera pas !... ah ! mais diable ! j'y suis !... c'est le Commissaire Papillon ! sa tronche ! il est tellement tuméfié ! l'état !... que presque je l'aurais pas reconnu !... boursouflé, double ! triple ! comme les pieds des soldats de la gare ! qu'est-ce qu'ils y avaient mis ! soigné, les fritz !... je vous ai pas dit, je le connaissais, ce Papillon !... Commissaire spécial de la Garde d'Hon-

neur du Château... « spécial » attaché à Pétain...
l'aventure !... je voyais, je comprenais... je suis assez
long à comprendre... je veux comprendre très scru-
puleusement... je suis de l'école Ribot... « On ne voit
que ce qu'on regarde et on ne regarde que ce qu'on
a déjà dans l'esprit »... je l'avais constamment dans
l'esprit le Commissaire spécial Papillon !... et depuis
bien des mois !... depuis le moment qu'il m'avait dit :
« Vous savez Docteur ! on y va ! » même c'est la justice à me rendre j'y avais répondu tac ! net !... « Commissaire vous y perdrez tout ! c'est un piège !... ils
vous ramèneront en bouillie ! restez au Château ! »
basta !... il en avait fait qu'à sa tête !... elle était
jolie sa tête !... il était pas le seul sur cette idée de
passer en Suisse !... pardi !... les 1 142 l'avaient !... tout
Siegmaringen demandait qu'à se sauver à Bâle par
Schaffhouse !... mais voilà !... voilà !... la frontière ?
s'il s'était fait embarquer le Commissaire spécial
Papillon !... et ramener comme !... en cheville avec un
« passeur », soi-disant !... « un passeur » où nous en
étions, normal, naturel, pour les cigarettes ! la morphine, et les lampes de poche !... mais pour soi-
même en personne c'était se foutre bien sûr entendu
dans tous les traquenards de bourres !... fritz, franzose et suisses !... il avait le bonjour, Papillon !... il
avait vu !... j'y avais dit ! surtout « Policier d'État » !
pas puceau !... non !... là, c'est les fritz qu'avaient
gagné ! ils le ramenaient, boudiné enchaîné, ils le
déposaient sur le palier... *vlang !*... devant les gogs !...
que tout le monde en prenne de la graine, se rende
compte, comment c'était le passage en Suisse !...
j'avais pas besoin de détails !... déjà cent c'était
arrivé ! gaulés !... la frontière coupe-gorge !... 20 kilomètres en deci !... en delà !... le dispositif depuis des
siècles !... *no man's land puzzle !* vous vous y faisiez
flinguer par les gardes françaises, suisses, ou fritz...

parfaitement d'accord!... à vue! feu!... fifis, S.A., ou Guillaumes Tells!... chasse ouverte!... tout ce qui se risquait... en tapinois... ou carrément!... *pfatf!*... mouche! pas d'histoires!... de jour comme de nuit!... rigodon!... un coup de projecteur! « On vous demande!... pas plus loin, touriste! » abattu, ficelé, embarqué! cinq sec! le scénario était classique... ou laissé sur place, froid... c'était selon les ordres de Berlin et de Berne... ou ramené en Fridolie, comme le commissaire Papillon, gisant, exposé, enchaîné... que tous puissent bien voir, se rendre compte.

Si les Suisses gagnaient?... pile ou face!... le mec alors, c'était du Bâle!.... à petites étapes! et puis après, on ne sait où!... livré surtout aux fifis! la Chaux de Fonds-Fresnes!... allez pas croire, tant que les journaux, aux guerres totales!... beaux pièges à cons!... atomiques ou pas!... elles dépassent jamais les polices!... jamais si profondes! les « no man's land » sont faits exprès pour pas rupturer les fines fibres... que les flics restent bien bout à bout, aimables et professionnels... sous les pires cyclones fanatistes!... « je vous en prie! ce petit lapin!... » et vous maintiennent un certain ordre... que c'est pas la peine d'insister!... qu'une certaine paix est déjà faite!... les guerres sont que des incidents, même les « totales »! là, le Commissaire Papillon ç'avait été une rigolade!... l'arraisonner l'empaqueter, le ramener d'où il venait!... ils auraient pu l'empailler, aussi bien! somnambule! pas fait ouf!... il se promenait en toute inconscience... il aurait regardé son « passeur » seulement un petit peu!... et tous les passeurs d'abord! leurs fioles! vous vous sentiez assassiné rien que les détailler un petit peu... leurs coups d'œil, leurs biais profils... j'ai vu je peux dire bien des prisons et de ces tarés dégénérés, des « nés bagnards »,

« Lombroso types », vraies pièces de musées ! mais
là dans ce « no man's land » bocho-helvète vous
trouviez de ces individus, genre coureurs des bois,
« cromagnons » qu'étaient des vrais sujets de « cliniques » extrêmement instructifs d'un sens... « qua-
ternaires »... ils auraient mangé des humains vous
auriez pas à être surpris... tous auxiliaires de la
police, bien entendu !... toutes les polices et gendarmes !... contrebandes, tout ce que vous vouliez !...
le cas de tous les dégénérés, « type récessif » toujours
tous indices et passeurs... que ce soit au Cameroun,
les Pygmées, entre Paouins et Mabillas... ou boulevard Barbès, les petits hommes, entre les mineures
et la came, trafic « la Mondaine... » ou Bloomsbury,
Londres, l'opium et l'avortement, Whitehall 1212...

Toujours là, je vous racontais, le Commissaire
Papillon, la façon qu'ils l'avaient souqué, ficelé,
d'abord assommé pour le compte !... il se tenait joliment tranquille ! dans ses chaînes ! vous me direz,
vous me répéterez, un Commissaire et surtout « spécial »... est pas tout à fait un benêt !... tomber dans
tel piège ? même tendu très astucieusement ? oh ! oh !
il doit en connaître un petit bout ! c'est son métier !
il avait qu'à regarder un peu les dégaines de ces
« passe-frontières » ! ces visages !... comme fourbe-
rie, traîtrise, tares, stigmates, vous auriez dit des
maquillés ! masqués « mi-carême » !... la nature se
donne le mal de vous faire des gens qui portent
masque ! vous profitez pas !... tant pis !... hâbleurs,
provocateurs, vantards, et puis tout soudain, tout
humbles, rampants... caméléons, vipères, couleu-
vres... ils étaient tout !... vous les fixiez, ils muaient
devant vous, là, de les regarder !... oh, bien sûr, en
« Maisons d'Arrêt » et à l'Instruction, vous trouverez
quantités de la sorte ! enfin à peu près... tous ces passeurs bocho-helvètes devaient être en permission de

quelque part... prisons frontalières... suisses... savoyardes... bavaroises... aussi «ruptures de commandos», déserteurs... nous avions à Siegmaringen dix... douze passeurs habituels... ils disparaissaient... reparaissaient... en permission, soi-disant... la permission c'était Constance, huit jours de Constance !... la seule ville calme de toute l'Allemagne, la seule ville jamais bombardée, et la seule toujours éclairée, comme en paix, et tous les magasins ouverts, et les brasseries... grand trafic de Bourse, toutes devises, valeurs !... Suisse, France, Lausanne, et les maquis... plus les denrées ! grand choix d'Est et Ouest ! marmelades, chocolats, conserves, caviar !... véritable Caviar de Rostoff !... j'invente rien !... parachuté, tenez-vous, par une escadrille R.A.F. ! en même temps que tous les *Reuters* et «Informations» de toute la semaine... New York, Moscou, Londres... en somme la très somptueuse terrasse «Café de la Paix», au bord du lac... vous dire que ça valait la peine, la ville vraiment féerique, tentante... le Commissaire Papillon savait... par là, qu'il allait !... et pas seul !... pas seul !... avec l'attendrissante Clotilde !... fatale Clotilde !... une très, très gentille douce enfant... enfant ?... enfin, demoiselle ! et demoiselle de Radio-Paris... speakerine ! la demoiselle de la «Rose des Vents»... question crimes, vous pensez, chargée ! elle vous avait lu de ces textes !... microchanté de ces horreurs !... surtout une ! la pommée horreur !... «de Gaulle, le roi des félons ! poum ! poum ! poum ! »... on comprend qu'elle se soit sauvée, qu'elle ait pas demandé son reste ! en plus qu'elle avait un amour ! oui, elle aussi !... qu'elle avait donné son amour au Grand Pourfendeur de Carthage !... à travers mille et cents périls elle se met en mal ! elle le retrouve ! elle fait le voyage Porte Maillot-Constance, retrouver son grand Pourfendeur ! miracle de l'amour ! mais c'était plus du tout le moment de le relancer Hérold ! ah ! plus du tout !... il voulait plus qu'être seul, tout seul, Hérold Carthage ! qu'elle avait traversé maquis, fifis, armée sénégalaise, Strasbourg ! tout !... et que lui il voulait plus qu'être seul ! tout seul ! envie de rien ! qu'il avait Carthage en travers ! et qu'il l'envoie foutre sa Clotilde !... éplorée Clotilde !... qu'il la refourre dans le train !... qu'il irait la retrouver un jour !... un jour !... il l'expédie... il nous l'expédie... juste un mot pour Sabiani !... la boutique à Sabiani, l'endroit le plus navrant du bourg, la permanence P.P.F., le plus gros entassement d'agoniques... leur grande boutique, l'arrière-boutique, les deux vitrines !... il y a des témoins qui vous diront... pire que le *Fidelis* ! les deux vitrines, crevards tous les âges, bébés, grand-mères... et sous de ces écriteaux sérieux ! pas du tout enjoliveurs ! les seuls écriteaux politiques que j'aie jamais vus rédigés sérieux !... que sans doute on reverra jamais ! même en bagnes chinois !... « Oublie jamais ! souviens-toi bien, que le Parti ne te doit rien et que tu dois tout au Parti ! » voilà ce qu'il fallait qu'ils comprennent les agoniques ! les adorateurs de Doriot ! qu'était pas mâché, antique ! pas flagornerie électorale !... c'est un moment exceptionnel que les Partis se mettent à table, disent bien les choses, dorent plus la Pilule... branlent pas Caliban ! les crevards du P.P.F. plein la boutique permanence rendant bien leurs tripes et poumons étaient là per-manents repoussoirs !... il s'agissait plus de recruter ! chaque chose en son temps !... il s'agissait de faire fuir le monde... Clotilde avait vu la façon !... qu'elle s'était fait envoyer foutre !... et comme !... même de la vitrine aux crevards !... « à la gare, morue !... salée salope !... culot !... » qu'elle leur demandait son Hérold ! qu'il lui avait dit qu'il serait là ! bien promis !

la gare? la gare?... elle en remontait!... virée de la boutique «crevarium» elle était redescendue l'avenue!... je vous ai montré... l'avenue de l'émeute!... elle s'était retrouvée sur le quai, là, sur un banc, pauvrette seulette mignonne, en panne... avec des centaines comme elle!... des désemparées, tous les bancs... des congédiées des usines... des grand-mères... les grand-mères elles, je vous ai dit, c'était plutôt faire du scandale, grimper à l'assaut des locomotives, se coucher à travers les rails... aucune pudeur! les jeunes étaient encore coquettes... Clotilde pleurait d'abondance, mais doucement, très pathétiquement... le Commissaire Papillon passait par là, juste là, «service à la gare»!... voyant Clotilde, la sympathie immédiate!... pourtant quantité d'autres jeunes femmes, aussi en détresse que Clotilde, étaient là, par là sur les bancs... mais Clotilde, tout de suite! tout de suite! il avait plus vu que Clotilde!... le cœur : pan! pan! qu'elle veuille ou non, il avait fallu qu'elle goûte à sa propre gamelle!... pas dit trois mots!... quatre mots!... qu'il lui avait juré l'amour!... sa vie pour elle!... et Papillon avait rien de ces petits sauteurs, prometteurs de Lune! non!... non!... pas dit quatre mots qu'ils s'étaient échangé serment de ja... ja... jamais croire à rien qu'à leur force d'amour, et tendresse et la sublimité de leurs âmes!... vous dire, je vous dis tout, que tout était pas que viles étreintes, vautreries de corps, amalgames impies, sur ces quais et sous ces tunnels... la preuve, Papillon, Clotilde... un sentiment qu'Héloïse, Laure, Béatrice auraient été très flattées... et dans quelles conditions de cauchemar!... bombes suspendues!... sirènes, sifflets, de ces stridences que vos oreilles partaient avec!... tamponnements des vingt-cinq trains de troupes!... gueuleries des roulantes... troubades autour, et les grand-mères, et ouvrières, et les bébés... et plus, bien sûr, « Lili Marlène » et le fort piano de la salle d'attente... Papillon, son rôle, sa fonction, c'était que les grand-mères laissent partir les trains... éviter que les S.A. s'en mêlent ! les faire lever d'entre les rails !... c'était pas du tout le jean-foutre, Papillon ! on peut dire que c'est grâce à lui que les trains sont toujours partis... à peu près... malgré le plus en plus de grand-mères !... jusque sous les locomotives !... d'un coup qu'il a eu vu Clotilde, je vous raconte les choses, il a plus pensé qu'à elle, vu qu'elle !... lui faire son bonheur, et tout de suite !... pas dans vingt ans !... la consoler de tous ses chagrins... lui refaire une vie !... pas dans vingt ans !... tout de suite !... tout de suite !... la Suisse, en vraie vie ! Constance !... féerie de Vie ! nous on était tout dans la Mort ! Constance, la Vie !... Bâle !... Berne !... comme ça qu'ils s'étaient décidés ! partis ! le premier passeur venu ! hop !... tout de suite !... tout de suite ! et qu'ils s'étaient fait recevoir, là-bas !... un peu !... vachement attendus !... somnambules d'amour !... prévus !... attendus !... en bonheur, quoi !... au bonheur !... allant devant soi sans regarder !... en rêve !... même contre un fort peuplier !... le septième peuplier : la Suisse !... mais le sixième peuplier, pardon ! vingt bourres boches ! les chiens et les chaînes !... cinq sec !... coiffés, ligotés, embarqués, ramenés !... là lui, je le voyais sur le flanc !... saucisson de chaînes !... enchaîné du cou aux talons... et il se tordait convulsait un peu... pas beaucoup... le parquet était sec, le couloir était plus le cloaque... ils l'avaient déposé là, juste devant les chiottes, pour que les autres puissent bien regarder et se rendre compte... ça me faisait souvenir d'Houdini... l'Houdini à l'Olympia... j'ai toujours des souvenirs d'enfance... comment il faisait sauter ses chaînes, lui !... et autre chose comme chaînes, cadenas et maillons ! et autrement entremêlés !... le Papillon là, gisant, convulsait beaucoup trop mou pour jamais faire sauter rien ! salut ! sur le flanc exposé exprès que tous le voient... tout de son long devant les W.-C... les gens montaient, venaient de la rue... oh ! mais pas un qui lui parlait !... ils se chuchotaient, rechuchotaient... tous la même chose : « dans quel état ils l'ont mis !... » de ces cocards, bleus, noirs, verts, rouges !... vous pensez qu'il était connu le Commissaire Xavier Papillon !... et depuis Vichy !... le Commissaire spécial de Pétain !... Clotilde aussi était connue !... de Radio-Paris et de la gare... « où c'est arrivé ?... aux peupliers ! » tout ce que Clotilde avait retenu : « aux peupliers » ce qu'elle répétait dans les sanglots, « peupliers ! peupliers !... » lui, le ligoté, souqué, saignait, le nez contre le linoléum, ronflait !... oui, ronflait, il aurait fallu pouvoir lui desserrer ses chaînes des mains... il avait les poignets liés dans le dos, par les chaînes et un autre cadenas... je connais, on me l'a fait !... j'ai eu plus tard moi aussi les poignets enchaînés pareil, dans le dos... j'ai même fait du tourisme tel quel, en autobus grillagé... tout Copenhague, de la Prison *Venstre* à *Politiigaard*, pour me demander si c'était vrai que j'avais commis tel crime ?... tel autre ?... là, regardant Papillon devant les W.-C. j'étais pas encore au courant... je vois Achille, Mauriac, Loukoum, Montherlant, Morand, Aragon, Madeleine, Duhamel, tels autres bouillonnants politiques, ils savent pas non plus ! ça leur ferait joliment du bien !... ils donneraient plus du tout de cocktails !... peinards dans la merde, enchaînés !... sages ! et au fait !... la valeur des mots et des choses ! oh ! ça devait m'arriver aussi !... on peut dire qu'on est prévenu de tout si on fait un peu attention... là sur le palier, comme il était, le nez contre le linoléum, personne avait rien à faire qu'à prendre

un petit peu de la graine ! cadenas ?... certes, y avait
le cadenas !... mais il aurait fallu la clef !... personne
avait de clef !... ça commentait, mais à voix basse...
ce qu'on aurait pu faire, et pas faire !... pas des commentaires violents, comme à la gare !... plutôt genre
« fidèles à la Sacristie »... on plaignait surtout Clotilde... « la pauvre petite !... la pauvre petite !... » pas
tant lui !... lui, qui l'avait entraînée !... bel et bien !...
l'irréfléchi, l'impulsif, lui !... l'opinion des dames !...
elle, qu'était à plaindre, pas tant lui !... sans lui elle
serait restée là... lui, l'idiot !... le dangereux saucisson !... un flic, d'abord !... et tâter de la frontière
suisse ?... ah ! là ! là !... il devait être un peu au courant !... tout de même, il semble ! fallait être bourrique et si con aller se foutre en un tel guêpier !... la
preuve !... la preuve !... y regarder la tronche !... le
téméraire-risque-tout-nouille !... bien sûr qu'il s'était
fait cueillir !... nave !... la pauvre mignonne ! elle, la
pauvre mignonne !... on plaignait qu'elle !... « aux
peupliers ! aux peupliers ! » qu'elle arrêtait pas de
gémir, la pauvre mignonne... tendre frêle victime...
la dérouillade aux peupliers était pas pour moi une
surprise... pour Marion non plus !... il y avait été lui-
même, l'endroit même !... reconnaître les peupliers,
le ruisseau qu'était la frontière... certes, la reconnaissance très risquée !... il y avait été un dimanche...
le dimanche, polices, S.A., Helvètes, maquis, bouffent énormément, pintent, et ronflent... vous avez
une chance d'être inaperçu... bien que ?... bien
que ?... les clebs ?... il y avait été, et avec la carte !...
la carte au crayon, le « tracé » à la main... où passait
exactement le fameux ruisselet-frontière... entre le
sixième et septième arbre... il avait rencontré personne, lui !... une chance !... la chance !... « Je passais
si j'avais voulu ! »... ça l'aurait avancé à rien, il était
trop connu en Suisse !... tout de même il avait vu

l'endroit! précisément l'endroit exact où le passeur les avait menés, Papillon Clotilde! mais eux, fleurs! pardon! attendus! entre le sixième et septième arbre...

Vous pensez que nous avions des cartes de cette frontière Bade-Helvétie... la bibliothèque du Château en avait des malles! monceaux! monticules d'Albums, que vous pouviez passer des semaines à regarder tel petit ruisseau d'un siècle à l'autre... les tortillages qu'il avait pris... barrages, chichis, contesteries... des débats qui duraient encore!... héritages qu'en finissaient plus!... ce qu'était devenu ce petit guéret?... frontière?... pas frontière?... entre le cinquième et sixième arbre?... depuis le tout premier monastère... depuis les tout premiers rackets Hohenzollern Cie, jusqu'à la toute dernière guerre, là... de ces recueils de « tracés », de « lieux-dits », frontières, fondrières!... Wurtemberg, Bade, Suisse!... et rajouteries!... accaparements, dols... d'une ferme, d'un lopin, d'une étable, d'un gué... d'après les cent mille rapts, rapines, assassinats, divorces, Diètes, Conciles... des siècles et des siècles de « faits de Princes », mariages de raison, mouvements de peuples, voyages de royaumes, croisades, rapts encore... et puis redols!... des coups comme moi rue Girardon? millions! millions de fois plus pires! vous dire cette bibliothèque, une telle richesse de documents, cartes, tracés, que c'était plus à s'y reconnaître!... vous vous paumiez, boussole en main!... il fallait être flics des frontières pour savoir un peu où passait ce damné ruisselet! où vous vous trouviez! méconnaissable, tellement ils l'avaient distordu, rajouté, refoutu ci!... là!... renfoncé, et refoulé encore! comme la figure à Papillon!... plus rien à voir d'un poteau l'autre!... plus encore, je vous oubliais, six siècles de gangsteries religieuses!... cou-

vents contre couvents ! re-lutheries ! re-catholiques !
« que je te taris ton petit moulin !... que je te sup-
prime ton peuplier ! arbre à Satan !... » ça vous donnait le puzzle intense, ruisseau, boucles, détours,
que vous trouviez plus rien du tout ! un beurre, vous
pensez, les polices ! de-ci !... de-là !... d'en delà !...
treize siècles de faux fourrés, fausses haies, faux
épouvantails !... le dimanche, je vous ai dit, vous
aviez une petite chance de pas être vu... de passer
à travers vous rendre compte... mais la semaine
vous étiez cueilli, certain ! avant même le deuxième
platane !... ficelé !... guéri !... par les fritz, Helvètes,
ou maquis !... vous demandiez pas !... ruisseau, pas
ruisseau !... somnambule, voilà ! somnambule en
domaine magique... à vous amuser idéal !... cueillir !
bouquets d'azalées, myrtilles, millepertuis, fleurs des
fées !... et cyclamens !... Marion y avait été cueillir !...
ci !... là !... et reconnaître !... et il en était revenu !...
merveille !... c'était un dimanche... et indemne ! enfin
j'ai toujours eu l'idée qu'il avait été repéré, et photo-
graphié ! ça avait beau être un dimanche et les
douanes et les flics à table... tout de même !... tout
de même !... même le dimanche y a du guetteur... on
ne sait où !... en haut d'un platane ?... au fond d'une
meule ?... une cellule « photo-électrique »... c'était
infini de petits trucs, mines et contacts, chaque
motte ! on peut le dire !... *tic ! vrrr !*... tous les abords
de Wichflingen, le lac... je voyais pas très bien
Marion avoir été vu nulle part... oh ! lui non plus !...
pas sûr du tout !... il me disait : j'en suis revenu, bon !
mais j'y retournerai pas !... » on avait des offres tous
les jours pour passer en Suisse... et des offres pas
chères... deux mille marks !... alléchantes !... et en
plus la promesse jurée que les fifis nous attendaient
pour nous offrir de ces douceurs !... et de ces gueu-
letons ! et de ces « Diplômes de Résistants »... avec

cartes ! et tout !... la Suisse plus « Croix-Rouge » que jamais ! la Gestapo compréhensive, tout à fait d'accord !... à Schaffhouse, Payot, Gentizon, nous amenaient Petitpierre, et tous nos passeports fédéraux... en règle ! on n'avait qu'à se laisser conduire ! se présenter ! confiance !... confiance ! c'était des belles offres ! je voyais là sur le linoléum, le Papillon bien sur le flanc... la façon qu'ils l'avaient servi !... Lili et Clotilde l'épongeaient, lui bandaient la tête, le faisaient boire... il avait soif, il réclamait... c'était bon signe qu'il ait soif... mais les gens autour osaient pas tellement l'approcher... ils étaient montés pour le voir, d'en bas, de la brasserie, de la rue, ils redescendaient.

Tout d'un coup j'entends « *nun ! nun !* » Raumnitz !... c'était lui, sa voix : « *nun ! nun !* » le voilà !... il regarde le Papillon sur le flanc... il regarde les gens, le cercle autour... ils disent plus rien... nun ! nun !... tout ce qu'il dit... il palpe les chaînes ! nun ! nun !... et il s'en va !... il remonte chez lui, le palier au-dessus, avec ses chiens... il doit revenir de la gare... son palier, au-dessus de notre chambre... il s'arrête, il se penche à la rampe... « Docteur ! Docteur ! » il m'appelle...

« Je vous prie !... tout à l'heure ?... si vous avez un moment !...

— Certainement, Commandant !... Certainement ! »

Laval, je dois aller aussi le voir... je dois aller aussi chez le *Landrat*... aussi Bon Dieu au *Fidelis* !... trente... quarante alités graves au *Fidelis* !... plus Mme Bonnard, 96 ans... et encore trois !... quatre !... cinq !... six visites à l'autre bout du bourg !... j'irai !... j'irai pas !... le *Landrat* c'est aussi pour Bébert ! les os de volaille pour Bébert... je mendigote à fond chez le *Landrat*, je suis bien avec la cuisine... je montre Bébert à la cuisinière, elle est ravie... elle l'adore, je

le sors de son sac... il fait la loi, à la cuisine... on s'en
va plein d'os !... et pas que des os !... de la viande
après !... on profite un peu avec Lili... il a ce qui faut,
je vous assure, le *Landrat*... pas un régime qui mai-
grit !... je connais sa table, je vois sa cuisine... tous
les jours on lui apporte deux, trois, quatre pièces !...
et des sérieuses !... je vois... chevreuil, poulardes,
bécasses... la Forêt Noire est giboyeuse... les gardes-
chasse sont à lui !... *Landrat* et Veneur !... il est aussi
bien nourri que Pétain... que de Gaulle à Londres...
que la *Kommandantour* à Paris... que la *Komman-
dantoura*, demain !... que Roosevelt sur son yacht !...
que Franco à Madrid... et que « Tito-Buffet-du-sou-
rire !... » D'abord et d'un, donc !... Bébert dans son
sac ! retour à l'hôtel !... et on s'en va ! ah ! d'abord
baise-main à la dame !...

« Au revoir, madame Bonnard ! au revoir ! »

Et je m'en vais !... en revenant je monterai chez
Raumnitz... sûrement il veut me parler de la gare...
peut-être aussi du Papillon... même, certainement...

Je me doutais !... les gens pas du tout partis !...
notre palier regorgeait de troupes *landsturm* et de
civils des trains, de la gare, soi-disant réfugiés
de Strasbourg... les altercations !... s'engueulaient !...
de ce qu'ils avaient vu et pas vu !... ah ! l'armée
Leclerc !... ah ! les Sénégalais coupe-coupe !... quels
détails !... nous en avions aucune idée, nous les planqués de Siegmaringen !... ah ! pas la moindre !... sûr,
certain y en avait que pour eux, ces rescapés des
pires massacres !... ils tenaient l'escalier et le palier
et la porte des gogs... en somme une autre invasion...
ils montaient pisser par trois... par quatre... par
dix !... ils s'arrêtaient à Papillon... ils le regardaient...
l'enchaîné Papillon sur le flanc, la tête tuméfiée, gon-
flée, un noyé !... ils faisaient cercle autour... ils lui
auraient bien parlé, demandé ce qu'il faisait ?... elle
Clotilde, à genoux à côté, leur racontait tout !... par
bribes et sanglots, comme elle pouvait ! l'abominable
guet-apens ! le peuplier !... douzième ?... treizième ?...
elle en perdait dans les pleurs !... et le petit ruisseau !... les réfugiés de Strasbourg, tout de suite,
l'envoyèrent aux pelotes !... ah ! ils étaient pas en
humeur d'entendre des jérémiades comme ça ! pour
eux ces salades ? tout stupide ! enfantin ! inepte !...

eux, ils avaient vu quelque chose !... eux, ils sortaient des horreurs ! des vraies !... eux pouvaient parler ! ils voulaient pas qu'on leur en conte !... d'abord ce Papillon, qui c'était ?... et d'un ! un flic !... une bourrique ! un indic ?... et cette fille-là ? cette pleurnicharde ? quel boxon ?... plus Clotilde leur en racontait, plus tendre, plus à plaindre, à bout de larmes... le peuplier !... septième ?... douzième ? sachant plus !... plus elle leur tapait sur les nerfs !... qu'elle leur provoquait la crise !... ils étaient pas sortis de Strasbourg, et par quel miracle !... eux !... et des Sénégalais «coupe-coupe» ! pour écouter les pleur-nichages de cette fille à genoux sur son mac !... non !... eux ils pouvaient hurler un peu !... ce qu'ils avaient vu, eux ! et subi !... torrents de sang, eux !... pas des rigoles ! pas des mouchoirs !... des décapita-tions en masse ! pendaisons ! des pleines allées d'arbres ! entières !... guirlandes farandoles de pen-dus ! elle avait rien vu cette chialeuse ! ni nous non plus !... fainéants, planqués, trouilles !... ni les Séné-galais de Strasbourg, ni les fifis arracheurs d'yeux ! rien vu !... si on les exaspérait avec nos airs de tout connaître !... ils se mettaient même à en parler de plus en plus fort, à s'égosiller, des écharperies de leur Strasbourg !... et qu'ils s'indignaient de cette fille-là, Clotilde, ce culot !... la pleurnicheuse !... qu'elle avait pas la moindre idée !... nous là, non plus, tapées d'œufs !... si fragiles oisifs ! qu'elle avait qu'à y aller un peu ! Strasbourg ! perruche !... qu'elle la regretterait sa frontière suisse !... cabotine ! qu'ils y montreraient les fifis, son douze ! treizième arbre !... ah ! là !... là !... le bon ! la branche à la pendre ! elle les faisait souffrir ! oui... ses balivernes ! écouter ça... que l'armée Leclerc arrive un peu !... ça serait pas un petit guet-apens !... qu'ils lui feraient sortir les boyaux, lar-moyeuse conne ! les nègres coupe-coupe !... elle ver-

rait !... elle pleurerait plus pour rien ! qu'elle était
infecte à écouter !... insupportable ! « ouah ! ouah ! ta
gueule ! » qu'elle se taise ! que les noirs lui coupe-
raient la langue ! spécialistes coupe-langues !... son
mac, sa bourrique, avec !... qu'elle se plaindrait plus !
elle avait rien vu !... bluffeuse, simagreuse, fille à
flics !... donneuse !... tout le palier approuvait bien
qu'elle était provoqueuse, moucharde, pétasse à
bourriques ! et c'est tout !... qu'il était temps que les
noirs arrivent, la scalpent ! lui coupent le bouton !...
qu'elle se tairait, après !... qu'après... que le plus
chouette restait à voir ! oui, nous aussi !... tout le truc
dans la bouche !... qu'on parlerait plus !... et l'autre là,
par terre, l'enchaîné !... Commissaire spécial ?...
bidon !... qu'il s'était ficelé de lui-même ! enchaîné
lui-même !... pardi !... « ouah ! ouah ! » machinerie de
bourrique ! c'est pas à eux qu'on allait faire ! rescapés de Strasbourg ! des réelles véritables horreurs !...
oh ! qu'elle était donc à piler ! stranguler là sec ! sur
place !... et son flic !... cette fille hystérique, avec ses
histoires de frontières, traquenards, patati !... garce !
s'ils auraient été à Strasbourg, elle son flic, ils se
plaindraient plus, ah ! la douloureuse poufiasse !

Vous dire comme ils prenaient les choses, les
arrivants du palier !... très mal !... pas du tout commodes, sympathiques !... je voyais l'indignation monter, la température !... qu'ils allaient la corriger, là,
eux-mêmes ! tout de suite !... surtout les femmes
qu'étaient à bout !... qu'elles auraient un peu plus à se
plaindre, elles ! « des flaques de sang, larges comme
ça !... » hein Hector ?... Léon, pas ?... et des têtes d'enfants coupées !... chérubins !... on savait plus combien de têtes !... des « coupe-coupe » comme ça !...
elles nous montraient ces longueurs !... coupe-coupe !
largeurs ! la preuve ! des haches !... « n'est-ce pas Hector ?... n'est-ce pas Léon ?... » pétasse de cette femme !

ça leur ferait joliment du bien !... son flic avec !...
qu'elle pleurerait de quelque chose ! Clotilde voulait
bien être giflée, tout de suite ! elle leur offrait toute
sa figure, sa joue, elle avait pas peur ! mais elles les
réfugiées de Strasbourg, réchappées à les pires massacres, étaient pas et par quels miracles, arrivées à
la Forêt Noire, et Siegmaringen et Pétain, pour tomber sur des scènes pareilles !... non ! ah ! il était joli le
Pétain !... à propos !... toute sa clique !... sacré foutoir,
oui !... la preuve !... « hein, Hector !... » elles avaient
un petit peu à dire, elles femmes mariées, honnêtes
et tout, et à enfants !... qu'avaient tout perdu à Strasbourg !... elles se tenaient, elles !... réchappées des
pires boucheries !... on aurait pu les écouter, elles !...
un petit peu ! pas écouter cette sale grue de flic !
en plus qu'elle encombrait la porte ! la porte des
W.-C. !... et qu'il montait toujours plus de monde !...
de la brasserie et de la rue... au moment où là je
voyais ça tournait plus qu'aigre... voilà un évêque !...
oui, un évêque... j'invente pas !... par l'escalier... un
évêque, la soutane violette, le très vaste chapeau, la
croix pectorale... et il bénit tout en montant... tout le
monde !... il se retourne pour mieux bénir tous ceux
de la rue... et les rebénir !... et tout le palier !... il est
pas vieux comme évêque... poivre et sel... barbichu...
pas gras non plus, le genre plutôt ascétique, épiploon
discret... oh ! par exemple, le regard sournois...
épiant bien tout !... droite, gauche, devant... arrière...
en même temps que les signes de croix et le mar-
monnage « au nom du Père !... » mais la très forte
impression ! tout de suite !... un effet ! je les voyais
dépiauter Clotilde, la foutre à poil, d'abord et d'un !
tellement ils étaient furieux ! excédés ! plaintes et
soupirs ! là net, ils se taisent ! ils arrêtent de la traiter de tout !... « cabot, bourbe ! menteuse !... » l'évêque
bénissant, ils se demandent !... enfin cette espèce

d'évêque... d'où il sort ?... il va où ? aux gogs ?... et qu'il arrête pas de bénir !... je me dis moi, je pense, je suis pas interloqué du tout, je me dis : il vient peut-être pour moi ?... c'est peut-être un chienlit ? peut-être un malade ?... non ! non ! il s'approche, il me fait signe qu'il veut me parler... d'où il me connaît ?

« Docteur, je suis l'évêque d'Albi ! »

Et puis à l'oreille il ajoute :

« Évêque occulte ! »

Il me le chuchote ! il regarde tout autour que personne l'entende.

« Évêque cathare ! »

Me voilà fixé !... je veux pas avoir l'air d'être surpris... bien naturel...

« Oh ! certainement ! »

Il veut me renseigner encore plus.

« Persécuté depuis 1209 ! »

Je le fais pas entrer dans notre chambre, qu'il reste sur le palier, là il est bien... tout en me parlant il bénit, debout... toujours et encore !

« Je suis au *Fidelis*, Docteur ! les sœurs sont parfaites !... vous les connaissez !... je me trouve très bien au *Fidelis* ! certes ! mais se trouver bien n'est pas tout ! n'est-ce pas Docteur ?

— Oh non ! certainement, monseigneur !

— Il me faut un "laissez-passer" pour notre Synode de Fulda !... vous avez entendu parler ?

— Oh oui ! monseigneur !

— Nous serons trois !... moi, de France !... deux autres évêques d'Albanie !... oh ! nous ne sommes pas au bout de nos peines ! Docteur !

— Je pense bien, monseigneur !

— Vous non plus, mon fils ! »

Il me saisit la tête, très gentiment, il m'embrasse le front... et puis il me bénit !...

«Nous sommes tous des persécutés, mon fils!... mes enfants!... »

Il s'adresse à tout le monde autour!

«Souvenez-vous tous!... les Albigeois! les martyrs de Dieu! à genoux!... à genoux! »

Les femmes obéissent... les hommes restent debout...

«Ah! mais j'oubliais Docteur!... le bureau de M. de Raumnitz?

— Le palier au-dessus, monseigneur! »

Il est ce qu'il est, toujours une chose, il nous a empêché le massacre!... les femmes là qu'étaient des furies, que je voyais dépecer Clotilde, la regardent tendrement, d'un coup... et se signent! contresignent! pleurent d'émotion et de gentillesse! et sur Clotilde et sur Lili et sur le flic... et sur moi-même!... tout le monde s'embrasse... la communion!...

Nun! nun!

La voix de Raumnitz! sa voix arrête tout! il se penche à la rampe... il en a assez!... ce charivari du couloir! que ça recommence!

«Aïcha! »

Aïcha et les dogues descendent... personne mène large... tous s'écartent... et en silence!... elle fait signe aux hommes : soulever Papillon, l'enlever! l'emporter! et par là!... elle leur fait signe à la cravache!... par là!... vers le fond! oust!... qu'ils le soulèvent! ses chaînes avec!... tout le paquet!... hop! et qu'ils le hissent! tout le paquet!... emportent!... l'évêque regarde... il bénit encore... il me redemande : «Vous n'êtes pas cathare? » il me pose la question, il profite du brouhaha, que personne peut nous écouter... il s'appelle?... il m'a pas dit... je sais pas comment... Monseigneur qui?... «non! non! pas cathare! » je lui hurle!... qu'ils entendent tous! quand même! malgré le boucan! tout le palier! ah! j'ai le réflexe, l'auto-

défense ! l'instant même ! j'ai acquis l'auto-défense !
une grâce de Dieu ! le sens animal ! je suis trop haï
par tout le monde, en butte à de telles calomnies !
celui-là en plus ! persécuté la « mords-moi » ! qui me
fout du cathare !... déjà de l'article 75 !... cathare ?...
cathare ?... salut ! il doit être fameux ce filou ! champion vicieux provocateur !... et à la pêche !... il m'aura
pas !... je rehurle encore ! que Raumnitz, Aïcha m'entendent bien ! « pas cathare ! pas cathare !... »

Je me défends !

C'est pas demain qu'on me rembringuera dans un
truc ! cathare, albigeois, archevêque ! absolument à
la surprise ! esbroufe totale !... nom de saint Foutre !
zut !... heureusement les gens l'emportent ! l'évêque,
archevêque, et ses bénisseries !... toute la cohue du
palier et Aïcha et les dogues ! le commissaire en
paquets de chaînes avec ! et Clotilde en larmes !...
tout ça s'enfourne dans le petit couloir, vers le fond,
mais là, un incident !... je note ! je vous note ! Clotilde
pousse un cri ! elle fait volte-face ! et se jette, elle la
si frêle pleurante Clotilde, contre les brutes de Strasbourg ! ils la renvoient contre le mur !... dinguer !
avec une de ces violences !... qu'elle comme s'aplatit !
oh ! mais elle se rebiffe ! encore ! requinque ! rat-
taque !... elle, la si frêle en larmes Clotilde ! elle rattrape son Papillon par le bout de la chaîne et le lâche
plus ! elle se crispe après ! elle le rattrape par la tête...
et l'embrasse ! l'embrasse ! la cohue emporte tout,
pousse tout vers le fond, la porte au fond !...

Aïcha y est déjà... elle les attend... elle et ses
dogues... elle est devant la porte, Chambre 36... je
sais... je sais !... mon faux médecin y est déjà... et son
infirmière... enfin, je crois... et le malade aussi...
celui qu'était sur mon lit, qu'il allait juste opérer, le
gros garagiste de Strasbourg... bien d'autres encore
que j'ai plus revus... je crois... je crois... je suis

pas si certain... si je profitais pour y aller voir?...
Chambre 36?... j'ai des sacrés doutes... Ils doivent
être serrés... je pourrais y aller, là, je pourrais
entrer... Papillon, Clotilde, l'évêque... et plein de
gens porteurs, et leurs bonnes femmes, s'engouffrent
dans le *36* !... Aïcha les laisse s'engouffrer... je pourrais me laisser pousser... avec... Aïcha reste à la porte
avec ses dogues... elle me regarde si je vais passer...
elle me laisserait... «non! non, mémère! non!» je
suis bien curieux, mais pas tant!... assez bordel!
trucs et manigances qui m'ont eu!... je suis plus bon!
gros cul Aïcha! soubresauteuse croupe, danseuse
aux serpents!... salut!... gamberge, pétasse!... que je
suis horrible! os et la haine!... et que je te l'empalerais moi, vif! t'entends? olive! datte! morue! 1900,
je la vois à la porte!... danseuse aux serpents
comac!... bottes croco rouges, et gros bijoux! et la
cravache! Aïcha, salut! que je te l'empalerais! non,
que j'entrerai pas au 36! son 36! je laisse tout là! et
que je me sauve! et que j'ai un tout petit peu à faire!
mon devoir! au 11, les malades qui m'attendent!...
d'abord! oui!... mais la gare?... le Château? la gare
d'abord!... d'autres trains doivent être arrivés!... il
s'agit de redescendre l'Avenue... d'une porte cochère
l'autre... d'un trottoir l'autre... le danger, pas seulement les petites rafales... d'ici... de là... aussi les
bavards qui vous empoignent et vous lâchent plus!...
chaque fois que je sors du *Löwen* pour aller voir
celui-ci... celui-là... j'y coupe pas!... vous tombez sur
l'énergumène qui vous arrête pile!... chaque porte
cochère... chaque coin de rue... que vous lui disiez
ce que vous pensez des événements? et pas un petit
peu!... et pas pour plus tard! tout de suite! et très
franchement! carrément! la tape sur l'épaule! à vous
tout luxer, disloquer! la poignée de main, la vigueur
que vous houlez, tanguez, vous savez plus!... «ah!

notre cher Docteur! le voilà!» quelle bonne surprise!... quelle joie!... oh! mais vous là, gafe! supergafe! qui-vive total! le moment répondre bien spontané! dynamique! optimiste! convaincu terrible! l'homme qui vous demande votre avis est pas un petit mouchard quelconque! bredouillez pas! ergotez pas! allez-y!... «que la victoire allemande est dans le sac... que l'Europe nouvelle est toute faite!... que l'armée secrète a tout détruit Londres!... rasibus! que von Paulus est à Moscou mais qu'on le dira qu'après l'hiver!... Rommel est au Caire!... que le tout sera proclamé en même temps!... que les Américains demandent la paix... et que nous sommes nous, là du trottoir, pour ainsi dire rendus chez nous! défilant aux Champs-Élysées!... que c'est seulement une question de trains, transports!... pas assez de trains!... question de semaines! le retour par Rethondes et Saint-Denis!»

Que vous ayez l'air renseigné! il se gratte en même temps qu'il vous parle... l'homme est plein de gale!... oh! mais surtout parlez pas de gale... surtout pas de gale!... seulement du retour par l'Arc de Triomphe!... notre Apothéose! ranimer la flamme!... et de Gaulle de Londres et sa clique, et Roosevelt, Staline, comme finis!... domptés à jamais! des anneaux dans le nez, tous!... et enfermés au Zoo de Vincennes! une fois pour toutes! à vie! surtout laissez pas paraître un quart de dixième de petit doute! vous avez qu'à dire «Rommel est pas tellement certain de tenir le Canal... le Suez peut très bien résister!» votre compte est bon!... on vous revoit plus!... combien sont disparus comme ça, de s'être montrés un peu sceptiques avec les «hommes des portes cochères»?... quantités!... qu'on a jamais revus!...

Entendu, c'était bien plus sûr de rester chez soi!... mais pas si facile! pas si facile!...

Mon Dieu, que ce serait agréable de garder tout
ceci pour soi!... plus dire un mot, plus rien écrire,
qu'on vous foute extrêmement la paix... on irait
finir quelque part au bord de la mer... pas la Côte
d'Azur!... la mer vraie, l'Océan... on parlerait plus à
personne, tout à fait tranquille, oublié... mais la
croque, Mimile?... trompettes et grosse caisse!... aux
agrès, vieux clown! et que ça saute! plus haut!...
plus haut! vous êtes un petit peu attendu! le public
vous demande qu'une seule chose : que vous vous
cassiez bien la gueule!

Achille m'a fait relancer hier, pourquoi je me faisais tant attendre?... vieux merlan frit libidineux, il
a jamais écrit un livre, lui!... jamais souffert de la
tête, lui!... merde! Loukoum son loufiat est venu me
voir, pourquoi j'étais si grossier?... et si fainéant?
que son cher et vénéré Achille avait englouti des
sommes fabuleuses en publicité tous les genres,
coquetails, autobus pavoisés, strip-teases de critiques, placards énormes à la «une», dans les journaux les plus haineux, les plus acharnés «anti-moi»
pour annoncer que ça y était! que je l'avais fini mon
putain d'ours! et puis rien du tout!... ah! Loukoum,
les bras lui tombent!... que je suis encore plus abruti

plus fainéant que l'année précédente ! qu'il osera pas le dire à Achille !... ce coup au pauvre vieillard !... qu'il osera jamais !... les égards qu'ils ont l'un pour l'autre !... même pour Gertrut, leur concurrent, monocle bleu ciel !... moi là je suis le trouble-fête, le fléau mauvaise foi cynique saboteur, mal embouché désastreux pitre...

Si je pouvais penser un petit peu qu'Achille doit partir à Dax... et revenir par Aix et Enghien ! et qu'il est pas jeune ! qu'il aura cent ans en juillet !... et qu'il voulait pas s'en aller avant que cette histoire soit réglée, tous mes manuscrits dans sa cave ! qu'il a déjà renoncé pour moi, à Marienbad... à Évian !... qu'il va tout juste au Luxembourg... aux Champs-Élysées... que Guignol l'amuse même plus !... ni le petit chemin de fer du Bois... tellement il se ronge des sommes qu'il a engagées, placées pour ma gloire !... et que je m'en fous !... que j'ai pas la moindre conscience !... à la fourrière, l'ours !

« Loukoum ! Loukoum ! un taxi ! vite ! »

Il est surpris mais il se lève... il me suit... le jardin... le trottoir...

« Chauffeur ! chauffeur !... Monsieur à Lourdes ! à Lourdes, chauffeur ! vite ! vite ! »

Ah ! il venait me secouer l'apathie ! je vais le guérir moi ! Lourdes ! pas Lourdes ! qu'ils y aillent tous les trois ! quatre ! à Lourdes ! qu'ils s'ennuient pas ! moi j'ai mieux à faire, un petit peu ! je vous parlais de là-bas, du palier...

Je pouvais penser qu'après Papillon et Clotilde
et l'évêque cathare et le faux médecin et l'opéré et
l'espèce de tuerie de la gare, ça pouvait suffire... un
moment... qu'on avait droit à un peu de calme...
enfin, à plus tant de Strasbourgeois, ce ramas de
scandaleux tous les genres, énergumènes, gueulards,
commères, chienlits, faux-ceci... faux-cela... mais,
pas du tout !... il en grimpait toujours d'autres, et de
plus en plus !... de la rue... de la brasserie... de partout !... les uns sur les autres ! ils obstruaient l'escalier, ils faisaient bouchon... essayer d'aller à
l'encontre c'était se faire piler, laminer !... c'est qu'ils
étaient furieux en plus, qu'ils voulaient tout, et tout
de suite ! manger, dormir, boire, pisser !... et ils le
criaient ! fastidieux en rage ! pisser, boire, bouffer !...
chez nous !... je me risque... « laissez-moi passer !...
non ! non ! non ! amène-toi, eh ! fiote ! arrive, eh !
ordure !... arrive sanguinaire !... » L'effet que je leur
fais, leur sentiment... mon prestige... il a pas beaucoup relevé depuis, mon prestige !... mais là, l'urgence !... je devais aller au Château... tant pis ! plus
tard ! et le Raumnitz ?... le palier au-dessus !... je
monte donc, je descend pas... la chambre *28 toc !
toc ! toc !... herein !...* il est allongé... il fume...

« Je vous ai défendu de fumer, Commandant ! »

J'attaque !... je le fais rire quand je lui défends ceci... cela... pourtant c'est la seule façon... l'aplatissement, ils se permettent tout...

« Déshabillez-vous, Commandant ! votre piqûre ! »

Presque tous les jours je lui injecte ses 2 cc... oh ! il a besoin !... pas du luxe !... essoufflement... faux pas... au bord du vilain incident... là, allongé sur ce lit, à poil, il est comme il est, ancien athlète épuisé... les chevilles enflées... je l'ausculte... le cœur... le cœur ment jamais... il dit ce qu'il est à qui l'écoute...

« Alors, Docteur ?

— Oh ! je vous ai dit !... cinq gouttes dans un quart de verre d'eau, cinq jours de suite... et puis l'huile camphrée, votre piqûre... et puis repos !... plus de fatigues !... et plus fumer !... surtout, plus fumer ! »

C'est pas l'homme antipathique, je peux pas dire, von Raumnitz... c'est le boche à prendre comme il est... d'où il est !... j'ai été chez eux ces boches-là, Nord Prusse... Brandebourg... j'y ai été tout petit, 9 ans... et plus tard, comme interné... j'aime pas le patelin, mais enfin... c'est de la plaine de terre pauvre et sables, entre de ces forêts !... terre à patates, cochons et reîtres... et des plaines à orages ! pardon ! dont on a pas idée ici !... et de ces forêts de sequoias dont on n'a pas l'idée non plus !... la hauteur de ces géants ! cent trente mètres !... vous me direz : et en Afrique ?... oh ! pas pareil !... pas des sequoias ! pensez que je m'y connais un peu !... je connais trop de lieux !... des lieux immenses... des lieux minuscules... je connais la Prusse des von Raumnitz... pas des paysages à touristes !... lugubres petits lacs, forêts encore plus funèbres... comme il est Raumnitz... d'où il vient... prusco-fourbe hobereau cruel sinistre et cochon... et puis tout de même des bons côtés... une certaine grandeur... le côté Graal, Ordre Teuto-

nique... vous pensez ce coup de Vincennes, la fessée
de Vincennes, l'avait foutu une fois pour toutes dans
une de ces haines et bouderies que moi pourtant qui
sais faire rire je devais m'employer un petit peu pour
qu'il se foute pas complet en quart, et me bute !... je
voyais le moment !... céans !... surtout où j'avais à
faire... la ridiculerie de son derrière... la preuve, je
lui demandais toujours s'il avait encore mal là !... et
là ?... ils avaient pas dû que le fesser, sûrement y
avait eu des coups de crosse !... je voyais les marques,
les ecchymoses... je l'injectais juste à côté... je voulais qu'il se présente sur le flanc... ah, ils l'avaient pas
ménagé !... ça me faisait souvenir des certificats...
« je soussigné, etc. avoir observé, etc. ecchymoses,
suffusions sanguines, marques de coups... agression
dont Mme Pellefroid nous dit avoir été victime... le...
le... le... etc. » Sartrouville... Clichy... Bezons... je lui
proposais à lui aussi ! « agression dont il nous dit
avoir été victime... etc. » plaisanterie osée !...

« Mais il s'est suicidé Docteur ! ce porc ! ce lâche !
je l'ai connu allez, Stulpnagel !... vingt fois j'aurais
pu le faire pendre ! vous m'entendez ?... vous me
croyez ?... Stulpnagel ! vingt fois !... tous ceux du
Château aussi ! là !... vingt fois ! et tous ceux de
Siegmaringen ! aussi ! vingt fois !... traîtres ?... tous
traîtres ! je les connais tous ! et Pétain ! vous me
croyez, Docteur ?

— Certainement, Commandant ! certainement !...
vous devez être des mieux renseignés... mais parlez doucement... Commandant ! plus doucement !...
pensez à votre cœur !... »

Je pensais surtout que s'il se foudroyait, là, dans
la colère, à côté de moi, je serais pas beau !...

« Et à la gare ?... vous avez vu à la gare ? »

Je voulais le faire changer de sujet...

« Oui, j'ai vu cette gare... je ne crois pas vous savez,

Docteur, à ces sortes de petites émeutes... tout ça : fabriqué !... fabriqué !... des balles se perdent par-ci !... par-là !... faites attention vous-même, Docteur ! ne vous promenez pas tant par les rues.

— Je vous remercie, Commandant ! »

Je tenais pas à ce qu'il m'en dise plus... que ce soit Brinon, lui ou Dache !... les confidences se regrettent toujours... surtout dans les moments dangereux... les confidences sont pour salons, pour belles époques conversatives, bien digestives, somnolescentes... mais là, les excités partout, et les Armadas plein les airs, c'était jouer titiller la foudre... pas le moment des analyses ! du tout !... le moindre milligramme d'allumette... vous saviez ce qui vous arrivait !

Raumnitz, je vous l'ai dit, avait été le fier athlète... pas le petit hobereau poudré lope ! non, l'athlète olympique !... champion pour l'Allemagne, olympique de nage !... je voyais ce qu'il en restait, là, tout nu sur son lit, de l'Olympique... les muscles fondus flasques... le squelette encore présentable... très présentable... la tête aussi... les traits Dürer... traits gravés Dürer... dur visage, pas antipathique du tout... j'ai dit... il avait sûrement été beau... les yeux, le regard boche... le regard des chiens dogues... les yeux pas laids... mais fixes... altiers, dirons... c'est rare les têtes qui ont quelque chose, qui sont pas les « tronches-omnibus ».

« Docteur, vous allez au *Fidelis* ?

— Oh oui ! Commandant !... oh ! certainement ! »

Le *Fidelis* m'emballait pas, pour des raisons... je vous expliquerai...

« Je vous ferai lire une lettre !...

— Plus tard !... plus tard voulez-vous, Commandant !... je descends ! je remonte !

— Vous revenez ?

— Oh ! certainement !... oui !... enfin, j'espère...

— Faites attention à Brinon! croyez pas Laval!... croyez pas Pétain! croyez pas Rochas!... croyez pas Marion!

— J'ai pas à les croire, Commandant! ils sont où ils sont!... vous aussi... moi aussi...

— Tout de même, lisez-moi cette lettre! »

Il y tient!... je regarde d'abord la signature... *Boisnières*... je connais ce Boisnières, il a la garde des « allaitantes » au *Fidelis*... la pouponnière du *Fidelis*... c'est lui qu'empêche qu'il se passe des choses, que ça se tienne mal, entre femmes à mômes et les « bourmans » du *Fidelis*... ils sont au moins trois cents flics répartis en quatre chambrées, deux étages du *Fidelis*, flics de toutes les provinces de France, qu'ont absolument plus rien à foutre, repliés de toutes les Préfectures... Boisnières dit Neuneuil est « de garde à la pouponnière »... policier de confiance!... « que personne pénètre! » Neuneuil et ses fiches!... il a un fichier : trois mille noms! il y tient comme à sa prunelle!... les fifis lui ont pris l'autre œil, combat au maquis! vous dire s'il peut être de confiance!... je veux pas lire sa lettre, j'ai pas le temps!... je connais un peu le Boisnières-Neuneuil! sûr il dénonce encore quelque chose... quelqu'un! peut-être moi?... je le connais! un fastidieux!... borgne, galeux à furoncles, et « service-service »...

« Il dénonce encore quelqu'un?

— Oui, Docteur! oui! moi!

— À qui?

— Au Chancelier Adolf Hitler!

— Tiens! c'est une idée!...

— Qu'il m'a vu partir en auto! oui! moi! partir aller pêcher la truite au lieu de surveiller les Français... je ne nie rien, Docteur! remarquez! c'est un fait! je suis coupable! Neuneuil a raison! mais vous ne voulez pas lire cette lettre?

— Vous m'avez tout dit Commandant !... l'essentiel !

— Non ! pas l'essentiel !... votre compatriote Neuneuil a trouvé encore bien plus grave !... c'est son idée !... son idée ! que je sabote la « Luftwaffe » !... que je flambe vingt litres de « benzin » pour aller pêcher ma truite !... et c'est vrai ! tout à fait exact ! je ne dis rien ! tout à fait raison, votre compatriote Neuneuil !

— Oh ! il exagère, Commandant !

— Il a raison d'exagérer ! »

C'était pas le moment de le contredire !... dialectique, mon cul ! tous dans le même sac ! tous ! et leur damnée Luftwaffe ! pour ce qu'elle servait ! j'allais pas lui dire non plus !

« Attendez, Docteur !... attendez ! je l'ai fait venir ! »

Son insistance que je lise cette lettre... que je reste là... Neuneuil qu'il voulait me montrer !...

« Docteur, je vous prie !... excusez-moi !... assoyez-vous ! »

Il renfile sa culotte... remet ses bottes... son dolman...

Il va à la porte, il l'ouvre... il va à la rampe, il se penche... et à voix forte...

« *Hier* !... Monsieur Boisnières ! Monsieur Boisnières n'est pas là ?

— Si ! Si ! Commandant ! me voici !... je monte... »

En fait, il arrive !... il est là...

« Entrez !... vous êtes bien Boisnières dit Neuneuil ?

— Oui, Commandant !

— Regardez-moi alors en face ! bien en face !... vous avez bien écrit cette lettre ?

— Oui, Commandant !

— Vous reconnaissez ?

— Oui, Commandant !

— À qui vous l'avez envoyée ?

— Vous avez l'adresse, Commandant ! »

Oh ! pas intimidé du tout !...

« Je n'ai fait que mon devoir, Commandant !

— Eh bien moi, monsieur Boisnières, je vais faire le mien !... dit Neuneuil !... regardez-moi bien en face ! là ! bien en face ! »

Pflac !... Pflac !... deux alors de ces sérieuses baffes que le Neuneuil en est comme soulevé !... son bandeau vole !... arraché !

« Voilà moi, ce que je pense !... Monsieur Boisnières dit Neuneuil !... en plus, et j'ajoute, je pourrais vous faire corriger bien plus !... et vous le savez !... et je le fais pas !... vous corriger une fois pour toutes ! misérable canaille !... ah ! je gaspille l'essence ?... ah ! je sabote la Luftwaffe !... je ne gaspillerai pas une petite balle pour vous faire taire, monsieur Neuneuil ! pas un nœud de la corde !... vous valez pas un nœud de la corde ! rien ! sortez ! sortez ! foutez-moi le camp ! et que je vous revoie plus ! plus jamais ! si je vous revois jamais ici, je vous fais noyer ! je vous fais aller voir les truites ! partez ! partez ! et au galop ! tout de suite ! à Berlin !... prenez votre lettre !... Neuneuil !... la lâchez pas ! Neuneuil !... vous la ferez lire au Führer lui-même ! à Berlin ! au galop ! Monsieur Neuneuil ! *los ! los !* et que je vous revoie jamais ici ! jamais !... *los ! los !...* »

C'était la colère...

Neuneuil rajustait son bandeau...

« Si je vous revois jamais ici, vous serez fusillé ! et noyé !... je vous le dis ! les motifs manquent pas ! »

Neuneuil, ce vatelavé salé !... l'avait tout de même assez ému... il vacillait... il remettait son bandeau, mais mal...

« Bon, Commandant ! vous me donnez l'ordre ! »

Il s'en va, il referme la porte...

« Docteur, vous avez vu cet homme ?... il appartient à nos services depuis vingt-deux ans!... il n'a pas arrêté de trahir depuis vingt-deux ans!... il nous trahit!... il vous trahit!... il dénonce à Pierre et à Paul! il a trahi l'Angleterre! la Hollande! la Suisse! la Russie!... il est pire que le pope Gapone! pire que Laval, pire que Pétain! il dénonce! il dénonce tout! je lui ai sauvé la vie vingt fois, moi, Docteur! j'ai été chargé de l'abattre vingt fois! moi!... Neuneuil! je pourrais le faire fusiller sur place!... il a écrit aux Anglais... il voulait faire enlever Laval... oui... et je sais par qui!... par les ministres du Château! oui!... voilà ceux que vous écoutez, vous! Docteur! tous traîtres, juifs, complots au Château!... vous le savez?

— J'écoute, Commandant! Je vous écoute!... oh! certes, vous avez bien raison! »

Vous pensez! il m'affirmerait que je suis Mongol que j'irais pas le contredire!

« Eh bien, Docteur, sachez une chose!... de vous à moi!... »

Il va me dire la chose... il se tait... il se reprend... ah! tout de même...

« Vous le savez ou vous le savez pas... j'ai fait arrêter Ménétrel!... je peux pas les faire arrêter tous!... non!... tout le Château!... et pourtant!... pourtant! il faudrait!... ils méritent!... tous, Docteur! et vous avec!... et Luchaire! et votre juif Brinon! et tous les autres juifs du Château! un ghetto, ce Château!... vous le savez?

— Certainement, je le sais, Commandant!

— Vous avez l'air de vous en fiche! mais ils vous rateront pas les juifs!

— Vous non plus... ils vous rateront pas, Commandant! »

On en était presque à rire... Cet avenir drôlet au possible!

« Alors voulez-vous?... aurez-vous l'amabilité de

274

me faire une seconde piqûre ? Ce charmant homme m'a fatigué !

— J'ai vu, Commandant ! j'ai vu !...

— Pas m'assassiner tout de même, Docteur !... pas encore ! »

Ah ! qu'on est à rire !... à pouffer !

« Commandant, je vous ferai remarquer que moi je n'assassine personne !... moi !... ni ici, ni ailleurs ! que je n'ai pas laissé mourir une seule malade ! moi ! pourtant je vous prie ! les circonstances ! les conditions !... je saisirai l'occasion, je vous ferai remarquer, Commandant, puisque nous en sommes à nous dire... que ces 2 cc. d'huile camphrée que je vais vous injecter, et dont vous avez tant besoin, je me les procure, non pas chez votre *Hof* Richter *Apotek* !... non !... Richter m'a toujours répondu qu'il n'en avait pas !... vous le savez, vous qui savez tout, que cette huile camphrée me vient de Suisse ! et que je l'achète à prix d'or !... par « passeur » ! le mien, d'or ! attention ! pas d'Adolf Hitler ! ni du Reich !... même que j'ai de l'or plein ma chambre ! vous qui savez tout ! que vous demandez qu'à le saisir ! comme les Sénégalais de Leclerc ! mais que vous le saisirez jamais ! que vous savez très bien aussi que vous n'auriez plus d'huile camphrée !...

— Je dois donc vous être reconnaissant, Docteur, si je vous comprends ?

— Certainement, vous devez, Commandant !

— Bien ! toute ma reconnaissance, Docteur ! *stimmt !* mais alors, moi aussi, une chose ! j'y tiens ! vous qu'aimez les certificats... je veux que vous portiez témoignage du comportement de ce Boisnières !... que vous avez été témoin, que je devais l'abattre ! que je ne l'ai pas fait ! qu'il m'a positivement défié ! non ?...

— Oui ! oui, Commandant ! c'est un fait !... mais

allongez-vous ! et redéshabillez-vous, Commandant !
votre culotte !... seulement votre culotte ! »

Je lui refais une piqûre... sa fesse... et je ramasse
mon petit matériel... ampoules... coton... seringue...
on entend que ça discute dehors... plus bas... encore
notre palier ! tout notre palier !... ils recommencent...

« Où est donc ma femme ?

— Surtout ne remuez pas, Commandant ! votre
piqûre !... restez allongé ! au moins cinq minutes... tel
quel !... je vais aller voir ! »

J'ouvre la porte... Neuneuil est là !... il harangue !...
de la balustrade !... il est même pas descendu !... tout
le palier, notre palier, se fout de lui !... les vanes !...
ce qu'il a pris !... ils ont tout entendu d'en bas ! les
claques !... et comme Raumnitz l'avait traité ! ah
Neuneuil !... ah le marle ! sa tronche !... son bandeau !... s'il avait valsé son bandeau !...

« Retourne-z'y ! eh ! dégonflure ! flanelle !... vas-
y !... fesse-le !... fesse-le... il a l'habitude !... déculotte-
le !... capon !... »

Plein d'encouragements !... mais, oh ! il voulait pas
retourner ! il voulait que tout le palier l'écoute !...
d'abord ! d'abord !... mais ni eux d'en bas, ni lui d'en
haut, voulaient l'écouter ! rien ! personne !... il se met
alors à descendre, Neuneuil... une marche... deux
marches... il va à eux... « laissez-moi passer... je vais
au Docteur ! » Lili est là, chez nous, au 11... elle le
laisse entrer... elle lui passe sa boîte, il l'avait laissée
chez nous, sa boîte... sa boîte aux fiches... tout Siegmaringen en fiches ! et que ça rebeugle encore ! tout
le palier !... il se fait traiter de fiote et d'eunuque qu'il
remonte pas dérouiller Raumnitz ! la brute ! l'Oberflicführer ! c'est son fichier lui qui l'importe ! le reste
il s'en fout ! « Tenez tous ! écoutez tous !... caves que
vous êtes !... retenez bien, tous !... Neuneuil que je
suis ! je vous dis : merde !... Neuneuil que je suis !...

je vous le jure !... saloperies ! tas de boyaux de vaches ! *maââârde !* grossièretés, tous ! je sors grandi par ces épreuves ! et je reviendrai de Berlin plus redoutable que jamais !

— Hou !... hou ! poulet !... va te faire dauffer !... eh ! à Berlin ! limace !... poubelle !... »

Comment tout le palier réagit !... mais ils le laissent passer... lui et son fichier... son fichier bien serré sous le bras... et il leur montre ! et il tape dessus !... « C'est mon fichier, oui ! horde d'andouilles !... et tout Siegmaringen est dedans ! cons !... je vais les distraire, moi, à Berlin !... moi, Neuneuil ! ah ! pêcheur de truites !... »

Là il se retourne vers en haut, vers le balcon... il brandit son poing vers Raumnitz !... là, il nargue !... le poing vers l'Oberflicführer !... eux qui conseillaient aller le fesser... soudain !... sec !... ils changent d'avis !... ils rigolent plus !... ils laissent Neuneuil s'en aller... hystérique bravachard, idiot !... qu'il pourrait mettre Raumnitz à bout ! que c'est le fléau un mec pareil... il a pas de mal à descendre tout l'escalier jusqu'à la rue... si on le laisse passer !... choléra pareil ! il peut partir avec ses fiches !... ah qu'on le retient pas !... personne !... même que tout le palier comme fond !... plus un moufte !... et que ça s'en va, redescend au *Stam*... les Strasbourgeois, les Volksturm, les ménagères... que c'était la vraie cohue devant notre porte, pour les chiottes et pour ma consultation... plus personne ! il a dit des mots Neuneuil que les gens sont redescendus à la brasserie, qu'ils veulent plus être vus sur le palier... avec lui !... le scandale qu'est Neuneuil, tout d'un coup ! même de le regarder !... y a plus que moi sur le palier... il m'appelle d'en bas, que je vienne ! Neuneuil ! il veut me parler moi !... je descends...

« Hein Docteur ! vous les avez vus ! cette chiasse !

tous, la colique !... et l'autre là-haut ! vous l'avez vu aussi, Docteur !... cette brute ! buté mufle ! pêcheur de truites ! il me liquide !... bon ! il m'expédie ! il me reverra !... ah ! il croit se débarrasser ! vous aussi vous me reverrez, Docteur ! je vous serre la main ! je vous embrasse ! »

Il en pleurait... en fait il s'en va... pas la direction de la gare !... ni de l'autre côté... côté *Fidelis*... non !... la route montante... celle de Berlin !... en sortant de l'hôtel, à droite, et puis après l'*Herzoggasse*, tout de suite à gauche !... la ruelle... je fais signe au schuppo à la porte... que ça va... que c'est d'accord !... qu'il le laisse partir... le schuppo voulait déjà qu'il remonte !... *nein ! nein !*... que c'est pour Raumnitz ! qu'il part pour Berlin !... qu'il s'en va à pied !... que c'est absolument secret ! *tchutt ! tchutt !* je lui fais le signe !... qu'il fasse signe à l'autre !... l'autre schuppo en face... l'autre trottoir... très secret !... et je parle au schuppo... « *Raumnitz befehl !... gut ! gut !...* » ça va ! Neuneuil peut passer... il part, je dois dire assez gaillardement, d'un bon pas, son fichier sous le bras... « Docteur, bonne chance ! »... il est tout seul sur la route... il disparaît là-bas, pas loin, aux arbres... aux arbres, tout de suite après le *Prinzenbau*... la route qui monte...

Zut, j'avais pas envie de sortir... tout de même il a fallu... pas le jour même mais le lendemain... chercher des rognures pour Bébert... et puisque c'était chez le *Landrat*, aller voir Mme Bonnard... je vous ai dit, ma plus vieille malade, 96 ans, bien délicate fragile malade... quelle gentillesse !... quelle distinction ! quelle mémoire ! Legouvé par cœur, toute sa poésie... tout Musset... tout Marivaux... il faisait bon dans sa chambre, je restais l'écouter, je lui tenais compagnie, elle me charmait... je l'admirais... pas beaucoup admiré les femmes, je peux dire, dans une pourtant juponnière vie... mais là je peux dire j'étais sensible... je sais pas si Arletty plus tard me fera le même effet... peut-être... le fameux mystère féminin est pas de la cuisse... les cliniques Baudelocque, Tarnier, toutes les maternités du monde regorgent de mystères féminins... qui pondent, saignent, avouent, hurlent ! pas mystères du tout ! c'est une autre onde beaucoup plus subtile que « braquemard, amur et ton cœur »... mystère féminin... c'est une sorte de musique de fond... oh ! pas captable comme ci !... comme ça !... Mme Bonnard, la seule malade que j'aie perdue avait cette finesse, dentelle d'ondes... comme elle disait bien du Bellay... Charles d'Orléans... Louise Labé...

j'ai failli avec elle comprendre certaines ondes... mes romans seraient tout autres... elle est partie...

Que je revienne à notre *Löwen*!... après le départ de Neuneuil nous avons eu presque une semaine tranquille... seulement trois alertes... et deux « urgences » au *Fidelis*... ça pouvait aller!... mais il commençait à faire froid, octobre 44... ils ont alors eu, au Château, une splendide idée... prévoyante!... les « Commandos bois à brûler »... ça consistait à envoyer des volontaires ramasser brindilles, bois mort, souches et ramener tout ça en énormes fagots, encordés, ficelés, tous les volontaires aux ficelles!... haler tout ça! vaillamment! hop! tout le monde attelé!... hommes, femmes, jeunes, vieux! et en chantant!... volontaires? C'est façon de dire... bonnes volontés! les « mauvaises » kif! attelées aussi! des « Commandos au bois » : relever le moral... des hésitants... « Force par la joie »!... le 4ᵉ grand Reich est mort tous les gens et maisons avec, et Beethoven aussi! choristes à la « Force par la joie! » Symphoniques! nom de Dieu, pétard! le français est pas très symphonique, ces commandos « tous au bois mort » dans les chants et dans la joie, les faisaient plutôt se méfier bien plus, rester chez eux sous leurs paillasses... surtout qu'on les emmenait en pleine Forêt Noire tout près du camp où justement on envoyait nos nourrissons, Cissen... d'où ils revenaient plus... autour du Camp l'endroit choisi pour le travail volontaire des bûcherons de choc... pionniers-brindilleurs-ramasseurs...

Leur profession importait peu!... la bonne volonté qui comptait! ramener tout le bois, toute la forêt, tout ce qu'il y avait de mort, pour l'hiver! On aurait rien d'autre! les mairies... la boche, la française, avaient bien prévenu! pas de distributions... rien à attendre!...

Et la guerre, alors? pas finie! pas le moment de raisonner du tout!... le camion-gazogène attendait les volontaires devant la mairie *(Prinzenbau)*... assez tôt, six heures et quart... il les emmenait, les ramenait pas... par leurs propres moyens le retour!... autonomes sportifs!... attelés aux troncs d'arbres... la Volga a rien inventé, Buchenwald non plus, la Muraille de Chine non plus, ni Nasser, ni les Pyramides... ni les solides coups de pied aux culs!... il faut que ça avance et c'est tout!... et en cadence! et tous... *ho! hiss!* chalands de la Volga, pyramides! *ho! hiss!* «volontaires» qu'on devait se trouver!... six heures et quart, devant notre Mairie (Prinzenbau)...

« Ah ! Céline !... Céline !... cher Céline !... c'est vous que je cherchais !... »

J'allais enfin pouvoir sortir... plus personne sur le palier... tous à la brasserie...

« Ah ! Céline !... Céline ! »

Je dis : voilà le louf !... et pas tout seul... avec une dame... une jeune dame... ils montent me voir... je les fais entrer...

« Céline !... Céline !... j'ai besoin de vous !... je sors de chez Brinon !... il est d'accord !... c'est vous, le scénario ! c'est vous qui me le ferez !... moi, les dialogues, bien entendu !... c'est entendu !... je sors de chez Laval, il est d'accord ! je suis le producteur, metteur en scène ! n'est-ce pas ? vous êtes d'accord ?... l'appareil nous vient de Leipzig !... les Russes sont d'accord, ah ! l'autorisation des Russes, vous n'avez pas idée, Céline ! enfin je l'ai ! »

Il se frappe la poitrine... sa poche... la poche où est son portefeuille, l'autorisation...

« Je ferai tout !... le découpage !... les dialogues !... tout !... le mal que nous avons eu !... Leipzig, pensez donc !... Leipzig ! mais vous nous donnez vite votre scénario ! très vite, Céline ! je dois revoir Laval demain ! que ce soit fini ! il est d'accord !... »

Sa dame là... sa femme sans doute... a pas dit mot... elle le laisse parler... et qu'il parle !... une véhémence, un débit, qu'il reste pas en place !... d'un pied sur l'autre... piétine !... piétine et demi-tours !... et plein de gestes !... une force !... comme s'il avait quelque chose à vendre... ah ! tout d'un coup il s'interrompt... il s'aperçoit...

« Oh ! pardon !... pardon, Céline !... j'oubliais ma femme !... notre vedette !... c'est elle, n'est-ce pas ?... que je vous présente !... Odette Clarisse !

— Bonjour, madame ! »

Je l'avais pas tellement regardée, elle... mais son chapeau !... un bibi pas mal... panama à fleurs... et voilette... vous vous rendez compte ?... une voilette ?... au moment où nous en étions ?... l'Allemagne au moment, une voilette !

« Odette sera la vedette du film !... c'est entendu !... Brinon est d'accord !

— Oh ! parfait ! parfait !

— Odette, dis bonjour à Mme Céline ! »

Elle est pas vilaine cette petite... je la regarde mieux... elle est habillée en vedette... vedette de l'époque, mi-Marlène, mi-Arletty... jupe très moulante... le sourire aussi... vedette ! attention !... sourire pas pour rire !... mi-mutin, mi « je vais me suicider »... là c'était drôlement arrivé, à propos, le moment d'en finir... mais tout de même restait une énigme, trouver un chapeau à fleurs, et une voilette, des souliers crocro, le sac idem, des bas de soie fins, dans l'Allemagne en feu ?... ç'avait dû être une entreprise !... saper cette mignonne !... que dans toute l'Allemagne, au moment, vous trouviez pas une épingle à cheveux !... où il avait trouvé tout ça ?... et ramener sa vedette de Dresde ?... et pas qu'elle !... sapés tous les deux !... lui velours à côtes, culotte de cheval, sweater col roulé, leggins, tatanes triple semelle !

l'énigme, je vous dis !... et cirés, brossés !... impeccables... lui !... elle !... prêts pour tourner... je le
connaissais lui, du *Fidelis*, je l'avais soigné pour
sinusite... maintenant là, complètement guéri !
force de la nature !... impeccable ! Raoul... son
nom... Raoul Orphize... il était parti pour Dresde...
lieu de rassemblement des artistes, brûlé entre-
temps, 200 000 morts... ils sortaient de Dresde pour
Munich... et puis Leipzig..., puis revenu à Dresde...
Dresde en cendres ! tourner à Siegmaringen... oh ! il
l'avait pensé son film !... séquences, rythme !... j'avais
plus qu'à suivre ses idées, sa construction filmo-
technique... « les scènes de la vie quotidienne à Siegmaringen » Brinon au travail !... l'imprimerie et la
rédaction du journal *La France*, les rédacteurs au travail... « Radio-Siegmar » en émission ! la cabine, les
opérateurs... et la Milice à l'exercice !... et moi, à ma
consultation ! Pétain, sa promenade... les enfants
aux jeux !... et les pères, les mères, jouant aussi, aux
boules ! tous dans la joie ! la très belle humeur ! *Kraft
durch Freude !* toujours ! toujours !... la joie !

« On me dit que vous êtes très abattu, Céline ?...
est-ce vrai ?

— Oh ! mais non ! mais non, voyons ! pas abattu !
sang-froid, c'est tout !... mon métier !... sérieux !...
peut-être un petit peu surmené !... mais pas plus !...
pas plus, Orphize ! »

Je veux pas qu'il aille baver partout !... je le trouve
très bourrique moi, Orphize, s'il veut savoir !... je
lui dirai pas !... tous les gens à moral élevé me foutent la trouille ! et d'un !... et puis cette façon d'être
sapé ?... d'où qu'il sort ?... tout ça ? et neuf !... ce veston ? culottes, leggins, chaussures triple semelle ? il
était en loques, comme nous tous, au *Fidelis*... « force
de la nature » ? et elle cet « ensemble » ?... « Chif-
fon »... « petite Gyp » jupette écossaise, blouson bro-

derie... d'où ça provenait ?... je pensais, des souvenirs... le marché de Chatou 1900... les toutes jeunes filles avec leurs mères...

« D'où toute cette élégance, Orphize ? »

Je peux pas m'empêcher de lui demander...

« Par parachutages, Céline ! »

Le marle !... j'insiste pas...

« Vous, n'est-ce pas, Céline, je peux compter sur vous ? c'est entendu avec Brinon !... demain matin le scénario !... je verrai Le Vigan !... je verrai Luchaire... je leur donnerai leurs rôles... votre femme aussi aura un rôle !... oh ! très joli rôle !... à vos côtés !... infirmière !... ah ! et aussi, en danseuse ! vous voyez, hein ?... vous voulez ?... c'est entendu !...

— Oui ! oui !... certainement ! mais où tournez-vous ?

— Dans la rue voyons !... dans la rue ! »

J'allais pas lui dire que la rue était pas un endroit sain... plutôt assez méchante, la rue !... feux de salves partout ! exalté comme il était c'était pas ce que je pouvais lui dire...

« Oh ! mais essentiel ! attendez !... il me faut un visa !... le visa de von Raumnitz !... et je le connais pas ce von Raumnitz !... où perche-t-il ce von Raumnitz ?... une formalité !... un tampon !...

— Au-dessus de nous juste ! cher ami ! juste au-dessus !... le palier au-dessus ! chambre 28 ! vous frappez ! c'est là !... c'est tout !

— Est-il de bon poil ce Raumnitz ?

— Couci-couça ! vous le trouverez peut-être un peu éteint...

— Décidément ! vous êtes tous croulants par ici ! je le ferai tourner aussi ce Raumnitz !... votre Raumnitz ! et comment !... le moral, alors ? le moral ? oh ! vous me ferez aussi une autre tête, Céline ! tout de même ! Céline ! j'ai besoin de vous, moi !... vous me

285

ferez pas cette tête de Carême !... ce film paraîtra en France ! pensez ! il passera en France !... plus de cent salles en France !... votre mère, votre fille, vos amis le verront !... pensez, s'il attirera ce film ! et vos amis !... vous avez des amis en France, Céline !... beaucoup plus que vous ne le croyez ! vous le savez pas ? et qui vous admirent !... qui vous aiment ! et vous attendent... des foules d'amis !... vous laissez pas abattre, Céline !... redressez-vous ! tout n'est pas juif, voyons, en France ! ce qu'on peut détester les Gaullistes, en France ! vous le savez pas ? ah ! là ! là !... et ce qu'ils peuvent aimer Pétain !... vous pouvez pas avoir idée !... plus que Clemenceau !... vous me ferez un article dans *La France* ?... hein ?

— Certainement ! certainement Orphize ! »

Je peux pas l'arrêter.

« On me l'avait dit !... "Céline a plus du tout de moral !..." vous n'allez pas vous renier ?... tout de même ?... taratata !... je monte là-haut, je redescends tout de suite ! vous m'attendez ?... le *28*, vous me dites ?

— Oui ! oui ! c'est écrit sur la porte : Raumnitz !...

— Tu montes avec moi, Odette ! »

Il attend pas... il escalade !... rattrape Odette par le bras... « *toc ! toc ! herein !* » ils y sont !...

Je peux dire, je suis pas facile à étonner, mais là... Orphize, Odette... la voilette, le sac crocro, les triples semelles !... et que ça revenait de Leipzig !... de Dresde !... surtout que j'en savais un bout sur Dresde... j'avais vu huit jours avant le Consul de Dresde... le dernier consul de Vichy... il m'avait tout raconté ! la tactique de l'écrabouillage et friterie totale au phosphore... mise au point américaine !... parfaite !... le dernier « new-look » avant la bombe A... d'abord les abords, la périphérie... au soufre liquide et dégelées de torpilles... et puis rôtisse-

rie générale ! tout Dresde-Centre ! second acte !...
les églises, les parcs, les musées... que personne
réchappe !...

Ils nous parlent d'incendies de mines... illustrations et interwiouves... ils larmoyent, ils se branlent
infini, sur les pauvres mineurs de fond, les traîtrises
de flammes et grisous !... merde !... et sur ce pauvre
Budapest, la férocité des tanks russes... ils parlent
jamais, et c'est un tort, comment leurs frères eux,
furent traités roustis en Allemagne sous les grandes
ailes démocratiques... y a de la pudeur, on n'en parle
pas... ils avaient qu'à pas y être !... c'est tout !... là, le
dernier consul de Vichy, il devait la vie, il avait passé
à travers les flammes, grâce à un kilo de café... tout
ce qui restait du Consulat... il l'avait sous le bras, son
kilo... pas les fiches, lui !... les pompiers juste partaient du Centre, de devant chez lui... ils allaient risquer le tout pour le tout !... du centre de Dresde à
travers bombes, soufre, tornades de feu jusqu'où ça
bombardait plus !... hors ville, aux collines !... vous
parlez d'un sprint !... la pompe, les pompiers, lui, le
café !... il s'agissait plus d'éteindre rien, il s'agissait
de pas être roustis ! ils l'avaient pris pour son café
les pompiers de Dresde ! et te l'avaient hissé ficelé
sur leur pompe-machine, tout en haut de l'échelle !...
et hop ! et hiss !... lui, le café, à travers les rues fleuves
de feu !

Pour ça, là l'Orphize, et sa femme, qu'arrivaient
de Dresde, fignolés, maquillés, élégantes vedettes...
et voilette !... je pensais un petit peu... je pensais... et
même qu'il voulait me faire tourner !... moi !... et La
Vigue ! et Luchaire !... et sa fille Corinne... et Lili !...
et Bébert !... pour que nos amis de France nous
voient bien, nous oublient pas ! tout d'abord, et d'un,
qu'il allait passer ça en Suisse !... et puis à Montmartre... le joli film ! « La vie quotidienne à Siegma-

ringen »... Corinne Luchaire n'était pas là, elle était à Saint-Blasien, en sanatorium... oh, mais pas d'histoires ! elle viendrait ! pas de difficultés ! c'était d'accord avec son père ! et avec Laval ! et Brinon ! et Pétain !... que les admirateurs se régalent !...

C'étaient des choses à faire penser... je réfléchissais... il était là-haut chez Raumnitz...

Voilà qu'on descend... je me dis : c'est eux !... en effet !... pas lui seulement et sa femme... Aïcha aussi, et les dogues... lui m'interpelle en descendant... « Céline ! Céline !... je vais avec Mme Raumnitz ! nous allons voir leur appareil ! oh ! je ne serai pas long ! une minute !... je reviens !... vous m'attendez ? »

— Oui !... oui !... oui !... certainement ! »

Je promets...

Ils passent tous les trois devant notre porte... lui est toujours aussi fringant ! allant !... elle est pas aussi hardie... non !... elle lui donne le bras... elle va à petits pas... yeux baissés... j'oubliais de vous dire ! les yeux faits... longs faux cils, Musidora... et même les minuscules paillettes ! faux cils, sourcils pailletés !... tout !... vous auriez dit : *Sunset Boulevard* ! j'y ai été *Sunset Boulevard* !... oh ! bien des années ! là, je les voyais aller plus loin, les trois... en fait de boulevard ! bien plus loin que le corridor !... Aïcha leur montrait le chemin... ils avaient qu'à suivre... la suivre !.... qu'ils se trompent pas !... par là !... par là ! Aïcha, sa cravache, ses dogues !... par là !... c'est pas moi qu'allais dire un mot !... je fais à Lili : « les regarde pas ! rentre ! » je rentre avec... on rentre chez nous... c'est pas le moment de savoir ci !... ça ! pas raconter au Château... ni à la Milice... ni au *Fidelis* !... si Raumnitz m'en parle je dirai que j'ai rien vu...

Deux... trois minutes, aucun bruit... rien... et puis des pas... Aïcha... on l'entend revenir... toc ! toc !... elle frappe...

« Vous allez bien ? »

Elle nous demande...

« Oh ! très très bien, madame Raumnitz ! tous mes hommages, Frau Commandant ! »

Je me fais la voix plutôt allègre, jeune ! content de la voir !... y a des politesses !... y a des personnes qui savent vivre... c'est assez souvent qu'elle frappe comme ça à notre porte pour demander de nos nouvelles... si on va ?... je lui réponds toujours que oui !... oh ! là ! là ! très bien !...

Toutes ces petites histoires... avatars... m'avaient
empêché de sortir, d'aller où je devais... vous avez
remarqué ?... deux jours... pendant deux jours... non
seulement les malades à voir, au *Fidelis*... aussi à
l'autre bout du bourg, et aussi à la Milice... et plus
retourner chez Luther, la consultation... là, sûr, quelqu'un consultait en mon lieu et place !... un autre
faux médecin imposteur... certainement !... le rendez-vous des faux médecins, mon cabinet chez
Luther... de toute l'Allemagne ils venaient aboutir
chez Luther, et à « mes heures » ! mes propres
heures ! et avec leurs infirmières !... je faisais comme
aimant !... aimant des baroques... si en plus ils
venaient « opérer » ça pouvait se terminer très mal !...
oh ! s'ils ne faisaient que « prescrire »... comme l'*Hof*
Richter manquait de tout, ça pouvait pas aller loin !
mais les bougres avaient la manie d'opérer ! n'importe quoi, n'importe comment, hernie, otite, verrues, kystes !... trancher qu'ils voulaient, tous !...
chirurgiens !... c'est bien à remarquer, même dans la
vie ordinaire que, les dingues, illuminés, rebouteux,
chiropractes, fakirs, sont pas satisfaits du tout de
donner juste des petits conseils, pilules, fioles, gris-
gris, caramels... non !... le Grand Jeu qui les hante !...

Grand Guignol!... que ça saigne!... pantèle!... oh! sans faire du tout du Daudet, l'évidence même, que la chirurgie ordinaire, bien impeccable, bien officielle, tient plus qu'un peu du Cirque Romain!... sacrifices humains bien tartufes!... mais que les victimes en redemandent! autopunitifs comme pas! qu'on leur coupe tout!... nez, gorges, ovaires... beurre des chirurgiens! charcutiers de précision, horlogers... vous avez un fils qui se destine?... se sent-il réel assassin?... inné? le vieux fond anthropopithèque? décerveleur, trépaneur, cro-magnon?... bon! bon! excellent!... des Cavernes? qu'il se lance! qu'il le proclame! il a le don!... la Chirurgie est son affaire! il a l'étoffe du « Grand Patron »!... les dames, connes et sadiques comme pas! pâmeront rien que de lui voir les mains... « Ah! quelles mains! »... godent folles!... supplient, râlent, qu'il leur prenne bien tout! et vite! tout leur bulle! leur dot! leur utérus! leur essentiel et les nichons! les éventre bien!... leur retourne bien le péritoine, les évide! lapines! toutes leurs tripes bien dégoulinantes! tout leur bazar! plusieurs kilos, plein le plateau!... formidable assassin chéri!... « sacrificateur de mon cœur » Landru, Petiot, d'Académie!

Idoles aztèques? pfiit! sangs caillés, grimaces!... gros mangeurs paouins privés de missionnaires?... à rire!... Sade, divin marquis?... gamineries! la moindre salle d'opération, là vous voyez le réel Grand Art!... « Sacrificateurs cousus d'or! » et les vivisectionnés, ravis! aux anges!... les animaux à la Villette ou Chicago ont peur! ils ont le sens de ce qui va se passer... les chers malades du Grand Patron vont se faire ouvrir avec amour...

Moi là, mes dingues, mes abusifs de chez Luther, pouvaient certes pas se faire couvrir d'or!... non!... peut-être 10 marks... 20 marks, la passe... mais ce

que j'avais peur justement, qu'ils restent pas ano-
dins, qu'ils incisent !... et que ça les démangeait
tous !... tous !... et que je serais sûrement accusé !
de tout !... que j'avais permis ceci... cela !... pourtant j'avais bien prévenu Brinon ! mais foutre des
mises en garde !... je suis pour ça tout de l'avis de
Louis XVI ! « le bien a la goutte, le mal a des ailes »...
je pouvais toujours m'évertuer ! c'est moi qu'on
accuserait bel bien !... des pires grand-guignoleries
des dingues !... « avec les livres qu'il a écrits ! »... je
vous apprends rien, mes livres m'ont fait un tort
immense !... décisif !... à Clichy... Bezons... au Danemark... ici !... vous écrivez ?... vous êtes perdu !...
Troppmann son « n'avouez jamais ! » est qu'une toute
petite prudence !... « n'écrivez jamais ! » moi je vous
le dis ! si Landru avait « écrit » il aurait pas eu le
temps de faire ouf, pas seulement d'achever de
mettre saler une petite rondelle de rombière !... il
avait tout Gambais sur le poil !... lui, qui passait à la
casserole !... « avec les livres qu'il a écrits ! »...

Vous pensez si je sentais que ça venait à Siegmaringen !... « le mal a des ailes » !... que mon compte
était bon !... d'une façon d'une autre !... « Bagatelles »
je devais en crever !... c'était aussi entendu à Londres
qu'à Rome ou Dakar... et dix fois plus encore chez
nous, là ! Siegmaringen sur Danube ! le refuge des
1 142 !... si j'étais pas occis, alors ? c'est que je jouais
vraiment le double jeu ! que j'étais fifi ?... agent des
juifs ?... de toute façon j'y coupais pas ! « avec les
livres qu'il a écrits » !... en plus que les 1 142 escomp-
taient bien leur petite veine... que je payerais pour
tous !... que tout se passerait très gentiment, grâce à
moi ! ils rêvaient déjà tous pantoufles, retour dans
leurs meubles... grâce à moi !... à moi les supplices
gratinés ! « avec les livres qu'il a écrits » ! pas eux !
pas eux !... eux immuns, pépères, et gris-gris ! moi

292

qu'avais à expier pour tous !... « avec les livres qu'il a écrits » !... moi qui rassasierais Moloch ! bien l'avis de tous !... j'y couperais pas ! du dernier cloche grabataire crevard fienteux du *Fidelis* au très haut Laval du Château, c'était immanquable... « ah ! vous vous n'aimez pas les juifs ! vous, Céline ! » la parole qui les rassurait !... que c'était moi qu'on allait pendre ! sûr !... certain !... mais pas eux ! pas eux !... ah, chers eux !... « les livres que vous avez écrits ! » ce que j'ai adouci d'agonies, d'agonies de trouilles avec « Bagatelles » ! juste ce qu'il fallait, ce qu'on me demandait !... le livre du bouc ! celui qu'on égorge, dépèce ! mais pas eux !... pas eux du tout ! douillets eux ! non ! jamais !... plus un seul anti-juif d'ailleurs dans les 1 142 !... plus un !... pas plus que Morand, Montherlant, Maurois, Latzareff, Laval ou Brinon !... le seul qui restait, ma gueule !... bouc providentiel !... je sauvais tout le monde par *Bagatelles* ! les 1 142 mandats !... comme j'ai sauvé de l'autre côté, Morand, Achille, Maurois, Montherlant, Tartre... l'héros providentiel con !... moi !... moi !... moi !... pas que la France, le monde entier, ennemis, alliés, exige que j'y passe !... bien saignant !... ils ont monté un nouveau mythe !... on éventre pas l'animal ?... oui ? non ? les prêtres sont là !

J'épilogue... je vous laisse en pantaine... j'allais enfin pouvoir sortir... « au revoir Lili ! » je prends Bébert, son sac... vous savez un genre de gibecière à trous, qu'il respire... nous voilà en bas de l'escalier... sûr, les consommateurs m'ont vu !... les bouffeurs de *Stam*, tout la brasserie et le shuppo dehors aussi, planton à la porte... je lui explique que je vais au Château... oh ! juste quelqu'un... on me saute après !... M. et Mme Delaunys !... démonstrations !... affections ! je les reconnaissais pas... « ah ! Docteur !... Docteur !... » si tellement maigres !... ils sor-

taient du *Stam*... je les avais soignés tous les deux...
d'où ils venaient ?... vraiment plus que les os !...
« d'où arrivez-vous ?... » « de Cissen, Docteur !... du
Camp !... nous étions au bois ! » oh ! je voyais !... pour
le ramassage des brindilles !... « l'hiver par la joie !... »
je vois qu'ils avaient pas rigolé ! bûcherons de
choc !... oh ! certes, de très bonne volonté !... mais
briffé chiche ! deux ganetouses par jour !... raves et
carottes ! dodo sous la tente, sur la paille... une
tente pour douze à quinze ménages... le truc les avait
pas fait grossir, je voyais... même la brasserie
Frucht valait mieux... oh ! c'était les mêmes *Stam*,
bien sûr... mais chez Frucht y avait pas la trique...
tandis qu'à Cissen, pardon !... comme plâtre !... les
chefs d'équipe au ramassage se réchauffaient à
les battre !... pas caressants ! pas de boniments !...
la forte *schlag* !... je voyais : ecchymoses, bosses,
cloques... ils s'étaient bien fait réchauffer au ramassage du bois mort !... de leurs nippes il était plus
question !... couverts de chiffons qu'ils étaient... chiffons noués ensemble, ficelés... tournés en bottes, en
tunique, en robe... bouts qu'ils avaient piqués partout, ramassés de partout, des loques des autres
ménages autour... des autres équipes des sous-bois...
c'était pas du tout leur métier, les uns ni les autres
« bûcherons de choc »... et non plus ils avaient plus
l'âge !... gens de tout à fait l'autre « avant-guerre »...
ils marquaient dur, même avec moumoute, lui
moustaches « Nubian » tout !... ils faisaient postiches
des vitrines des anciens coiffeurs... elle, elle donnait
des leçons de chant, rue Tiquetonne... lui, violo-
niste... vraiment un ménage très uni... pas du tout le
petit collage ! trente-cinq ans mariés !... et question
de la bonne volonté, parfaits !... ils se donnaient à
leurs élèves... ils s'étaient donnés à l'Europe Nouvelle !... même honnêteté !... aucun calcul ! ils avaient

été pour l'Europe tout de suite !... tout de suite ! et sans esprit de gagner quelque chose... non !... tout de suite !... il avait joué du violon (second pupitre) au grand orchestre du Grand Palais... l'exposition de l'Europe Nouvelle, marché commun, etc... elle avait chanté pour Mme Abetz, à l'Ambassade... quelles soirées, quels invités ! vous dire s'ils s'étaient compromis !... et s'ils avaient reçu de ces « faire-part » et de ces petits cercueils !... et le solide article 75 !... celui que Morand a jamais reçu ! ni Montherlant ! ni Maurois... eux c'était du sérieux, solide... et de justesse !... qu'on avait saqué leur local, sens dessus dessous ! que tout leur avait été secoué, déménagé, *liquidarès* !... comme moi, rue Norvins... on était voisins, par le fait... enfin, pas loin... mais moi je prenais pas ça à rire... tandis qu'eux, si ! enfin, presque... ni amers, ni aigris... chagrinés, c'est tout !... et surtout qu'on les ait battus à pas ramasser assez de bois... qu'ils méritaient pas d'être battus !... et en plus, traités de vieux fainéants !... c'est « vieux fainéants » qui passait pas ! « nous fainéants, Docteur ?... vieux ! vieux ! bien sûr !... mais fainéants ? vous nous connaissez vous, Docteur !... toute notre vie de labeur !... et de conscience !... pas une minute de paresse ! vous nous connaissez vous, Docteur ! »

Les larmes lui venaient... la dernière insulte... eux, paresseux !... « Ier prix du Conservatoire ! lui comme moi !... » sanglots... « vous savez, je vous ai raconté, nous nous sommes rencontrés chez Touche... des paresseux aux Concerts Touche !... vous avez connu M. Touche, Docteur ? vous savez quel homme, quel artiste c'était !... et quel travail !... un nouveau programme chaque semaine ! et pas du flonflon ! vous savez ! du "Pavillon bleu" !... vous avez connu M. Touche ? »... « oh ! certes, madame Delaunys » !... qu'ils s'étaient fait battre, et pas doucement, je voyais les marques, roués comme fainéants, même comme bûcherons, vraiment elle comprenait pas !... c'était trop !... eux ?... eux ?... lui, le mari, lui, sur la tête !... et en plein ! « regardez-le, Docteur !... regardez ! » c'était vrai... en deux endroits des grands bouts de cuir chevelu partis ! arrachés !... vraiment frappé fort !... oh ! mais pas anéanti pour ça, lui !... pas du tout ! pas à se laisser accabler !... oh non ! l'avenir au contraire ! tout à l'avenir ! le coup de Cissen, l'avait fait comme se déclarer ! oser ! « oui, Docteur !... » projet !... et un projet, ma foi, où je pourrais peut-être l'aider ? si je voulais bien !... l'aider auprès de de Brinon ?... « premier pupitre » !... un mot de Brinon suffirait !... « premier pupitre » où ? je voyais pas !... si je voulais bien ?... mais oui !... mais oui !... certainement l'affaire de Cissen avait été assez pénible, ces coups de bâton, ces outrages, mais l'occasion s'offrait là d'une sorte de très belle revanche !... premier pupitre !... toute sa vie, chez Touche, et ailleurs, il avait presque été promu « premier pupitre »... ça s'était pas fait... pour telle raison... telle autre... sans être vaniteux ni hardi, il avait vraiment tous les titres !... « Croyez-vous Docteur, il faut que ce soit ici maintenant à Siegmaringen !... » il me montrait quelqu'un dans la brasserie, là !...

« Vous voyez M. Langouvé ? »

Je le voyais... il était là...

« Il est sûrement d'accord ! »

M. Langouvé à un guéridon... au *Stam*... M. Langouvé, chef d'orchestre de Siegmaringen...

M. Langouvé m'a très remarqué au « second pupitre »... « on vous doit le premier pupitre !... » son opinion !... pensez, Docteur, je ne le dis qu'à vous... intriguer n'est pas mon fort !... vous le savez ! la brigue ! l'arrivisme ! non ! non !... mais là, dans les circonstances, il s'agit de l'accord du Château, et vous pouvez beaucoup... sans doute?... n'est-ce pas, Docteur?... ou vous ne pouvez pas? je n'en parle plus!... vous avez toujours été si prévenant, si bon pour nous! si encourageant! vous me voyez un peu osé... je me permets tout!... »

M. Langouvé, le chef d'orchestre, je le voyais à son guéridon, au *Stam*, la courtoisie même! pire que Delaunys!... délicat, précieux, il s'exprimait comme un violon... tout en caresses d'ondes! le ton Debussy, des « Nuages »...

Certes je voulais les aider tous les deux, Delaunys, sa femme, mais les présenter à Brinon, comment?...

« Ils vont bientôt donner des fêtes?

— Où donc, monsieur Delaunys?

— Mais on me l'a dit! au Château!... M. Langouvé fait déjà répéter les chœurs!... des fêtes pour la reprise des Ardennes!

— Tiens!... tiens!

— Oui!... oui!... toutes les ambassades!... une très grande fête!...

— Ah!... ah!

— M. Langouvé... »

Il est pris par une sorte de rêve... il songe... il voit... sa femme voit pas...

« Hector!... vraiment? »

Elle intervient... elle avait pas bien entendu... je le regarde moi, je le regarde... sûr, il a les yeux un peu fixes... qu'ils l'aient un petit peu sonné en le stimulant « bûcheron de choc »? y aient un peu trop secoué la tête?... possible!... je me demandais... je demande à sa femme...

« Oh! ils nous ont tant tapé dessus!... et traité, Docteur! traité! »

Elle, c'est l'injure « fainéant » qui lui est restée là!... qu'elle arrêtait plus de pleurer... mais lui? je me demandais...

« Fort sur la tête ?

— Oh ! là ! là ! »

Et elle repartait en sanglots... lui, c'était la Fête son souci !... tout à fait pour lui la Fête !... et « premier pupitre »... la « Fête de la Reprise des Ardennes ».

« Premier pupitre, n'est-ce pas, Docteur ? C'est entendu ! J'espère que M. de Brinon ?

— Oh ! Monsieur Delaunys, voyons, mais c'est entendu !... considérez-vous au pupitre !... »

Je fais signe à sa femme que c'est entendu !... qu'elle cesse de se plaindre !... lui sûrement il avait l'air drôle, cloche dépenaillé, le regard fixe, mais encore malgré tout quand même une certaine tenue... en loques ajustées, ficelées... ce qui n'allait pas c'était sa moustache déteinte, passée du « Nubian » à la pâle filasse... et sa perruque, déchirée moumoute, pas que son cuir chevelu qu'ils avaient frappé ! ils y avaient tabassé l'ensemble...

« Oh ! un très strict orchestre de chambre !... n'est-ce pas Docteur ?... mais quelles œuvres !... vous entendrez ! Mozart !... Debussy !... Fauré !... oh ! je l'ai bien connu Fauré !... nous n'avons pas été, je dirais, de ses toutes premières exécutions... mais presque !... presque !... n'est-ce pas ma chérie ?

— Oh oui !... oh oui !

— De Florent Schmitt aussi d'ailleurs !... nous avons joué, sans nous vanter, toute la jeune musique Boulevard de Strasbourg !... vous avez connu M. Hass, Docteur ? notre piano ?... Ier prix aussi !

— Certainement, monsieur Delaunys !

— M. Touche, la bonté même ! vous le savez, Docteur !... il me voulait au « premier pupitre » !... déjà !... déjà !... 1900 !... je m'effaçais, vous pensez bien !... je m'effaçais !... j'étais trop jeune !... à M. Touche je refusai, à M. Langouvé : oui ! j'accepte ! je suis résolu !... je ne veux plus attendre !... l'occasion s'offre ?... bien ! non que je n'aie toujours désiré !... certes ! j'avoue !... mais me précipiter ? moi ? jamais ! calcul ? non certes ! croyez-moi !... mais la maturité Docteur ?... je n'étais pas mûr, alors, maintenant, oui ! vous m'entendrez ! ah ! Docteur, Mme Céline au programme aussi ! dansera sûrement ! elle voudra bien ?... nous nous sommes permis !... une danse ancienne... une chaconne... et deux autres danses... romantiques !... nous l'accompagnerons !... vous voulez bien ? »

Sa femme me regardait, ce que je pensais ?... je lui faisais signe : se taire !... que c'était sa tête !... sa tête !... au fait je lui trouvais le regard fixe, mais il tenait pas des propos de fou... peut-être un peu surprenants... la Fête au Château...

Enfin une chose sûre, je voyais que si il montait chez Raumnitz pour lui expliquer les Ardennes et le concert des fêtes, il se ferait reconduire par Aïcha !... il retrouverait les autres... il coupait pas !... c'était pas le méchant mironton... le mieux peut-être puisque j'y allais que je les emmène tous les deux, que j'essaye de les caser au Château... que Brinon les prenne... enfin je pouvais voir... tenter auprès de Mme Mitre ?... peut-être au Château, musiciens ?... parce que là, recta, au *Löwen*, ils allaient voir la chambre 36... pas un pli !... ils faisaient que monter, redescendre !...

Mme Mitre comprenait les choses... bien mieux que Brinon...

La reprise des Ardennes... Fête du Triomphe de Rundstedt... où il avait pris tout ça ?... M. Langouvé peut-être ?... le chef d'orchestre ?... Langouvé était un peu braque, mais pas si tellement... ou alors, c'était à Cissen ?... les autres « bûcherons de choc » ? ils avaient pas fait que lui sonner le tromblon, ils y avaient mis la « fête » dedans... qu'on était en Apothéose...

Je fais signe à sa femme qu'elle vienne, qu'ils me suivent... je fais signe à Lili aussi... je lui annonce...

« Tu vas répéter Lili !... »

Le tout, avec les personnes un peu dingues, jamais les heurter en rien !... de faire tout comme si « ça va de soi »... jamais heurter !... les bêtes non plus !... jamais de surprises !... toujours « ça va de soi » !... naturel !... entendu !... incisions, piqûres, bistouri... pareil !... « ça va de soi » !... oh ! mais extrême attention !... un quart de milli en de-ci !... çà !... vous avez le diable et sa marmite ! les meutes déchaînées !... les émotions bouillent, bouillonnent, emportent tout ! votre opéré se sauve en gueulant, ventre grand ouvert, traînant ses tripes... emportant tout ! bistouris, masque, ballon, compresses !... viscères au vent !... tout par votre faute !... de même en votre intimité : votre demoiselle pâmée d'amour vous voyez souvent tourner colère assassine ! « Satyre, violeur, monstre ! » vous en revenez pas ! l'arrogance de cette fille soumise !... un petit doigt de trop quelque part !... bon !...

Vous êtes roi, mettons !... votre peuple bien-pensant, boiveur, bâfreur, vous fout la paix... d'un sursaut : pétarade partout !... vous secoue la Bastille !... emporte votre régime ! le Pont-Neuf et la Grande Armée ! vous avez dit le petit mot de trop ! sorti du grand charme « ça va de soi » !...

Moi là, je peux dire sans me vanter, je suis sur mes gardes, pas d'impair ! je les ai emmenés très naturel, Delaunys, sa femme, et Lili... nous sommes sortis du Löwen au nez du shuppo... *Raumnitz befehl !* chut !... il salue !... ça va !... au Château direct ! nous montons, ascenseur !... d'abord Mme Mitre !... c'est elle qui compte au fond... c'est elle !... je lui expose le cas... les deux sont là, à la porte, ils m'attendent...

Mme Mitre comprend tout, tout de suite... «Vous savez Docteur, l'Ambassadeur en ce moment !... »

Toujours pour une raison une autre, «l'ambassadeur, en ce moment ! » là je tombe vraiment mal, sa femme née Ulmann, vient juste de lui téléphoner, de Constance, qu'il devrait ci !... qu'il devrait ça !... oh ! la très grande influence, Mme née Ulmann ! soi-disant qu'elle approuvait pas la politique de son mari... pur chiqué, que disait Pellepoix, qui les connaissait parfaitement, qu'ils se chamaillaient pour la galerie, mais qu'ils faisaient partie tous les deux de la «Très-haute-Conjuration »... possible !... mais une chose certaine, finalement, lui qu'a été flingué, elle pas...

Je l'ai déjà dit, avec moi Brinon s'est toujours montré parfaitement régulier... pas cordial, non !... mais régulier... il aurait pu me tenir rigueur que j'avais pas le «très haut moral », que j'écrivais pas dans *La France*, que je voyais pas les boches vainqueurs... que je tenais des propos très libres... que je jouais pas le jeu !... lui, quel jeu il jouait ? j'ai jamais su !... toujours est-il il m'a jamais rien demandé !... il aurait pu !... médecin, c'est tout !... oh ! pour pratiquer, je pratiquais !... si je l'ai connu dans toutes ses ruelles, impasses, mansardes, ce bourg Hohenzollern ! porter mes bonnes paroles ci ! là !... Brinon m'a laissé bien tranquille question politique... c'est rare !... généralement les «haut placés » du «double jeu » n'ont de cesse que vous soyez bien guignol, gesticulateur bien mouillé... quelquefois on a eu de petits mots à propos des lettres de Berlin, de la Chancellerie... lettres où il était question de médecine... et de mes propos ici... et là...

«Qu'en pensez-vous monsieur de Brinon ?

— Rien !... je vous lis les lettres de Berlin... c'est tout... »

Comme disait Bonnard : Brinon, animal des cavernes !... terrible ténébreux !... vous n'aviez rien à en tirer... tout de même six mois avant la fin, je venais encore lui parler de pommade soufrée... et de mercure... « oh ! Docteur allez ! dans six mois tout ça sera fini ! »... je lui demandais pas dans quel sens... jamais il m'a rien dit de rien...

Moi là une chose, avec mon Delaunys en loques, je tombais pile !...

« Que voulez-vous de l'Ambassadeur, Docteur ?

— Qu'ils puissent rester au Château parce que s'ils retournent au Löwen, vous connaissez von Raumnitz ?... »

Certainement, elle le connaissait... et ses petites manières... j'en parlais pas, elle non plus... elle savait très bien...

Je brusque !... zut !... j'ose !

« Je les monte à la salle de musique !... ils seront bien sages !... j'en réponds !... ils répéteront... je les caserai... ils bougeront pas !... ils coucheront là-haut... Lili leur portera leur *Stam*... Lili danse là-haut... je dirai aux larbins, je préviendrai Bridoux, je préviendrai tout le monde que c'est pour le grand festival !... ça va ?... »

Mme Mitre avait pas idée...

« Quel grand festival ?

— Oh ! lui ! son idée !... le banquet pour la « reprise des Ardennes » !

Mme Mitre comprend pas du tout... elle me regarde... je suis devenu aussi un peu drôle ?

« Non, madame Mitre ! non ! c'est le prétexte !... je déménage pas, mais lui il y croit à la Fête ! il est certain !... et qu'il passera « premier pupitre » ! ce soir-là ! son rêve !... promesse de M. Langouvé !... vous comprenez ? »

Elle comprend un peu...

« Mais, madame Mitre, écoutez-moi... si je les ramène au *Löwen*... »

Oh ! ça elle comprend...

« Vous savez comme on les a reçus à Cissen ? battus comme plâtre !... lui forcément, sait plus très bien... l'ébranlement !... à son âge !... vous pouvez lui regarder la tête !...

— Oh ! Docteur ! Docteur, je vous crois !... donc, je dirai à M. de Brinon qu'il a un orchestre qui répète... pour une soirée de bienfaisance...

— Très bien ! certainement !... merci, madame Mitre !... il passe pas grand monde là-haut... personne, sauf Bridoux... et les domestiques... il fait froid là-haut... si quelqu'un demande je dirai : c'est la "reprise des Ardennes"... la grande fête !... au revoir, madame Mitre ! »

Je grimpe donc tout mon monde au « sixième », Delaunys, sa femme, Lili... Delaunys, sa femme, se grattent encore plus que nous... ils ont renforcé leur gale, là-bas... j'ai vu bien des gales, mais là du Camp et des broussailles ils ont rapporté de ces insectes !... positivement labourants !... des gales « terrassières » !... en plus des cloques, ecchymoses, ils étaient plus que tout sillons de gale, zigzags, quadrillures.

« Vous n'avez pas de pommade, Docteur ?

— Oh ! mais nous en aurons bientôt, madame ! »

Je la rassure !... je veux pas qu'ils s'arrêtent à se gratter, qu'ils restent en panne à réfléchir... qu'ils arrivent ! qu'ils montent !... ça y est !... on y est ! nous voilà ! la très spacieuse salle de musique... dite de Neptune...

« Oh ! fort joli !... oh ! splendide ! »

Ils se récrient... il est ravi...

« Et très bonne acoustique, j'espère ?

— Admirable, monsieur Delaunys ! »

En fait, les princes Hohenzollern avaient vraiment pas lésiné... une salle, bien 200 mètres de long, toute drapée brocarts roses et gris... et tout au fond là-bas en scène la statue porphyre de Neptune... brandissant trident !... pas comme ça !... campé dans une formidable conque, albâtre et granit !...

Oh ! ça y est !... tout de suite, j'ai saisi !

« Tenez, Delaunys, vous voyez !... M. de Brinon vous permet !... vous n'aurez plus besoin de sortir !... vous coucherez dans la coquille !... là-bas ! tous les deux !... vous voyez ?... plus besoin de sortir !... ils vous ramasseraient pour Cissen !... ils vous ramèneraient à Cissen !... je vous apporterai des couvertures !... personne vous verra !... vous serez bien mieux qu'au *Fidelis* !... »

Ils demandaient qu'à être convaincus...

« Certainement, Docteur ! Certainement !

— Vous nous apporterez de la pommade ?

— Oh oui ! Madame !... dès demain matin ! »

Je vous raconte, exactement.

Juste au moment, Bridoux passe !... le général Bridoux, botté, éperonné !... fringant... il traversait toute la salle de bout en bout, l'heure du déjeuner, la table des ministres... *une ! deux ! une ! deux !* tous les jours ! à midi précis ! et tous les jours, midi précis, il faisait la même observation... « dehors ! dehors ! » il pouvait pas voir Lili danser dans cette salle ! enfermée !... pas brutal mais autoritaire !... dehors elle avait les terrasses, bigre ! et quelles terrasses !... la vue, l'air de toute la vallée !... Ministre de la Guerre et général de cavalerie !... « dehors !... dehors ! »

Lui, il s'était sauvé de Berlin !... « dehors ! dehors ! » devant les Russes... plus tard il s'est sauvé du Val-de-Grâce devant les fifis... « dehors !... dehors ! »... et il a fini à Madrid... « dehors ! dehors ! » c'est toute la vie « dehors ! dehors ! »...

Toujours une chose, j'avais casé les Delaunys... ils sont restés peut-être un mois dans la coquille à Neptune... nourris au *Stam* par Lili... couchés dans des couvertures qu'on leur avait amenées du *Löwen*... Bridoux et eux s'entendaient bien... ils sortaient sur la terrasse pour lui faire plaisir... après il s'est passé des choses... beaucoup de choses... je vous raconterai...

Je laisse Lili à travailler, répéter ses danses avec le couple Delaunys, ses numéros pour la Fête... il s'agit plus de plaisanter... à fond « ça va de soi » !... chaconnes, passe-pieds, rigodons !... un moment y a plus que du sérieux... pas faire basculer la marmite !... que vous verriez plus que les diables ! la « Reprise des Ardennes » ?... certainement ! tous les Ambassadeurs y seront !... bien sûr !... le triomphe de l'Armée Rundstedt ? ah ! là là ! Triomphe, c'est peu dire !

En fait d'ambassade, une seule... celle du Japon... et un seul consulat, celui d'Italie... peut-être encore celui de Vichy ?... le rescapé de Dresde ?... aussi, l'ambassadeur d'Allemagne ? Hoffmann ?... l'accrédité auprès de Brinon... Otto Abetz était plus rien... limogé... limogé Abetz donnait encore, malgré tout, tantôt ici, tantôt là, des sortes de petites « surprise-partys » !... oh, bien anodines, innocentes... la Chancellerie du Grand Reich avait trouvé pour les Français de Siegmaringen une certaine façon d'exister, ni absolument fictive, ni absolument réelle, qui sans engager l'avenir, tenait tout de même compte du passé... statut fictif, « mi-Quarantaine mi-opérette » pour l'établissement duquel M. Sixte, notre grand directeur contentieux des Affaires Étrangères, Berlin, avait puisé tous les motifs dans tous les précédents possibles : Révocation des Édits, Palatinat, Huguenots, guerre de Succession d'Espagne... finalement nous étions reconnus à titre précaire-exceptionnel «réfugiés en enclave française» à condition de... de... tout de même en «enclave française»! la preuve : nos timbres (portraits de Pétain), sa Milice, en uniforme, et notre haut flottant drapeau! et notre «réveil» au clairon!... mais notre «enclave exceptionnelle», elle-même enclave en territoire pruscobadois... attention! ce territoire encore lui-même enclave précise «Sud-Wurtemberg»! je vous mets au courant de ces chichis... la totale unité de l'Allemagne date que d'Hitler et pas si tellement unifiée! la preuve : vous aviez des trains qui pour passer d'Allemagne en Suisse traversaient dix fois la frontière, la même, en pas un quart d'heure... landers, boucles, lieux-dits, lits de rivière... zut!... je rabâche!...

Toujours est-il question de la Fête nous étions pauvres en ambassades... le Japon seul?... on pouvait inviter Abetz, certes!... ambassadeur de qui?... de quoi? il se déplaçait qu'en «gazogène» Abetz... vous le voyiez partout!... trois cents mètres : en panne!... trois cents mètres encore : une autre panne!... sa grosse tête toute bossuée fêlée, toute bouillonnante d'idées, toutes fausses... tout Paris connaissait Abetz, je le connaissais vraiment très peu... nous n'étions pas en sympathie... certainement rien à nous dire... on le voyait guère qu'entouré de «clients»... courtisans, clients-courtisans de toutes les Cours!... les mêmes ou leurs frères... vous pouvez aller chez Mendès... Churchill, Nasser ou Khrouchtchev... les mêmes ou leurs frères! Versailles, Kremlin, Vel' d'Hiv', Salle des Ventes... chez Laval! de Gaulle!... vous pensez!... éminences grises,

voyous, verreux, Académistes ou Tiers-État, pluri-
sexués, rigoristes ou proxénétistes, bouffeurs de
croûtons ou d'hosties, vous les verrez toujours
sibylles, toujours renaissants, de siècle en siècle !...
continuité des Pouvoirs !... vous cherchez certain
petit poison ?... tel document ?... ce gros chande-
lier ?... ou ce petit boudoir ? ce groom dodu ?... il est
à vous ! un clin d'œil ! vous l'avez là !... tout et tout !...
Agobart, évêque de Lyon (632) se plaignait déjà, rentrant de Clichy (Cour de Dagobert) que c'était, cette
Cour, un de ces bouges ! ramassis de voleurs et
pétasses !... qu'il y revienne en 3060 Agobart de
Lyon !... voleurs et pétasses ! il retrouvera les mêmes !
pardi !... Éminences-Grooms et morues de Cours !

   Je vous éloigne de Siegmaringen... puzzle que ma
tête !... je vous parlais de la rue à Siegmaringen... des
shuppos... mais pas que des shuppos !... des militaires de toutes les armes et de tous les grades...
refoulés de la gare... grands blessés de régiments
dissous... unités des divisions souabes, magyares,
saxonnes, hachées en Russie... les cadres on ne sait
d'où !... officiers d'armées des Balkans à la recherche
de leurs généraux... plus sachant... ce que vous avez
vu ici même, pendant le grand « rallye-culotte » l'Es-
caut-Bayonne... les colonels plus sachant !... Sou-
bises sans lanternes... vous les voyiez devant les
vitrines comme cherchant quelqu'un à l'intérieur...
faisant semblant... Abetz avec son gazogène, en
panne tous les trois cents mètres, pouvait pas ne pas
s'être aperçu que l'armée Dudule filait un très mauvais coton... moi, Abetz me parlait jamais... je le
voyais passer, il me voyait pas... s'il était en panne,
il regardait ailleurs... bien !... tout de même un matin
il m'arrête...

   « Docteur, s'il vous plaît !... voulez-vous venir au

Château, demain soir ?... dîner ? avec Hoffmann ?
sans façon !... entre nous !...

— Certainement, monsieur Abetz ! »

J'avais pas à tergiverser... à l'heure dite, 20 heures,
j'étais au Château... la salle à manger d'Abetz... mais
ils y étaient pas !... un maître d'hôtel m'emmène
ailleurs, l'autre aile, l'autre bout du Château !... couloirs... couloirs... « jamais être l'endroit indiqué !... »
une autre petite salle à manger !... danger de la
bombe sous la table ! surtout depuis l'attentat d'Hitler !... précautions ! ça y est !... on y est !... l'autre
petite salle à manger... coquette... bibelots de porce-
laine partout... Dresde... statuettes, vases... mais le
menu lui, est pas coquet !... je vois ! il est pour moi !...
« spécial spartiate » ! rien à redire !... on connaissait
ma mauvaise langue, mon méchant esprit ! ils y tou-
cheraient pas au menu, eux, Hoffmann, Abetz, ils
attendraient que je sois parti ! ils savaient ce qui
se racontait chez les vilains, qu'à l'abri des formidables murs, qu'est-ce qu'ils se tapaient eux, les
Ministres, Botschafters et Généraux ! ribouldingue
et plein la gueule ! matin ! midi ! soir ! gigots ! jambons ! caviar ! paupiettes !... et des caves complètes
de champagne !... on allait me montrer, moi, je
voyais, le menu impeccable spartiate !... et même
c'est pas la peine que je parle !... Abetz avait son
monologue prêt... toute son histoire de « résistant »...
la façon qu'il avait amené le drapeau « croix-gam-
mée » du mât de son Ambassade rue de Lille... oh !
quelle très mauvaise rue pour eux, rue de Lille !... je
pensais, je l'écoutais, je disais rien... Rue de Lille, la
même rue que René !... René-le-Raciste ! René y est
resté lui, rue de Lille !... eux bien congédiés, chassés,
bottes au der !... René, je le connais un petit peu... il
m'a déchiré huit « non-lieu »...

Là, à table, je regardais Abetz, il jouait avec sa

serviette... un homme replet, bien rasé... il remange-
rait quand je serais parti !... oh ! pas ce qu'on nous
servait là juste ! radis sans beurre, porridge sans
lait !... il pérorait pour que je l'écoute et que je
répète... pour ça qu'il m'avait invité !... on nous sert
un rond de saucisson, un rond chacun... alors mon
Dieu, qu'on s'amuse !... je décide !

« Que ferez-vous, monsieur Abetz, quand l'Armée
Leclerc sera ici ! À Siegmaringen ? ici même ?... au
Château ? »

Ma question les trouble pas... ni Hoffmann ni lui,
ils y avaient pensé...

« Mais nous avons en Forêt Noire des hommes
absolument dévoués, monsieur Céline !... notre maquis brun !... vos fifis m'ont raté rue de Lille !... ils me
rateront dix fois plus ici !... ce ne sera qu'un moment
à passer ! mais vous viendrez avec nous, Céline !

— Oh ! certainement, monsieur Abetz ! »

Il fallait lui casser le morceau, puisqu'on était
en diplomates ! je l'avais sur le gésier, le morceau !
encore pire que les radis !

« Tout de même ! tout de même, monsieur Abetz !...
la petite différence !... vous faites semblant de pas
savoir !... vous là, Abetz, même archi-vaincu, soumis,
occupé de cent côtés, par cent vainqueurs, vous
serez quand même, Dieu, Diable, les Apôtres, le
consciencieux loyal Allemand, honneur et patrie ! le
tout à fait légal vaincu ! tandis que moi énergumène, je serai toujours le damné sale relaps, à
pendre !... honte de mes frères et des fifis !... la première branche !... vous admettez la différence, monsieur Abetz ?

— Oh ! vous exagérez, Céline ! vous exagérez toujours ! tout !... toujours ! la victoire ?... mais nous
l'avons dans la main !... Céline ! l'arme secrète ?...
vous avez entendu parler ?... non ?... mettons Céline,

310

je vais dans votre sens, je vais exagérer avec vous !...
défaitiste ! j'admets que nous soyons vaincus ! là !
puisque vous y tenez !... il restera toujours quelque
chose du National-Socialisme ! nos idées repren-
dront leur force !... toute leur force !... nous avons
semé, Céline ! semé ! répandu le sang !... les idées !...
l'amour ! »

Il s'extasiait de s'entendre parler...

« Rien du tout, Abetz ! absolument rien !... vous
vous rendrez compte !... ce sont les vainqueurs
qui écrivent l'Histoire !... elle sera cocotte la vôtre,
d'Histoire ! »

Le larbin me repasse les radis... et un autre rond
de saucisson...

« Pourtant... pourtant, monsieur Céline... écoutez-
moi !... je connais la France... vous le savez, tout
le monde le sait !... que j'ai professé le dessin en
France... et pas seulement à Paris... dans le Nord...
dans l'Est !... et en Provence !... j'ai fait des milliers
de portraits... hommes !... femmes !... Français !...
Françaises ! et j'ai vu, entendez Céline !... bien vu !...
sur les visages de ces Français... du peuple !... et de
l'aristocratie... l'expression très honnête, très belle,
d'une très sincère amitié !... profonde ! pas pour moi
seulement... pour l'Allemagne !... d'une très vraie
réelle affection !... Céline !... pour l'Europe !... voilà ce
que vous devez comprendre !... Céline !... »

Le confort fait bien déconner, l'effet qu'il me faisait... je les voyais ravis tous les deux... Hoffmann
aussi, en face... pas des libations ! y avait que de l'eau
sur la table... des mots !... mots !... j'avais vraiment
rien à répondre... maintenant c'était le *Stam*... *Stam*
aussi... mais Stam « spécial » aux vraies carottes, aux
vrais navets, et je crois au vrai beurre...

« Bien, monsieur l'Ambassadeur ! »

C'était pas le genre Barbare, Abetz... non !... pas du

tout à craindre comme Raumnitz!... il avait pas été fessé, lui!... pas encore!... mais tout de même... tout de même... ça valait mieux de pas insister... j'ai plus rien dit... bon pour l'affection des Français! «vas-y, Dudule!»... j'abonde...

«Oh! vous avez raison, Abetz!»

Ça y est! je l'ai relancé! j'y coupe pas!... l'Europe Nouvelle! et son projet auquel il tient, sa grande œuvre, dès notre retour à Paris, la plus colossale statue, Charlemagne en bronze, en haut de l'avenue de la Défense!...

«Vous voyez, Céline?... l'axe Aix-la-Chapelle-la-Défense!

— Vous pensez, monsieur Abetz! je suis né Rampe-du-Pont!

— Alors vous voyez!»

Je voyais Charlemagne et ses preux... Gœbbels en Roland...

«Oh! vous avez bien raison!

— N'est-ce pas?... n'est-ce pas? deux mille ans d'Histoire!...

— Absolument magnifique!»

Hoffmann était d'avis aussi! il trouvait aussi cette idée d'Abetz enthousiasmante au possible! la très grande symbolisation que toute l'Europe attendait! Charlemagne, tous ses preux autour, place de la Défense!

Je voyais l'Abetz, son enthousiasme, à nous raconter ce que ça serait... ce formidable ensemble statuaire!... il en avait les joues toutes rouges... pas d'alcool!... y avait que de l'eau minérale, j'ai dit... d'enthousiasme pur!... il se levait pour mieux raconter, nous mimer camper Charlemagne, ses preux!... ses preux: Rundstedt... Roland... Darnand... je me disais: ça va!... il va se fatiguer... je partirai en douce!... basta!... au moment un larbin lui chuchote... qu'est-ce que c'est?... quelqu'un!... M. de Chateaubriant est là!... Alphonse!... il désire parler à monsieur l'Ambassadeur!

« Qu'il entre!... qu'il entre!... »

Alphonse de Chateaubriant!... le larbin le précède... le voici! il boite!... il entre... notre dernière rencontre, à Baden-Baden, il boitait moins, je crois... à l'Hôtel Brenner... il avait le même chien, un vraiment très bel épagneul... il était habillé pareil, lui... en personnage de son roman... depuis son film *Monsieur des Lourdines*... il change plus de costume... le personnage... ample cape brune, souliers pour la chasse... oh! mais! oh si!... le feutre tyrolien est nouveau!... la petite plume! d'une main l'épagneul en laisse, l'autre main, un piolet!... où il allait comme ça, Alphonse?... il nous le dit tout de suite... je vous oubliais : sa barbouse!... depuis Baden-Baden, ce qu'il avait pris comme barbe!... une barbe de druide!... elle était que barbe mondaine là-bas, maintenant drue, grise, hirsute... envahissante!... vous lui voyiez plus la figure... plus que les yeux...

« Mon cher Abetz! mon cher Céline! »

La même voix qu'à Baden-Baden... très chaleureuse!... l'urgence affectueuse!

« Pardonnez-moi! j'arrive ici!... j'ai tout fait pour vous prévenir, mon cher Abetz! hélas!

— Mais voyons, Chateaubriant! mais vous êtes chez vous!

— Vous êtes trop bon, cher Abetz! nous étions chez nous! »

Là, de ces soupirs!

« Oui je peux le dire?... notre chalet est occupé!

— Ah?... ah?

— Oui! j'ai dû fuir!... ils sont chez nous!

— Qui, ils? »

Je demande... qu'on rigole!...

« L'armée Leclerc, voyons Céline ! Oh ! mais nullement abattu, cher Céline ! je les ai vus !... j'ai vu les
noirs !... soit !... les noirs nous provoquent ? la guerre
totale ? soit, n'est-ce pas Abetz !

— Certainement ! certainement, Alphonse ! »

Alphonse ne demande qu'à être applaudi ! le voilà
relancé !

« Comprenez ! comprenez Céline ! comme je l'ai
écrit : la victoire appartiendra à l'âme la plus haute-
ment trempée !... la spiritualité d'acier !... nous avons
cette qualité d'âme, n'est-ce pas Abetz ?

— Oh ! certainement, Chateaubriant ! »

Abetz ne va pas le contredire !

« L'âme !... l'âme, notre arme, la bombe... je l'ai !
je l'aurai ! »

Zut ! je veux qu'il me dise tout !...

« Quelle bombe, Alphonse ?

— Comprenez-moi mon cher Céline ! avec quelques compagnons « de choc », nous avons choisi
notre endroit !... oh ! j'ai connu d'autres épreuves ! »

Il se recueille... trois très énormes profonds soupirs !... et il reprend...

« Un endroit, une vallée absolument inaccessible,
très étroite, un Cirque, nous dirons, entre trois
sommets... au fond du Tyrol !... et là ! là Céline !...
nous nous isolons !... vous me comprenez ?... nous
nous concentrons !... nous mettons au point notre
bombe ! »

Hoffmann comprend pas bien...

« Avec quoi votre bombe ?

— Oh ! cher Hoffmann !... pas une bombe d'acier !
ni dynamite !... mille fois non !... une bombe de
concentration ! de foi ! Hoffmann !

— Alors ?

— Un message !... une terrible bombe morale !...
n'est-ce pas Abetz ?... la religion chrétienne a-t-elle

314

triomphé autrement ? une terrible bombe morale !...
n'est-ce pas, Céline ?... exact ?...

— Oh ! certainement ! certainement ! »

Nous étions tous bien de son avis...

Pour ça le piolet, le petit chapeau et son Commando « au Tyrol ».

Rien à dire !

Abetz pour lui, la victoire, par bombe ou sans
bombe, c'était une affaire « ça va de soi » !... pourvu que son mouvement tienne ! son Charlemagne
formidable ! l'axe Aix-la-Chapelle Courbevoie ! sa
marotte !

« Vous voyez, Chateaubriant, n'est-ce pas ?... vous
voyez bien où je veux dire ?

— Oh ! très bien !

— Vous ne le voyez pas ailleurs ?

— Oh certainement non, cher Abetz ! parfait !

— Alors n'est-ce pas je peux compter sur vous !
pour une Ode ! vous serez l'Aède à l'Honneur ! l'Ode
à l'Europe ! »

Je vois qu'on s'entendait admirablement... d'accord sur tout !... la célébration de la Victoire
place de la Défense, toutes les délégations d'Europe
autour de la formidable statue, dix fois plus grosse,
large, haute, que la « Liberté » de New York ! quelque
chose ! l'Aède à l'Honneur et sa barbe !

C'est à ce moment-là, je ne sais pourquoi, qu'ils se
sont mis à ne plus s'entendre... Chateaubriant réfléchissait... Abetz aussi... Hoffmann aussi... je disais
rien... Chateaubriant rompt le silence... il a une
idée !...

« Vous ne trouvez pas, mon cher Abetz, que pour
un tel événement ? l'Opéra de Berlin ? l'Opéra de
Paris ? les deux orchestres ?

— Certainement ! certainement mon cher !

« — La Chevauchée des Walkyries! le seul air! oh!
le seul air! celui-là!»

Nous étions aussi d'accord! tout à fait! la Chevauchée!

Mais voilà qu'il nous la siffle! la Walkyrie!... et
faux! la Chevauchée!... il la chantonne... encore plus
faux!... il mime la trompette avec son piolet! de la
bouche au lustre! comme s'il en soufflait!... tant
qu'il peut!... Abetz se permet un mot...

« Chateaubriant! Chateaubriant! je vous prie! per-
mettez-moi!... la trompette seulement sur le do!...
final! final! pas sur le sol! ce sont les trombones
sur le sol! pas de trompettes... pas la trompette,
Chateaubriant!

— Comment, pas la trompette?»

Là, je vois un homme qui se déconcerte!... d'un
seul coup! le piolet lui tombe des mains... une seconde, sa figure change tout pour tout!... cette
remarque!... il est comme hagard!... c'est de trop!...
il était en plein enthousiasme... il regarde Abetz... il
regarde la table... attrape une soucoupe... et *vlang!*
y envoie! et encore une autre!... et une assiette!...
et un plat!... c'est la fête foraine! plein la tête! il
est remonté! tout ça va éclater en face contre les
étagères de vaisselle! parpille en miettes et *vlaf!*...
ptaf!... partout! et encore! c'est du jeu de massacre!... le coup de sang d'Alphonse! que ce petit
peigne-cul d'Abetz se permet que sa Walkyrie est pas
juste! l'arrogance de ce paltoquet! ah célébration de
la Victoire! salut!... ptaf! vlang! balistique et têtes
de pipes!... il leur en fout!... fureur, il se connaît
plus! si ils planquent leurs têtes l'Abetz et Hoffmann! l'autre bord! sous la table! sous la nappe!
pvlaf! beng! la vaisselle leur éclate partout! le service en prend!... je le reconnais plus du coup de
sang! il est hérissé, positif! les cheveux la barbouse

hérissés de colère! qu'ils y ont trouvé sa trompette
fausse!... sûrement y avait quelque chose entre eux
déjà, sûrement!... j'avais entendu parler qu'ils s'en
voulaient pour le loyer de leur Chalet en Forêt
Noire... qu'Abetz voulait plus payer... sa femme plutôt, Suzanne... trompette, Walkyries, Charlemagne
étaient pas la vraie raison de cet extravagant accès...
c'était autre chose, plus sérieux, enfin d'une façon...
toujours je voyais là l'Alphonse, lui toujours si poli,
mondain, tourné lui-même Walkyrie!... tout y
avait passé! toute la pièce! tous les bibelots!... un
coup de raptus émotif! la folie! si Myrta sa chienne
avait pas pris d'un coup si peur et aboyé soudain
si fort! tout ce qu'elle pouvait! Myrta l'épagneule
d'Alphonse... *ouah! ouah!* et qu'elle se sauve!
Alphonse la rappelle!... elle est déjà loin!... il se pré-
cipite... il dégringole l'escalier... *Myrta! Myrta!*
Abetz, Hoffmann crient après lui! « Chateaubriant!
Chateaubriant! »... je profite vous pensez pour me
sauver! si je déboule aussi! je prends pas l'ascenseur!... il fait tout noir devant le Château... c'est
l'alerte!... toujours c'est l'alerte! et comment!... je
trouve Alphonse là sur le trottoir, sa Myrta a pas été
loin! si elle est heureuse d'être sortie! elle fait la fête
à son bon maître... je le vois pas le bon maître, il
fait trop noir, noir total... mais il me parle, et sa
voix reste tout étranglée!... de l'émotion encore, la
colère!... le bombardement par assiettes!... qu'est-ce
qu'il a cassé comme plats!... lui toujours plutôt précieux, cérémonieux, plein de bonnes façons, je l'ai
vu d'un seul coup! barbare total!

« Eh bien, Chateaubriant! eh bien?

— Oh! cher Céline!... mon cher Céline! »

Il est redevenu chaleureux.

Il me saisit les mains, il me les serre... il a besoin
d'affection.

« Aucune importance, voyons ! aucune importance !

— Vous croyez Céline ? Vraiment vous pensez ?

— Allons ! allons ! une plaisanterie !

— Vous croyez Céline ?

— Mais je suis certain ! n'y pensez plus !

— Tout de même combien vous croyez d'assiettes ? »

Il a pas que cassé des assiettes ! toute la vaisselle
et les soupières ! il y a pas été de main morte ! il s'est
pas vu en action : le véritable maelström ! *brong !*
vrang ! contre les autres étagères en face, les autres
porcelaines ! le pire c'est que c'étaient des merveilles,
« service complet », Dresde d'époque !... ils avaient
eu ça de chez Gabolde, le troisième étage tout en
Dresde... marqueteries et fines porcelaines... tout du
pur Saxe...

« Vous savez Céline, j'irai coucher au *Bären*, je ne
remonterai pas au Château !... ils m'y ont réservé une
chambre ! mais qu'ils la gardent ! je coucherai au
Bären !... nous devons en partir à l'aube !... tous mes
hommes sont au *Bären*, tout mon « commando »...

— Oh ! certainement Chateaubriant ! »

Ses hommes, c'étaient les moralistes, ceux qui
devaient fabriquer la bombe... enfin, je croyais...

« Mais Céline, vous voulez bien ? vous voulez être
assez aimable ?... je ne trouverai jamais tout seul...
le *Bären* !... vous voulez bien m'accompagner ?... »

Bien sûr que je voulais bien !... je me retrouvais à
l'aveuglette n'importe où dans Siegmaringen... je me
perdais jamais... n'importe quelle ruelle !

« Par ici mon cher ! par ici ! »

Oh ! mais encore son *rucksack* ! son sac à dos !
matériel !... barda ! le poids !... qu'est-ce qu'il empor-
tait !... il fallait qu'il le passe par-dessus sa grande
cape ! ou dessous ! on a essayé... il pouvait pas... trop

318

lourd, trop gros !... on a décidé qu'on le porterait chacun par un bout, par une bretelle, mais en allant tout doucement, je pouvais pas marcher vite... lui non plus ! lui son piolet, en réalité lui faisait canne... comme ça ça irait... je vous ai dit qu'il boitait assez... dans la collaboration y en avait trois qui boitaient pareil... d'une certaine «boiterie distinguée»... Lesdain, Bernard Faye, et lui-même... aucun par blessures de guerre, réformés n° 2... ils avaient même leur sobriquet : les frères Boquillone !... vous dire les méchants esprits ! nous deux toujours chacun une sangle, nous voilà en route... ça va tout doucement... on se repose, on s'y remet tous les dix... vingt pas... qu'est-ce qu'il trimbale !... on en rit ! même lui !... on vacille... quel matériel ! il va monter ça au Tyrol ? *hop ! halt !* quelqu'un devant nous !... je le vois pas ce quelqu'un... ce quelqu'un nous envoie une de ces lumières dans l'œil !... un coup de torche ! lui, il nous voit !... sûr c'est un boche !... c'est un gendarme boche !... «où allez-vous ?» on devrait pas être dehors... il doit me connaître... je réponds «au *Bären* ! au *Bären* ! il est malade !... «krank» !

« Nur gut ! Nur gut ! gehe ! »

Ça allait !... mais voilà Alphonse qui proteste, on lui demandait rien ! il se dresse face au flic, sa grosse barbouse dans la torche !... «*Kraft ist nicht alles* » ! qu'il lui crie comme ça fort dans le nez ! «la force n'est pas tout» je vois qu'il va se faire embarquer ! non !... le flic se fâche pas... il veut seulement qu'on avance... il voit à qui il a affaire... même il empoigne nos deux sangles, le fameux *rucksack*, une plume pour lui !... il part avec !... il nous accompagne ! bon, Chateaubriant, moi, on le suit !... on arrive vite au *Bären*... on entend le Danube... le Danube qui brise contre les arches !... ah, le furieux bruyant petit fleuve !... ça y est ! on y est !... c'est là !... le gendarme cogne... trois coups!... encore trois coups!... quelqu'un ouvre... ça y est!... «*gute Nacht*»! je laisse Chateaubriant dans l'entrée... avec sa chienne... le gendarme pose le sac...

«Au revoir cher Céline!»

Je l'ai jamais revu le très cher Alphonse!... j'ai ramené le shuppo au *Löwen*... qu'il me fasse aussi ouvrir ma porte... carne de Frucht aurait bien pu faire exprès de me laisser dehors!... toujours la police avec soi!... ce que vous apprenez dans les dédales de la vie...

Je devais aller chez Laval et je vous ai emmené chez Abetz... à ce dîner... pardonnez-moi !... Encore une petite digression... je suis plein de digressions... effet de l'âge ?... ou le trop-plein de souvenirs ?... j'hésite... je saurai plus tard... les autres sauront !... soi-même, très difficile de se rendre compte ! enfin, je vous reprends où nous étions... nous sortions de la salle de musique... je devais aller chez Laval... trois jours que je devais y aller !... depuis l'échauffourée de la gare !... où vraiment c'était grâce à lui que ça s'était pas fini par un massacre général !... où on avait eu qu'un seul mort !... il fallait que je le félicite, et pas qu'un peu !... énormément !... faut pas y aller à la cuiller avec les hommes politiques... massif ! jamais trop gros, lourd... comme aux gonzesses !... les hommes politiques demeurent jeunes filles toute leur vie... plaire !... plaire !... suffrages ! vous dites pas à une demoiselle : « Que vous êtes donc gentille ! » non ! vous lui parlez comme Mariano : « Dieu que vous êtes uniqu' au mon'do' » ! le moins qu'elle tolère !... votre homme politique est pareil !... en plus que j'avais un but : qu'il fasse pas la moue sur les Delaunys !... y avait pas que Brinon au Château ! j'avais préparé mon petit boniment... j'allais me

mettre en route, enfin !... de la salle de musique chez
Laval, un étage !... un seul étage... je vous ai expliqué... je vous ai raconté comme c'était... son décor,
son bureau, son appartement, son étage... tout
Iᵉʳ Empire... et Iᵉʳ Empire impeccable !... vous trouverez pas mieux à La Malmaison !... je dirais même :
pas aussi bien !... on connaît les travers terribles du
« Iᵉʳ Empire », de ce style féroce aux « derrières »...
absolument pas à s'asseoir !... fauteuils, chaises,
divans !... résolument « noyaux de pèches » ! sièges
pour colonels, maréchaux !... juste le temps d'écouter, rebondir !... voler de victoires en victoires ! pas
du tout « délices de Capoue » ! mais moi j'étais si
fatigué, tellement d'insomnies en retard, que je
m'assoyais tout de même très bien sur les noyaux
de pèches... je me reposais pas mal du tout !... bien
sûr j'y allais de mon compliment, d'abord !... comme
il avait été splendide Laval d'Auvergne et du Magh-
reb et d'Alfortville ! incomparable !... l'atténuateur-
conciliateur que London, New York, Moscou nous
enviaient !... ayant dévidé mon rôlet j'avais plus qu'à
dodeliner, hocher gentiment... plus rien dire !... il faisait très bon chez Laval... oh ! il débagoulait tout
seul !... il me demandait rien... qu'être son auditeur,
c'est tout !... lui qui parlait !... et qu'il s'en donnait !...
il plaidait !... d'abord de ceci... de cela... et puis sa
cause !... sa fameuse Cause !... vous aviez plus qu'à
hocher, il « incarnait » trop la France pour avoir le
temps de vous entendre... compliments, pas compliments ! je venais pourtant bien de lui dire que c'était
grâce à lui si le massacre avait tourné court !... que
sans lui c'était l'hécatombe !... sincèrement exact,
d'ailleurs !... s'il s'en foutait ! c'était que je l'écoute
qu'il voulait ! c'est tout !... il me tolérait comme
auditeur !... pas commentateur !... je rengaine donc
mes compliments... je m'assois, ma sacoche sur les

genoux, mes instruments, Bébert aussi sur mes
genoux, dans sa gibecière... je connaissais sa plai-
doirie... dix... vingt fois il me l'avait servie !... « que
dans les conditions du monde, la faiblesse euro-
péenne, un seul moyen de tout arranger : sa politique
franco-allemande !... la sienne !... que sans sa « collaboration » c'était plus la peine d'insister ! y aurait
plus d'Histoire ! plus d'Europe ! que lui, il aimait
pas l'Allemagne, mais que... mais que... qu'il aimait
pas Hitler non plus... mais que... mais que... qu'il
connaissait la Russie... etc., etc. » Je pouvais y aller,
dodeliner... il en avait pour bien une heure... au
moins !... je connaissais toutes les variantes, feintes
objections, appels pathétiques... « qu'il se sentait
déjà enterré !... son caveau de famille !... Châteldon ! »... oh ! mais que d'abord !... d'abord !... il les
clouerait tous ! tous !... qu'on l'aurait pas comme ça
du tout !... qu'il les écraserait d'abord !... d'abord !...
tous !... tous ces jaloux ! envieux ! déserteurs ! oppo-
sants dénigrants grotesques ! oui ! que lui Laval, pas
à confondre ! que lui, avait la France dans le sang !...
qu'il faudrait bien qu'ils l'avouent, gnomes imbéciles !... et que pour l'Amérique !... pardon !... qu'il
l'avait aussi dans sa poche ! l'Amérique !... certain
de l'Amérique !... comme il voulait !... l'immense
Amérique ! par son gendre d'abord !... et par sa
fille, Américaine... et par le sénateur Taft, le Grand
Électeur de Roosevelt !...

« Ah ! la Haute Cour !... Docteur ! tenez ! »

Il la faisait ramper la Haute Cour ! parfaitement !...
je tâchais l'interrompre un petit peu... qu'il souffle...
ça servait à rien !... la façon qu'il était lancé je
pouvais pas parler des Delaunys...

Ça serait mieux que je le laisse parler... que je
me défile... et que j'avais encore à faire ! passer chez
le *Landrat*, pour les rognures à Bébert... puis à la

Milice, des malades... et puis encore à l'hôpital... et puis chez Letrou... et puis le *Fidelis* !... je tâchai tout de même de l'interrompre... de lui parler un peu de ma médecine, de mes petits ennuis... qu'il me donne peut-être un petit conseil ?... il en savait bien plus que moi !... bien sûr !... il en savait bien plus que tout le monde... en tout !... et sur tout !... bicot, avec sa mèche d'ébène, il lui manquait que le fez crasseux... il était le vrai bicot de « IIIe » qui parle à tous les voyageurs, qui sait mieux que tous ceux qui sont là ce qu'ils devraient faire, ce qu'ils font pas, ce qu'il faudrait... qui sait mieux que le cultivateur planter ses colzas, ses trèfles, mieux que le clerc d'Étude les petites retorseries d'héritages, mieux que le photographe les portraits de « Ire communion », mieux que la buraliste les façons de tricher sur les timbres, mieux que le coiffeur « les permanentes », mieux que les agents électoraux les façons de décoller l'affiche, mieux que le gendarme passer les menottes, bien mieux que la rombière, torcher le môme...

Vous vous reposiez l'écoutant, à condition que vous tiquiez pas ! il vous épiait !... vous aviez pas l'air convaincu ?... il fonçait !... il vous rassoyait pour le compte !

Ah ! ils ont pas voulu l'entendre, Mornet Cie ?... ils ont préféré le fusiller !... ils ont eu tort !... il avait à dire... je sais... je l'ai entendu dix fois, vingt fois...

« Vous pouvez me croire !... j'ai eu le choix !... ils m'ont tout offert, Docteur, oui !... tout !... de Gaulle est allé les chercher !... moi, je les faisais attendre !... les Russes aussi ! »

Je pouvais pas toujours dodeliner...

« Quelles offres, monsieur le Président ? »

Que j'aie l'air un peu de faire attention.

« Mais tout ce que je voulais ! toute la Presse !
— Ah ! ah ! ah ! »

324

C'est tout, pas plus !... je connais mon rôle d'écouteur... il est assez content de moi... j'écoute pas mal... et puis surtout, je suis pas fumeur !... fumant pas, il aura jamais à m'offrir... il peut me montrer tous ses paquets, deux gros tiroirs pleins de « Lucky Strike »... vous le tapiez d'une cigarette, il vous revoyait plus !... jamais !... ou seulement du feu !... une allumette !

« Les Anglais vous ont tout offert, monsieur le Président ?

— Ils m'ont supplié !... absolument tout, Docteur !

— Ah !... ah ! »

Il m'ébaubit...

« Et je peux même vous donner un nom !... un nom qui vous dira rien !... un nom de l'Ambassade... Mendle ! il m'achetait vingt-cinq journaux ! autant en province !

— Certainement, monsieur le Président !... je vous crois !... je vous crois !...

— Je vais m'amuser, Docteur !... vous m'entendez ? très bien ! très bien ! abattez-moi, je leur dirai ! frappez ! frappez fort !... ne me ratez pas comme à Versailles !... ne tremblez pas ! allez-y !... vous êtes prévenus !... je vous ai prévenus !... vous assassinez la France !

— Bravo, monsieur le Président ! »

C'était le moins que je me montre un petit peu chaud...

« Ah ! vous êtes d'accord ?

— Tout à fait, monsieur le Président ! »

Il m'attendait au détour... il m'envoie sa botte !

« Vous êtes d'accord avec un juif ? »

Ça y est !... le mot ! le mot juif !... c'était fatal qu'il m'en parle ! la vache, il attendait le moment !

Il prend l'offensive...

« Vous m'avez bien traité de juif, n'est-ce pas,

Docteur ? oui, je le sais !... pas que vous ! *Je suis partout* aussi !

— Eux, pas tout à fait, monsieur le Président !... pas tout à fait ! moi, tout à fait, monsieur le Président !

— Ah ! vous me faites plaisir ! vous me le dites en face ! »

Il s'esclaffe... il est pas méchant... mais il m'a pas pris en traître, je savais ce qui devait m'arriver... fatal !...

« Mais vous l'avez écrit vous-même !...

— Oh ! c'était pour mes électeurs !... pour Aubervilliers !...

— Je le sais ! je le sais, monsieur le Président ! »

Encore quelque chose qui le chiffonne...

« Mais vous là, Docteur, pourquoi êtes-vous là ?... pourquoi à Siegmaringen ?... on me dit que vous vous plaignez beaucoup... »

Il se foutait du monde !

« Je suis là, monsieur le Président, absolument par votre faute ! vous qu'avez formellement refusé de me caser ailleurs ! vous le pouviez ! parfaitement ! »

Je prends la moutarde ! merde ! ces airs « de pas savoir » ! je sais ce que je dis !... il serait bien content, bicot torve, que je paye pour la bande ! que j'écope pour la compagnie ! fripouilles, connivents, triples-jeux ! l'addition, ma cerise ! et puisqu'on se dit des vérités... puisqu'il fait joujou au procès... mon tour, la vane !... je somnole plus !...

« Vous avez casé Morand ! vous avez casé Maurois !... vous avez casé Fontenoy !... vous avez casé Fontenoy !... vous avez casé votre fille !

— Bien ! bien ! bien Céline ! »

Il m'arrête... j'en avais encore une douzaine !... une centaine !

« Vous avez casé Brisson !... Robert ! vous avez casé Morand ! j'étais là !... chez lui ! »

J'insiste... les points sur les i !... j'ai l'heureuse mémoire d'éléphant... on croit toujours me baiser, mon air abruti...

Il tient avoir le dernier mot...

« Vous savez ce qu'on dit de vous alors ?

— Moi ?... je suis pas intéressant !... mais la grande nouvelle ? voulez-vous savoir monsieur le Président ? la nouvelle bien intéressante ?...

— Où l'avez-vous prise ?

— Dans la rue !... une chouette ! et qui peut bien vous arranger...

— Allez-y ! allez-y ! vite !

— Eh bien !... que les Russes vont se battre avec les Américains ! voilà, monsieur le Président !...

— C'est ce qu'ils ont trouvé à Siegmaringen ?

— Parfaitement ! »

Il réfléchit...

« Les Russes contre les Américains ? absolument stupide, inepte, Docteur ! vous avez réfléchi un peu ?

— Non !... mais on le dit !

— Mais ce serait le désordre, Docteur !... le désordre ! vous savez ce que c'est que le désordre ?

— Un petit peu, monsieur le Président...

— Vous n'avez pas fait de politique ?

— Oh ! si peu !... et vraiment, si mal !

— Alors vous ne pouvez rien comprendre ! vous ne savez pas ce qu'est le désordre ! Docteur !

— Une petite idée...

— Non !... vous ne savez pas ! apprenez ! le désordre, Docteur, c'est un Jules César par village !... et vingt Brutus par canton !

— Je vous crois, monsieur le Président ! »

Il l'aura pas son dernier mot !

« Mais moi, qui suis pas César, vous auriez pu très

327

bien me caser!... comme Morand, Jardin et tant d'autres!... je ne vous demandais pas grand-chose... je vous demandais pas une Ambassade!... vous n'avez rien fait!... je n'étais pas Brutus non plus!... vous m'auriez donné aux fifis si je n'étais pas venu en Allemagne!»

Je démords pas!... sûr de mon fait! honnêtement, totalement raison!... je suis l'homme qu'ai le plus raison d'Europe! et bien le plus gratuit! que cinquante Nobel me sont dus!...

«Non, je serais pas ici, monsieur le Président!»

J'y tiens!

Il attrape son appareil.

«J'appelle Bichelonne, qu'il vous entende!... je veux un témoin! tout le monde se demande ce que vous pensez! tout le monde saura!... pas que moi!... que je vous ai attiré, ici! dans un piège, en somme! un guet-apens?...

— Pas autre chose, monsieur le Président!»

Il a Bichelonne au téléphone...

«Vous savez ce que me dit Céline?... que je suis un escroc, un capable-de-tout, un traître, et un juif!

— Pas tout à fait ça! vous exagérez, monsieur le Président!

— Si! si! Céline!... vous le pensez! c'est votre droit!... bon!»

Il continue au téléphone... il parle... plus de moi... de choses et d'autres... je le regarde pendant qu'il parle... je le vois de biais, de profil... oh! j'ai de plus en plus raison!... pour le comparer à quelqu'un... je le revois... quelqu'un d'actuel... entre Nasser et Mendès... profil, sourire, teint, cheveu asiate... en tout cas certain! sous la rigolade, il peut pas me piffrer... il est exactement dans le ton de la France actuelle, dure pure sûre, et pro-«larbinès»... on eut très tort de le flinguer, il valait, je dis, dix Mendès!

« Venez !... venez ! »

Il demande... l'autre a pas envie... il se fait prier...
« Il va venir ! »

En fait, le voici... oh ! lui pas le type afro-asiate !...
pas du tout !... le type « grosse bouille blonde »,
Bichelonne !... énorme tronche, même ! le spermatozoïde monstre... tout en tête !... Bonnard est pareil...
type spermatozoïde monstre... têtards monstres... un
milli plus, ils coupaient pas !... le bocal !... c'est bien
lui Bichelonne, c'est bien lui !... mais quelque chose,
je le reconnaissais pas, tellement il était défait,
pâle... l'état qu'il était !... tremblant... pour ça qu'il
voulait pas venir !... Laval le laisse pas se remettre...
il l'attaque !... qu'il écoute tout ! il est trop ému, il
écoute rien...

« Pourquoi tremblez-vous, Bichelonne ? »

Y a de quoi ! y a de quoi !... il raconte... il en bé-
gaye ! on lui a cassé un carreau !... un carreau de sa
chambre ! Laval on lui en a déjà cassé dix ! des carreaux de sa chambre !... il raconte... il se moque de
Bichelonne... pas de quoi trembler !... mais Bichelonne plaisante pas du tout !... il veut savoir qui ?...
comment ?... pourquoi ?... un caillou ?... une balle ?...
un avion, un souffle d'une hélice ?... un remous ? il
est en transe de pas savoir, Bichelonne... qui ?... comment ?... pourquoi ?... c'est pas qu'il soit trouilleux du
tout Bichelonne, mais là tout soudain la panique, de
pas comprendre le pourquoi ? comment ?... il sait
plus... les avions passent si près de sa fenêtre !... frôlent !... mais peut-être une balle de la rue ?... ou un
caillou ?... peut-être ?... il a pas trouvé !... il a cherché
toute la nuit... minutieusement !... le plafond, les
murs... rien !... pensez s'il s'en fout ce que le Président veut qu'il sache ! que je l'ai traité de ceci ! de
cela ! il l'écoute pas ! son carreau, lui !... que son carreau !... comment ?... qui ?... Laval parle pour rien...

Bichelonne arpente de long en large l'immense bureau Ier Empire !... les mains jointes derrière son dos... réfléchissant !... réfléchissant !... oh ! il sort pas de son problème !... Laval pourtant lui recommence tout : que je l'accuse de ceci... cela !... et il en ajoute !... que je le trouve ignoble d'avoir sauvé Morand, Maurois, Jardin, Guérard ! et cent autres ! mille autres ! qu'il m'a exprès, moi, sacrifié !... rancune raciale personnelle ! que les nègres de l'armée Leclerc me trouvent là ! me hachent !... tout prémédité !

C'est pas moi qui vais l'interrompre ! il est en pleine fougue !

« Bravo, monsieur le Président ! »

Il requiert... j'applaudis ! il requiert contre lui-même !... devant encore une autre Haute Cour !... la Haute Cour imaginaire !... comme l'autre, le Musée !...

« Bravo, monsieur le Président ! »

Je suis tourné en Suprême-Haute-Cour !... Bichelonne s'occupe pas, écoute pas, il arpente, marmonne... d'un coup il questionne Laval !

« Qu'est-ce que vous croyez ? »

Il se fout pas mal de ce que j'ai dit... pas dit... son problème lui ! son carreau ! c'est tout ! et il arrête pas d'arpenter... et en boitant... pas la « boiterie distinguée », lui... une véritable claudication !... une fracture mal consolidée... même il veut s'en faire guérir, opérer, avant notre grand retour en France !... et en Allemagne même, opérer !... et par Gebhardt !... Gebhardt je le connais un petit peu... celui-là, encore un phénomène ! j'avais dit d'abord : un farceur !... pas du tout !... il cumulait... six mois général au front russe, commandant d'un groupe de « panzers » et six mois chirurgien-chef de l'énorme hôpital S.S. Hohenlynchen, Prusse-Orientale... charlatan, vous diriez aussi, un clown !... je me trompais... j'ai envoyé

le voir opérer un mien ami très anti-boche... ce Gebhardt chirurgien **S.S.** était bel et bien très habile !...
qu'il était dingue ?... certainement ! à Hohenlynchen
son super-hostau, six mille opérés, une ville, quatre
Bichat !... il organisait des matches de football entre
unijambistes... mutilés de guerre unijambistes... il
était braque à la manière des super-hommes de la
Renaissance... il excellait en trois, quatre trucs... la
guerre des tanks, la chirurgie... ah ! et aussi ! la chan-
sonnette !... je l'ai entendu au piano... très amusant !... il improvisait... là je peux juger... les boches
ont failli avoir pendant cette période hitlérique une
certaine race d'hommes « Renaissants »... ce Gebhardt en était un !... Bichelonne aussi... l'autre côté...
lui c'était l'X !... ils avaient pas eu vu, connu, pareil
génie depuis Arago... j'ai apprécié, pour la mémoire !... vraiment, le monstre !... pendant qu'il était
à Vichy il avait eu le blot des trains... qu'ils arrivent
quand même !... envers contre tout ! entreprise
d'Hercule !... tous les réseaux, aiguillages, horaires,
déviations, dans la tête !... à la minute ! à la
seconde !... avec ce qui sautait chaque nuit, aqueducs, ballast, gares, vous pensez la plaisanterie ! et
que je te reboume !... rafistole ici !... détourne là !
redémarre !... et que ça ressautait immédiatement !
encore ailleurs ! les fifis le laissaient pas dormir !
l'Europe s'en relèvera jamais de cette folle maladie
« transe et zut ! » tout en l'air !... le pli est pris ! il faudra la bombe atomique qu'elle redevienne normale
et vivable... là, le Bichelonne, le coup de son carreau... caillou ? coup de fusil ? hélice ? il en pouvait
plus... il tenait plus ! déjà ses nerfs à bout, de Vichy...
le carreau là, maintenant, c'était trop ! ils l'avaient
mouché d'où ?... de la rue ?... dans l'air ?... le carreau ?... je comprenais Bichelonne à bout de nerfs...
Pas que les nerfs qu'ils lui avaient fait sauter ! sa

jambe aussi !... ils l'avaient eu en auto !... une petite bombe ! *vlof !* voguez, Ministre !... il allait voir l'« Information »... trois fractures mal consolidées, il faudrait qu'on lui recasse sa jambe qu'elle redevienne droite... et il voulait faire ça tout de suite, en Allemagne même ! pas rentrer comme ça à Paris ! il connaissait un peu Gebhardt, il voulait monter là-haut, à Hohenlynchen... Gebhardt lui avait offert... moi j'étais pas chaud... je croyais pas beaucoup en Gebhardt... lui, il en pinçait... bon !... il avait confiance... bon ! mais quelle perplexité, ma doué !... il arrêtait pas de marmonner au lieu d'écouter Laval... il l'arpentait le très grand bureau Iᵉʳ Empire... il marmonnait du pour !... du contre !... si c'était une balle ?... un bout d'hélice !... il sortait pas de sa réflexion... il était assez marrant avec son énorme crâne... mais Laval le trouvait pas si amusant !... même il commençait l'avoir sec !... il l'avait fait venir, pas pour qu'il se promène long en large, pas pour qu'il marmonne son carreau, mais pour qu'il l'écoute !

« Vous le voyez ?... vous le voyez, Docteur !... il écoute rien !... son carreau !... tout pour son carreau ! »

Laval me prend à témoin...

Oh ! mais que ça peut pas durer ! Laval connaissait le moyen... le seul moyen de le faire sortir de réflexions : lui poser une colle ! n'importe quelle colle !... que son ciboulot change de marotte !

« Dites-moi, Bichelonne ! vous seriez tout à fait aimable... je l'ai su ! je l'ai oublié !... il me le faut pour un petit travail... la capitale du Honduras ? »

Bichelonne s'arrête pile, cette fois, il écoute... il marmonne plus... il va répondre...

« Tegucigalpa, monsieur le Président !

— Non! non! pardonnez-moi Bichelonne! le Honduras britannique?

— Belize, monsieur le Président!

— Surface, Bichelonne?

— 21 000 kilomètres carrés...

— Que fabriquent-ils?

— Acajou... résine...

— Bien! merci, Bichelonne! »

Bichelonne retourne à son carreau... il repart, boitillant... mais moins préoccupé quand même... ce Belize lui a fait du bien...

« Dites-moi, Bichelonne! puisque vous êtes là!... vous serez bien aimable encore!... j'ai su tout ça!... je le sais plus!... j'ai oublié!... tungstène?... Bichelonne? Rochat nous en parle tout le temps! il a emporté du tungstène!

— Poids atomique : 183,9... densité : 19,3... »

Ceci dit, Bichelonne s'assoit... il est fatigué d'aller venir... il se masse la jambe... tout de suite Laval va profiter... il va au miroir, il rajuste sa mèche... il refait sa cravate... il va nous redonner de la Haute Cour!... ah! pardon!... pardon!... moi aussi j'ai un peu à dire! toujours, toujours entendre les autres! je suis pris là, net, d'un coup d'orgueil!... une bouffée conne! je te vais leur tous leur clouer le bec! j'ai bien regretté! je regrette encore! c'est rare que je me laisse aller... mais je les avais trop entendus!...

« Tenez là, regardez! »

Je leur pose mon cyanure sur la table... le bureau de Laval... mon flacon... de ma poche!... puisqu'ils parlent de métaux rares!... je l'ai toujours sur moi mon cyanure!... depuis Sartrouville... là, ils peuvent le voir!... et l'étiquette rouge!... ils regardent tous les deux...

Partout on me demande du cyanure... je réponds toujours que j'en ai pas... oh! ils sont pas longs tous les deux !... déjà à qui l'aura !... je m'en moque !... des flacons, j'en ai encore trois !... scellés pareil ! cyanure aussi !... l'ennuyeux, c'est qu'ils vont baver !... sûr !... et je l'avais dit à personne !...

« Vous me le donnez ? vous me le donnez ? »

Ils demandent tous les deux... oh ! ils rigolent plus !

« Partagez-vous-le ! »

Qu'ils s'arrangent !... je repense...

« Non !... vous disputez pas !... je vous en donnerai chacun un ! une fois ouvert ! vous le savez ? humidifié ! fini !

— Mais quand ?... mais quand ?... »

Ah ! ils me prennent un peu au sérieux ! tout de même ! je sors un autre flacon d'une autre poche !... encore un autre de ma doublure ! je leur dis pas tout, j'ai des sachets plein mes ourlets... je veux pas être pris sans !... ça va !... je vois, ils me considèrent... ils parlent plus... mais ils sont contents... ils reparleront... vacheries !

« Qu'est-ce que je peux faire pour vous, Docteur ?

— Monsieur le Président, si vous voulez bien m'écouter... d'abord, pas ouvrir le flacon !... ensuite rien dire à personne !...

— Oui !... c'est entendu ! mais vous-même ?... tout de même, vous avez bien un petit désir ? »

Voilà une autre idée qui me monte ! pourtant je peux dire j'ai tout refusé ! tout !... mais où on est... plus rien a plus d'importance !...

« Vous pourriez peut-être, monsieur le Président, me faire nommer Gouverneur des Îles Saint-Pierre et Miquelon ? »

J'ai pas à me gêner !

« Promis !... accordé ! entendu ! vous noterez n'est-ce pas, Bichelonne ?

— Certainement, monsieur le Président ! »

Laval tout de même... Laval a une petite question...

« Mais qui vous a donné l'idée, Docteur ?

— Comme ça, monsieur le Président ! les beautés de Saint-Pierre et Miquelon !... »

Je lui raconte... je parle pas par « on-dit »... j'y ai été !... on mettait alors vingt-cinq jours Bordeaux-Saint-Pierre... sur le très fragile *Celtique*... on pêchait encore à Saint-Pierre... je connais bien Langlade et Miquelon... je connais bien la route... l'unique route de bout en bout de l'île... la roue et la borne du « Souvenir », la route creusée en plein roc par les marins de l'*Iphigénie*... j'invente rien... du vrai souvenir, de la vraie route !... pas que les marins de l'*Iphigénie* !... les forçats aussi... ils ont eu un bagne à Saint-Pierre... qui a laissé aussi une borne !...

« Vous verriez ça, monsieur le Président ! en plein océan Atlantique ! »

Le principal : j'étais nommé Gouverneur... je le suis encore !...

Ça n'a pas été mieux pour ça... qu'il me nomme gouverneur, archevêque ou cantonnier... plutôt mal en pire !... la réalité c'était les épouvantés de Strasbourg, les archi-réservistes *Landsturm*, les fuyards de l'armée Vlasoff, les refoulés bombifiés de Berlin, les horrifiés de Lithuanie, les défenestrés de Kœnigsberg, les « travailleurs libres » de partout, arrivages sur arrivages, les dames tartares en robe du soir, artistes de Dresde... tout ça venait camper dans les trous, fossés du Château... aussi sur les berges du Danube... plus tous les épouvantés de France, Toulouse, Carcassonne, Bois-Colombes, pourchassés par les maquis... plus les familles des Miliciens, et les frais recrutés N.S.K.K. qui devaient partir au Danemark chercher du beurre... plus les séduits par Corpechot qu'attendaient d'être « embarqués » sur la flottille du Danube... plus les drôles de Suisses, soi-disant « partisans » allemands... tout ça par tribus, avec enfants tous les âges, énormes bardas, batteries de vaisselle, morceaux de fourneaux, et rien à bouffer... sorte de « port des épaves d'Europe » Siegmaringen... je veux dire tout le bourg, les douves, les rues, et la gare... toutes les barioleries, camouflages, loques, provenances, baringoins... plein les trottoirs, quais, et les boutiques... une boutique qu'était pittoresque, celle à Sabiani P.P.F... le P.P.F., le soi-disant plus fort parti des «partis d'avenir»... je vous ai déjà dit : Doriot en personne est jamais venu à Siegmaringen... Hérold, non plus! son aboyeur!... ni Sicard... c'est Sabiani qui tenait lieu place en cette boutique du Parti... cette boutique avait deux vitrines... et dans chaque vitrine des malades vraiment au plus mal... de faim, de vieillesse et de tuberculose, et de froid... et de cancers aussi... et tout ça, tout en se grattant ferme!... bien sûr!... une vitrine c'était des «pliants», l'autre des «fauteuils transatlantiques»... j'ai vu pendant bien deux mois mourir un grand-père P.P.F. avec son petit-fils sur les genoux... comme ça sans remuer, dans un fauteuil transatlantique, crachant ses poumons... dans la boutique même c'était aussi plein de crevards... les bancs... plein les bancs... le long des murs... ou à même le sol, allongés, ou en tas... Sabiani lui-même se tenait dans l'arrière-boutique... il prenait les «adhésions», délivrait les cartes, signait, tamponnait... il avait les «pleins pouvoirs»... il s'en est fallu d'un poil que la France tourne P.P.F... Hitler moins con! il avait du monde Sabiani... tout le monde «adhérait», tout ce qui regardait aux vitrines... c'était une façon de rester là, d'entrer et de s'asseoir... sûrement le P.P.F. était le parti qui recrutait le plus, l'effet des vitrines et des bancs... s'il avait donné à manger, en plus, la moindre ganetouse, il aurait recruté tout le patelin, y compris les boches... civils comme grivetons!... un moment des choses et des événements il reste plus qu'un truc : s'asseoir où on mange... ah, puis aussi, les timbres-poste! je vous oubliais! chercher des timbres, collectionner!... tous les bureaux de poste que j'ai vus à travers l'Allemagne, pas seulement Siegmaringen, les

plus grandes villes, des plus petits hameaux, étaient
toujours bourrés de clients, et aux guichets des « collections »... des queues et des queues, collectionner
des timbres d'Hitler, tous les prix !... d'un pfennig
jusqu'à 50 marks... moi je serais Nasser, moi par
exemple, ou Franco ou Salazar, je voudrais voir si
mes pommes sont cuites, je voudrais vraiment être
renseigné, ce qu'on pense de moi... je demanderais
pas à mes polices !... non !... j'irais voir moi-même à
la Poste, les queues aux guichets pour mes timbres...
votre peuple collectionne ?... c'est que c'est joué !... ce
qu'il doit y avoir de collections « d'Adolf Hitler » en
Allemagne ! ils s'y sont mis, on peut le dire, des
années d'avance ! dès les premières conneries, Dunkerque, ils collectionnaient ! devins, magiciens ?
balancelles !... le timbre qu'est sérieux, qui dit tout !
la vérité dix ans d'avance !... ils collectionnent ? ils
savent ce qu'ils font ! nous, question la Poste, en plus
d'Hitler, on avait Pétain... ses timbres !... double collection ! vous auriez vu ce bureau de Poste ! presque
autant de monde que chez Sabiani ! collectionneurs
français et boches... cependant j'admets, pire que
les timbres, pire que l'alcool, pire que le beurre, pire
que la soupe : les cigarettes !... la cigarette gagne
sur tout !... partout !... dans les conditions vraiment implacables : la cigarette !... j'ai vu aussi bien
à la rifle qu'à l'ambulance de la prison, le dernier
suprême souci humain : fumer !... ce qui prouve vous
me direz pas le contraire que l'homme est d'abord,
avant tout : rêveur !... rêveur-né ! povôite ! *primum
vivere ?* pas vrai !... *primum gamberger !* voilà !... le
rêve à tout prix !... avant la brife, le pive et l'oigne !
pas de question !... l'homme calanche de bien des
trucs mais sans cigarette il peut pas !... regardez-le
au poteau ou la guillotine... il pourrait jamais !... faut
qu'il fume d'abord !... moi aussi j'étais du rêve, pré-

posé au rêve, dans la boutique P.P.F... je passais leur donner du rêve, ceux qui souffraient trop... 2 c.c. !... je les faisais rêver... oh ! j'étais extrêmement regardant de mes ampoules 2 *c.c* !... vous pensez si j'avais de la demande !... pourtant Sabiani, justice à lui rendre, prévenait bien son monde, il bernait personne... c'était écrit sur larges pancartes, en très grosses lettres rouges... « membre du Parti, souviens-toi bien que tu dois tout au Parti, que le Parti ne te doit rien » ! il dorait pas la pilule !... ça rebutait personne !... il en venait même de plus en plus, adhérer, s'asseoir, et crever sous les pancartes... et devant les vitrines, de plus en plus de monde, regarder les grands-pères finir... « regarde ! regarde ! il fait sous lui ! » on vous parle des foules asiatiques, brahmanes, bocudos... salut ! je vous rends toute l'Europe asiate, moi ! du jour au lendemain ! et adhérente ! et passionnée politique... cinq, six cadavres par poubelle ! famine et reproduction !... l'avenir est aux jaunes !... à leurs bonnes pratiques !

Parlant de la boutique Sabiani, il m'est advenu vers ce moment-là un certain petit tour bien toc... une vraie saloperie du Château !... la cabale pour virer Luchaire... là, ils me trouvaient parfait médecin !... un complot de ministres... je devais le trouver tuberculeux, contagieux, dangereux... à évacuer, et tout de suite !... oh ! je refusai !... je marche jamais dans les histoires louches... surtout que de fil en aiguille je savais pas du tout si ils cherchaient pas à moi m'avoir !... à me faire évacuer moi, d'abord !... comme Ménétrel !... oh ! un moment c'est plus que de ça ! vous faire disparaître !... la maladie générale !... que vous avez fait ceci !... cela !... toc !

Ah ! encore une autre ! au Château !... une autre salade !... une fille d'un ministre, en cloque ! il s'agissait qu'elle se marie ! dare-dare ! le jeune homme était là... un zazou... il voulait bien... mais le hic! le maire boche de Siegmaringen voulait le consentement des parents!... consentement écrit!... les parents du zazou en France, à Bagnoles-les-Bains!... comment obtenir cet écrit?... on pouvait pas le demander aux Sénégalais de Strasbourg! ni aux F.T.P. d'Annemasse!... le Burgmeister un têtu, voulait absolument ce papier!... Voilà qu'on travaille Lili... je vois venir le travail... la mère en larmes... la bouille toute trempée de rouge à lèvres... elle monte au *Löwen* supplier... supplier Lili... qu'elle survivra pas au scandale!... qu'elle sera la «noyée du Danube»!... en mère éplorée! que je fasse quelque chose!... qu'elle Lili me fasse faire quelque chose! en bref, en net, que j'avorte la fille!... pensez!... je vois encore une petite drôlerie : Céline l'avorteur!... gentiment d'abord, et puis fermement, je l'envoie foutre!... la haine encore que j'écope! mon compte était bon tous les sens!... une haine, je crois, qui me poursuit vingt ans après!... on m'en fout toujours des vaches coups pour cet avortement refusé... je reconnais à certaines rumeurs... ici... là... les petits à-côtés marrants des grands bouleversements d'Histoire, exodes, paniques générales, c'est les fournisseurs qu'on retrouve plus!... masseurs, pédicures, avorteurs... les adultères et «doux aveux» se retrouvent partout!... comme on veut! mais le «chiropract» habituel... là, vous avez du désespoir! la dame éperdue!... les hommes forniquent comme ils respirent mais le «chiropract»? l'avorteur? des gants! minute!... les doux aveux tant que vous voulez, mais la sonde? il est difficile dans un zoo de faire que les bestioles se reproduisent, mais les pires condamnés à mort, même traqués par l'armée Leclerc, même tous les fifis plein les bois, et toute la R.A.F. sur le crâne, tonnante, jour et nuit, leur enlève pas l'envie de saillir !... oh ! que non !... j'allais pas encore en plus m'embarrasser des petits écoulements, petits tabès, et chancres mous ! non !... tout ça pouvait très bien attendre ! le retour en France, d'une façon, l'autre ! d'abord je les soignerais avec quoi ?... j'avais rien !... leur conseiller de plus coïter ?... il faut jamais rien conseiller ! qu'ils se grattent, baisent, labourent, mijotent, pourrissent !... et hardi ! les gens vous en veulent à mort pour n'importe quel petit conseil !... regardez un petit peu la France, j'y ai assez dit en long en large la gueule qu'elle aurait un moment ! et regardez comme elle m'a traité !... l'état qu'elle m'a mis ! moi ! juste le seul qui voyait juste !... et les plus pires désastreux cons, si fiers à présent ! cocoriquant haut du fumier, l'effroyable décombre ! à Siegmaringen, je dois dire, je commençais à bien me modérer : trente-cinq ans que j'étais victime, je commençais à me méfier un peu ! *alas ! alas !* les jeux étaient faits ! tout dit !... c'est vous empaler qu'on vous veut !... commandos Darnand ou fifis, tueurs à Restif, ou noirs à Leclerc !... vos avis intéressent personne, sauf les discuteurs infinis... «qui vous a acheté ? combien vous avez touché ?... vendu à celui-ci ?... celui-là ?... » ramolo, c'est sûr ! sale vieux birbe !... oh je savais ! et très bien !... je m'occupais guère plus que des urgences... du coup ils étaient tous «urgents» !... râleurs et provocateurs et bourriques, en même temps qu'extrêmement malades !... gentils clients !...

Bast ! les pithécanthropes changent de mythe ! vous parlez si le sang va gicler ! si les coutelas sont un peu prêts ! bast !... bast !... douze cents milliards d'alcool, sifflés, bast ! vous font passer sur bien des choses !

Mais voici un autre pataquès !... au «troisième», au-dessus des Raumnitz, au *91* je soignais un M. Miller, originaire de Marseille, tuberculeux alité, grosses hémoptysies... heureusement, tout de même, j'avais un peu de « rétropituine »... pas tombée du ciel !... planquée dans ma poche, et de Bezons !... je faisais ce que je pouvais... de jour et de nuit... ce M. Miller de Marseille, occupait là-bas, paraît-il, un très haut poste... à la Sûreté... bon !... je tenais pas à en savoir plus... toujours est-il que Herr Frucht râlait drôlement qu'il occupe un lit au *Löwen*, qu'il pourrait infecter l'hôtel avec ses crachats et sa toux !... lui, que ses chiottes débordaient à flots, cascadaient plein l'escalier !... mon malade qu'était le dangereux ! querelle d'Allemand !... que sa chambre serait inhabitable !... que je devrais le faire rentrer en France !... et ce M. Miller, de Marseille, était pas dangereux du tout !... on avait autre chose sur le rab !... je voyais là encore une cabale, comme pour Luchaire... certes je voulais bien qu'il s'en aille M. Miller de Marseille... mais tuberculeux, le caser où ? je vais trouver la doctoresse, une boche, « führerine » pour tout ce qu'était « tuberculose »... la doctoresse Kleindienst, celle-là vraiment anti-française !... elle m'envoie foutre !... j'en avais pas à être surpris, elle m'avait toujours tout refusé !... j'avais été cent fois la voir pour mes ouvrières à « pneumothorax »... et y en avait !... travailleuses françaises en usines... pour un quart de beurre !... une livre de sucre !... *non* !... *non* !... et j'étais parfaitement au fait qu'elle casait comme elle voulait, des bien moins tuberculeux, des familles entières du Château, au grand Sana Saint-Blasien, Forêt Noire... « qu'il retourne en France... » tout ce qu'elle me conseillait !... le Sana S.S. Saint-Blasien était pas pour mes malades !... bientôt la cabale, je voyais venir, les pétitions dans tout l'hôtel et la brasserie, que ce Miller retourne chez lui ! à Marseille ! qu'on l'expédie !... et moi avec !... qu'on nous foute nous deux à la porte ! nous trois, Lili et Bébert ! ou dans un camp !... je voyais ça... Cissen !... oh ! ils y pensaient, certainement ! tous les quatre !... Le Vigan avec !... je parais un peu exagérer... du tout ! du tout !... j'étais pas sûr de Brinon... et pas sûr du tout des Raumnitz... et malgré le cyanure, pas du tout de Laval... ni de Bichelonne...

Tout de même les jours passent... et les nuits... il commence à faire vraiment froid... Marion vient nous voir... il m'apprend que Bichelonne est parti... comme ça subit, sans rien dire... sans rien me dire... il est parti se faire opérer, là-haut en Prusse... bon ! je lui parle de l'affaire Miller, de mes ennuis avec Kleindienst, que c'est de la cabale... il croit aussi, il est d'avis... il est pas optimiste, Marion... ministre de l'Information... il voit les choses, bien à la merde...

Je vous ai beaucoup parlé d'Herr Frucht et de ses ennuis de ses cabinets... mais y avait aussi une dame Frucht... Frau Frucht, sur le même palier que nous, Chambre 15... c'était plus qu'une chambre le 15 !... un véritable appartement, avec salle de bains, salle à manger, fumoir... je vous en ai pas encore parlé... ni de Frau Frucht... je la soignais... enfin, je lui faisais des piqûres... une ménopause... je les obtenais par « passeurs »... de Bâle... oh ! elle nous aimait pas quand même !... Frau Frucht !... bon Dieu, non !... pas plus que son Julius !... qu'on leur infectait leur hôtel, etc. répugnants *Franzosen* !... qu'on aurait dû être au diable !... cependant qu'est-ce qu'elle se faisait régaler par les gardes du corps du Château !... bien Français, ceux-là !... trois quatre garde-corps par ministre... ça lui faisait du monde, et des garçons d'appétit, déjeuner, dîner... *Franzosen*, athlètes, et si cochons !... et qui se privaient de rien, madame ! ripaillaient sec !... et que ça se terminait par de ces trucs !... des véritables orgies *vrounzaises* ! ainsi qu'ils avaient table ouverte, les gardes du corps, la table des tôliers du *Löwen*... vins du Rhin à volonté, schnaps... absinthe même !... mieux que chez Pétain !... Frau avait la ménopause ardente, tré-

344

moussante, bouffées de chaleur et rages de cul... je
crois que le mari était en serre, il se tapait des jetons
entre deux séances à ses gogs... entre deux colères
aux tinettes... le boche complet !... vous voyez que
n'importe où y a des gens qui s'ennuient pas, vous
verrez demain la terre tourner cendres et plâtras,
cosmos de protons, que vous trouverez encore
quand même dans un trou de montagne, une encore
tapée de maniaques en train de s'enfiler, sucer,
bâfrer, hagards, rondir, parfaits débauchmann...
déluge et partouse !... tout ça se passait au *Löwen*...
j'avoue ! et pas loin de chez nous, j'avoue en plus...
même palier que nous... je savais... j'en parlais pas à
personne... même à Lili... oh ! et de la chambre 36,
non plus !... tout ça des choses qu'il faut taire... Frau
Frucht sortait jamais par notre palier... elle descendait à sa brasserie par un escalier à elle, « tire-bou-
chon », de son lit aux cuisines... personne entrait
dans sa chambre, sauf les gardes du corps, costauds
familiers... ses masseurs... tous les gardes du corps
sont masseurs, et ils te la massaient la dame !... je
voyais les marques des massages, les paumes, les
doigts !... elle était marbrée des massages !... elle,
c'était ses bonnes !... elle te les massait ! sa façon !...
à la *schlag* ! bonnes et cuisinières !... fallait qu'elles
montent un peu au 15, se faire semoncer ! *toc !*
flac !... les vieilles comme les jeunes !... il fallait !
punition pour l'escalier jamais bien fait !... pour le
restaurant, les assiettes cassées !... *pfloc !*... *vlac !*...
leurs fesses ! leurs dos !... elles chichitaient ?... *re-*
pflac ! et *reptaf !*... « retrousse-toi !... plus haut !... plus
haut ! » la vioque ou la jeune !... et elle y allait pas de
main morte Frau Frucht !... à la cravache !... comme
Frau Raumnitz !... comme j'ai vu plus tard, en prison... c'est naturel, la cravache, sur les boniches, les
femmes du monde, et les prisonniers... tout ça

divague, forcément !... pour les remettre au pas, dénouer les complexes, qu'un moyen ! je les voyais sortir de cette chambre 15 dans des états de larmes et sanglots ! elles avaient été remises au pas... vous vous en mêlez ? vous savez pas après tout ce qu'est pas vice et très voulu de ces séances à la « mère fouettard » ?... si ces flagellées cherchent pas ?... en tout cas sûr c'était du vice !... je le savais... j'en parlais pas... l'appartement Frucht, puisqu'on y est, était aussi mousselineux, coussins, poufs, fourrures, fauteuils bouffis velours, que notre galetas était sordide... quant aux encens et parfums ! Frau Frucht arrêtait pas d'asperger son lit, et les tentures et les fauteuils... un flacon de lavande !... un autre ! héliotrope !... jasmin ! vous auriez dit le « Chabanais » ! vous avez pas connu sans doute... mais un Chabanais, Paillard en même temps !... cul tant que ça peut et gueule avec !... ripailles terribles !... toute la lyre !... parce que les senteurs « jasmin » étaient mêlées entremêlées de ces relents de forte tambouille, gigots, poulets, faisans au vin, que c'en était à tituber... notre palier, l'autre porte en face, à côté des gogs... Frau Frucht elle-même cadrait très bien dans son boudoir, volants, froufrous et tous les luxes... vous l'auriez bien vue « pensionnaire »... le physique, les yeux, les nichons, tout !... et de ces peignoirs, dentelles, choux de rubans, pardon ! et kimonos verts et roses, pâles !... et des pleines armoires !... bas de soie et jarretelles !... ménopause, pas ménopause, Frau Frucht désarmait pas !... les raclées aux bonnes, plus mes piqûres hormonales, plus les gardes du corps, la maintenaient en de ces vifs désirs !... ardeurs !... moi je faisais exprès gueule de raie... nigaud... je voyais rien... elle nous faisait un petit avantage Lili, moi, Bébert... un petit plat de nouilles de temps en temps... je me foutais du reste !... oh ! c'était pas la

généreuse ! Messaline, peut-être, mais gargotière
âpre !... un prétexte pour fouetter ses bonnes, qu'elles
lui secouaient son «Stamgericht» y en emportaient
à leurs mères et leurs époux... ou pire !... à la gare !...
je veux, c'était qu'un prétexte !... tous les prétextes
pour fouetter !... et que ça hurle !... *strip-tease ?* parlez-moi de séances de fouet ! vous remplirez l'Opéra
un peu mieux que Faust ou les Chanteurs !... tous les
prétextes au vice sont bons ! mais elle valait mille par
elle-même, à la connaître... pas que son appartement
boudoir, la cocotte, pardon !... cette tronche !... vous
auriez dit toute la Place Blanche et les plus pires
leveuses du Bois... je vous parle des temps révolus,
où y avait encore de ces femmes, créatures douées,
personnes véritables ardentes, croupes de feu...
c'était avant l'automobile... oui, au physique, je peux
prétendre être bien regardant, elle se défendait
encore très bien... sitôt que j'entrais dans sa chambre
elle s'allongeait pour sa piqûre, ôtait tout, kimono,
bas de soie, que je la palpe bien, examine à fond...
intus et exit... elle avait la peau pas mal pour une personne de son âge... des muscles qui tenaient, aucune
cellulite, pas d'atrophie musculaire... elle avait dû
être paysanne, et paysanne de lourds travaux, bêche,
labours... les seins encore très solides... mais pour le
minois, pardon !... du Rochechouart et «dessous de
métro»... la bouche pulpeuse-avaleuse, encore peut-
être pire que Loukoum !... la bouche à avaler le trottoir, l'édicule et tous les clients, et leurs organes et
les croûtons !... les yeux ?... de ces braises !... l'ardeur
fond de volcans pas éteints... terribles dangereux !...
je lui faisais sa piqûre... oh ! mais de Dieu que j'étais
en quart !... j'étais sûr que son dab gafait... je savais
pas d'où ?... y avait trop de draperies et pendeloques !
mais j'étais sûr !... fallait que je sois aimable, en
plus !... elle me faisait pas de gringue, je peux pas

dire... elle était si tellement «brûlante» naturelle-
ment, qu'elle aurait vraiment pas pu faire plus... ma
piqûre finie, rentrée ma seringue... deux, trois mots
quand même, d'être poli... voilà qu'elle m'attrape la
main, me la prend!... là comme elle est là, toute
nue... oh! c'est pas son nu!... ce sont ses yeux, ses
braises... pas pour ce qu'ils sont cochons ou pas!...
pour le danger, je lui regarde les yeux... elle va pas
me violer?... non... non!... je respire!... me parler de
plus près qu'elle veut! plus près!... que je l'écoute!

« *Ihre Frau!... tanzerin!...* Hé?... *schön!...* belle!
belle! *barizerinne! ya?... ya? hein? schöne beine!*
jolies jambes?

— Oh oui!... oh oui! »

Je suis tout à fait d'accord!... je veux bien!

« *Sie! sie!* vous? prêter à moi?... hier!... *hier!...
schlafen mit!...* dort avec moi! *willst du?* veux-tu?
veux-tu? »

C'est plus du volcan, du feu pur!... elle brûle la
dorade!... elle en veut!... elle veut Lili!...

« *Gross ravioli willst du haben!... schön!... schön!...* »

Elle me montre le ravioli que j'aurai!... le colossal
plat de ravioli! le plat monstre!

«Oui! oui! Frau Frucht!... je lui parlerai! »

Et là subit, ma présence d'esprit, je l'empoigne à
pleine fesse et l'embrasse! *pfac!* à plein cul!... et sur
l'autre fesse! *vlag!...* on est intimes, on est d'accord!

Je vais pas la froisser... qu'elle suppose que je veux
pas lui amener Lili... là on couperait pas de Cissen!...
sûr!... d'une façon, d'une autre... mais là, je pense,
j'y pense! que ça pourrait aussi être un piège! très
bien!... une manigance avec son dab pour nous faire
virer tous les deux! la manœuvre! les mœurs!...
qu'elle me ferait virer comme maquereau!... Lili,
comme aventurière prête à tout... question des instincts, je m'occupe que des regards... et là le regard

était fadé... gougnoteries voluptuoseries ?... taratata !... elle était du vice, entendu la Frucht ! j'en avais
vu d'autres ! des mille !... du cul comme trente-six ! et
alors ? mais sûrement encore bien plus à haine que
folle de fesses !... elle s'enverrait peut-être Lili... peut-
être... et puis après la bascule !... Cissen !... le « couple
monstrueux »... les déshonorants du *Löwen*... je
suis ramollo, mais je pense vite !... encore plus vite !...
heureusement, boxon !... heureusement ! ... je fais
attention là de sa chambre à pas m'en aller trop
hâtif !... que j'aie pas l'air de me précipiter ! j'y
embrasse encore la fesse, la cuisse, le dos, la moule...
mffl... mff ! j'y fais un « complet » ! un vrai !... tout !...
qu'elle me voie bien complice, tout fou de trucs ! que
je vais lui ramener Lili *zu schlafen mit !...* ah ! que
oui, donc !... je m'en vais tout doucement... je parle
plus... je parle pas... je parle pas à Lili... à personne !
... je dis rien... tout de même je peux un peu réfléchir que si la Frucht se permet tant... c'est qu'elle a
des ordres... des ordres du Château ? des Raumnitz ?... ou qu'elle sait que c'est plus que question
d'heures, qu'on va être raplatis comme Ulm ?... que
quelqu'un l'a prévenue ?... Berlin peut-être ? ou par
la Suisse ? que ça va être terminé le cirque, ce
carrousel aux nuages, la fantasia R.A.F., orages que
personne a plus peur... on va voir ! comme Dresde,
flambés, grillés, ras !... que notre demi-heure est
venue ?... elle sait peut-être tout ça, brûlante Frucht ?
que c'est le moment qu'elle se passe tout !... *tanzerin... bariserine...* peut-être ?

« Y a des soldats plein la cuisine et la brasserie !

— Qui ?... des Français ?... des fritz ? »

Je pose la question...

« Des fritz avec un officier !

— Qui ?... qui ?...

— Ils montent ! »

En fait, j'ouvre la porte, je les vois... ils mettent de l'ordre... l'ordre, ils font évacuer le palier... et notre chambre... et les cabinets... et que tout ça sorte ! et oust !... dégringole ! plus personne à notre étage !... c'est pour m'arrêter qu'ils viennent ?... tout de suite j'y pense... je voudrais voir cet officier ?... ah, le voilà !... je le connais !... je connais bien !... c'est leur *Oberarzt* Franz Traub... leur médecin chef de l'hôpital... je peux dire, je le connais ! sapé, pardon !... quatre épingles !... la dague au côté ! ceinturon, vareuse, croix de fer !... pantalon gris, pli impeccable... gants « beurre frais »... il est venu me voir en grande tenue... seulement pour venir me voir ? hmm !... y a plus personne sur le palier... dégagé !... plus que son escorte... enfin, deux, trois escouades en armes... bon !... j'attends qu'il me parle... il salue Lili, il ôte sa casquette, il s'incline... moi, il me tend la main... je le fais entrer dans la chambre, je le fais asseoir sur une chaise... Bébert a l'autre... on n'a que deux chaises... c'est le grand jeu de Bébert, sauter d'une chaise l'autre !... Bébert regarde mal l'occupant... culot qu'il a, qu'il trouve ! moi je les regarde, l'Oberarzt Traub et Bébert... qui c'est qui va parler le premier ?... puisque c'est moi qui reçois, j'attaque... je le prie de m'excuser... de le recevoir si sommairement !... notre installation !... etc., etc. il me répond tout de suite et en français... « c'est la guerre ! » et il me fait le geste que ça n'a aucune importance !... détails !... il balaye du geste... bon !... préambules !... soit ! mais une idée qu'il me balaye pas... il vient m'arrêter ?... ce que je me demande, moi !... ce déploiement de gendarmes devant notre porte ?... quand ils ont coffré Ménétrel ils ont opéré pareil... par un médecin et une escorte... il était médecin aussi, Ménétrel... celui-ci, Traub, est un Allemand du type froid... il déteste les Français, bien sûr !... comme tous les boches... pas plus que les autres ! c'est nous, comme Français, qui sommes des « spécieux détestables » droit d'être spécialement détestés par tous les boches du village !... qu'on est là ! qu'on devrait pas y être ! qu'on les compromet !... ils écoutent tous la Bibici... tout Siegmaringen ! *dong ! dong ! dong !* la Bibici leur raconte tout ce qu'ils doivent penser !... de nous et de Pétain !... nos noms, nos états civils, nos crimes ! quatre... cinq fois par jour ! qu'on devrait tous être pendus !... Pétain, le premier ! sitôt les troupes françaises là !... hop ! et hop ! on les prévenait bien trois quatre fois par jour ! les vrais Français ! ceux qu'on attendait ! les plus pures légions du Maquis ! Brisson, Malraux, Robert Kemp, colonels de l'armée Leclerc !... que nous les voyous, nous représentions exactement ce que toute la vraie France vomissait ! qu'ils devraient, eux, les braves Allemands, nous assassiner, et tout de suite !

que nous abusions de leurs bons cœurs !... que nous les trahissions comme nous avions trahi la France ! que nous ne méritions aucune pitié !... exactement ce que pensaient mes pirates de la rue Norvins !... qu'étaient en train de se régaler juste à ce moment-là, mes pirates de la rue Norvins, me foutre à zéro !... l'orgue à Fualdès, la Bibici !... elle joue pendant qu'on assassine !... et que ça prenait sur les boches !... quatre cinq émissions par jour !... s'ils l'attendaient l'armée Leclerc ! ah, nous crasseux galeux fainéants bâfreurs de *Stam* ! leur *Stam* ! on allait voir s'ils nous le feraient dégueuler leur *Stam*, les Sénégalais ! et nos tripes avec !... nos viandes avec !... plein les ruisseaux !... l'honneur siegmaringois vengé !... bien sûr que l'Oberarzt Franz Traub écoutait la Bibici !... nos rapports professionnels avaient toujours été corrects, sans plus... il s'entendrait certainement mieux avec les services des *fifis*... moi toujours, il m'avait refusé tout, toujours... comme Kleindienst... pâte soufrée, pommade au mercure, morphine... jamais !... *Leider ! leider !*... c'était un homme dans mes prix ! la cinquantaine... pour qu'il me reçoive un malade, la croix, la bannière ! il se débarrassait de tous mes cas sur le *Fidelis*... je les retrouvais tous là, plus les siens !... il avait reçu Corinne Luchaire après énormément de chichis et à condition que ce serait juste le temps d'une radio !... il voulait pas lui non plus que les «libérateurs» lui reprochent d'avoir eu la moindre complaisance...

Mais là, pourquoi cette visite sur son 31 ?... pantalon à pli et la dague !... et la croix gammée ? et toute cette escorte ? plein le palier... je voyais pas... enfin, il parle... il s'y met...

«Collègue, je venais vous demander quelque chose...»

Il parle français sans trop d'accent... il est net,

bref... il m'expose qu'il a un malade, un blessé plutôt, un opéré, un soldat allemand... qu'il serait heureux que je vienne le voir... il s'agit des suites d'une blessure, un éclat d'obus, qui lui a fait sauter la verge... que ce blessé, soldat allemand, homme marié, voudrait avoir une verge « postiche »... que de telles verges, verges de prothèse, sont dans le commerce, mais seulement en France !... un seul fabricant pour l'Europe... que lui Traub pourrait s'adresser à Genève, à la Croix-Rouge... mais que ce serait beaucoup mieux si j'écrivais directement moi-même à Genève et pour un prisonnier blessé... soi-disant !... soi-disant !... que la Croix-Rouge était gaulliste... les prisonniers français aussi gaullistes !... moi aussi, gaulliste !... alors ?

« Certainement ! certainement ! »

Certainement ! et de rire !... comme c'était drôle !... si je voulais bien ?... je voulais bien tout !...

Ah ! maintenant autre chose !... un autre motif de sa visite !... là, c'est plus embarrassant... il hésite...

« Voilà ! voilà ! j'ai fait savoir à M. de Brinon que j'étais forcé d'interdire aux Miliciens... l'entrée de l'hôpital... »

Pourquoi ?... ils déféquaient plein les baignoires !... et ils écrivaient plein les murs ! et à la merde ! « *tout pour Adolf* » !... lui, n'est-ce pas, Traub comprenait ! « c'est la guerre ! » mais le personnel ?... les infirmières ?...

« Impossible, n'est-ce pas collègue ? impossible !... je l'ai fait savoir à M. de Brinon... »

Oh ! certainement !... il avait parfaitement agi !...

« Vous êtes de mon avis, collègue ? »

Autre chose encore !... va-t-il m'arrêter maintenant ? se décider ?... les boches sont si fourbes qu'ils vous présenteraient l'échafaud... « coupez donc votre petit cigare !... *lieber Herr !... bitte sehr !...* allez-y !...

l'allumette est de l'autre côté ! » non !... c'est pas
encore l'échafaud !... c'est de de Brinon qu'il veut me
parler !... de sa prostate... « M. de Brinon est venu
me voir... il urine mal... il souffre... certainement, on
peut l'opérer !... mais ici ?... ici ?... » moi aussi Brinon
m'avait demandé le petit conseil... même réponse
que Traub... « au retour » ! comme c'est pratique
agréable d'avoir un mot qui arrange tout !... *au
retour* !... pour nous ç'eût été aussi bien la Lune, « le
retour » !... qu'est-ce qu'on avait nous à retrouver ?
retourner ?...

À ce moment-là Traub change de figure, de mine...
là, devant moi !... soudain, là !... il me parle autrement... il me parlait comme à la légère et de de
Brinon et de la baignoire... maintenant il me parle
très sérieusement... encore de prostate ! mais de
la sienne !... sa prostate à lui !... « est-ce que je suis
un peu spécialiste ?... » oh non !... mais je connais
un peu... il a des ennuis... il urine souvent, comme
Brinon... « combien de fois par nuit ?... et par jour ? »
je demande... « cinq... six fois... »

« Voulez-vous m'examiner ?

— Certainement !... ôtez votre pantalon, je vous
prie !... »

Il se lève, il va à la porte, il dit trois mots aux sen-
tinelles... je vois que Lili le gêne... Lili va à la porte
aussi... « fais attention que personne entre !... » maintenant, il peut se déculotter... on n'est plus que nous
deux... et Bébert... c'est un autre bonhomme, seul
à seul... il se décontracte, il se met, on dirait, en
confiance... à table ! il m'avoue !... et qu'il en a !...
gros ! gros !... que son Hostau est un enfer !... une
lutte, un pancrace entre les services ! médecins, chirurgiens, bonnes sœurs !... que tout ça s'accuse,
dénonce, s'en veut !... pire qu'entre nous !... c'est à
qui qui se fera arrêter !... pour tout !... complots !...

pédalisme ! marché noir ! il me racontait en toute confiance, il se soulageait... il me surprenait pas beaucoup... allez soulever un peu le Kremlin !... la Chambre des Lords... *Le Figaro*... ou *L'Huma*... tous les couvercles ! salons... Partis... Châteaux... populaces... coulisses... monastères... hôpitaux... vous serez fatigué la façon que tout ça se dénonce, se fait arrêter, garrotter, enfoncer des coins sous les ongles...

« Vous me jurez, n'est-ce pas, Collègue ? secret absolu ?

— Professionnel ! professionnel ! »

Il lui venait des larmes... les méchants ! de l'hôpital !... il sanglotait... plus méchants que les gens du Château !

« Vous n'en parlerez à personne ! »

Je jure !... je jure !... pas un mot !... il allait pas demander conseil à l'hôpital !... oh non ! jamais ! il peut avoir confiance en moi ?... *ya ! ya ! ya !*... il me raconte tout, du coup, qu'il a été à Tübingen consulter un spécialiste, un *Professor*... leur Faculté, Tübingen !... qu'il lui avait trouvé sa prostate très opérable... assez élargie... mais que lui Traub, là, se trouvait pas opérable du tout !... pas d'avis du tout !... qu'il avait même une sacrée trouille d'être opéré !... et qu'il me l'avouait ! qu'il me le hurlait !... positivement peur !... surtout dans les circonstances ! alors moi ? moi ?... qu'est-ce que j'en pensais ?

« La prostate, n'est-ce pas cher confrère, vous le savez aussi bien que moi est facilement congestionnée... on peut attendre... tout rentre dans l'ordre... les chirurgiens, évidemment, ont toujours envie d'opérer... quatre-vingts pour cent des hommes au-dessus de cinquante ans sont prostatiques... vous ne les opérez pas tous ! oh là ! de loin !... ils se pissent un peu dans les talons... alors ?... alors ?... quelle importance! ils meurent parfaitement de leur belle mort!... ils sentent seulement un peu l'urine... la belle histoire! vous Traub vous ferez attention, c'est tout! vous vous surveillerez... pas d'alcool... pas de bière... pas d'épices... pas de coïts... et dans dix ans vous retournerez le voir votre spécialiste!... ce qu'il en pensera? s'il a été opéré, lui? »

Oh! mes paroles réconfortantes lui faisaient un bien immédiat!... lui la figure à la serpe, bien boche, dure, me regardait comme affectueusement... positif!... le nectar de mes mots!...

« Vous voulez m'examiner, cher Collègue?

— Mais certainement!... »

Je passe mon doigtier.... la vaseline... il se déculotte... son beau pantalon gris à pli... il s'agenouille sur mon grabat... il n'enlève pas sa tunique, ni son ceinturon, ni sa dague... je lui fais son toucher... oui!... exact!... sa prostate est très élargie... même, il me semble un peu dure...

« Oh! tout ça peut très bien attendre!... avec un régime très sévère!... votre prostate rentrera dans l'ordre!

— Très bien!... très bien mon cher collègue!... mais pour l'alimentation?

— Des nouilles!... seulement des nouilles!... c'est tout! »

Il est d'accord! il rajuste son pantalon... son ceinturon, son revolver...

« Parfaitement, Collègue! parfaitement!

— Dans un mois vous revenez me voir!... nous verrons si ça va mieux!... »

C'est moi maintenant qui décide!... ainsi, sans le berner du tout, très honnêtement, de mois en mois je serai plus tranquille... je pouvais craindre... pourquoi tous ces hommes sur le palier? cette escorte? et en armes?... j'étais bien près de lui demander...

j'ai jamais su... peut-être que c'était du bide, tout ce qu'il m'avait dit?... tout de même la prostate j'étais sûr... enfin voilà, il se lève, il s'en va... ah! encore un mot!...

« Vous passez demain à l'hôpital, Collègue?

— Oui! oui! certainement!...

— N'est-ce pas?... pour la verge!... »

Il me parle à l'oreille... il me chuchote...

« La pommade soufrée... un pot!... un pot!... vous voulez?

— Oh! certainement!... oh! grand merci!

— Et puis aussi un peu de café... vous voulez? »

Si je veux!... il me montre... un petit sac...

« Oh! mais certainement! »

Il nous gâte...

« Secret?... secret, n'est-ce pas?

— La tombe!... la tombe, Confrère! »

Il ouvre la porte... un mot au sous-off... et tous les hommes « garde à vous! fixe! » rassemblement! ils descendent... le collègue fritz Traub passe le dernier! tout ça s'en va!... pourquoi ils sont venus?... j'ai jamais bien su... pour m'arrêter?... peut-être pas... en tout cas une chose, Traub est revenu me voir... je l'ai tenu pendant sept mois aux nouilles et à l'eau... il allait mieux... et puis il est plus revenu... j'ai plus jamais eu de ses nouvelles!... une raison au fond de tout ça, sans doute... jamais su!... je me la suis faite la raison... vite! un jour c'est un jour!... un jour c'est énorme, des moments... on a eu tout de même du café... oh! pas beaucoup!... et aussi de la pommade au soufre... pas beaucoup non plus...

Deux... trois jours encore... oh! pas calmes!... de plus en plus de monde dans les rues... par les routes et par les trains... s'il en arrive! de Strasbourg et du Nord... de l'Est et des Pays baltes... pas que pour Pétain!... pour passer en Suisse... mais ils restent bel et bien là, ils campent comme ils peuvent... ils se tassent sous les portes et plein les couloirs... vous avez de tout!... hirsutes et rombières, et les mômes... plus soldats à la débandade, toutes armes... vous pensez si Corpechot recrute!... d'un trottoir l'autre!... il arrête pas de recruter! il leur promet tout, les fait signer, leur file un brassard!... et que voilà un matelot de plus!... pour quel navire? quelle flottille? on verra bien! mais au ciel ça s'occupe un peu!... *Mosquitos, Maraudeurs* foncent! piquent! filent!... ils pourraient facile nous broyer!... une petite bombe!... non! il semble qu'ils prennent que des photos... «faites-vous filmer face, profil, derrière, par la R.A.F.!» ils auraient pas à se gêner!... pas un seul avion fritz en l'air... ni au sol... jamais!... jamais rien!... ni la moindre «passive»... balpeau leur Défense! le bide à Goering! qu'à nous rendre la vie impossible qu'ils sont bons! tous et tous!... je vous dis deux... trois jours encore... et trois nuits...

sacrées tressautées vibrées nuits! rien que des remous des hélices! qu'est-ce qu'il passe! et repasse!...
des flottes entières de «Forteresses»... à réduire tout
poudre jusqu'à Ulm... ils frôlent... font voltiger un
toit... deux toits... c'est tout! les tuiles! on doit pas
valoir la bombe...

Voilà une visite... *toc! toc!*... Marion!... il revient
nous voir... je lui fais remarquer l'état du ciel... il
pense à nous, il nous apporte ses petits pains, et des
rognures pour Bébert... on rigole de l'état des choses,
comme tout ça tourne imbécile! comme on est
plus qu'idiots d'attendre! qu'est-ce qu'on attend?...
et au Château qu'est-ce qu'ils déconnent? je lui
demande... il me donne des nouvelles... Brinon veut
plus voir personne... Gabolde non plus... Rochas non
plus... ils font des manières à présent... ils en faisaient pas y a un an... là comme ailleurs, toujours
trop tard les manières! comme les «vues d'avenir»...
toujours trop tard!... *we are all dam' wise after the
event!* (je vous sors mon Berlitz puisqu'il est question d'Angleterre!) nous parlons de la table des
Ministres... Bridoux s'envoie toutes les portions, il
paraît, les autres mangent plus, ou presque plus sauf
Nero, qui mange encore bien... très bien!... Nero, un
genre Juanovici, qui quitte pas Laval... il fait «ses
affaires», il paraît... les potins... mais quelque chose
que Marion m'apprend!... je m'en doutais!... non!...
je m'en doutais pas... Bichelonne est mort... il est
mort là-haut, chez Gebhardt, à Hohenlynchen... et
pendant l'opération... bien!... rien à dire!... il a
voulu y aller là-haut... il pouvait sûr attendre «le
retour»!... très bien!... lui aussi! on dit pas encore
qu'il est mort!... on le dira plus tard... c'est la
consigne... «ne pas vexer les Allemands»... bon!...

« Mon vieux, vous avez du cyanure, il paraît? »

Laval lui en a parlé... évidemment!... Bichelonne

aussi peut-être avant de partir ?... c'était pas un crime... mais qu'est-ce qu'ils allaient m'en demander ! tous !... et j'en avais plus que deux flacons... zut !

Maintenant il propose qu'on reste pas là dans notre chambre, qu'on descende en bas à la pâtisserie, qu'il veut me présenter quelqu'un... bon !... j'aime pas beaucoup la pâtisserie mais je peux rien refuser à Marion... nous descendons, moi, Lili, Bébert... faut dire les choses, aucune hystérie, mais on s'attend bien que d'un moment l'autre tout saute ! flambe ! phosphore ou schrapnells !... qu'on retrouve plus rien !... fatal !... la pâtisserie Kleindienst, tout de suite à côté, en bas... la pâtisserie, la sœur de la doctoresse, celle qui me refuse tout... celle-là elle refuse pas, la sœur pâtissière, mais qu'est-ce qu'elle offre !... de ces *ersatz* terribles !... petits fours à se casser les dents... noix de coco et maniocs grillés... de ces friandises pour crocodiles ! pour boire, que du café ersatz, lupin pilé... ça serait encore de la chicorée ! enfin... enfin... on va pas chez elle pour la pâtisserie, on va pour s'asseoir... pas bien... mais enfin... et y a du monde !... quand toute la foule a été voir et revoir encore les agoniques du P.P.F., les deux vitrines, le Château... voir, revoir monter les couleurs ! le mât, la Milice !... il leur reste plus que Kleindienst !... s'écrouler à dix, à quinze, autour des petits guéridons jaunes... croulés, enlacés, ils font comme couronnes, autour des dessertes... pourquoi Marion nous emmène là ?... on est aussi bien dans notre piaule... je tiens pas du tout à Kleindienst !... je vois assez de monde !... Marion est pas extravagant, il doit avoir une bonne raison... il me dit le pourquoi dans l'escalier... il voulait que je rencontre Restif... Horace Restif... Restif s'appelle Palmalade... enfin je crois... à moins que ce soit un autre blase... ils ont tous des blases... je connais pas Restif... nì ses hommes... Marion les fréquente, il leur fait des cours d'Histoire et de Philosophie... ils sont à part, Restif, ses hommes, on les a groupés dans une ferme... en « commando »... personne va les voir... ils vivent entre eux... ils doivent il paraît à l'heure Z procéder aux « exécutions »... tout de suite dès notre retour en France... « épurer » !... régler tous les comptes !... le « Triomphe des purs » canton par canton !... tous les vendus à l'Angleterre, à l'Amérique, à la Russie !... vous pensez les listes !... les « ennemis de l'Europe » !... du pain sur la planche ! du son dans le panier ! cent cinquante mille traîtres ils comptaient ! en trois mois tout devait être réglé !... aboyeurs de Londres... puis ceux de Brazzaville... puis de Moscou... on aurait une Europe à neuf ! tout à neuf ! continent totalement heureux !... alors voilà, fil en aiguille, Restif avait fait ses preuves ! ce qui comptait ! il pouvait donner des leçons... des « spéciales »... il avait été « membre de choc » de plusieurs partis... et de plusieurs polices... on lui attribuait Navachine au Bois de Boulogne... les frères Roselli dans le métro... et bien d'autres !... une technique à lui... sa technique !... très personnelle... les carotides !... un tour de main... son bonhomme à la renverse ! et hop ! par-derrière ! pas un ouf !... au fort rasoir ! fsst ! les deux carotides !... deux giclées de sang ! ça y était !... mais éclair le geste ! et profond ! un seul geste ! impeccable ! ça qu'il leur apprenait ! fsst !... les deux carotides ! le coup du père François moderne !...

Tout son « commando » à lui, autonome !... ils vivaient à part, ils frayaient peu... quand ils se rencontraient en ville, deux de son Commando, ils se saluaient, et fixe ! garde à vous !... l'un interpellait : *Idéal !* l'autre répondait, aussi sec ! *Servez chaud !...* c'était tout ! à leur ferme ils arrêtaient pas de s'entraîner... sur des cochons, sur des moutons... s'ils se promenaient pas beaucoup en ville, c'est qu'ils aimaient pas être vus... seulement une chose qu'ils aimaient : les conférences !... et pas sur des sujets grivois, des turlupinades de vamps... non ! de la vraie Histoire ! vraie Philosophie ! Marion avait le zèle, possédait le don, l'étendue culture... il était donc très estimé à la ferme Restif... jamais question de la « technique » ! la fameuse... jamais !... jamais un mot...

Que de Philosophies et Mystiques et lectures de « morceaux choisis »... oh ! auditoires très attentifs, jamais un mot ! on chahute au Collège de France, au Lycée Louis-le-Grand... un truc à puceaux, les chahuts !... puceaux jeunes et vieux... les spécialistes des carotides sont pas énergumènes du tout... surtout les hommes à Restif... Restif lui-même absolument pas bavard ! il écoutait au premier banc... il admirait beaucoup Marion... il lui parlait à l'oreille... lui, personnellement, tenait pas à être admiré... du tout !... il trouvait son petit truc pratique, expéditif !... c'est tout !... comme moi je trouve mon style, pratique, expéditif certes ! c'est tout !... et que j'en démords pas ! tudieu ! qu'il est le très simple, expéditif... oh ! mais que c'est tout !... j'en fais pas pour ça des montagnes ! j'aurais de quoi vivre, je serais pas forcé, je le garderais pour moi !... pardi !... oh, que je tiens pas à être admiré !... oh ! que j'ai pas le tempérament vedette, ni starlette ! le système Restif, « Père-François-total », bien supérieur à tous les autres !... mais il en tirait pas orgueil... supérieur à la guillotine, c'est tout !... vous lui parliez des Roselli, ou de Navachine, il rougissait, il s'en allait... c'est vous qu'il voulait entendre !... vos histoires ! vos propres histoires ! avec Marion, il était assez en confiance...

Nous étions donc, où je vous ai dit, chez Kleindienst... moi, Lili, Bébert, Marion... l'ersatz pâtisse-

rie... à l'autre guéridon, contre nous, c'était les
« espoirs » des Partis, les ardentes élites P.P.F.,
R.N.P., Bucard... ceux-là alors donnaient de la
voix ! que toute la pâtisserie entende ! les entende !
la refonte totale de l'Europe !... au retour !... au
retour !... ce qu'ils allaient faire !... eux ! l'Épuration !... ce qu'elle verrait la France ! Message de la
France !... réformes formidables ! révolution ? ah ! là !
là !... Pétain ? le Pétain ! cacochyme paranoïaque !
désastreux ! en l'air !... en l'air !... évidemment !...
peut-être ils prendraient Bucard, « héros de l'infanterie » ? peut-être ?... Darnand, autre « héros de
l'infanterie » ? peut-être ?... mais seulement « sous-
verge » de Déat !... pas plus ! Déat, leur homme !...
qu'il avait ceci !... qu'il avait cela ! vraiment le seul
idole valable ! le géant de la pensée politique !
Doriot ? démagogue et crypto-coco !... rayé, Doriot !
il redeviendrait coco !... fatal !... Laval, bien sûr, était
cuit, il avait fait assez de conneries ! il retournerait
à son Châteldon !... Brinon ? Brinon ? rayé, pareil !...
un jockey !... jockey et un juif !... ça se discutait
pas !... et de l'autre côté qu'est-ce qu'on prendrait ?
De Gaulle ?... salut ! celui-là rêvait Napoléon ! un rêve
de l'École Militaire !... policier provocateur vache ?...
jamais il vaudrait Clemenceau ! il avait l'air d'être
fier d'être grand ! et Maginot ? plus grand que lui !
rayé le de Gaulle !... de Gaulle qui s'appelait van de
Walle !... étranger, de Gaulle van de Walle ! ils
savaient tout, aux guéridons ! et avec une passion,
chaleur, que j'ai plus retrouvée chez personne...
que je retrouve plus... un style, une ferveur nationale... une sorte d'esprit, disparu... la Défaite on
s'est aperçu qu'à partir de l'Épuration... l'Affaisse-
ment total... le nouveau mythe... Bobard-le-Roi... les
barbes non plus, cette coupe athénienne-zazou...
jeunesse pétulante politique... députés en herbe...

déconnante jeunesse, certes... mais ce qu'on voit là, ici, autour ?... hordes d'indigènes, honteux d'être eux... encore sûrement plus écœurants... «sous-sous-peaux-blancs»... eurasiates, eurbougnoules, «eur» n'importe quoi, qu'on les accepte larbins de quel-qu'un !... et qu'ils boivent ! qu'on les ramasse dans un cheptel ! avilis, tout finis, pourris... disparaître sous une peau quelconque !... pas la leur ! oh pas la leur ! surtout pas la leur !... donc si on les botte ! et les rebotte !

Je revois plus nulle part les zazous... pas plus qu'on reverra Louis XVI place de la Concorde... Les Chinois seront pas à regarder si ils retrouvent l'endroit de l'échafaud...

Que je revienne à ma pâtisserie... je vous dis donc, Restif était là, avec nous, attentif, discret... il n'avait en lui, rien de spécial... j'ai connu grand nombre d'assassins, et je les ai vus de près, de très près... en l'endroit où tout le bluff tombe, en cellule... pas des similis, des bavards... des vrais, des récidivistes... ils avaient quelque chose, si vous les regardiez attentif, de jour et de nuit... je vous parle en «cellule de force», que vous leur trouviez tout de même, drôle... mais lui, Restif, pas du tout !... pas le plus petit tic !... et pourtant !... pourtant !... plus tard... je l'ai vu en crise... je vous raconterai... en accès... absolument en état fauve ! mais là, nous parlant à la pâtisserie Kleindienst absolument bien convenable, normal... les autres à côté, les «espoirs», l'autre guéridon, eux qu'étaient pas convenables du tout, vachement pétu-lants ! scandaleux ! le choc des «programmes» ! leur reconditionnement de l'Europe !... ce qu'il faudrait faire, ce qu'il faudrait pas ! sectaires terribles ! néos-Bucard !... néos-P.P.F. !... néos-Cocos ! néos-tout ! les hommes nouveaux, les superforces, eux que toute la France attendait !... l'élite de Siegmaringen ! leur premier devoir : la « 4ᵉ » pure ! inflexible ! que le monde entier se le tienne pour dit ! la « 4ᵉ Intransigeante » !... et ils se nomment déjà tous ministres ! là, illico ! ils étaient déjà à Versailles ! proclamation à Versailles ! Hitler est pendu, il va de soi ! son Gœring avec, l'énorme traître cochon, qu'avait vendu le ciel aux Anglais !... vous aviez qu'à regarder en l'air ! le Gœbbels ? empalé ! bien sûr ! ce Quasimodo criminel ! il mentirait plus ! les vrais fanatiques étaient là, les mécontents pas au « pour », qu'avaient des vraies cruelles raisons, des fanatiques à enrôler, barbouses, vocabulaires de choc, qu'avaient pas à se plaindre « simili » eux !... tous l'art. 75 au fouet !... vous pouvez rien faire de sérieux qu'avec les gens qui crèvent de faim... vous verrez un peu les Chinois !... trois semaines en Touraine, je vous les redonne ! je vous les ramasse à la cuiller... ils seront tous mûrs pour les « complexes »... les Chinois terribles ! « prendrais-je Gide debout ?... sa grand-mère, couchée ? » Marion avait eu bien raison de nous faire descendre chez Kleindienst... pas que Restif se promène au *Löwen*... il me venait déjà assez d'« ouïstitis »... soi-disant pour me consulter... et la chambre 36 ?... et les Raumnitz juste au-dessus ! oui ça valait bien mieux comme ça... on parle un peu de choses et d'autres... et puis tout d'un coup : du cyanure ! ça devait venir !... sûr, Laval en avait bavé !... Bichelonne aussi, sans doute... que j'en avais, etc. maintenant tout le monde devait le savoir, tout Siegmaringen... que j'en étais bourré... tout le monde allait venir m'en demander ! ah ! aussi une autre nouvelle !... aussi du Château !... que Laval m'avait nommé Gouverneur ! ils savaient pas trop d'où... mais quelque part !... à propos ! j'avais aucune preuve... Bichelonne mort, j'avais plus de témoin... Laval pouvait nier... ça le gênerait pas ! on en rigole !... même Restif, pas beaucoup à plaisanter, me trouve plaisant, en Gouverneur !... je lui explique : Gouverneur des Îles !...

Je demande gentiment à Marion ce qu'on est venus faire chez Kleindienst ? « on va voir le train !... n'est-ce pas Restif ? » et ils m'expliquent... le micmac... de quoi il s'agit !... le train qui va les emmener à Hohenlynchen, aux funérailles de Bichelonne... la délégation officielle, six ministres, plus Restif, et encore deux délégués, on sait pas lesquels ?... sûrement Marion et Gabolde... mais attention ! le train est à part, garé à part, en pleine forêt, de l'autre côté du Danube... personne doit savoir ! ni le voir ! il est sous les branches, sous tout un amoncellement d'arbres ! enseveli ! il est pas visible des avions... la locomotive doit venir de Berlin les chercher... un train « très spécial », deux wagons... on doit les prévenir quand la locomotive sera là... d'un instant à l'autre !... Hohenlynchen est pas tout près, 1 200 kilomètres... toute l'Allemagne, du Sud au Nord-Est !... je vous ai dit l'Hôpital Gebhardt, S.S., 6 000 lits... mais comment il est mort Bichelonne ?... personne le sait, là-haut... ils le sauront !... sauront ?... sauront ?... Marion croit pas... on leur dira ce qu'on voudra !... je réfléchis, je pense un peu aussi... c'est Gebhardt qui l'a opéré... j'aime pas Gebhardt... toujours là maintenant ils attendent leur train... enfin, la locomotive... on va aller le voir « ce train spécial » ! y a que Restif qui sait où il est... à quel endroit, sous quels branchages... après le grand pont... absolument camouflé, il paraît... mais Restif croit pas du tout, ni aux camouflages, ni aux branches... il sera repéré n'importe comment, il nous affranchit... vu qu'ils peuvent se chauffer qu'au coke !... toutes leurs locos chauffent plus qu'au coke ! un plaisir de les repérer ! vous les voyez venir de Russie ! formidables panaches d'escarbilles !... d'où ce cirque d'avions perpétuel, au-dessus des tunnels, des entrées, sorties... *boum !*... et ça y est !... y a que les attendre ! à la sortie des monts Eiffel, ils sont au moins trente, en manège !... permanents !... les trains viennent s'offrir, ainsi dire !... des cibles ! c'était fait ainsi dire, exprès... on a su plus tard ! Restif savait... il en savait un sacré bout... c'était pas de poser des questions, lui demander pourquoi ? comment ?... il nous conduisait, c'était tout ! Lili, Marion, moi, Bébert... on allait le voir ce train spécial... soi-disant planqué... par des petits détours nous voilà au grand « cinq arches »... triple voie, on traverse... on entre en forêt... là il faut avouer, où il nous mène, les sentiers zigzag, on se serait paumé, tellement il faisait sombre, ils avaient comme abattu les plus grands sapins... vous avanciez sous une voûte... et sous là-dessous un de ces fouillis ! en plus ! branches coupées, entremêlées... on suivait le ballast... les rails aussi... mais ce fatras d'arbres à travers les voies !... sapins Père Noël abattus !... et un plus énorme monceau de branches !... un endroit... et plein de gens autour... Restif savait ! c'était là !... c'était le train dessous ! le train enseveli... sous les branchages !... camouflage total !... mais l'affluence autour, pardon !... s'ils l'avaient trouvé le train secret ! des gens du *Löwen*, des gens du bourg, des civils et des militaires, un peuple ! et que ça jacassait ! et dans toutes les langues !... pire qu'au Kleindienst... grivetons camouflés et pas camouflés... des réfugiés français et boches... de tout !... même des crevards du *Fidelis*, que je croyais au lit... ils étaient là, et qui se marraient !... des familles d'*Ost*... travailleurs déportés d'Ukraine... à dix, douze mômes !... toute cette marmaille après les branches... à voltiger, piailler, se balancer partout ! ah, le train mystère !... et les shuppos ! et les S.A. !... et l'Amiral Corpechot, lui-même !... si tout ça commentait dur !

si ça savait!... tout! et ce que c'était comme train!
le «spécial» d'Hitler?... non!... pour Pétain?... pour
l'Amiral Corpechot?... pour Staline? pour de Gaulle
de Londres?... ils montent dedans pour regarder...
tout retourner! chaises, coussins, fauteuils! le luxe
que c'est!... les parents, les mômes, et les flics... je
savais que ça se planquait la nuit, mais jamais j'aurais cru tant de monde!... qu'ils foutaient le camp
en forêt peur d'être brûlés dans leurs galetas, les
bombes, mais une foule pareille! la trouille que ça
serait notre tour bientôt! torche comme Ulm! bientôt! je veux, c'était assez annoncé!... même les agoniques des vitrines!... y en avait là! et les pianistes
de la buvette...

Ils arrêtaient pas d'y monter, sortir et redescendre
des wagons, des deux wagons... et tous une calebombe à la main et allumée! pour mieux mettre le
feu! même les mômes! des grappes de mômes! de
quoi foutre toute la forêt en flammes! tout, ils voulaient voir! le wagon-cuisine, et les gogs! les gogs
«mosaïque»!... fallait tous qu'ils montent et qu'ils
touchent! la Fête de Nuit dans la Forêt!... kyrielle de
calebombes!... fallait qu'ils touchent tout! «c'était
pour Hitler tout ça? ou pour Leclerc? ou pour les
Sénégalais?» si y avait de quoi rire, vous pensez!
poufferies! esclafferies! ça valait la peine d'être
venu!

Restif savait mieux... ce train était un train spécial, «très spécial», que Guillaume II avait commandé, mais qui n'avait jamais servi... commandé
pour le Shah de Perse, spécialement... le Shah en
visite officielle au mois d'août 14... le train resté pour
compte...

Vous pensez le luxe! toute l'élégance wilhelmi-
nienne, persane et turque mélangée!... vous imaginez ces brocarts, tapisseries, tentures, cordelières!

pire que chez Laval !... divans, sofas, poufs cuirs à reliefs ! et de ces tapis !... ce qu'ils avaient trouvé de plus épais ! super-Boukhara !... super-Indes !... des rideaux d'une tonne, en brise-bise !... oh, ils avaient pas regardé ! de ces appliques-lampadaires style « Lalique Métro » qu'étaient monuments « barisiens », qui tenaient la moitié du wagon... s'il aurait été gâté le Shah !... vous pouviez pas en mettre plus !... je lui dis, je me souviens encore, à Marion... « je sais pas si vous arriverez, mais vous aurez eu du confort ! »

Restif est pratique, tout beau tapis et les brise-bise ! mais la cuisine ?... il veut qu'on y aille... se rendre compte... l'autre wagon... elle est équipée la cuisine !... tout ce qu'il faut !... fourneaux et marmites !... mais le charbon d'où ?... pas de charbon ! elle marche pas au coke cette cuisine !

« Monsieur Marion, vous occupez pas !... je vais vous chercher 24 poulets, je vous les ferai cuire au *Löwen*, on les emportera « à la gelée !... »

Voilà le plus simple et pratique... et il les aura ses poulets !... il se vante pas ! Marion est tranquille... on lui refuse rien dans les fermes... et à l'œil !... à lui... nous on nous refuse tout... même à Pétain on refuse tout... même pour les Raumnitz... ils ont pas !... pour Restif, ils ont !... il a le charme...

Bien entendu, la locomotive de Berlin est pas arrivée... accidentée, il paraît, entre Erfurt... Eisenach... tout le ballast crevé !... en l'air !... et encore à un autre endroit... la machine elle-même, vers Cassel... ça faisait du retard !... elle pouvait attendre la Délégation ! pas du tout enthousiaste déjà... ça tournait mal... boniments en boniments, il fut finalement avoué qu'il y aurait pas de loco de Berlin, qu'on ferait remorquer les deux wagons par une machine « haut le pied » du dépôt là, d'ici même... seulement ça irait très lentement, ça serait long !... y a eu encore bien des bisbilles, pourparlers, savoir qui irait ?... irait pas ? ça s'est âprement disputé entre le Château, Raumnitz, Brinon, qui serait délégué aux obsèques ? les antipathies ?... qui serait malade, grippé, exempt ?... perclus... trop sensible au froid ?... enfin on en a trouvé sept, à peu près valides... qu'on a à peu près décidés... des ministres « actifs » et des « en sommeil »... je vais pas les nommer ici... ça pourrait leur faire du tort, oui !... oui !... même maintenant vingt ans après !... les haines partisanes sont « alimentaires » !... oubliez jamais ! on s'est fait des « Situations » dans la purification, les mises en fosse des « collabos »... des gens qu'étaient juste que de

370

la crotte sont devenus des « terribles seigneurs »...
« vengeurs »... avec de ces énormes privilèges !... vous
parlez qu'ils « résisteront » jusqu'à leur dernier quart
de souffle !... jusqu'à leur dernière petite-fille se soit
très gentiment mariée ! le pire malheur des collabos,
la providence qu'ils ont été pour la pire horde des
bons à lape... dites-moi, Vermersh, Triolette, Madeleine Jacob, qu'est-ce que ça vaut devant une frai-
seuse, une feuille de papier ? un balai ?... à la niche,
hyènes ! catastrophes ! des aubaines, pas une fois par
siècle ! surprise-stupre des épiloconnes ! c'est pas
demain qu'ils vont renoncer à être les Très-Hautes-
Puissances-Paladines de la plus formid' colique
39 !... je vais pas leur donner des motifs ! non ! j'attendrai qu'ils soient au trou les Très-Hauts-Puis-
sants-Sénéchaux de la plus sensâ dérouille 39 !... je
vais pas leur donner des motifs ! non ! j'attendrai
qu'ils soient tous « hors cause » !... ça vient !... certain
moment, la courbe des âges... accélère tout ! préci-
pite tout ! moi qui collectionne les « faire-part »... je
sais !... le « Grand Rappel » ! bourreaux et victimes !...
en tout cas, Marion en était de cette délégation
aux obsèques, je vous ai déjà dit... Marion et Restif...
Horace Restif devait représenter les « Commandos »... il serait aussi l'« Intendance », pourvoyeur à
la cuisine... et les poulets ! il les avait cuits les pou-
lets, comme il avait dit, au *Löwen*... mais à force
de tergiverser, d'attendre la locomotive, ils avaient
été mangés !... oui !... aile par aile... si bien qu'il y en
avait plus le jour du départ... ça commençait mal !...
surtout que du Château, question provisions, ils
avaient touché en tout deux petits paquets par
ministre ! petits paquets de sandwiches ! jalousie ! et
des hôtels ?... nib !... ça devait durer, trois jours, trois
nuits, Siegmaringen, là-haut, la Prusse... question
des costumes, je vous note, ils étaient vêtus comme

ils étaient partis de Vichy, pardessus légers, tatanes de daim, pas du tout pour les «dessous de zéro»... encore à Siegmaringen en novembre ça pouvait aller, mais en remontant ça irait mal!... on a vu!... ça a plus été du tout! surtout pour dormir! qu'ils avaient fini leurs sandwiches, qu'ils avaient plus rien, et qu'ils battaient drôlement la semelle!... que le voyage était pas fini et qu'on remontait de plus en plus!... thermomètre de plus en plus bas... et que la neige, d'abord des flocons, s'est mise à tomber d'une manière!... rafaler blizzards!... après Nuremberg, surtout!... épaisse! de l'ouate!... plus rien à voir!... ni les rails, ni les ballasts, ni les gares... l'horizon, le ciel, de l'ouate!... on a passé Magdebourg sans rien reconnaître... notre train devait remonter douce-ment, éviter Berlin, contourner par les banlieues... la veine que jamais une patrouille d'en l'air, un des *maraudeurs* nous bite pas!... repérés on fut!... sûr! certain! la vieille loco qui nous tirait, giclait, pouf-fait... panachait! escarbilles flambantes!... surtout à chaque rampe... on pouvait pas nous louper... on devait nous voir de la Lune! y avait des raisons qu'ils voient rien... sûr!... les explications viennent après, quand elles intéressent plus personne... qu'elles veu-lent plus rien dire... donc en ce wagon si rafraîchi, plus une vitre, plein de zefs, et quels zefs! personne pouvait plus dormir... trop froids et trop secoués!... surtout sortant du Château! vous pensez! les bron-chites tout de suite!... ils toussaient tous!... même chauffés, personne aurait pu dormir, il ne devait plus y avoir un ressort!... la suspension «noyau de pêche»... d'aller et revenir, trépigner pour se réchauffer, tous les ministres se rentraient dedans! cahots, pardon! gnons!... bosses! on les y repren-drait aux obsèques! deux jours, deux nuits, ils pou-vaient plus!... pourtant c'était encore que d'aller!...

le retour qu'a été mimi ! dès l'aller on pouvait se rendre compte... Restif qu'a été ingénieux, pratique... à coups de couteau dans les tentures !... *crac !*... *rrrang !*... et y en avait !... des flots de soieries, velours et cotons !... ça pendait, cascadait de partout !... ah, vraiment le wagon de super-luxe ! et que tous les ministres s'y sont mis ! *crrac ! vrang !* comme Restif !... ramages, tapis, cordelières !... il s'agissait de plus avoir froid !... s'ils l'ont décarpillé le wagon !... la lutte !... tout un chacun s'est façonné une houppelande !... et du sérieux !... super-pardessus ! épais, quatre épaisseurs ! le genre manteau de cavalerie... mais vraies chouettes !... je sais ce que je cause... les nôtres de 14 étaient vraiment qu'horribles factices !... la moindre flotte ils retenaient toute l'eau, ils vous écrasaient sous leur poids ! ceux que se découpaient les ministres, taillés au couteau, quatre épaisseurs, plus les tapis Boukhara, et cintrés, étaient peut-être ridicules, mais pardon !... sérieux ! surtout pour dormir, dans les petites stations autour de Berlin... on est restés en plan, des heures... ici... là... la loco pouffante... personne est venu voir ce qu'on faisait... personne nous a rien offert... pas un *Stam*... pas un saucisson... ils avaient peut-être pas eux-mêmes ?... on sait jamais avec les boches !... on aurait eu le temps de demander... mais encore parler ?... maintenant ça devenait vraiment froid !... en plein contre le vent du nord... il faisait froid à Siegmaringen, mais rien à côté !... et on était que début novembre !... on est repartis cahin-caha... ça devenait très réellement très toc... des flocons alors je vous dis, de la ouate, vous voyiez même plus la plaine, ni le ciel... le train avançait très doucement... si doucement, il devait plus être sur des rails !... tout pouvait avoir dérapé... le train glissé des rails ?... ah ! tout de même, une gare !... personne là, vient nous

voir non plus... on avance comme dans un mirage...
une seule chose, on allait au Nord... toujours plus
Nord !.... Marion avait sa boussole... Hohenlynchen
était Nord-Est... Marion avait aussi une carte... après
Berlin on a été encore plus Est... c'est pas nous qu'allions nous plaindre !... le mécanicien nous parlait
pas... on a essayé... il devait aussi avoir des ordres...
bon !... qu'il les garde ses ordres !... nous *vrrac !*
craccs !... encore une housse ! et une autre ! c'est à
qui qui déchirerait le plus !... puisqu'il faisait de plus
en plus froid ! un trou *vrrrac !* en haut de la housse...
vous voilà une quadruple pèlerine ! aussi déchirer,
réchauffe bien... *crrac !*... et encore ! les brise-bise !...
si y en avait ! ah ! le Shah !... ornementeries Wilhel-
miniennes !... ah ! turqueries ! bazar arabe !... un
autre Boukhara ! merde, la revanche ! puisque personne veut nous parler ! « saloperies boches ! bourreaux !... vampires ! affameurs ! cons ! » voilà ce qui
se crie, s'hurle ! toute la Délégation d'obsèques absolument unanime ! puisqu'ils veulent rien nous expliquer !... on leur en foutra du Guillaume ! I ! III !
IV ! où qu'ils nous mènent d'abord ? et d'un ! au
Pôle Nord ?... en Russie ?... pas à Hohenlynchen du
tout ! de tout, ces salauds sont capables !... traîtres
aux moelles !... en leur lacérant tout, on l'hurle !
« boches ! saxons ! cochons ! » arrachant tout, on
s'est mis tout ! on s'est formidablement recouverts !
ah ! les capitons ! à nous, capitons ! ils nous foutent
rien à bouffer, ils le font exprès ! les cahots aussi,
exprès !... au moins que tout le wagon y passe ! toutes
leurs fanfreluches !

Quand voilà que Restif découvre un trésor !... un
filon !... une planque !... il fouine partout !... il four-
rage !... il sort de dessous le grand sofa une ! deux !
vingt coupes de mousseline violette !... violet-parme !
ça devait être sûrement pour suspendre après les

ornements-chimères ?... guirlandes !... tout à travers le wagon... grand falbala !... je pense tout d'un coup, je réfléchis... ce violet-parme ?... il me dit quelque chose !... un « revenez-y ! »... oh ! j'y suis !... ça y est !... j'en sais un petit bout sur l'Allemagne !... hélas !... plus que je ne voudrais !... cette mousseline parme... pardi !... Diepholz, Hanovre... Diepholz, la *Volks-chule* !... 1906 ! on m'y avait mis apprendre le boche !... que ça me serait utile dans le commerce !... Salut ! ah ! Diepholz, Hanovre !... vous parlez de souvenirs !... méchants qu'ils étaient acharnés, déjà !... peut-être pires qu'en 44 !... les torgnioles qu'ils m'ont foutues à Diepholz, Hanovre ! 1906 !... *Sedantag ! Kaisertag !* les mêmes sauvages qu'en 14 !... les mêmes que j'ai affrontés à Poelkappelle-Flandres ! à propos Madeleine y était pas ! Kappelle-Flandres ! ni Vermersh ! ni de Gaulle lui-même ! pour affronter les boches vraiment, faut vraiment des hommes ! ni Malraux, l'idole des jeunesses ! et ils en laissent pas lourd debout ! la preuve : moi-même !

Que je revienne à cette mousseline !... foutre que j'en avais suspendu à toutes leurs vitrines, lampadaires, balcons du Diepholz Hanovre ! pas étonnant que je m'en souvienne ! avec les autres mômes des écoles, plein les rues, à travers les rues ! la même mousseline, violet-parme... la fête de la *Kaiserine*... sa couleur, le violet-parme... j'étais le seul *Franzose* à Diepholz Hanovre... vous pensez si ils m'en faisaient voir !... si on m'en faisait pendre des mousselines ! je pouvais me souvenir !... la *Kaiserine* Augusta !...

Ce trésor qu'il avait déniché ! ces kilomètres de mousseline, voilà que les Ministres en veulent tous ! Secrétaires d'État, Excellences foncent sur ces coupes violet-parme... déroulent tout, s'enrobent, s'enturbannent avec ! ils trouvent qu'ils font mieux ! plus convenables... en demi-deuil... mais pas assez de mousseline pour tous !... surtout en cinq six épaisseurs de la tête aux pieds ! seulement les Ministres !... ils sont contents de leur « modèle », la façon qu'ils se boudinent, façonnent... qu'ils se cintrent avec des cordelières... y en a plein le wagon... toutes les tentures *rrrac ! vracc !*... ils vont débarquer comme ça, violet-parme cintrés ?... s'ils arrivent !... un moment, notre « poussive » ralentit encore... *tchutt ! tchutt !* d'un cahot l'autre... je me dis : quelque chose va survenir... on voit le ballast, on voit les rails... on doit approcher de quelque part... on est en Russie ?... je pose la question... demi pour rire ! ça se pourrait bien !... en Russie ou à l'Armée Rouge ! ils nous livrent peut-être ? avec les boches tout est possible, faut les connaître ! tout le wagon hurle, prêt pour les Russes ! *tovaritch ! tovaritch !* « ils seront pas pires que les Allemands ! » l'avis unanime !... l'alliance franco-russe ?... et alors ?... et comment ! pourquoi pas ?... tout de suite ! surtout boudinés violet-parme !... si ils vont être bluffés les Russes !... avec eux, on bouffera peut-être ?... ça mange les Russes !... ça mange même énormément !... y a des renseignés dans le wagon !... *bortch*, choux rouges, etc. ! lard salé ! ils savent ce qu'on va s'envoyer ! moi je veux bien !... du coup je les affranchis aussi, la Délégation, que c'est moi l'auteur du premier roman communiste qu'a jamais été écrit... qu'ils en écriront jamais d'autres ! jamais !... qu'ils ont pas la tripe !... qu'il faudra bien leur annoncer aux Russes !... et les preuves : Aragon, sa femme, traducteurs ! qu'ils débarquent pas n'importe comment !... qu'ils leur disent bien qui ils sont !... et avec qui !... qu'il suffit pas de leur parler de bortch ! peut-être leur danser une danse triste ? avec sanglots ?... un petit « impromptu accablé » ?... ils seront pas mal en violet-parme ! j'ai des idées mais je les fais pas rire... moi, mes astuces !... bouf-

fer qu'ils veulent!... gamelles, voilà!... c'est tout! chi-
noises, turques, russes!... mais la clape! et si on
retrouve la L.V.F.?... possible!... qu'ils nous mènent
à la L.V.F.? possible!... on suppute... alors on aura
de la « roulante »! canard aux navets!... *mgnam!*
mgnam! mgnam!... et quantités de boules! pardon!
que veux-tu! possible! possible! ah! que ça sera
drôle!... mais *brrrt!* le train bourdonne, freine...
oui!... tout à fait!... et *tzimm! vlang! broum!* une
fanfare!... un de ces orphéons!... au haut du remblai... des Russes?... non!... des boches militaires!...
l'*Horst Wessel Lied*! bien des boches!... tout en haut
du remblai de neige! ils nous aubadent c'est bien
pour nous... des fritz... des vrais fritz!... pas des
L.V.F., ni des Russes! c'est même pas une gare, c'est
un arrêt en pleine plaine... c'est Hohenlynchen?...
on sait pas!... où est l'hôpital?... on le voit pas, on
voit rien... on voit que le remblai, la fanfare en haut,
et les boches... les boches en bottes. Leur chef, un
barbu, agite sa baguette... encore une fois l'*Horst
Wessel Lied*... et encore un coup... ils doivent nous
attendre nous qu'on monte... leur chef nous fait
signe... qu'il faut monter! ah c'est du mal!... surtout
nous en simples bottines! tout de même, ça y est, on
se donne la main, on ascensionne... on y est!... oh,
ils ont pensé à tout!... une valise pleine de *butter-
brot!*... c'est pas long qu'on se serve!... le temps de
faire ouf il reste plus rien! tout est mangé!... ils
jouent toujours leur « Horst Wessel »... on a pas de
bottes, nous!... ils vont nous conduire, sans doute?
on va les suivre... mais voici un bel officier! et qui
nous salue!... de là-haut, à côté de la fanfare, du haut
du remblai... il nous apporte rien à manger?... il
nous prie de nous mettre en rang... d'abord « la Justice »!... il doit venir pour le Protocole... je vous ai
raconté le Protocole... la « Justice » d'abord!... la

« Justice » qui représente Pétain... après la Justice, la fanfare !... et puis toute la Délégation... mais dans un ordre !... oh ! mais ils changent d'air !... maintenant c'est plus l'*Horst Wessel*, c'est la « Marseillaise » ! on va !... on glisse !... surtout « la Justice » !... on le remet debout « la Justice » !... vous glissez horrible, forcément !... rafales sur rafales !... le vent d'Oural en plein debout ! tout le Nord Allemagne d'ailleurs comme ça, le vent d'Oural six mois sur douze !... il faut goûter pour se rendre compte... vous comprenez toutes les retraites !... tous les désastres de Russie ! personne peut tenir ! Napoléon petit garçon, Hitler délirant fétu ! vraiment la plaine pas fréquentable ! on aurait pas nous, les Vosges, le rempart d'Argonne, on aurait aussi le même zef !... on comprend les conquérants de l'Est, leurs hordes sont folles, ivres de froid... qu'on les y laisse ! et crever ! qu'est-ce qu'on veut nous foutre ? y foutre ? je demande !... faut les représentants de l'heure actuelle, qu'ont jamais pris la Gare de l'Est, pour miraginer ce qui s'y passe !... taxis de la Marne, et patati !... qu'ils y montent !...

Je vous dis pas les noms des ministres derrière l'orphéon... le nom des autres non plus... Marion, ça va, vous connaissez... il marche en queue... c'est sa place par le Protocole, le dernier-né des ministères... neuf on est, en tout... on glisse trop, on peut vraiment plus... l'officier nous remet ensemble, bras dessus, bras dessous, qu'on se rattrape... et qu'on redémarre !... où il peut être cet hôpital ?... on le voit pas !... avec la neige, on voit plus rien !... même agrippés comme nous sommes, on glisse, on n'avance plus du tout !... c'est de la patinoire comme c'est pris... eux, la fanfare, ils peuvent y aller ! ils ont des bottes à crampons ! ils peuvent la jouer la *Marseillaise* ! nous c'est miracle qu'on plane pas, foute pas le camp à dame !... tous ! et qu'on se relève

plus !... qu'on se casse pas tout ! vous pensez si
ça proteste !... « lentement ! lentement ! *langsam !* »
ils entendent rien, ils hâtent plutôt ! où ils nous
mènent ? ah, tout de même quelque chose dans
la plaine... là-bas !... ça doit être !... sur la neige...
quelque chose... loin... un drapeau !... je vois !... un
immense drapeau !... ça doit être pour nous !...
« flotte formidable drapeau ! »... tricolore, bleu,
blanc, rouge, juste devant une sorte de hangar...
c'est là qu'ils nous mènent, certain !... pas du tout
à l'hôpital... l'officier nous fait signe : halte !... la
musique aussi s'arrête... bon !... l'officier vient nous
dire quelque chose... bon !... on l'écoute... il parle
français... « j'ai la douleur de vous apprendre que
M. Bichelonne est mort... il y a dix jours... à l'hôpital !... » il nous montre l'hôpital là-bas !... trop loin
pour nous !... même pour le voir !... à travers cette
neige !... il nous dit encore qu'on nous a attendus
dix jours ! on arrive trop tard !... Bichelonne est en
boîte !... sous le hangar, là ?... maintenant c'est seulement la question de lui rendre les honneurs... un
de nous veut-il prendre la parole ?... personne a
envie !... trop froid, trop de neige, on grelotte trop...
même si emmitouflés mousselines, tapis, doubles
rideaux, boudinés, capitonnés, c'est à qui claque le
plus des dents ! pas question de parole ! c'est déjà un
drôle de miracle qu'on soit arrivé jusqu'ici ! je comprends de mieux en mieux les Retraites... qu'ils se
couchaient dans le ventre de leurs propres chevaux !
à même ! les ventres chauds ouverts !... les tripes !
pardi ! horreurs ! c'est vite dit ! nous y a pas de chevaux, y a que cet orphéon militaire ! et ils nous
remettent ça !... la *Marseillaise* ! faut qu'on aille alors
au hangar rendre les honneurs ?... c'est nous les honneurs ?... qui qui nous rendrait les honneurs nous si
on se fend les crânes ? comme ça glisse !... per-

sonne !... pardi !... mais puisqu'on est là, miracle jusque-là, je voudrais au moins voir Gebhardt !... c'est lui qui l'a opéré... il est pas là, je le vois pas, il est pas venu... il a trop d'opérations, il paraît... s'il les réussit toutes pareil ! sûrement il tient pas à nous voir... personne, d'abord tient à nous voir... et pas de gamelles ! nib ! juste une couronne qu'on nous offre ! une couronne chacun, lierre et immortelles !... à force d'efforts et se rattraper, on parvient... il est là sous ce hangar ?... on dépose nos immortelles... est-ce que c'est Bichelonne ce cercueil ?... pas confiance avec les Allemands... vous savez jamais... en tout cas un beau cercueil ! il a plus de comptes à rendre à personne, Bichelonne !... nous, un petit peu, c'est pas fini !... on a drôlement à s'expliquer ! des comptes à rendre à tout le monde !... même à ceux qui m'ont tout razzié ! je parle toujours de moi !... l'Hamlet lui il l'avait facile philosopher sur des crânes !... il avait sa « securit » ! nous on l'avait pas, nom de Dieu !

L'officier du Protocole voit qu'on veut rien dire...

« *Nun !* messieurs ! la cérémonie est finie ! retour, messieurs ! »

Oh ! le drapeau !... on l'oubliait !... on devait le ramener au Maréchal !... les musicants l'arrachent de la glace... avec grand mal !... on nous le passe... je vous assure qu'il pèse !... le vent s'engouffre ! on s'accroche à sept... huit... dix ! à la hampe ! il nous emporte !... aux sautes... on vogue !... nous et la clique !... heureusement le vent souffle d'Est-Ouest ! vers notre wagon !... supposant qu'il est encore là ! si la Délégation houle, tangue !... ministres et musiciens ensemble !... au drapeau ! *flac !* tout titube trop ! s'affale ! s'étale !... oh, mais reprend le vent !... tous *hop !* debout ! et plus le drapeau droit, vertical, non ! tout de son long maintenant ! tous à la hampe, mais en long !... on a trouvé le truc !... l'orphéon nous suit !... ils jouent toujours leur *Marseillaise*... on glisse encore, mais pas tellement... le tout de trouver le truc !... on dérape plus... l'officier nous suit... on arrive en haut du remblai... en haut de notre wagon... vous pensez, s'il est content qu'on rembarque ! on se fait pas prier, on les a rendus les honneurs !... mais le caser ce formidable drapeau ? il est aussi long que le wagon ! heureusement y a plus un carreau !... il tient juste... tout le long contre le canapé... et un peu de biais... mais la locomotive maintenant ?... elle est toujours là ? comment elle va faire pour tourner ?... elle ne nous tirera plus ? elle poussera ?... je demande à un fritz... elle nous poussera jusqu'à Berlin... Berlin-Anhalt... là, ce sera une autre machine... bon !... ce vieux cheminot me renseigne... Berlin-Anhalt !... ah, tout de même un peu de courtoisie ! ça va pas les écorcher d'être un peu aimables... donc on reprend nos places, enfin on se tasse... on y est pas encore à Berlin-Anhalt... pas Anhalt... l'officier nous salue de là-haut... très large salut ! son orphéon rejoue l'*Horst Wessel*... plus la *Marseillaise*... en somme tout s'est très bien passé... sauf la dîne !... nib pour la dîne ! oh, y a un réflexe !... « alors ? alors ? » Restif qui l'hurle à l'autre là-haut... « à bouffer ! quand même ! on la saute !... *fressen ! fressen !* »... le train partait... l'autre là-haut, l'officier au sabre, faisait semblant de pas nous entendre, il continuait ses saluts ! tout le wagon alors s'y met ! « *butter brot ! butter brot !* » lui l'autre là-haut il s'en foutait !... tout de même, il nous crie : « Vous aurez là-bas à Berlin ! »... ouiche Berlin ! ouiche ! il nous envoie crever quelque part, ce qu'on pense nous !... l'avis général !... en fait : *pouff ! pouff !*... la loco pousse... si on le connaît le wagon du Shah ! on s'est emmitouflé avec !... tous les rideaux y ont passé !... et les tapis ! on est beaux ! et de ces épaisseurs de mous-

selines !... en fait tout de même on crève de froid !
même tout de notre long, tous ensemble, tassés
à même le plancher ! drôle, on secoue plus !... on
avance, on dirait, glissant... on est peut-être sortis
des rails ?... on glisse peut-être à même le ballast ?...
le ballast gelé ?... on est partis depuis bien trois
heures... on doit passer par un faubourg... enfin
des décombres, des éboulis... un autre éboulis... et
un autre !... c'est Berlin peut-être ?... oui !... on aurait
jamais cru... tout de même, c'est écrit !... et une
flèche !... *Berlin !* et une autre flèche ! *Anhalt...* tout
doucement ça y est... c'est là... glissant... une plateforme... deux... dix plates-formes... c'est vraiment la
gare immense !... trois... quatre gares d'Orsay... vous
diriez... c'est une gare qui a beaucoup souffert... plus
un carreau, plus une vitre... mais comme aiguillages
et bifurs, pire qu'Asnières !... et comme populo les
plates-formes !... surtout des femmes et des mômes !
plein !... nos deux wagons s'arrêtent juste, d'autor
on est envahis !... on existe plus ! submergés sous
mômes et rombières !... un flot, la façon qu'ils déver-
sent, nous passent dessus, nous écrabouillent !
écrasent... par tous les trous il en vient ! et des
porteurs ! voilà des porteurs ! qu'ils nous culbutent
les caisses dessus !... je reconnais les caisses !... des
caisses de conserves... ça va être pour nous ?... *Croix-
Rouge* c'est écrit... pour nous la « Croix-Rouge » ? et
des énormes gros sacs de boules... pains... *Croix-
Rouge* aussi !... et s'il y en a !... de quoi nous bâfrer
110 ans !... il peut redémarrer le bon Dieu de dur, on
va se les caler, minute ! cahots ! pas cahots ! Je dis !...
qu'on parte ! qu'on reparte !... diable, et les rombières
et les mômes !... qu'on crève pas nous en gare d'Anhalt ! ça y est ! il siffle ! parole ! on repart ! mais pas
question pour nous, les caisses !... même encore en
gare les mômes ont déjà tout défoncé ! à dix... à

quinze par couvercle ! des vrais mômes sauvages !...
ce qu'ils se sortent des caisses ! ce qu'ils bâfrent, tout
de suite ! à même !... des seaux comme ça, de marmelades ! boules et marmelades ! pas que les mômes,
les rombières aussi ! des extrêmement blèches...
mais goulues !... et des femmes enceintes !... ça va !...
ça va !... tout ça dévore !... pas que la marmelade,
des jambons !... y en a aussi !... on les voit bien, ça
se passe sur nous, tous sur nous ! ils croient qu'on
est quoi ? rembourrages ?... ballots de camelotes ?
ils s'en foutent !... nous aussi ! on attrape ce qu'on
peut... de ce qu'ils veulent plus !... les restes des
caisses... si c'est encore bath !... de ces chapelets de
saucisses ! ils nous laissent manger, ils en peuvent
plus, ils laissent tout, ils s'abattent... ils dorment...
bon !... comme ça on a deux trois heures calmes... à
peu près... le train brinqueballe... mais pas trop... où
il peut aller maintenant ? on verra !... mais ils se
réveillent ! tout de suite ils jacassent ! et puis ça
chante ! et en chœur ! combien ils sont ?... quarante ?
cinquante ?... et trois voix, en chœur, et juste ! et
gais !... les enfants sont de Königsberg... les femmes
enceintes sont de Dantzig... j'ai encore leurs airs
dans la tête... *tigelig !... ding !... digeligeling !* une
chanson de clochettes... pour Noël, sans doute... la
chanson qu'ils doivent répéter ?... en tout cas, le
voyage les amuse !... le voyage aux confitures, plus
tant d'oranges et de chocolats ! de tout !... où ils abu-
sent, où ils sont vraiment difficiles c'est qu'ils nous
dépouillent nous, de tout, c'est qu'ils veulent toutes
nos couvertures ! ils ont les leurs de la Croix-Rouge !
damnés moutards ! ils veulent nos oripeaux aussi !
tous nos bouts de tapis et mousselines ! qu'on a eu
tant de mal ! tout ce qui nous habille !... ils nous
déchirent ! il faut se défendre ! s'ils sont dépréda-
teurs terribles ces mômes !... filles et garçons... petits

macaques horribles déchireurs, bien pires que nous ! s'ils s'en prennent à nos flots de mousseline !... ils profitent de tous les cahots pour nous dépiauter !... à dix, ils s'y mettent ! et que je te tire !... et après les ministres qui ronflent !... ils les dépiautent ! surtout après le cinquième jour qu'ils sont devenus pirates affreux ! cinq jours enfermés, pas sortir ! cinq jours et cinq nuits... ils trouvent encore des bouts de wagon à disloquer ! ah ! le train du Shah !... des restes de fauteuils !... et que tout ça se bat, hurle, en même temps ! jettent tout ce qu'ils arrachent par les fenêtres ! et contre nous !... la *Fraulein*, leur infirmière, fait ce qu'elle peut ! vous pensez !... Ursula, son nom... elle répond même plus aux mômes... « Fraulein Ursula ! Fraulein Ursula ! » ils l'appellent pour qu'elle voie comme ils déchirent tout... bien tout !... et qu'ils sont fiers !... elle réagit plus... elle leur a donné tout ce qu'elle avait dans les caisses... le lait condensé, les seaux de marmelade... elle les a gavés, foutus mômes !... et nous avec ! plus ce qu'ils ont jeté par les fenêtres ! vous parlez ! tous la colique, forcément ! heureusement les W.-C. fonctionnent... ils ont beau être en un état ! cacas partout !... c'est encore une autre distraction, cacas partout !... la Fraulein a beau dire, les mômes vous pensez, écoutent rien !... un cirque, le wagon ! elle peut tenter « *Kinder ! Kinder !* » salut ! s'ils l'ont en grippe les Kinder, leur Fraulein ! ce qu'ils veulent, qu'elle fasse arrêter le train ! et tout de suite ! aller se promener dans la campagne ! la campagne ! là, dehors ! qu'elle leur apporte d'autres confitures !... encore ! encore ! leur ouvre d'autres caisses !... ah, la bière !... ils veulent aussi boire de la bière !... comme les Ministres !... à la bouteille même !... ils trinquent avec !... glouglous !... pensez l'effet sur les mômes ! la bière les abat... l'effet... ils ronflent avec les ministres à même le parquet du wagon... on a passé sous un tunnel... Marion me fait remarquer, je m'en étais pas aperçu!... aussi endormi que les mômes?... et j'avais rien bu, moi!... je bois jamais rien... sauf mon bidon d'eau... mais Marion avait raison, on était passé sous le tunnel... Marion m'explique... les monts Eiffel... rien vu!... y a eu des bombes à la sortie, il paraît... rien entendu!... elles sont tombées assez loin... il paraît!... tant mieux!... on a changé de locomotive, on a manœuvré... sous le tunnel, tout ça pendant que je dormais?... tant mieux! tant mieux!... le sommeil knock-out!... la Fraulein gisait aussi, ronflait!... knock-out aussi!... eux les mômes, si le coup de sommeil les avait reposés fols! plus déchaînés que tout à l'heure! décuplés diables!... voilà qu'ils plument les Ministres!... oui! oui! positif! ils s'amusent!... roupanes, cordelières, les mousselines surtout!... ils recommencent! ils les épluchent! ils s'en font euxmêmes des manteaux! des capuchons... les filles aussi!... des robes à traîne!... le carnaval dans le wagon!... les ministres se défendent un peu, comme ils peuvent, pas beaucoup, la peur c'est qu'ils se foutent par les fenêtres, des pareils mômes! et que ça se bat!... torche!... hurle!... tout le wagon!... les femmes enceintes, elles, sont tranquilles, tout de leur long sur le parquet... raisonnables... mais dans leur état!... cahotées comme! carambolées l'une contre l'autre!... une honte!... je les plains... *tchutt! tchutt! tchutt!* on avance quand même... je vous fais la locomotive... ces femmes enceintes sont bien presque toutes «à terme»... enfin au moins au «huitième mois»... on sera arrivés «avant» j'espère! j'espère!... je me vois pas beau qu'une d'elles accouche!...

Pour combien on en a encore? sans incident? je compte... à l'allure là, encore au moins pour deux jours... pour Ulm... mais si quelque chose saute?...

et Ulm?... vite dit, Ulm!... si ils nous font descendre à Ulm?... bien leur genre! qu'on a rien à foutre dans ce train! que pour Siegmaringen, c'est à griffe!... les hommes à griffe! nous à griffe! que le train est que pour les mômes et les femmes enceintes! pas pour nous du tout!... quarante-cinq bornes, Ulm-Siegmaringen!... je nous vois mal!... surtout que ça s'est rafraîchi... pas si froid que là-haut en Prusse, mais tout de même... froid et de la neige... surtout que les pristis de mômes, sauvages, nous ont presque tout arraché!... lambeaux et mousselines et moquettes!... des épaisseurs!... même nos minces complets!... déchirés! on est pas nus, mais à la chemise! voilà les enfants!... la Fraulein a rien pu dire... nos tatanes minces tiendront jamais... on aurait plus de pieds!... oh! que j'ai peur d'Ulm! et que si la ville existe plus? ni la gare? possible!... *rasibus!* on en a vu d'autres! sûr, y aura encore des S.S.!... S.A.!... S-bourres! ça repousse toujours! ça repousse sur les pires décombres! bourres! bourres! bourres! en attendant, on roule tout doucement! *tchutt! tchutt!* je verrais très bien venir les gendarmes «*Raus! Raus!*»

Ah! je me gourais pas, c'était bien là!... on y était!... on était en gare... mais dans «plus de gare»!... on s'arrête : on y est!... c'est là, un poteau... mais plus d'Ulm!... un écriteau : ULM... c'est tout!... tout des hangars crevés autour!... tout des ferrailles distordues... des sortes de grimaces de maisons... et des géants pans de murs ci... là... en énormes déséquilibres qu'attendent que vous passiez dessous... ils sont revenus les R.A.F.!... pendant qu'on était nous là-haut!... ils ont concassé les décombres... bon!... ça va!... on va repartir?... le chef de gare?... la grosse casquette rouge... il vient... il regarde... il nous regarde... il pourrait dire qu'on descende... non!...

tout le monde se tait... même les mômes... y a plus d'Ulm, plus de gare, mais c'est encore plus terrible... s'il arrête le train ? nous fait descendre ? non ! non... il est bon fiote... « en route ! Siegmaringen !... Constance ! » on repart... on rebrinqueballe... pas un môme s'est échappé !... la veine !... ils ont eu peur du chef de gare !... je félicite Ursula... « bon chef de gare !... » Nous Siegmaringen on en a plus que pour deux heures... elle, trois pour Constance... elle sera à minuit à Constance... elle et ses femmes et ses mômes... toujours une bonne chose, Ulm absolument rasé, ils vont pas recommencer tout de suite !... j'espère !... une petite chance qu'ils nous loupent ! Plus d'Ulm !... le monde sera seulement tranquille toutes les villes rasées ! je dis ! c'est elles qui rendent le monde furieux, qui font monter les colères, les villes ! plus de music-halls, plus de bistros, plus de cinémas, plus de jalousies ! plus d'hystéries !... tout le monde à l'air ! le cul à la glace ! vous parlez d'une hibernation ! cette cure pour l'humanité folle !...

Enfin nous n'y sommes pas encore... notre train !... notre wagon bringuebale, hoque, retombe, comme d'un pavé l'autre ! les roues doivent être devenues carrées... la preuve en tout cas qu'on tient le rail !... on serait sur le ballast on cahoterait plus !... et puis, zut ! qu'il arrive c'est tout !... qu'il fasse ce qu'il veut !... la Fraulein me demande de venir, que je la suive... je la suis... une des femmes... qui souffre... je vais, je vois... vraiment, c'est les premières douleurs... pas une femme douillette... une femme, je vois, pas hystérique, pas à comédie... une primipare... je touche... mais sans gants !... où me laverais-je les mains ?... jamais j'ai été si humilié, misérable, « toucher » sans gants !... et en plus déjà « dilaté » !... « cinquante centimes »... une primipare... elle en a pour quatre... cinq heures... tout de suite je propose, où nous en sommes c'est le mieux, qu'elle descende à Siegmaringen, avec nous !... qu'elle accouche à Siegmaringen... j'ai tout ce qu'il faut à Siegmaringen... un dortoir entier pour les « parturientes »... elle, c'est une réfugiée de Memel... elle rejoindra ses compagnes plus tard... plus tard à Constance, une fois accouchée... oh ! Ursula est bien d'accord !... elle va être seule, nous partis... Ursula... seule avec ses mômes « quatre cents coups » ! maintenant, ils ronflent, mais à l'aube ils vont se réveiller, l'accouchement, en plus ? « oh oui ! oh oui ! que j'emmène cette femme !... » que je lui renverrai à Constance ! c'est entendu ! toute la Délégation s'en mêle ! tous les Ministres... on est d'accord !... ils sont tous d'accord !... Restif aussi !... vous me direz : vous pouviez pas voir dans la nuit !... pas très bien, j'avoue, mais assez !... grâce aux petites lampes qui nous venaient de Suisse, automatiques à roulettes, à la force des paumes !... pas de « l'éclairage-festival » !... non ! mais quand tout fout le camp, qu'il y a plus de courant, plus d'usine, c'est des lampes joliment trouvées ! toute épreuve ! bobine à la poigne ! je vous le dis, si vous y pensez pas, que vous vous trouviez un prochain jour sous des myriatonnes de décombres, expirant beuglant troglodyte... finie taupe !... « la France ! toute la France pour une allumette !... l'Aquitaine en prime ! » personne vous donnera l'allumette ! comptez pas !... ma « lampe-poigne » vous sauvera la vie !

Dans le train vous comprenez donc, pour enjamber dans les cahots, vous désemmêler de tous les corps, pas écrabouiller femmes enfants, vous auriez pas pu sans petite lampe... le train toujours avançait... oh ! tout hésitant !... *tchutt ! tchutt !* mais tout de même... on serait arrivés vers minuit... on entendait pas d'avions... ça irait !... Restif était d'avis aussi !... ça irait ! Fraulein Ursula aussi... elle avait été très chouette, tout considéré... elle aurait certainement pu nous faire débarquer n'importe où, expulser... le premier abord avait été assez frais... même presque à ressort... puis, elle était devenue aimable, même très aimable... peut-être un petit gringue entre elle, Restif et Marion ?... j'avais rien vu !... grâce à la Croix-Rouge, et ses mômes, et ses femmes enceintes, qu'on avait pu tenir !... ça valait une reconnaissance ! sans les mômes et les femmes enceintes, et les caisses suédoises, amerloques, cubaines, on faisait bien tintin !... la preuve toute la Délégation ronflait, cahot pas cahot, gavés, entremêlés, sous les mômes et les femmes enceintes, réchauffés !... ils avaient plus de loques, les mômes avaient tout ! mais pardon, ce qu'ils avaient boustiffé, pinté, depuis Berlin-Anhalt !... au moins cinquante caisses ! et de tout !... et que du « très bon » ! les mômes question des costumes leur avaient tout pris !... les avaient plumés, positif !... mousselines, velours, satins, et leurs vestons et pantalons !... ils s'étaient attifés pareil !... vous parlez d'un divertissement !... l'ouragan comme dévastation, cinquante mômes en boîte ! si on était arrivés de jour, on aurait dû attendre la nuit, on pouvait pas se montrer tels quels, surtout les ministres !... mais c'était minuit, ça allait, y aurait personne à la gare... tout de même, il faudrait qu'on m'aide pour mener cette dame jusqu'à l'École d'Agriculture... j'avise Restif, il me comprend... elle est pas tout près cette école !... surtout par la neige !... cette femme, je vous ai dit, était pas douillette, mais tout de même... je lui propose que nous la portions... elle préfère marcher... c'est au moins un kilomètre de la gare à l'École... elle me donnera le bras... Restif l'autre bras... c'est à l'École d'Agriculture que sont logées mes femmes enceintes...

Le train approche de Siegmaringen... je dis à Restif : c'est pas tout !... faut les réveiller !... et puis d'abord une chose, et d'une ! ils vont se rendre utiles avant de remonter au Château !... ils vont nous aider de la gare à l'École... dans la neige avec cette femme... elle est « en travail » je lui explique... elle croit qu'elle pourra marcher, elle pourra pas !... surtout un kilomètre, au moins... faudra qu'on la porte... ils nous aideront à la porter !... ils remonteront au Château après !... bien le temps !

Le train va de plus en plus doucement... ah ! on y est !... ça y est !... il fait un léger clair de lune... plus besoin de nos lampes... je reconnais la gare... le quai... maintenant il s'agit de descendre sans que les mômes se mettent à hurler ! et aussi qu'ils passent pas sous le train !... et moi, ma femme de Memel, qu'elle descende doucement... les mômes ont pas envie d'hurler, ils ronflent... qu'ils ronflent !... qu'on les réveille pas !... il fait froid maintenant sur le quai et une de ces hauteurs de neige !... il faisait presque doux, quand on est partis, y a huit jours... nous voilà sur le quai... sauf les mômes qui n'ont pas bougé... oh, mais notre drapeau !... on l'oubliait !... le drapeau pour Pétain !... flûte !... il est roulé, il est quelque part ! Restif retourne au wagon, il retrouve le drapeau !... il le sort de sous les mômes... il est pas trop déchiré... on le reroule... les ministres là comme ça sur le quai trouvent qu'ils ont pas assez dormi... ils savent pas qu'on est arrivés !... heureusement il fait pas encore bien clair !... ils ont presque plus de pantalons... les mômes les ont comme épeluchés ! c'est pas le moment de rester là !... je dis un mot au S.A. de faction, qu'il nous laisse sortir... je dis aussi à Restif, j'y ai pensé, qu'on tiendra plus le drapeau en l'air ! mais en long ! et tous à la hampe ! horizontal !... qu'il nous fera comme ça une sorte de corde pour remon-

ter jusqu'au *Löwen*... tous les ministres à la hampe !
et même plus haut, jusqu'à l'École d'Agriculture... un
bout de chemin ! on leur dit à tous... ils veulent
bien... ils bâillent, ils s'étirent, ils grelottent... mais,
en avant ! pas si froid qu'à Hohenlynchen, mais tout
de même... pas le vent boréal comme là-haut... mais
tels presque absolument dévêtus ils peuvent grelot-
ter !... heureusement Restif conduit, il connaît le
chemin... moi aussi je connais le chemin... ma par-
turiente a pas voulu se laisser porter... absolument
pas !... on lui donne le bras, moi, Restif... elle se
plaint, mais pas tellement... la Lune se couvre, des
nuages... alors nos « lampes à système » !... on entend
qu'elles !... les petits moulinets des paumes !... ils en
ont tous... heureusement ! là on fait gentil, on fait
chenille luisante sur la neige, autant de petites
lampes... *zzz ! zzz !* la queue leu leu !

Ah ! enfin... voilà la maison, l'École ! on s'est pas
perdus !... là, mon dortoir des femmes enceintes !...
bien strict dortoir ! mais pas du tout triste, pas
noir comme au *Fidelis*, garni que de bat-flanc et de
paillasses... mais tout de même elles sont mieux que
dehors ou à la gare... les femmes enceintes ! elles
iront quand même à la gare, j'admets ! en tout cas là
quand on arrive elles sont présentes ! toutes là !...
qu'elles soient toutes là, je suis étonné... elles me
voient... bien étonnées aussi !... elles dormaient...
tout de suite les questions !

« Qui c'est celle-là ?... d'où elle vient ?

— C'est une femme comme vous !... qui va accoucher...

— Où ? où ?... c'est une boche ?

— Elle va accoucher ici !... elle parle pas français,
soyez gentilles avec elle !

— Elle va accoucher maintenant ?

— Oui... oui... elle repartira pour Constance,

après !... c'est une Allemande de Memel... c'est une malheureuse... c'est une réfugiée comme vous !... »

Je les fixe, je leur dis ce qu'elles doivent faire.

« Où c'est Memel ?

— C'est là-haut ! »

Lui tenir bien les mains... doucement... lui dire tout ce qu'elles savent d'aimable, en allemand... pas ouvrir les fenêtres !... lui rabattre bien les couvertures... qu'elle attrape pas froid... elles savent... elles savent tout !... y a des « multipares » parmi... je compte... encore trois heures de « travail », au moins !... tout le temps d'aller au *Löwen* chercher ma trousse, mes gants surtout ! je leur laisse trois lampes « à moulinets »... si elles sont heureuses ! quelle aubaine !... elles en avaient pas ! elles me les rendront pas !... plaisanteries ! plaisanteries !... ça va !... je sors avec Restif... la Délégation m'attend... « Messieurs, je vous remercie !... » ils peuvent rentrer chez eux, je veux bien ! au Château !... ils connaissent les rues... pas compliqué en descendant... Wohlnachtstrasse... et tout de suite en bas le Danube... et encore à gauche, le pont-levis !... oh mais qu'ils lâchent pas le drapeau ! le cadeau pour le Maréchal !... le souvenir de Bichelonne !... la consigne !... bon !... bon !... ils savent !... je les retiens pas !... gaminets mollets nus poilus !... y aura de la bronchite et des grogs !... ils ont tout pour se soigner ! chez eux ! au Château ! moi c'est pas pareil le *Löwen* !... là, j'appréhende... je prends un petit chemin... vous pensez, je connais... j'y suis tout de suite... l'escalier... voilà !... Lili, je peux dire est courageuse, tout de même elle a été inquiète... je suis parti sans dire un mot... bien inquiète !... pas prévenue !... je lui explique... elle comprend... il fallait... bien sûr !... et elle alors ? ce qui s'est passé ?... huit jours !... dix jours !... oh ! on m'a réclamé partout !... tout le monde a demandé où j'étais... ce que j'étais devenu?... bon!... au *Fidelis*... au Château!... à la Milice!... à l'Hôpital!... et encore ailleurs!... cinq... dix adresses!... *Sondergasse*... *Bulowstrasse*... pensez, que je me doutais... je suis pas beaucoup l'homme des fugues, à laisser en plan quoi que ce soit... si je suis parti là si soudain, si vite, et si loin c'est que j'avais une sérieuse raison... je pensais voir le Gebhardt là-haut, le surprendre sur place...

Chacun a son petit secret, le mien c'était de le voir, lui demander de nous faire passer au Dane-mark... sûr, il pouvait!... il avait des hôpitaux là-haut, plusieurs Sanas... Jutland... Fionie... je savais... Gebhardt m'aimait pas beaucoup, mais tout de même, il aurait pu... une petite chance... notre chance!... je raconte à Lili... même pas pu le voir! elle comprend... c'était à tenter!... je lui raconte notre expédition... de quoi rire! on rit!... encore un espoir qui s'en va! elle a encore beaucoup à me dire mais je peux pas rester!... j'ai Memel!... ma Memel... je lui explique Memel!... il faut que je retourne à l'École!... pas que j'arrive après l'accouchement! une femme presque «à terme»... qui a été chahutée affreux... terrible, on peut dire!

Il faut bien vous dire, j'estimais que c'était assez !...
7... 800 pages... que je relirais le tout... et ferais
« taper »... et en avant !... Brottin ou Gertrut !... l'un
ou l'autre ?... la belle histoire !... au plus offrant !... la
belle paire !... au moins trouillant de ce qu'on va
dire !... ouste !... que je sois devenu matérialisse ?...
hé !... hé !... possible !... mais pas beaucoup !... mes
voleurs pillards jaloux le sont sûrement bien plus
que moi !... et dans l'état où je me trouve, maladie,
mutilé, âge, dèche... il me faudrait la *Chase National*,
et un compte comme ça !... pour que je retrouve un
peu de souffle... un compte comme Claudel, Thorez,
Mauriac, Picasso, Maurois... comme tous les véritables artistes ! moi je serai toujours bien inférieur
question forfait ou « à la pièce », à Julien Labase,
manœuvre-balai... forçat de choc... et loin, du dernier rebouteux venu !... alors n'est-ce pas, toute ma
belle œuvre, au plus offrant !... 800 !... 1 200 pages !...
zut !... et rezut ! l'épicier s'en fout !... et le charbon-
nier, vous parlez ! pourtant les seules personnes qui
comptent, austères et souriantes et sérieuses ! tant
c'est tant !... nos métronomes de l'existence !... les
éditeurs ?... bien plus redoutables ! même mentalité,
mais en monstres !... tous les vices en plus ! et que

vous dépendez tout d'eux !... acrobates d'arnaque !
leurs filouteries sont si terribles imbriquées au
poil ! si emberlifiquées parfaites que ce serait l'Asile,
toutes les camisoles, que vous d'aller tenter d'y
voir !... même à odorer... et de très loin !... comment
ils s'y prennent !... vous ingrat, qui leur devez tout !...
eux, qui vous doivent jamais rien !...eux en autos de
plus en plus grosses, vous transporteraient peut-être
derrière, en hardes, la langue pendante aux pavés ?...
par pure bonté d'âme qu'ils daignent vous jeter
un petit croûton !... vous êtes à crever à l'hospice ?
soit !... le moindre de vos devoirs !... vous aurez pas
un myosotis !... les orchidées pour Miss Morue !...
banalités, vous me direz... sûr !... mais banalités
aussi, que je les vois très bien tous les deux pendus ! et se balançant dans les brises ! de ces élans !
Brottin et Morny ! quelle gigue !... sourires bien figés
et monocles ! j'entends des personnes avancées,
engagées, qui sont communisses, anarchisses, cryp-
tos, compagnons, rotarys... belles branques !... anti-
patron, voilà, suffit !... on l'a devant soi ! on sait
ce qu'on cause !... Coco dialectouille, postillonne,
charge les moulins !... Morny... Brottin... pardon !
existent ! ils existent !...

Je parle pas des malades... des clients... j'en parle
plus !... belle lurette que je compte plus sur eux !... ils
me coûtent, c'est tout !... je serais plus médecin, je
chaufferais plus... je resterais couché tout l'hiver...
je peux plus compter sur personne, ni sur rien...
couché, je penserais à l'imbécile façon que partout
j'ai été victime... que je me suis croisé pour des
prunes !... zut !... que d'autres m'ont tout caram-
bouillé !... y compris mes manuscrits !... et qu'ils s'en
portent à ravir ! tous mes bois aux Puces !... toutes
les injustices, je peux dire... rien n'a manqué !... tôle,
maladies, blessures, scorbut... plus la Médaille Mili-

taire !... vous me direz : et les résistants ? un qui s'est foutu par la fenêtre !... entre 14 et 18, millions qui se sont jetés par les fenêtres ! vous en avez pas fait un plat ? rien du tout ! et Jeanne d'Arc ? dans mon lit je pourrais penser quels dons j'avais, que j'ai gaspillés ! aux cochons !... quelles cordes à mon arc !... je pouvais pas tenir !... si artiste, vous faites trop de jaloux !... s'ils vous assassinent, c'est normal ! je vois mon local, rue Girardon, les épurateurs sont montés, si ivres de patriotique fureur, qu'ils ont pas pu s'empêcher de tout m'embarquer pour la Salle, tout fourguer !... mes amis connaissances aussi, oncles, cousins, nièces, eux aux Puces !... ils m'auraient empalé en plus, c'eût été vraiment la Jouissance ! presque tout le monde m'a oublié... pas eux !... pas eux !... vos voleurs vous oublient jamais !... vos copieurs non plus !... pensez !... la vie, qu'ils vous doivent !... Tartre va pas un jour se mettre à table « Moi, plagiaire et bourrique à gages, j'avoue ! je suis son trou d'anu !... » vous pouvez vraiment pas compter !...

Encore mes rancœurs !... vous m'excuserez d'un peu de gâtisme... mais pas tellement que je vous lasse !... moi et mes trois points !... un peu de discrétion !... mon style, soi-disant original !... tous les véritables écrivains vous diront ce qu'il faut en penser !... et ce qu'en pense Brottin !... et ce qu'en pense Gertrut ! mais l'épicier ce qu'il en pense ?... voilà l'important !... voilà ce qui me fait réfléchir !... Hamlet du poireau... je réfléchis d'en haut de mon jardin... l'endroit du vraiment grand point de vue... l'endroit vraiment admirable si vous avez les « moyens »... mais si vous êtes juste l'angoissé nerveux anxieux de tout !... pour tout !... tout le temps !... pour les poireaux... les Contributions... et le reste !... alors au diable les points de vue ! vous avez pas à rêvasser !... merde, panoramas ! délinquant le fauché qui rêve !

Cependant Paris s'impose... tout Paris, en face, en bas... les boucles de la Seine... le Sacré-Cœur, très au loin... tout près, Billancourt... Suresnes, sa colline... Puteaux, entre deux... des souvenirs, Puteaux... le sentier des Bergères... d'autres souvenirs, le Mont Valérien... l'hôpital Foch... au fait, je peux un peu postuler, je me ferais très bien au Mont Valérien... je me vois parfaitement Gouverneur... de quel calme il jouit pour travailler le Gouverneur du Mont Valérien ! j'aperçois très bien son hôtel, avec ma longue-vue, cette vraiment splendide résidence, gréco-romantique... juste ce qu'il me faudrait !... cette somptuosité sévère... militaire !... à colonnes doriques... il a le soleil levant en plein !... et il nous domine, d'au moins cinquante mètres !... oh, il n'est certes pas à plaindre le Gouverneur du Mont Valérien !... nous pourrions peut-être nous entendre ? faire « l'échange » ?... j'entends parler partout « j'échange !... j'échange ! » peut-être on contestera mes titres ?... que j'ai pas Saint-Pierre et Miquelon !... d'abord, que Laval est mort !... et que Bichelonne a rien laissé, rien écrit !... qu'on ne trouve rien aux « Colonies » ! et que ma parole suffit pas !... pourtant comme je suis malade anémique, j'aurais vraiment besoin de soleil ! beaucoup !... beaucoup !... que je suis mutilé 75 p. 100 !... que j'ai des droits !... que Clemenceau l'a dit !... que ce serait que gentille Justice ! c'est tout ! que celui qui est là-haut, Gouverneur, est sûrement plus jeune que moi !... que moi je monte un peu chez lui... dans son temple grec, je serais enfin au calme... je pourrais travailler tranquille, plus de route, plus d'autos, plus de fabriques... le petit bois autour... une petite prison à ma botte, pour les emmerdeurs... celle où s'est suicidé Henry... les discussions durent toujours s'il s'est vraiment suicidé ?... si on l'a pas un peu aidé ?... je vous le dis : le

Mont Valérien n'a pas livré tous ses secrets ! vous le voyez, rien qu'à la jumelle : énigmatique au possible !... oh ! vous m'y verriez pas oisif !... au Mont Valérien !... je te les ferais parler ses cellules !... tandis qu'ici, hélas ! hélas !... on ne me laisse pas le temps des réflexions !... tarabusté, suis !... me demander ce qui m'irait le mieux ?... Gouverneur du Mont Valérien ? ou Gouverneur de Saint-Pierre ? vous pensez !... méditations ?... on va m'en foutre !... surtout depuis quelques jours... vraiment houspillé depuis quelques jours... oh, rien de bien grave !... mais enfin... des pressentiments... même plus que des pressentiments, le facteur m'a dit !... et aussi un môme... Mme Niçois serait rentrée !... oui !... chez elle !... je croyais pas beaucoup... place ex-Faidherbe... qu'elle serait rentrée de l'hôpital... tout à fait bien !... tout à fait guérie !... bon !... tant mieux !... j'avais peine à croire, mais tant mieux ! certes, elle aurait pu me faire signe !... peut-être elle voulait plus me voir ? qu'elle avait appelé un confrère ?... diantre, qu'elle aurait eu bien raison !... bien raison !... je dirai pas : bon débarras ! mais tout de même ça m'arrangerait bien ! à un certain âge, surtout après certaines épreuves, vous désirez plus qu'une chose : qu'on vous foute la paix !... mieux même : qu'on vous tienne pour mort ! en une certaine enquête récente, « ce que pensent les Jeunes », ils croyaient tous que j'étais mort !... mort au Groenland ! c'était pas mal !... en tout cas une chose, question de là, Mme Niçois, je me voyais pas refaire le trafic, place ex-Faidherbe, le quai, la grimpette chez moi ! deux fois par jour !

Au lieu de m'enfiévrer, de m'imaginer Gouverneur du Mont Valérien... ou là-bas, de Saint-Pierre-Langlade... ça serait un peu plus sérieux que je demande vraiment au facteur si Mme Niçois était vraiment rentrée chez elle ?... lui il saurait immédiatement, il avait qu'à monter, frapper... elle y était... ou y était pas !... toujours j'allais être encore seul... Lili devait aller à Paris... elle me laissait jamais longtemps seul... il fallait, évidemment !... les commissions... ceci... cela... pour les élèves !... surtout les élèves !... ce qu'elles peuvent user les élèves !... à pas croire !... les chaussons !... donc Lili s'en va !... je reste avec les chiens... je peux pas dire que je suis vraiment seul... les chiens me préviennent... ils me préviendront du facteur, encore à quatre kilomètres ! de Lili, encore à la gare... ils savent quand elle descend du train... jamais d'erreur ! j'ai toujours cherché à savoir comment ils savaient ? ils savent, c'est tout !... nous on se tape la tête dans les murs, on est idiots mathématiques... Einstein saurait pas non plus si Lili arrive... Newton non plus... Pascal non plus... tous sourds aveugles bornés sacs... le Flûte sait aussi ! mon chat Flûte... il ira au-devant de Lili, il prendra la route... comme ça, averti... quand il bougera, je ferai attention... pour le moment, rien !... d'abord ses oreilles !... je saurai bien à temps !... un kilomètre de la gare, au moins !... tout est par ondes... les chiens aussi ont des ondes... mais moins subtiles que celles de Flûte... encore plus subtiles que celles de Flûte, celles des oiseaux !... eux alors à quinze kilomètres ils repèrent, ils savent ! les rois des ondes, les oiseaux !... les mésanges surtout !... quand je les verrai s'envoler... quand Flûte se mettra en route... Lili sera presque à Bellevue !... j'attacherai les chiens... parce qu'eux ce qu'est terrible, c'est de les laisser former meute !... alors, vos oreilles ! vous les entendez à Grenelle !... mais c'est pas encore !... je peux encore un peu réfléchir... c'est là que vous vous voyez vieillard, vous dormez jamais réellement, mais vous vivez plus vraiment, vous somnolez tout... même inquiet, vous somnolez... c'est le cas là, attendant Lili... je dois un

peu plus que somnoler, j'ai pas entendu les chiens...
et j'ai pas vu le chat Flûte partir... ni les oiseaux s'envoler... mais là, net, j'entends !... je sors du songe !...
une voix !... une vraie voix !... c'est Lili !... je fais un
effort !... oui, c'est Lili !... oh, mais pas seule !... deux
autres voix !... les chats sont revenus !... ils sont là !...
ron ! ron ! certes, ils ont leur intérêt !... le jour de leur
rate !... vous pensez qu'ils quittent pas Lili !... la joie
du retour !... miaou ! miaou ! mais j'ai entendu trois
voix féminines !... j'ai pas rêvé !... j'ai plus les yeux
bien fameux, mais enfin tout de même, je vois Lili
au bout du jardin, je la reconnais parfaitement... ah,
et une autre dame !... et Mme Niçois !... oui, elle !...
les trois montent très lentement vers moi... ah les
voici !...

« Tu vois, Mme Niçois va beaucoup mieux !... elle
est revenue il y a deux jours !... elle veut te parler !

— Oh ! très bien ! très bien ! bonjour !... bonjour,
madame Niçois !... »

Elle s'approche... je vois pas qu'elle aille tellement
mieux !... elle a, je trouve, encore maigri... elle donne
le bras à cette autre dame... elles sont montées
jusqu'ici... je les fais asseoir sur l'autre banc...
Mme Niçois y voit pas mieux qu'il y a un mois... elle
regarde en l'air, par-dessus ma tête... rien !... je peux
parler fort !... elle m'entend pas !... je voudrais savoir
ce qu'ils lui ont fait à Versailles ?... c'est l'autre qui
me répond, l'autre dame, pas gênée du tout ! ah,
celle-là, on peut dire, causante ! je la connais pas, je
l'ai jamais vue... d'où elle sort ?... elle me renseigne...

« Nous nous sommes connues à Versailles !... aux
"cancéreux" !... oui, Docteur ! »

Que je doute... elle me répète... elle me raconte
tout de suite... elles sont devenues très amies,
Mme Niçois, elle...

« Moi, n'est-ce pas, c'était pour un sein, Docteur !

400

— Oui ! oui, madame !...

— Ils me l'ont enlevé !... je ne crois pas que c'était utile !... du tout !... une idée à eux ! une idée !... »

Ah ! ce qu'ils étaient drôles à Versailles ! stupides ! elle en rit ! elle en pouffe, s'esclaffe !

« Si vous les aviez vus, Docteur ! hi ! hi ! »

Qu'elle en pique une crise ! si idiots, ces gens de l'Hôpital ! tordants vraiment !... qu'ils l'ont prise pour une cancéreuse ! hi ! hi ! hi !

« Croyez-vous, Docteur ! croyez-vous ! »

Ces gens de l'Hôpital ! trop rigolos ! trop rigolos ! hi ! hi !

« Oh ! vous avez raison, madame ! certainement, madame ! »

Pour Mme Niçois ils ont vu !... là très bien vu ! aucun doute, pour elle, aucun doute !... absolument cancéreuse ! même la forme !... la forme galopante !... pas pour longtemps, la pauvre femme !

« C'est bien votre avis aussi, Docteur ?

— Oh oui !... certainement, madame ! »

La voilà repartie en hi ! hi ! hi !... qu'elle me trouve tout d'un coup trop drôle ! aussi ! moi aussi !

« Docteur Haricot, je vous appelle !... vous n'avez plus du tout de clients, il paraît ! hi ! hi ! hi ! plus un client !... Mme Niçois m'a raconté ! plus du tout !... plus rien !... hi ! hi !... tout raconté !... »

En même temps elle se tape sur les cuisses !... et de ces forts coups ! *pflac ! vlac !* et sur moi !... et sur sa compagne !... *plac ! vlac !* tant qu'elle peut ! vraiment la vraie boute-en-train !

Je me permets...

« Quel âge avez-vous, madame ?

— Le même âge qu'elle ! soixante et douze ans dans un mois ! mais elle, vous la voyez, Docteur ! quel état !... vous vous êtes tout de même aperçu, Docteur Haricot ! hi ! hi ! hi !... tandis que moi vous pouvez voir !... tâtez ! j'ai jamais été si allante ! pour eux là-bas j'étais comme elle ! ils m'auraient enlevé les deux seins !... dites-moi Docteur Haricot ! ils voient que le cancer ! cancers partout ! des maniaques ! heureusement, je me suis défendue ! j'ai bien fait n'est-ce pas ? j'ai bien fait, Docteur Haricot ? »

Ah ! comme ils étaient drôles là-bas ! elle m'en redonne des claques ! pflac ! beng !... et à Mme Niçois aussi ! cette vieille cancéreuse ! qu'elle se réjouisse un peu ! beng !

« Appelez-moi Mme Armandine ? voulez-vous, Docteur ?

— Où demeurez-vous, madame Armandine ?

— Mais chez elle, voyons ! chez elle !... nous demeurons ensemble !... c'est grand chez elle ! vous connaissez... »

Voilà un gentil arrangement qui me promet bien de la distraction !... elles sont donc tout à fait amies...

« Le chirurgien a bien insisté : "Prenez quelqu'un avec vous... restez pas seule !..." moi n'est-ce pas je demeurais au Vésinet... le Vésinet, que c'est loin !... tandis que de Sèvres, l'autobus, vous pensez ! je peux aller à Paris quand je veux ! elle a pas tout le temps besoin de moi ! »

La voilà reprise par sa crise... son accès d'hi ! hi ! et tortillages... et encore une claque à Mme Niçois !

Je vois bien qu'elle est un peu nerveuse... même franchement fêlée... mais tout de même encore une sorte de juvénile vigueur pour soixante-douze ans ! et cancéreuse... et même encore une coquetterie... la preuve la jupe écossaise !... plissée ! et ses cils et sourcils au bleu !... son imperméable bleu de même !... couleur de ses yeux !... yeux bleu poupée !... les pommettes faites... très roses, pastel !... voilà la personne ! la bouche en sourire de poupée... mutine, avenante...

elle s'arrête juste de sourire le temps de ses petites crises de hi! hi!... elle donne pas dans la tristesse! elle se ramène une chouette compagne Mme Niçois, elle s'ennuiera plus! pas que ça ait l'air de la faire parler!... non! elle parle plus du tout!... je lui demande comment elle se trouve? mieux?... elle me répond pas... je veux bien qu'il y ait la fatigue, le sentier, la côte... je la regarde de plus près... sa figure... elle a un côté bien figé... l'hémi-face droite... un coin de la bouche qui se relève plus... comme Thorez... oh, mais Armandine me répond... elle sait tout... elle était le lit à côté! elle a vu... on a soigné Mme Niçois pas seulement pour son cancer... hi! hi! hi!... elle était là!... elle le sait!... hi! hi!... elle a en plus eu un accès, là-bas! bel et bien!... tout un côté paralysé!... oui! hi! hi!... voilà la raison qu'elle parle plus!... une attaque!... oh! Armandine parle bien pour deux!... je crois pas que Mme Niçois l'écoute...

«Vous comprenez, elle fait sous elle!... hi! hi! hi!»
Elle me rassure... elle la tiendra propre!

«Puisque nous demeurons ensemble! oh! la propreté avant tout!... j'ai l'habitude des gens âgés!... Docteur, vous pouvez être tranquille...

— Bon!... bon!... tant mieux! mais les pansements?

— Vous viendrez lui refaire tous les jours!... le chirurgien a bien insisté! et badigeonnages! il a dit que vous sauriez très bien!»

Elle me voit un peu hésitant...

«Nous sommes montées jusqu'ici... vous pouvez bien venir nous voir, Docteur? non?

— Certainement, madame Armandine!

— Moi vous n'aurez pas à m'en faire!... rien!... ils n'en revenaient pas à Versailles la manière que je me suis guérie! plus vite que les jeunes! huit jours! huit jours, j'étais cicatrisée! ils en revenaient pas! hi!

hi ! tenez d'ailleurs, vous pouvez regarder ! vous-
même !... et Madame aussi peut voir ! votre femme !...
elle est danseuse, il paraît ! regardez ! »

Elle se lève du banc, elle part au milieu de la
pelouse... et là, elle se retrousse ! et hop !... jupe,
jupons ! et elle se renverse !... à la renverse ! pont
arrière ! en souplesse !... et là comme ça une jambe
en l'air, toute droite, dardée !... comme la Tour Eiffel !... en fait de la pelouse au loin de chez moi c'est
la Tour Eiffel juste en face... oh ! très loin bien sûr...
et presque toujours dans la brume...

« Bravo !... bravo ! »

On applaudit... elle attendait... la jambe en l'air...
et elle se remet debout... en souplesse !... et elle se
rafistole... les cils, les yeux, la beauté !... un coup
de crayon aux sourcils... elle a tout dans son cartable... un miroir, sa poudre, son rouge... encore bien
d'autres petites affaires sans doute... vraiment un
très gros cartable !... Claudine à l'école !... qu'est-ce
qu'elle a pu faire dans la vie, Mme Armandine ? je
vais pas lui demander !... elle me le dira bien !

« Je descendrai vous voir demain, madame Armandine ! demain après-midi !... après ma consultation... »

J'annonce.

« Non ! non ! ce soir ! elle a besoin !... ce soir, Docteur ! hi ! hi ! hi !... Haricot. »

Je la trouve un petit peu exigeante...

« Bien ! bien !... bon !... »

C'est pas la femme à contredire...

DU MÊME AUTEUR

Aux Éditions Gallimard

VOYAGE AU BOUT DE LA NUIT, *roman*, 1952 (Folio n° 28 ; Folioplus classiques n° 60, *dossier et notes réalisés par Stéfan Ferrari, lecture d'image par Agnès Verlet*).

L'ÉGLISE, *théâtre*, 1952.

MORT À CRÉDIT, *roman*, 1952 (Folio n° 1692).

SEMMELWEIS 1818-1865, *essai*, 1952 (L'Imaginaire n° 406. *Textes réunis par Jean-Pierre Dauphin et Henri Godard, préface inédite de Philippe Sollers*, 1999).

GUIGNOL'S BAND, *roman*, 1952.

FÉERIE POUR UNE AUTRE FOIS (FÉERIE POUR UNE AUTRE FOIS, I, et NORMANCE/FÉERIE POUR UNE AUTRE FOIS, II), *roman*, 1952 (Folio n° 2737).

ENTRETIENS AVEC LE PROFESSEUR Y, *essai*, 1955 (Folio n° 2786, édition revue et corrigée).

D'UN CHÂTEAU L'AUTRE, *roman*, 1957 (Folio n° 776).

BALLETS SANS MUSIQUE, SANS PERSONNE, SANS RIEN, *illustrations d'Éliane Bonabel*, 1959.

LE PONT DE LONDRES (GUIGNOL'S BAND, II), *roman*, 1964 (Folio n° 2112).

NORD, *roman*, édition définitive en 1964 (Folio n° 851).

RIGODON, *roman*, 1969 (Folio n° 481).

CASSE-PIPE *suivi de* CARNET DU CUIRASSIER DESTOUCHES, *roman*, 1970 (Folio n° 666).

BALLETS SANS MUSIQUE, SANS PERSONNE, SANS RIEN, *précédé de* SECRETS DANS L'ÎLE *et suivi de* PROGRÈS (L'Imaginaire n° 442).

MAUDITS SOUPIRS POUR UNE AUTRE FOIS, *une version primitive de* FÉERIE POUR UNE AUTRE FOIS, roman, 1985.

LETTRES À LA N.R.F. (1931-1961), *correspondance*, 1991.

LETTRES DE PRISON À LUCETTE DESTOUCHES ET À MAÎTRE MIKKELSEN (1945-1947), *correspondance*, 1998.

MAUDITS SOUPIRS POUR UNE AUTRE FOIS, *nouvelle édition établie et présentée par Henri Godard, roman*, 2007 (L'Imaginaire n° 547).

Bibliothèque de la Pléiade

ROMANS. *Nouvelle édition présentée, établie et annotée par Henri Godard.*

  I. VOYAGE AU BOUT DE LA NUIT — MORT À CRÉDIT.

 II. D'UN CHÂTEAU L'AUTRE — NORD — RIGODON — APPENDICES : LOUIS-FERDINAND CÉLINE VOUS PARLE, ENTRETIEN AVEC ALBERT ZBINDEN.

III. CASSE-PIPE — GUIGNOL'S BAND, I — GUIGNOL'S BAND, II.

 IV. FÉERIE POUR UNE AUTRE FOIS, I — FÉERIE POUR UNE AUTRE FOIS, II [NORMANCE] — ENTRETIENS AVEC LE PROFESSEUR Y.

Cahiers Céline

   I. CÉLINE ET L'ACTUALITÉ LITTÉRAIRE, I. 1932-1957. *Repris dans « Les Cahiers de la N.R.F. ».*

  II. CÉLINE ET L'ACTUALITÉ LITTÉRAIRE, II. 1957-1961. *Repris dans « Les Cahiers de la N.R.F. ».*

 III. SEMMELWEIS ET AUTRES ÉCRITS MÉDICAUX. *Repris dans « Les Cahiers de la N.R.F. ».*

 IV. LETTRES ET PREMIERS ÉCRITS D'AFRIQUE (1916-1917).

  V. LETTRES À DES AMIES.

 VI. LETTRES À ALBERT PARAZ (1947-1957). *Repris dans « Les Cahiers de la N.R.F. ».*

COLLECTION FOLIO

Dernières parutions

Composition et impression CPI Bussière
à Saint-Amand (Cher), le 9 février 2016.
Dépôt légal : février 2016.
1er dépôt légal dans la collection : juillet 1973.
Numéro d'imprimeur : 2020931.
ISBN 978-2-07-036776-4./Imprimé en France.